世界文學
經典名作

# 咆哮山莊

WUTHERING HEIGHTS
EMILY BRONTË

艾蜜莉・勃朗特 著
孫致禮 譯

# 譯序

《咆哮山莊》是英國文學史上的一部奇書。一百多年以來，它以扣人心弦的故事情節、富有詩意的景物描寫、栩栩如生的人物塑造、如火如荼的愛憎激情，吸引著世界各國一代代的讀者及評論家，被譽爲英文中最震撼人心的傑作，同時被列爲爲世界十大小說名著之一。

小說的作者艾蜜莉．勃朗特，於一八一八年生於英格蘭北部的一個牧師家庭。她的父親派屈里克．勃朗特，原是愛爾蘭的一個貧苦的農家子弟，後來經過個人奮鬥，進入劍橋大學聖約翰學院，獲得學士學位。畢業後，來到約克郡的哈特謝德村當助理牧師。就在這個小村莊，他於一八一二年和商人家庭出身的瑪麗亞．布蘭威爾結爲夫妻，並於一八一三年有了大女兒瑪麗亞，於一八一五年有了二女兒伊麗莎白。

在哈特謝德五年任滿後，勃朗特先生將全家遷往布拉德福特區的桑頓教堂。在這裡，勃朗特夫人又先後生下三女兒夏綠蒂、獨子布蘭威爾、四女兒艾蜜莉，小女兒安。

一八二〇年，勃朗特先生升任牧師，攜妻子兒女遷至霍沃斯。這是個人煙稀少、荒涼貧瘠，幾乎與世隔絕的山村。勃朗特先生的牧師住宅坐落在陡峭的山坡上，周圍全是荒山峻嶺，背後是通往荒野的小徑。爲了抵禦狂風暴雨的襲擊，房子用石頭建成，結構十分堅實。

勃朗特夫人由於不適應艱苦的山區生活，加之操勞過度，不久便身患絕症，於一八二一年離開人世，在喪母的陰影籠罩下，勃朗特家的孩子們都變得孤獨沉寂來。他們極少與外人交往，除了到曠野上散散步以外，一家人的主要樂趣，就是在家裡讀書看報，講述故事。

一八二四年，勃朗特先生把頭四個女兒送到十五英里以外的卡斯特頓寄宿學校念書。由於學校制度嚴酷，條件惡劣，兩個大女兒染上肺結核，於一八二五年春天相繼夭折。勃朗特先生只得把夏綠蒂和艾蜜莉接回家，讓她們與兄弟布蘭威爾和小妹安一起，在家中自學。

勃朗特先生有著廣泛的興趣，經常與前來幫他料理家務的伊麗莎白姨媽，談論時事政治和文學藝術等問題。就在他們的薰陶和引導下，四個孩子養成了豐富的想像力，建立了自己的想像世界；夏綠蒂和布蘭威爾以想像的安格里亞王朝爲中心來寫小說，艾蜜莉和安則創造了兩個名叫貢達爾和爾丁的太平洋島嶼，圍繞它們來編造故事。

艾蜜莉十七歲時，再次離家去求學，由於戀家心切，不久又輟學回家。這期間，在家境比較拮据的情況下，勃朗特三姊妹都曾出去教過書，或做過家庭女教師，以便供布蘭威爾去上學。後來，三姊妹打算自己開辦一所學校。爲此，一八四二年初，夏綠蒂和艾蜜莉一起去布魯塞爾學習外語和辦學知識，不料伊麗莎白姨媽於十月底去世，姊妹倆當即趕回家奔喪。事後，夏綠蒂又回到布魯塞爾，艾蜜莉卻留在家裡照顧父親。一八四四年，夏綠蒂學成歸來，三姊妹辦起一所女子學校，怎奈招不到學生，只好半途而廢。

一八四五年秋，夏綠蒂偶然見到艾蜜莉的一卷詩稿，覺得十分雋永、耐人尋味，便說服兩個妹妹，三人自己籌款（五十鎊），分別化名柯勒·貝爾、艾利斯·貝爾、阿克頓·貝爾，於一八四六年四月合出了一本詩集。這部集子儘管收進了艾蜜莉的幾首著名詩篇，但卻沒有引起多大迴響，總共只售出兩本。

詩集的失敗，並沒有嚇倒勃朗特三姊妹，她們仍在堅持創作各自的第一部小說。艾蜜莉寫作《咆哮山莊》，大約開始於一八四五年十月。一八四七年七月，小說找到出版人以後，對方又遲遲不動，後來還是藉助《簡·愛》的東風，才於同年十二月，與安的小說《阿格尼斯·格爾》合集出版。

一八四八年九月，她們的兄弟布蘭威爾不幸早世。爲他送殯時，艾蜜莉傷了風，後來發展成肺病。她性情倔強，拒看醫生吃藥，抱病操持家務，直至同年十二月十九日與世長辭，終年僅僅三十歲。

《咆哮山莊》出版後，一直不爲世人所理解，竟被冷落了四十多年。直至十九世紀九十年代初，人們才意識到，這位女作家寫出了詩一般的文學巨作了。進入二十世紀以後，這部小說就像一塊威力無窮的磁鐵般，緊緊攫住了億萬讀者的心，令他們著迷，令他們激動。

一部篇幅不算很長的小說，爲什麼會有這麼大的魅力呢？無疑，小說情節曲折、構思奇特，這是它引人入勝的重要因素，但卻不是主要因素。以筆者之見，這部小說的最大魅力，來自那蕩人心腑的情感力量。

人類的感情世界是五彩繽紛的，而處於兩極的則是愛和恨這兩種極端的感情。《咆哮山莊》最不尋常的，就是緊緊環繞著愛與恨的激烈衝擊，把讀者帶進了一個波瀾起伏的感情世界。

> 鄉紳恩蕭把希斯克利夫帶回咆哮山莊以後，其子亨得利覺得這個棄兒剝奪了父親對他的愛，威脅著他的財產繼承權，便對他恨之入骨，等父親一死，就把他貶爲僕人，橫加折磨和凌辱。就在同這專制壓迫的抗爭中，希斯克利夫和恩蕭之女凱薩琳傾心相愛了。但是，希斯克利夫的卑賤地位、凱薩琳頭腦中的世俗觀念，又構成了他們這場愛情的不可逾越的障礙。當凱薩琳決定嫁給闊少爺艾德加·林頓時，希斯克利夫對戀人的熾烈的愛，頓時化作對仇敵和情敵的刻骨的恨，驅使他對亨得利和艾德加，以及他們的後代，發起了瘋狂的報復。

希斯克利夫的報復陰謀得逞了，咆哮山莊和畫眉田莊相繼落入他的手中，無辜的小凱茜和哈雷頓也變成了他的奴僕。但是，這一切又給他帶來了什麼呢？除了落得「像魔鬼一樣孤獨」以外，他別無所獲。任憑他如何報復，他都無法改變這樣一個現實——他永遠失去了心愛的凱薩琳。最後，他終於認識到報復是徒勞的，無心再將凱茜和哈雷頓置於死地，便開始作賤自己，以求早日死去，好與凱薩琳的鬼魂相伴。

希斯克利夫做了兩座莊園的主人之後，試圖建立起一個由仇恨主宰一切的陰暗世界。然而，這又談何容易！請看小凱茜，她把一顆愛心獻給了所有的親友，包括她被迫嫁給的那個冷酷的小林頓；再看哈雷頓，他受盡了希斯克利夫的欺壓，還要維護他的名聲。而尤爲動人的是，這對年輕人在令人窒息的氣氛下，結成了幸福的伴侶。這一切充分說明，恨扼殺不了愛。

人們習慣把《咆哮山莊》稱作一場愛情悲劇。其實，這部小說描寫了兩代人的兩起愛情故事，兩者性質不同，結局也不大一樣，因而更加增添了小說的魅力。

希斯克利夫和凱薩琳的愛，是一場驚心動魄的生死戀。他們彼此相愛，並不是作爲一種「歡樂」，而是作爲「自身的存在」，因爲他們有著「一模一樣的靈魂」，誰也離不開誰。凱薩琳嫁給艾德加以後，發覺自己陷入了一個「陌生世界」，等再見到希斯克利夫時，便一頭撲進他的懷裡，死死抱著他不放，當天夜裡就離開了人世。希斯克利夫對凱薩琳的愛，更是達到白熱化的地步。在他看來，艾德加算得了什麼？「就憑著他那弱小的身軀，他就是傾注全力愛上八十年，也不抵我愛上一天。」凱薩琳死去十八年後，希斯克利夫也鬱鬱而終。他們兩人結成一對遊魂情侶，出沒在咆哮山莊的荒野上。

顯然地，作者對男女主人翁的愛情描寫，既有現實主義的成分，又有浪漫主義的色彩。希斯克利夫和凱薩琳兩人意欲衝破一切束縛，狂熱而執著地追求「超人世的愛」，既深刻地揭示了現存社會對人性的壓抑和歪曲，又充分表達了作者對純眞愛情的憧憬。

與這「超人世的愛」相對照，是凱茜和哈雷頓的「世俗的愛」。希斯克利夫的殘酷壓迫，給他們在感情上設下了重重障礙。但是，這兩顆渴望人生幸福的心靈，卻在那冰霜凍土中萌發了愛情的種子。爲了幫助哈雷頓從愚昧無知中解脫出來，凱茜滿腔熱忱地教他學文化，做學生的每取得一點點進步，做老師的便獎賞他一連串甜蜜的吻。這是多麼動人的情景啊！難怪女管家娜莉感嘆說：「我最大的心願，還是希望這兩個人結合。等他們舉行婚禮那天，我誰也不羡慕，英國不會有比我更快樂的女人了！」

艾蜜莉在短短一生中，從沒體味過愛情的甘甜，但是我們可以感受到，她的內心世界是多麼深沉！在她的夢幻世界裡，她崇尚那神奇的「超人世的愛」；在現實生活中，她又嚮往那美滿的「世俗的愛」。

讓愛注滿人間！這既是《咆哮山莊》的主題，也是它的主要魅力所在。

D. Maclise, R.A.　　T. Landseer

# 第一章

一八〇一年，我去拜訪我的房東——也是我要與之打交道的唯一的鄰居。這可眞是個美妙的地方！我相信，在整個英格蘭，我再也找不到一個如此遠離塵囂的去處了，一個厭世者的理想天堂。而由希斯克利夫和我來分享這荒涼景色，倒是非常合適的一對。多好的一個人！我騎著馬走上前時，看見他那雙黑眼睛縮在眉毛下面，猜疑地瞅著我；等我通報姓名時，他把手指更深地藏進背心口袋裡，顯出一副絕不掉以輕心的神氣。這當兒，他全然沒有想到，我心裡對他泛起了一股親切感。

「希斯克利夫先生嗎？」我問道。

回答是冷冷地點一下頭。

「我是洛克伍德先生，你的新房客，先生。我一到達此地，就榮幸地盡快來拜見你，表達一下我的心意，希望我執意租用畫眉田莊，沒有給你帶來什麼不便。我昨天聽說，你心裡有些……」

「畫眉山莊是我的財產，先生，」他眉頭一蹙，打斷了我的話。「我只要能阻止，就絕不允許任何人給我帶來不便——進來吧！」

這一聲「進來吧」是咬著牙說出來的，表達的是「見鬼去」的情緒。就連他倚著的那扇柵門，也一動不動，沒有對他的話做出反應。我想正是這個情況，促使我接受了他的邀請：我對一個似乎比我還矜持得出奇的人，發生了興趣。

他見我的馬腹部抵住了柵欄，便伸手解開了門鏈，隨即怏怏不樂地領著我走上石板路，等走進院子時，就大聲嚷道：「約瑟夫，把洛克伍德先生的馬牽走，然後拿點酒來。」

「看來這家子只有一個僕人了。」聽了那道雙重命令，我暗中想道，「難怪石板縫裡長滿了草，籬笆只有靠牲口來修剪。」

約瑟夫是個上了年紀的人，也許很老了——儘管又健康又結實。

「上帝保佑吧！」他接過我的馬時，悻悻然地低聲自語；與此同時，又氣呼呼地直盯著我的臉。我只得好心地猜測，他一定是需要神來幫助消化食物，而他那虔誠的自言自語，跟我的突然來訪毫無關係。

「咆哮山莊」是希斯克利夫先生的住宅名稱。「咆哮」是當地一個具有特別意義的字眼，形容這地方在風暴來臨的天氣裡，狂風是如何喧囂地呼嘯著。的確，這裡一年到頭都流通著清新潔淨的空氣。人們只要看看房頭幾顆矮小的樅樹那過度傾斜的樣子，和那一排瘦削的荊棘都朝一個方向伸展條枝，彷彿在乞求太陽的施捨，便可猜想到北風吹過山巔的威力。幸而建築師有點先見之明，把房子蓋得結結實實；狹小的窗子深深地嵌在牆壁內，牆角用突出的大石塊防護著。

跨進門檻之前，我停下腳，觀賞正面牆上特別是正門周圍那一大片古里古怪的雕刻圖案。正門上方，我在眾多殘破的怪獸和不知羞的小便小男孩圖案中，發現了「1500」這個年分和「哈雷頓．恩蕭」這個姓名。我本想議論幾句，請求乖戾的主人講講這座住宅的簡史，但是從他站在門口的姿勢看來，他似乎要我趕快進去，或者乾脆滾蛋離開，而我還沒看過廳堂內室，不想加劇他的不耐煩。

我們跨一步就邁進了共用起居室，中間也沒有門廊過道。他們把這裡稱作「堂屋」。堂屋通常包括廚房和客廳，但是在咆哮山莊，我相信廚房被擠到了另一個部位。至少我聽得出裡邊有吱吱喳喳的說話聲，及炊具叮叮噹噹的碰撞聲。在大壁爐那裡，看不見烤肉、煮飯或烘烤麵包的跡象，牆上也見不到銅鍋和錫濾器在閃閃發光。屋子的一頭，在一個大橡木餐具櫃上，擺著一排排的大白鑞盤子，中間還點綴著一些銀壺和酒杯，一層層的直疊到屋頂，射出的光線和熱氣眞是燦爛奪目。

屋頂沒有天花板，整個構造光禿禿的一目瞭然，只有一處被擺滿燕麥餅、牛腿、羊腿和火腿的木架遮掩住了。壁爐上方，掛著幾支蹩腳的老槍，還有兩支馬槍。另外，爲了裝飾起見，壁爐台上擺著三個漆著光彩斑斕的茶葉罐。地面鋪著光滑的白石板；椅子都是高背式，結構古樸，漆成綠色，有一兩把笨重的黑椅子擺在暗處。餐具櫃下面的圓拱裡，躺著一條巨大的醬色的母獵犬，四周則圍著一窩小狗，還有些狗待在別的暗角裡。

這屋子家具假如屬於一個樸實的北方農民，倒也沒有什麼稀奇。一副剛毅的面孔、一雙粗狀的腿，如果穿上短褲和綁腿，那會顯得越發有精神。你若是飯後挑對時間，在這群山之間隨便閒逛五、六公里，就會看見這樣一個人，坐在扶手椅上，面前的圓桌上放著一大杯啤酒，冒著泡沫。但是，希斯克利夫先生與他的住宅和生活方式，形成了奇異的對照。

從外貌上看，他是個皮膚黝黑的吉卜賽人；從衣著和舉止來看，他是個紳士，也就是說，像許多鄉紳那樣的紳士。也許有點邋里邋遢，但是儘管不修邊幅，卻並不失雅觀，因爲他體態挺拔英俊，還有點鬱鬱不樂。有人可能懷疑他因爲缺乏教養，而帶有幾分傲慢；一種心靈上的共鳴告訴我，並非這麼回事。我憑直覺得知，他的冷淡是由於厭惡矯揉造作——厭惡人們彼此親熱而造成的。他不管愛誰恨誰，都隱藏在心底，而把受到別人的愛或恨，視爲一種唐突的行爲。

不行，我滔滔不絕地講得太快了：我過於慷慨，把自己的特性加到了他身上。希斯克利夫先生跟我一樣，遇到願意交好的人，就把手藏起來，但是動機卻跟我截然不同。但願我的氣質有些特別吧！我親愛的母親過去常說，我一輩子也休想有個舒適的家。直到今年夏天，我才發現自己根本不配有那樣一個家。

當時，我在天朗氣清的海濱消磨一個月，偶然結識了一個極其迷人的姑娘，她還沒有留意我的時候，在我眼裡眞是個天使。我「從來沒有訴說過我的愛情」❶；不過，如果眉眼也能傳情的話，即使是最蠢的傻瓜也猜得出來，我給搞得神魂顚倒。

後來她明白了我的心意，向我回送了一個秋波——人們想像得到的最甜蜜的秋波。我怎麼辦呢？說來還眞丟臉——我像個蝸牛似的，冷冰冰地縮回去了；她每瞅我一眼，我就變得越冷漠縮得越遠；直到最後，那個可憐的天眞姑娘懷疑起自己的神志來，自以爲搞錯了，落得窘迫不堪，勸說母親趕快溜走了。

由於這個古怪的舉動，我得了個冷酷的名聲。多麼冤枉啊！這只有我才能意識到。

我在爐邊的一把椅子上坐下來，房東朝對面的那一把走去。爲了塡補那沉默的間隙，我想去撫摸那條母狗。這條狗離開了牠那一窩小寶寶，餓狼似地溜到我的腿肚子後面，翹起嘴唇，白牙齒淌著口水，就想咬我一口。我撫摸了一下，惹得牠從喉頭發出一聲長吠。

「你最好別逗這條狗，」希斯克利夫先生也跟著吼了一聲，一面踢了一腳，不讓狗逞凶。「牠不習慣受人嬌寵——不是當作寵物養的。」說罷，他大步走到一個邊門，又喊道：

「約瑟夫！」

---

❶ 在引用莎士比亞喜劇《第十二夜》第二幕第四場中的對白。

約瑟夫在地窖裡咕咕噥噥的，可就是沒表示要上來。於是，他的主子只好鑽到下面去找他，丟下我面對那條凶惡的母狗和一對猙獰的蓬毛護羊狗。牠們三個一道，虎視眈眈地監視著我的一舉一動。

我眞不願意和犬牙打交道，便一動不動地坐著。然而，我心想牠們不會懂得無聲的冒犯，便愣頭愣腦地向三隻狗擠眼睛，做鬼臉。不知道我的哪個嘴臉激怒了母狗，牠忽地暴怒起來，朝我的膝蓋上撲來。我猛地把牠推開，趕忙拉過一張桌子作抵擋。這一下可捅了馬蜂窩；六、七隻大大小小的四腳惡魔，一窩蜂地從暗洞裡竄出，朝我衆矢之的衝來。我覺得我的腳後跟衣襬成了特別的攻擊目標，便一面使勁揮動撥火棒，擋開了幾個較大的攻擊者；一面又不得不大聲告急，求這家人來重建和平。

希斯克利夫先生和僕人往地窖的階梯上爬著，慢騰騰地眞急人；儘管狗在爐邊狂吠亂咬鬧翻了天，我想他們兩個的動作也絲毫不比往常快。幸虧廚房裡有個人動作比較快——一個健壯的女人，捲著衣裙，光著胳臂、兩頰火紅，揮舞著煎鍋，衝到我們中間。她拿煎鍋作武器，加上她那張舌頭，倒是卓有成效，風暴居然奇跡般地平息了，等她的主人趕到時，只有她還在不停地喘息。猶如狂風捲過的大海般。

「見鬼，這是怎麼回事？」主人問道，眼睛瞅著我。

我受到這番非禮之後，再見到他那樣的目光，可眞難以忍受。

「是呀，眞是見鬼！」我喃喃說道，「先生，即使惡魔附體的豬群❷，也沒有你這群狗凶惡。你不如把一個生客丟給一窩猛虎好了！」

---

❷ 見《聖經．新約．路加福音》第八章第三十一——三十三節。

「人不招惹牠們，牠們是不會冒犯人的，」他一邊說，一邊把酒瓶放在我面前，把搬開的桌子放回原處。「狗本來就應該有警覺的。喝杯酒吧！」

「不，謝謝。」

「沒有咬著吧？」

「我要是給咬著了，也會在咬人的那傢伙身上打上我的印記。」

希斯克利夫咧嘴笑了。

「得了，得了，」他說，「你受驚了，洛克伍德先生。來，喝點酒。敝舍難得有客人光臨，因此我要承認，我和我的狗都不大知道如何接待客人。祝你健康，先生！」

我鞠了個躬，也回敬了他。我開始意識到，爲了一群狗的非禮而坐在那裡生悶氣，未免有些可笑。再說，我不願讓這傢伙再來取笑我，因爲他已把興致轉到取笑上了。

也許是經過慎重考慮的緣故，他發覺得罪一個好客房也划不來，便把態度稍許放緩和些，說話不再簡慢得連代名詞和助詞都略去了，而且還提起了一個他認爲我會感興趣的話題——談論我目前住處的優點和缺點。我發現，他對我們涉及的話題很有見識，我回家之前，居然來了興致，提出明天再來拜訪。顯然，他並不希望我再來叨擾。儘管如此，我還是要去。眞令人驚訝，我覺得自己跟他比起來，是多麼喜歡交際。

# 第二章

昨天下午，天霧濛濛，冷颼颼的。我原想一下午都待在書房的壁爐邊，而不想踏著荒野上的泥路去咆哮山莊了。但是，吃過中飯之後（注意，我在十二點和一點之間吃飯，那位我租房時隨著一起受雇用的女管家，無法理會也不願理會我要求在五點鐘開飯❶。）我抱著那個慵懶的想法上了樓，一走進屋，看見一個女僕跪在地上，身邊橫著一把刷子，豎著一隻煤斗，正用一堆堆爐渣去封火，搞得屋裡塵土瀰漫。我見此情景，立刻退了回來，拿了帽子，走了四英里，趕到希斯克利夫的花園門口時，恰好躲過了那場剛飄起來的鵝毛大雪。

那荒涼的山頂上，地給嚴霜凍得硬梆梆的，我讓寒氣刺得四肢發抖。因爲打不開門鏈，我就跳了進去，順著兩邊蔓生著醋栗樹叢的石板路跑去，白白敲了半天門，手指節都敲痛了，狗也狂吠了起來。

「這家人眞缺德！」我心裡嚷道，「你們這樣粗俗無禮，就該一輩子與世隔絕。至少，我在白天不會總閂住門的。我才不管呢——我非進去不可！」

我下了決心，抓住門閂猛搖。一副苦相的約瑟夫，從穀倉的圓窗洞裡探出頭來。

「你要幹嘛？」他嚷道，「東家在羊圈裡。你要找他說話，就打倉房盡頭繞過去。」

---

❶ 洛伍克德來自城裡。當時，在南方上流社會裡，人們通常把主餐安排在下午五點鐘，而在北方，特別是在農村和下等社會，主餐往往安排在中午十二點。

「難道裡邊沒人開門嗎？」我也跟著嚷起來了。

「除了太太沒旁人，你就是拚命鬧到半夜，她也不會開門。」

「爲什麼？你不能告訴她我是誰嗎，約瑟夫？」

「俺才不呢？俺可不攙合這件事。」他咕嚷著，腦袋一晃便不見了。

雪下大了。我抓住門柄，想再試一次。恰在這時，一個沒穿外套的年輕人，正扛著一柄草叉，出現在屋後的院子裡。他叫我跟他走，我們穿過一個洗衣房和一塊鋪築的場地（那裡有煤棚、抽水機和鴿子棚）。終於來到了那個溫暖舒適的大屋子，他們昨天就是在這裡接待我的。由煤塊、泥炭和木柴燃起的熊熊爐火，把房裡輝映得紅通通、暖融融的。在已擺好餐具，準備端上豐盛食物的餐桌旁，我有幸地看到了「太太」，而在這之前，我還從未料想這家還有這樣一個人。我鞠了個躬，等待著，心想她會請我坐下。怎知她往椅背上一靠，望著我，一動不動，也不出聲。

「天氣眞糟！」我說道，「希斯克利夫夫人，你的僕人很會偷閒，那扇門怕是爲此吃了苦頭，我使勁敲了半天，他們才聽見！」

她始終不開口。我瞪大眼睛——她也瞪大眼睛。至少，她以一種冷漠的眼神盯住我，令人極其尷尬，極其難受。

「坐下吧，」那年輕人粗聲粗氣地說，「他就來了。」

我聽了他的話，隨即輕咳了一下，喊了一聲朱諾那條惡狗。承蒙這第二次見面，朱諾總算賞臉，搖搖尾巴尖，表示跟我相識了。

「好漂亮的狗呀！」我又開口了，「夫人，你是不是打算送走這些小狗？」

「這些狗不是我的！」可愛的女主人說道，語氣比希斯克利夫回話時還要衝。

「啊！你喜愛的是在這邊的嗎？」我又說道，轉身望著放在暗處的一個坐墊，上面好像是有一群貓。

「誰會喜愛這些東西才怪呢！」她輕蔑地說道。

眞不巧，原來那是一堆兔子。我又輕咳了一下，向壁爐移近了些，嘴裡又念叨了一聲，今晚天氣多糟。

「你不該出來的！」她說著站起身來，伸手去拿壁爐台上的兩個彩釉茶葉罐。

她原先坐的地方給遮住了光線，現在我可把她的整個身材和容貌全看清楚了。她顯然還沒有逾過少女期，體態裊娜，還有一張我從未見過的嬌艷無比的小臉蛋。五官小巧，又很俏麗。淡黃色的捲髮，或者不如說金黃色的捲髮，垂散在她那細嫩的頸脖上。那雙眼睛，假若神氣和悅一些，便眞要令人無法抗拒了。我本是個容易動情的人，但是算我僥倖，她那雙眼睛流露出的，只是介乎輕蔑和近乎絕望之間的一種神色，而在那張臉上發現這種神情，實在讓人不可思議。

她有點搆不到茶葉罐。我起身想幫幫她，她卻忽地轉身面向著我，那架式就像守財奴見了人想要幫他數金子一樣。

「我不要你幫忙，」她厲聲說道，「我自己拿得到。」

「對不起。」我連忙答道。

「是請你來喝茶的嗎？」她問道，一面往那件整潔的黑衣服上紮了條圍裙，站在那裡，手裡拿著一匙茶葉，正要往茶壺裡倒。

「我很想喝一杯。」我答道。

「是請你來喝茶的嗎？」她又問了一聲。

「沒請，」我微微一笑說，「你正好可以請我喝呀！」

她驀地把茶葉倒回去，還丟下了茶匙等物，氣呼呼地又坐到椅子上。蹙起額頭，嘟著紅紅的下唇，像個要哭的孩子似的。

這時，那個年輕人早已穿上了一件非常襤褸的上衣，直挺挺地站在壁爐跟前，斜著眼睛瞅著我，彷彿我們之間有什麼不共戴天之仇還沒結似的。我開始懷疑，他到底是不是個僕人。他的衣著和談吐都很粗俗，希斯克利夫夫婦身上所能看到的優越氣派，他一概都不具備。一頭濃密的棕色捲髮亂蓬蓬的，臉腮像熊似地長滿鬍子；兩手黑黝黝，猶如普通勞動者的手。不過，他舉止隨便，幾乎有點傲慢，一點也看不出家僕服侍女主人的殷勤姿態。

既然缺少有關他的身分的明確證據，我覺得最好不去理會他的古怪行為。

過了五分鐘，希斯克利夫進來了，多少算是把我從那窘境中解救出來了。

「你瞧，先生，我說好要來，這不是來了嘛！」我裝作高興的樣子嚷道，「我恐怕要給這場大雪困住半個鐘頭，希望你能讓我暫時躲一躲。」

「半個鐘頭？」他抖落衣服上的雪片說，「我感到奇怪，你怎麼專揀暴風雪交加的時候出來閒逛。你知道你冒著掉進沼澤裡的危險嗎？熟悉這荒野的人，還經常在這樣的晚上迷路呢！我可以告訴你，眼前這天氣是不會好轉的。」

「或許我可以從你的僕人中找一位作嚮導，他可以在田莊那邊住到明天早上——能給我派一個嗎？」

「不行，不能派。」

「哦，眞是的！這一來，我只得靠自己的本事了。」

「哼！」

「你是不是該沏茶了？」穿著襤褸的年輕人問道，將惡狠狠的目光從我身上移向年輕的女主人。

「他也喝嗎？」女主人請示希斯克利夫。

「叫你準備就去準備，行嗎？」回答得這麼粗魯，把我嚇了一跳。他說話的口氣顯露出不折不扣的壞性子。我再也不想把希斯克利夫稱作多好的人了。

「先生，請把椅子往前挪一挪。」等沏好茶以後，他邀請我說。

於是，我們大家，包括那個粗野的年輕人，都圍繞到桌子周圍。吃飯的時候，大家都是板著臉孔，一片沉靜。我心想，如果是我招來了這片烏雲，我就有義務去設法驅散它。他們不可能每天都這麼沉悶不語地坐著吧?!不管他們脾氣有多壞，總不至於一個個都成天繃著個臉吧?!

「眞奇怪，」我趁喝完一杯茶接過第二杯的當兒，說道，「習慣可以薰陶我們的情趣和思想。希斯克利夫先生，許多人無法想像，像你所過的這種完全與世隔絕的生活中，也存在著幸福。我敢說，你有一家人圍著你，還有你可愛的夫人像女神似地守護你的家、你的心房……」

「我可愛的夫人！」他打斷了我的話，臉上浮起了近乎惡魔般的譏笑。「我可愛的夫人——她在哪兒？」

「我是指你的太太希斯克利夫夫人。」

「唔，是呀——哦！你是想說即使她的肉體死去之後，她的靈魂還站在守護神的崗位上，守護著咆哮山莊的家產。是這樣吧？」

我自知點錯了鴛鴦，便試圖加以糾正。我應該看得出來，這兩個人年齡差距太大，不可能是夫妻。一個四十來歲，正是精力旺盛的時候，男人到了這個階段，很少會抱著幻想，以爲女孩會爲了愛情而嫁給自己——那種幻想是留給老年人去聊以自慰的；而另一個人，看樣子還不滿十七歲。隨即，我又靈機一動——心想：「我旁邊這個捧著缽子喝茶，手也不洗就抓著麵包吃的粗漢，或許就是她丈夫：他自然是小希斯克利夫了。這眞是自我葬送，她只因不知道天下還有更好的男人，就把一朵鮮花插在牛糞裡，嫁給了那個鄉下佬！眞是太可惜——我必須留神點，別讓她因爲我而對自己的選擇感到懊悔。」

這最後一個想法似乎有點自負，其實不然。依我看來，我旁邊這個人有些令人生厭；而我憑經驗知道，我這個人還是有相當討人喜歡的。

「希斯克利夫夫人是我的兒媳婦。」希斯克利夫說，證實了我的猜測。他說著掉過頭，以一種奇特的目光朝她望去。那是一種憎恨的目光，除非他的面部肌肉長得極爲反常，不像別人能展示心靈的語言。

「啊，當然——這下我明白了。還是你有福氣，原來這位慈善的天使是屬於你的。」我轉臉對我旁邊那個人說道。

這比剛才更糟糕。年輕人脹紅了臉，攥緊了拳頭，擺出一副要動武的架式。不過，他似乎馬上又鎮定下來了，只是粗野地罵了一聲，便克制住了沒有發作。那粗話本是對著我罵的，可我假裝沒有聽見。

「先生，可惜你都沒猜中！」主人說道，「我們兩人都沒有福氣占有你那位慈善的天使，她男人死了。我說過她是我的兒媳婦，因此，她一定嫁給我兒子。」

「那位小伙子是——」

「當然不是我兒子啦！」

希斯克利夫又笑了，好像把那笨熊看作他兒子，這玩笑未免開得太荒唐了。

「我的姓名是哈雷頓‧恩蕭，」那另一位咆哮道，「我勸你對它敬重些！」

「我沒有表示什麼不敬重呀！」我回答道，他自報姓名時那副了不起的神氣，讓我心裡覺得好笑。

他一股勁地盯著我，盯得我不敢回視他了，唯恐忍不住地打他個耳光，或是笑出聲來。我開始感到，在這個快樂的家庭裡，我顯然很不相稱。這沉悶的精神氣氛，不僅壓倒了而且大大抵消了周圍那豐足舒適的物質條件。我打定主意，假如我敢第三次闖進這座房子時，一定要小心謹慎。

飯吃完了。誰也沒有虛應客套一句，我便走到窗子跟前，察看一下天氣。這時，我看到一片淒涼的景象。黑夜提前降臨了，一陣凜冽的狂風捲著令人窒息的飛雪，將天空和群山攪混成一片。

「要是沒人給我帶路，我現在怕是回不了家了。」我禁不住嚷道，「路可能早給封住了，即使沒封住，我也辨不清往哪兒邁步。」

「哈雷頓，把那十幾頭羊趕到穀倉門廊裡。要是整夜放在羊圈裡，就會給雪埋住。拿塊木板擋在前面。」希斯克利夫說道。

「我怎麼辦呢？」我越來越焦急，接著說道。

沒有人搭理我。我環視了一下四周，只見約瑟夫給狗提來一桶粥，希斯克利夫夫人俯身對著火爐，拿著一包火柴燒著玩，這包火柴是她剛才把茶葉罐放回壁爐台時，碰落下來的。

約瑟夫放下粥桶之後，以挑剔的目光掃視了一下屋裡，然後扯著沙啞的喉嚨，發出了刺耳的叫喊：「眞奇怪，大夥都出去了，你盡站在那兒不幹事，還要胡鬧！不過，你是個廢物，跟你說也沒用——你怎麼也改不了你的毛病，只有見鬼去，像你娘那樣！」

起初，我還以爲他這席話是衝著我而來的。令我大爲惱怒，便朝這老混蛋走去，想把他一腳踢出門外。但是，希斯克利夫夫人回話止住了我。

「你這個耍貧嘴、假正經的老東西！」她回答道，「你每次提到魔鬼時，也不怕魔鬼把你抓走？我警告你不要招惹我，不然我就叫魔鬼行個好，把你勾去。站住！瞧瞧這兒，約瑟夫，」她接著說道，一面從書架上拿出一本大黑書。「我要讓你看看我的巫術學到什麼地步了，不久就能把家裡清除乾淨。那條紅母牛不是偶然死掉的，你那風濕病還不能算是上天給你的報應！」

「哦，邪惡，邪惡！」老頭氣吁吁地說道，「願上帝把俺們從邪惡中拯救出來！」

「不，邪惡的傢伙！你早被上帝拋棄了——滾開，不然我就讓你吃盡苦頭！我要把你們全都用蠟和泥捏成模型❷，誰先越過我的界限，他就會——我不說他會倒什麼楣——不過，你瞧著吧！快走，我在瞅著你呢❸！」

小女巫瞪著那雙美麗的眼睛，裝出一副惡狠狠的神氣，約瑟夫眞給嚇壞了，哆哆嗦嗦地急忙跑出去了，一邊跑一邊禱告，還叫喊著「邪惡！」我想，她這樣做一定是心裡煩悶鬧著玩的。眼前只剩下我們倆了，我想讓她關心一下我的煩惱。

「希斯克利夫夫人，」我懇切地說道，「你得原諒我打擾你——我想你一定會的，因爲，就憑你那張臉蛋，我想你一定有副好心腸。請指出幾個路標，讓我知道怎麼回去。我眞

---

❷ 當時巫術自詡有一巫術：將人塑成蠟像燒化，即可致之於死命。

❸ 巫士作術時，先用眼攝住對方，使其無法脫身。

不知道怎麼走，就跟你不知道怎麼去倫敦一樣！」

「順著你來的路往回走，」她回答說，仍然安坐在椅子上，面前點著一支蠟燭，那本大書還攤開著。「話雖簡單，卻是我能提出的最穩妥的辦法了。」

「那麼，等你聽說我給人發現死在泥沼或雪坑裡，你就不會受到良心的責備，說你也有一份責任嗎？」

「怎麼會呢？我又不能送你。他們不允許我走到圍牆盡頭。」

「你送我！在這樣的夜晚，就是叫你把我送出門外，我也於心不忍呀，」我大聲說道，「我只是要你給我指指路，不是要你帶路。要不然，就向希斯克利夫先生說個情，請他給我派個嚮導。」

「派誰呢？只有他自己、哈雷頓、齊拉、約瑟夫和我。你想要哪一位？」

「農場上沒有伙計嗎？」

「沒有，就這幾個人。」

「那就是說，我只得留下來了?!」

「這事你去跟主人商量吧！我管不著。」

「我希望這對你是個教訓，以後別在這些山裡亂跑，」廚房門口傳來希斯克利夫的嚴厲叫聲，「至於留在這裡，我可沒有爲客人預備住房。你要留，就得跟哈雷頓或者約瑟夫合睡一張床。」

「我可以睡在這間屋子的椅子上。」我答道。

「不行，不成！陌生人總是陌生人，不管他是窮是富。我不願意讓任何人出入我防範不到的地方！」這個沒禮貌的傢伙說道。

受到這般侮辱，我的忍耐也到了極限。我憎恨地回了一聲，便從他身邊衝過去，奔到院子裡，匆忙中正撞著哈雷頓。外面一片漆黑，我找不到出口，正在到處亂轉的時候，又聽見了他們之間的一樁文明的舉止。

起初，那年輕人似乎想幫我一把。

「我想把他送到莊園那裡。」他說。

「你送他見鬼去吧！」他的主人（或者是不管他的什麼人）大聲叫嚷道，「那誰來照料馬呢？呃？」

「一條人命總比一晚上沒人照料馬來得要緊些。總得有人去吧?!」希斯克利夫夫人喃喃說道，比我料想的心地好些。

「我不受你指使！」哈雷頓搶白道，「你要是看重他，最好別吭聲。」

「那我就希望他的鬼魂纏住你。我還希望希斯克利夫先生再也找不到一個房客，直到畫眉田莊化作廢墟！」她聲色俱厲地答道。

「聽啊！聽啊！她在咒人哪！」約瑟夫嘟囔著，我正朝他走去。他坐在不遠的地方，藉助一盞燈籠在擠牛奶。我猛地一把搶過燈籠，高喊一聲明天送回來，便朝最近的邊門奔去。

「東家，東家，他把燈籠偷跑了！」老傢伙一邊喊叫一邊追我，「喂！咬牙精！喂！狗子！喂！狼仔！逮住他，逮住他！」

一打開小門，兩個毛茸茸的怪物忽地撲到我的喉頭上，一下把我撲倒了，燈也滅了。這時，希斯克利夫和哈雷頓齊聲狂笑起來，眞使我憤慨至極、羞愧萬分。幸好，這兩個畜生似乎只想張張牙、舞舞爪、搖搖尾巴，並不眞想把我活活吞噬下去。然而，牠們又不容我再起來，我只得躺在那裡，直至牠們的惡主人過來救我。這時。我帽子丟了，氣得直哆嗦，命令這些歹徒放我出去——再多耽擱我一分鐘，我就叫他們遭殃——我語無倫次的威脅了幾句要報仇的話，咬牙切齒的，頗有點李爾王的味道❹。

由於過度激憤，我的鼻子流了好多血，希斯克利夫仍在笑，我還在罵。假若不是旁邊有個人比我理智些，比我的房東仁慈些，那我眞不知道這件事怎麼收場。這個人就是齊拉——那個結實的女管家，她終於出來了，查問這大吵大鬧是怎麼回事。她以爲他們有人對我大打出手，可是又不敢責難主人，便向那個年輕的惡棍開起火來。

「好啊，恩蕭先生，」她大聲說道，「我不知道你下一步會幹出什麼好事！我們要在自己家門口殺人嗎？我看我沒法在這個家裡待下去了——瞧瞧那可憐的小伙子，他都快透不過氣了！噓！噓！你快別罵啦——進來，我給你治一治。好啦！別動。」

她話音剛落，驀然把一壺冰冷的水潑在我的脖子上，隨即把我拖進了廚房。希斯克利夫先生跟在後面，他偶然快活了一陣之後，又很快恢復了慣常的鬱鬱不樂。

我難受極了，頭昏眼花的，因此不得不在他家住下。他叫齊拉給我一杯白蘭地，然後便進裡屋去了。齊拉先是對我的可憐境遇勸慰了幾句，後來奉主人之命，給我喝了白蘭地，我略微振作一些之後，她便帶我去睡覺。

---

❹ 李爾王痛罵兩個逆女，聲言要報仇，見莎士比亞悲劇《李爾王》第二幕第二場。

# 第三章

領我上樓時，她囑咐我把蠟燭遮起來，不要出聲，因爲主人對她領我去安歇的那個房間，存有奇怪的念頭，從不樂意讓任何人住在裏面。我問是什麼緣故，她回答說不知道。她在這裏才過了一兩年，這家人怪事多，她也就不去留意了。

我自己昏昏沉沉，也無法探問，便閂上門，向四下望望，看看床在哪裏。但全部家具只有一把椅子、一個衣櫃、還有一個大橡木箱，靠近箱頂處開了幾個方洞，像是馬車的窗口。我走到這個箱子跟前，往裏面瞧了瞧，發現原來是一張奇特的老式臥榻，設計的非常實用，省的家裏每個人都要佔一間屋子。實際上，這裏構成一間小密室，裏面有個窗台，可以當桌子用。我拉開嵌板門，拿著蠟燭走進去，再把嵌板門拉上，現在，覺得安全了，希斯克利夫和其他人監視不到我了。

我把蠟燭放在窗台上，只見有幾本發了霉的書堆在一個角上。窗台的漆面上有些亂寫亂畫的字跡。不過，這些字跡只是用大大小小的各種字體，反反覆覆寫下了一個名字——凱薩琳·恩蕭有些地方改成凱薩琳·希斯克利夫，然後又變成凱薩琳恩蕭·林頓。我無精打采地把頭靠在窗上，不停地念著凱薩琳·恩蕭—希斯克利夫—林頓，直至合上眼睛。但是，眼睛還沒閉上五分鐘，黑暗中忽地閃出一片白晃晃的字母，像鬼怪一樣地活靈活現——空中雲集了一大片「凱薩琳」。我醒過來想驅走這攪人的名字，發現燭芯倒在一部舊書上，使那地方發出一股烤牛皮的氣味。

我剪了剪燈芯，在惡寒和噁心不止的夾攻下，我感到很不舒服，便坐起來打開那本烤壞的書並放在膝上。這是一本《聖經》，印的字體很蹩腳，散發出一股濃烈的霉味。扉頁上題著「凱薩琳．恩蕭藏書」，還注有日期，大約在二十五年以前。

我合上這本書，又拿起一本，再拿起一本，直至全部查看了一遍。凱薩琳的藏書是經過精選的，從那磨損的狀況表明，每本都得到了充分的利用，雖然用得並不完全得當。幾乎沒有一章，逃過了鋼筆寫的批語——至少，看上去像是批語——印刷者留下的每一片空白，全給塗滿了。有些是孤立的句子，有些則採取正規日記的形式，出自孩子那未成熟的手筆，寫得甚為潦草。書中有一張額外的空頁，當初剛見到它時，恐怕還把它當作寶貝吧?!就在這空頁的上端，我看見了我的朋友約瑟夫的一幅絕妙的漫畫像，畫得雖然粗糙，但卻頗為傳神，讓人覺得十分有趣。

我對這位陌生的凱薩琳，頓時發生了興趣，當即開始辨認起她模糊不清的筆跡來。下面一段這樣寫道——

可怕的禮拜天！

但願父親又回到人世。亨得利是個可惡的繼承人——他對希斯克利夫太殘暴——希和我要反抗——我們今晚採取初步行動。

整天都在下大雨。大家不能去教堂，約瑟夫必須在閣樓裏聚眾做禮拜。這時候，亨得利和他老婆卻坐在樓下暖烘烘的火爐前烤火——我敢擔保，他們說什麼也不會去唸《聖經》。而希斯克利夫、我，還有那不幸的鄉巴佬卻受命拿著祈禱書爬上樓。我們列成一排，坐在一袋穀子上，一面哼哼一面發抖，實指望約瑟夫也跟著發抖，這樣一來，他爲了體恤自己，也會少佈點道了。眞是癡心妄想！禮拜整整延續了三個鐘頭，可我哥哥看見我們下樓的時候，居然還有臉驚叫：「怎麼，已經完了？」

過去，我們星期天晚上還可以玩玩，只要不吵吵鬧鬧。現在，只要稍微一笑，就得罰站牆角。「你們忘記你們還有個主人嗎？」那個暴君說道，「誰第一個惹怒了我，我就要他的命！我要你們一個個規規矩矩、安安靜靜。啊，好傢伙！是你吧？法蘭西斯，親愛的，你走過來時給我揪揪他的頭髮，我聽見他捻手指頭聲呢！」

法蘭西斯狠狠地揪了揪他的頭髮，然後走過去坐在她丈夫的大腿上。他們就像兩個小孩似的，一個又一個鐘頭地廝混，又是親吻又是胡扯地——那些滔滔不絕的甜蜜話是眞是無聊，我們都要感到害臊。

我們擠在餐具櫃的圓拱裏，儘量搞得暖和些。我剛把我們的圍裙繫在一起，掛起來當帷帘，忽然約瑟夫有事從馬廄裏走來。他一把扯下我掛上的東西，打我耳光，扯著啞嗓子嚷道：「東家才入土，安息日還沒過完，福音的聲音還在你們耳邊迴響，你們竟敢玩起來了！沒羞沒臊！給俺坐下，懶孩子！只要想看書，有的是善書。坐下來，想想你們的靈魂吧！」說罷，他就硬逼著我們調好位置，以便能藉助遠處爐火的微弱光亮，閱讀他塞給我們的那本破書。

我可受不了這個罪，便抓起那本髒書的書背，猛地丟進了狗窩，發誓說我討厭善書。希斯克利夫一腳把他的書也踢到同一地方。這一下可鬧了亂子了！

「亨得利少爺，」我們的牧師嚷道，「少爺，快來呀！凱茜把《救世盔》的背皮撕下來了，希斯克利夫用腳踢開了《走向毀滅的廣闊道路》的頭一卷！你讓他們這樣胡鬧，太可怕了。唉！換了老爺，非狠狠抽他一頓不可——可惜他不在了！」

亨得利連忙從火爐邊的天堂趕來，抓住我們倆，一個抓住衣領，另一個抓住胳膊，雙雙投進了後廚房。約瑟夫斷言，魔鬼「老尼克」一定會來抓我們。受到這番安慰之後，我們便各自找了個角落，恭候魔鬼的降臨。

我從書架上拿到這本書和一瓶墨水，把房門推開一點，透進幾絲亮光，寫寫字消磨了二十分鐘。可是我的同伴不耐煩了，建議我們倆拿上擠牛奶女工的斗篷，披著到荒野去溜一溜。一個好主意——就是那個凶惡的老頭子跑進來，他也會以爲他的預言應驗了——況且，我們跑到雨地裏，也不會比待在這裏更濕更冷。

我想凱薩琳完成了她計劃，因爲下一句話說起了另一件事——她哭起來了。

我做夢也沒想到，亨得利會讓我哭得這麼傷心！我頭痛，痛得都不能睡到枕頭上，可我還是禁不住要哭，可憐的希斯克利夫！亨得利罵他流氓，不許他再跟我們一起坐，一起吃飯。他還說，不許他和我一起玩，並且威脅說，要是我們違抗他的命令，就把他趕出去。他總是責怪父親（他怎麼敢呀?!）待希太寬厚了，並發誓說，要把他貶到他應有的地位上……

我對著字跡模糊的書頁打起盹來，目光從手跡溜到鉛印字上。接著，看見一個紅色花字標題——《七十個七次》❶與第七十一條第一款：傑貝斯．布蘭德哈姆牧師在吉默頓河畔小

---

❶ 據《聖經．新約．馬太福音》第十八章：彼得問耶穌說：「主啊，我兄弟一再得罪我，我該饒恕他幾次呢？七次可以嗎？」耶穌回答說：「不，七次不行，而要七十個七次……」

教堂宣講的一篇經文。當我迷迷糊糊地苦苦猜測傑貝斯，布蘭德哈姆是如何闡發他這個題目時，卻倒在床上睡著了。

唉，都是壞茶和壞脾氣帶來的苦頭啊！不然我怎麼會度過如此可怕的一夜呢？我自從學會吃苦以來，記不得還有哪一夜能與這一夜相比。幾乎沒等我忘記自己置身何地，我就做起夢來了——

我覺得是早晨，動身往家裏走，約瑟夫給我帶路。路上的雪有幾碼深。我們踉踉蹌蹌地往前走去，我的同伴喋喋不休地抱怨我沒帶一根朝聖用的拐杖，說什麼不帶拐杖就進不了家，還神氣活現地揮舞著一支大木棒，我領會，這就是他所謂的枴杖了。起初，我感到很可笑，我怎麼會需要這樣一個器械，才能進得去自己的家。接著，我腦子裏閃過一個新念頭。也我不是回家去，我們是去聽大名鼎鼎的傑貝斯·布蘭德哈姆宣講《七十個七次》的經文。也不知是約瑟夫、牧師，還是我，觸犯了那「第七十一條第一款」，就要被當眾揭發，逐出教門。

我們來到小教堂——我散步時，還眞打那裏走過兩三回。小教堂位於兩山之間的一個山谷裏——一個塡高了的山谷裏——附近有一片沼澤。據說，那裏的濕氣中含有泥炭的成分，對於存放在那裏的幾具屍體，足於產生防腐作用。房頂至今保存完好，但是，鑑於牧師的薪俸每年只有二十鎊，加之一座兩間屋的房子眼看就要變做一間了，沒有哪個教士願意來這裏擔任牧師的職位；特別是最近傳說，他的教民寧可餓死他，也不願從自己的腰包裏多掏一個便士，來增加他的俸祿。然而，我夢見傑貝斯會眾滿堂，一個個聚精會神。他佈道了——天呀！多麼了不得的一篇佈道啊！共分四百九十節——每一節完全相當於一篇普通的佈道——而且每一節討論一種罪過。他是從哪裏搜索到這麼多罪過的，我也說不上來。但他對於犯罪有著獨到的見解，彷彿教友每次都要犯不同的罪過似的。而那都是些怪誕不經的罪過——我以前連想都不曾想到過的奇怪的罪過。

哦，我太睏倦了。我一個勁地扭動、打呵欠，打瞌睡，再醒過來！我還一個勁地掐自己、扎自己、揉眼睛、站起來又坐下，還用胳膊碰碰約瑟夫，讓他告訴我，還有沒有講完的時候！我無可奈何地只得聽完——最後，他終於講到「第七十一條第一款」。在這緊急關頭，我突然靈機一動，忽地站了起來，痛斥傑貝斯，布蘭德哈姆是個罪人，犯下了基督教徒不能饒恕的罪孽。

「先生，」我叫道，「我一直坐在這座教堂裏，忍受並且寬容你在講道中列數了四百九十條罪過。我有七十個七次拿起帽子想要離去，你又有七十個七次荒唐地逼迫我坐下來。這第四百九十一次可就太過分了。難友們，揍他呀！把他拖下來，砸個稀巴爛，讓這個熟悉他的地方，再也見不到他這個人！」

「你就是罪徒！」肅靜片刻之後，傑貝斯手撐著墊子大聲叫道，「你有七十個七次打呵欠做怪臉，我有七十個七次與自己的心靈商量。瞧！這是人類的弱點，也是可以寬恕的！第七十一條第一款用上啦！教友們，對他執行成文的判決吧！所有的聖徒都有這種榮耀！」

話音剛落，全體會眾舉著朝拜的拐杖，一窩蜂地向我衝來。我沒有武器拿來自衛，便與離我最近、對我攻擊得最凶猛的約瑟夫扭打起來，奪他的手杖。人群蜂湧中，有些棍杖交錯在一起，本來對著我擊來，卻落在別人的腦袋上。霎時間，整個教堂劈劈啪啪響成一片，你打我，我打你，每個人都向身邊的人大打出手。布蘭德哈姆也不甘袖手旁觀，勁頭一來，雨點似地拼命敲打佈道壇，只聽見敲得震天響，最後終於把我驚醒了，使我感到說不出輕鬆。

究竟是什麼喚起了那場巨大的騷亂呢？在那場吵鬧中，究竟是什麼東西扮演了傑貝斯的角色？原先，只是狂風咆哮而過時，有棵樅樹的樹枝擦到了格子窗，它的乾果在窗玻璃上碰得砰砰作響！我滿腹狐疑地聽了一陣，找到了搗亂的根源，便翻了個身睡著了，又做起夢來。如果能的話，這一次比前一次更不好受。

這一次，我記得我躺在橡木箱子裏，清清晰晰地聽見風在怒號、雪在紛飛。我還聽見樅樹枝反覆發出那戲弄人的聲響，而且也知道是什麼原因。不過，這聲音太煩人了，如果可能的話，我非要讓它靜下來不可。我想我爬起來了，想打開窗子，不料窗鈎給銲在鈎環裏，這個情況我醒著的時候就發現了，可是又忘了。

「不管怎麼樣，我非要讓它靜下來不可！」我咕噥了一聲，用指節骨敲碎了玻璃，伸出手臂去抓那搗亂的樹枝。怎料我的手指沒抓住樹枝，卻握住了一隻冰冷小手的手指頭！

我突然感到夢魘般的極度恐怖，想把胳膊抽回來，可是那隻手卻緊抓不放，只聽到一個極其淒慘的聲音嗚嗚咽咽地說：「放我進去吧——放我進去吧！」

「你是誰？」我問，同時極力想把手臂掙脫出來。

「凱薩琳．林頓，」那聲音顫抖地答道，（我爲什麼想到林頓呢？其實，我每看到一個「林頓」，就看到二十個「恩蕭」）「我回家來了，我在荒野上迷了路！」

她說話的當兒，我隱約看見一張孩子的臉，在向窗裏張望。恐怖使我發狠了，我眼看甩不掉這小東西，就把她的手腕拉到碎玻璃口上蹭來蹭去，直蹭得鮮血淋漓，浸透了被褥。可她還在哀泣：「放我進去！」並且緊緊抓住我，簡直把我嚇瘋了。

「我怎麼能呢？」我終於說道，「你要是想讓我放你進來，先放開我！」

她的手指鬆開了，我猛地把手從窗外抽回來，趕忙疊起一大堆書抵住窗子，搗起耳朵不聽那悲戚的哀求。似乎搗了一刻多鐘，可是等我放開手再聽時，那淒厲的聲音還在哀叫。

「滾開！」我叫喊道，「我絕不會放你進來，你就是央求二十年也沒有用！」

「已經二十年了，」那聲音淒楚地說道，「二十年了，我流浪了二十年了！」

隨即，外面響起輕微的抓扒聲，那堆書動了動，彷彿有人在往裏推。我想跳起來，可是四肢動彈不得，於是便驚恐萬狀地大喊大叫。使我惶恐不安的是，我發現這叫喊並非虛幻。急促的腳步聲朝我的房門口走來，有人猛一下推開門，幾絲亮光透進了臥榻上方的方洞。我還坐在那裏哆嗦，抹著掛在額頭上的冷汗。闖進來的人彷彿在踟躕不前，正喃喃自語。最後，他以半低不高的聲音問了一句，顯然並不指望得到回答。

「這兒有人嗎？」

我想最好招認我在裏面，因爲我聽出了希斯克利夫的口音，如果我不作聲，恐怕他還要搜查。我主意一定，便轉身拉開了嵌板。這個舉動產生的後果，我是不會輕易忘記的。

希斯克利夫站在門口，身上穿著襯衣長褲，手裏拿著一支蠟燭，燭油滴到指頭上，那張臉就像身後的牆壁一樣白。橡木板嘎吱一聲，讓他像觸電似地嚇了一跳，手裏的蠟燭甩出好幾英尺遠，他驚地簡直都拾不起來了。

「只不過是你的客人，先生。」我大聲叫道，想讓他少丟點臉，不要再暴露他的怯懦。「眞倒楣，我做了一個惡夢，在夢裏驚叫起來。對不起，驚擾了你。」

「哦，該死的，洛克伍德先生！但願你下——」我的房東開口說道，「誰把你領進這間屋子的？」他接著問道，一面將指甲掐進掌心，牙齒咬得嘎嘎響，想抑制住顫抖。「是誰？我恨不得馬上把他們攆出去！」

「是你的僕人齊拉，」我答道，一面跳下地來，急急忙忙地披上衣服。「你攆她我不管，希斯克利夫先生，她是活該。我看她是想利用我再次證明這地方鬧鬼。不過，這裏是鬧鬼——妖魔鬼怪泛濫！我跟你說吧，你完全有理由把它關閉起來，誰也不會因爲睡在這樣一個陋室裏，而對你表示感謝！」

「你這是什麼意思？」希斯克利夫問道，「你在幹什麼？既然你在這兒了，那就躺下過完這一夜。不過，看在上帝份上！別再發出那可怕的聲音了。那是讓人無法寬恕的，除非有人在割你的喉嚨！」

「要是那小妖精從窗口鑽了進來，她很可能會掐死我！」我回答說，「我不想忍受你那些好客的祖先再來殘害我了。傑貝斯．布蘭德哈姆牧師是不是你母親方面的親戚？還有那個妖女人，凱薩琳．林頓，或者恩蕭，或者不管她叫什麼吧——她一定是個給換過的孩子——可惡的小精靈！她告訴我說，她已經流浪了二十年了。我毫不懷疑，這是對她罪孽深重的應有懲罰！」話音剛落，我便想起那本書上希斯克利夫和凱薩琳兩個名字的聯繫，我把這事全給忘了，這才醒悟過來。我爲自己的疏忽感到臉紅，不過，我沒有進一步顯示我察覺了自己的過失，而是急忙添了一句：「其實，先生，我前半夜是在——」我說到這裏又頓住了，我原是想說「看那些舊書」，但那樣一來就會洩露，表明我不但知道印刷的內容，而且知道手寫的內容。於是，我當即改口道：「在念雕刻在窗台上的名字。這是個單調的差事，旨在催眠，就像數數一樣，或是——」

「你對我這樣說話，究竟是什麼意思？」希斯克利夫窮凶極惡地吼道，「你怎麼——怎麼膽敢在我家——天呀！他這說話是發瘋了！」他氣得狠敲自己的額頭。

聽他說出這話，我不知道是表示憤恨好，還是繼續解釋好。不過，他似乎大爲動情，我便起了惻隱之心，繼續述說我做的夢。我向他申明，我以前從沒聽說過「凱薩琳．林頓」這個名字，後來看到多次，也就印進了腦子裏，當我迷迷糊糊地睡著了，它就以人的形象出現在我的幻覺中。

我述說的時候，希斯克利夫慢慢退到床後面，最後索性坐下來，幾乎把床全給遮住了。但是，從他那急促不勻、時斷時續的呼吸中，我猜想他在極力克制極度強烈的情感。我不想讓他看出我已察覺了他內心的衝突，便繼續發出很大聲響穿衣，隨即又看看錶，自言自語地說起了話來。「還不到三點！我本想賭咒說有六點了。時間在這兒停滯不前了，我們一定是八點鐘就睡了！」

「冬天總是九點鐘睡，四點起床。」主人壓住了一聲呻吟說道。從他的胳膊的影子動作來看，我猜想他從眼裏抹去了一滴淚花。「洛克伍德先生，」他接著又說，「你可以到我屋裏去。你這麼早就下樓，只會礙事。你那孩子似的喊叫，早把我的睡意趕跑了。」

「我也睡不著了，」我回道，「我到院子裏走走，等到天亮就回去。你不必擔心我會再來打擾。我現在已經根治了交友尋樂的毛病，不管在鄉下還是在城裏。一個理智的人，能跟自己作伴就足夠了。」

「愉快的作伴！」希斯克利夫咕噥了一聲，「拿著蠟燭，愛去哪兒就去哪兒吧！我馬上去找你。不過，別到院子裏，狗沒拴！也別去堂屋——朱諾把守在那兒，還有——不，你只能在樓梯和走廊前裏溜達——你去吧！我過兩分鐘就來。」

我依了他，走出那間小屋。到了狹窄的走廊裏，我也不知道通向何處，便又站住了。因而無意中目睹了房東的一樁迷信活動，這很奇怪，說明他並不像他貌似地那樣有頭腦——他爬到床上，扭開窗子，用手一拉，一股熱淚奪眶而出。

「進來吧！進來吧！」他哽咽道，「凱茜，快來吧！哦，來吧，再來一次！哦！我的心肝寶貝，就聽我這一回吧！凱薩琳，最後一次！」

這幽靈顯示出幽靈素有的飄忽無常，就是不肯露面。但是暴風雪卻狂嘯著捲進來，甚至撲到我站的地方，吹滅了蠟燭。

他那席瘋話之中，夾雜著極度的痛苦和悲哀，我出於憐憫之心，也就寬恕了他的愚蠢舉動。我走開了，既為自己的偷聽而感到生氣，又為自己述說了那荒唐的惡夢而感到懊悔，因為正是我的夢導致了他那場悲痛，儘管我不明白個中緣由。

我小心翼翼地走下樓，來到後廚房，只見一堆火撥弄在一起，便點著了蠟燭。這裏沒有一點動靜，只有一隻帶有深色班紋的灰貓，從灰堆裏爬出來，乖戾地喵了一聲，算是向我致意。爐前擺著兩條圓弧形的長凳，幾乎把爐子圍起來了。我在一條長凳上躺下來，老花貓跳上了另一條。不一會，我們倆都打起盹來，不料有人闖進了我們的避難所。來者是約瑟夫，他從天花板的活門裏放下一架木梯子，我想，這就是他上閣樓的通道吧?!

他朝我在爐柵裏撥弄起的火苗狠狠瞪了一眼，忽地一下把貓推下板凳，自己坐在那空出的位置上，動手把那長煙斗裝上煙。我來到他的聖地，顯然被視為厚顏無恥的冒昧行為，他根本不屑理睬。一聲不吭地把煙斗塞進嘴裏，叉起胳臂，吸一口噴起煙來。我讓他自得其樂，不去打擾。他吐完最後一個煙圈，深深嘆了口氣，便站起身來，像來時一樣，板著臉走開了。接著，有人邁著輕快的腳步進來了，我張嘴想說一聲「早安」，可是沒有問候成，嘴又閉上了。原來，哈雷頓．恩蕭想在屋角找一把鏟子或鐵鍬去鏟雪，嘴裡低聲祈禱著，每碰著一件東西都要發出一串咒罵。他向板凳後面瞥了一眼，把鼻孔張得大大的，覺得對我就像對我的貓伙伴一樣，用不著客套。從他的準備情況猜測，我可以走了。於是，我離開了我的硬板凳準備跟他走。他看出我想走，便用鏟子尖戳戳一扇內門，嘴裏含糊不清地咕噥了一聲，算是告訴我：我要是想挪動位置，只能往那裏走。

那上門通向堂屋，女人們已經開始忙活了。齊拉拉著一隻大風箱，把火苗吹上了煙囪；希斯克利夫夫人則跪在壁爐邊，藉助火光看一本書。她把手遮在眼睛前面，擋住火爐的熱氣，彷彿在專心致志地看書，只有罵僕人濺了她一身火星，或是不時推開一隻把鼻子往她臉上湊的狗時，才會分心。我驚奇地發現，希斯克利夫也在那裏。他站在爐火邊，背對著我，剛對齊拉發過一頓脾氣，那可憐的女人不時地停下活計，撩起圍裙角，發出一聲聲氣憤的呻吟。

「還有你，你這個沒用的——」我進去時，他正轉過身衝著他的兒媳發作，使用的無外乎鴨子、羊之類的不傷人的字眼，但通常用破折號來代替。

「你又要無聊的把戲了！別人都在掙飯吃，你卻靠我的施捨過日子！丟開你手上那件破爛東西，去找點活幹。你總是在我面前煩我，我一定會跟你清算這筆帳的——聽見了沒有？該死的賤貨！」

「我會丟開我的破爛的，因爲我就是不肯丟，他也會強迫我丟開的。」少婦答道，一面合上書丟在一張椅子上。「不過，你就是罵掉了舌頭，我也是除了我願意幹的事以外，別的什麼都不幹！」

希斯克利夫舉起手，說話人顯然知道它的分量，連忙跳到一個比較安全的地點。我無心觀賞一場貓狗爭鬥的場面，便快步走上前去，好像一心想到爐邊去烤火，並不知道打擾了他們的爭吵。他們兩人都還顧全點體面，沒有再鬥下去。希斯克利夫把拳頭插進口袋裏，省得忍不住又要動手；希斯克利夫夫人則噘著嘴，走到遠處的一張椅子那裏，並且遵守諾言，在我逗留的餘下時間裏，就像一座雕像似的，始終一動不動。

我也沒有逗留多久。同時謝絕了和他們共進早餐，等天一放亮，就乘機逃到戶外。外面的空氣既清新、又沉靜，且像無形的冰一樣冰冷。我還沒走到花園盡頭，房東就喊住了我，要把我送過荒野。幸好他來送我，因爲整個山脊像一片浪濤滾滾的白色海洋，外表的高低起伏並不相應地表示地面的凸凹不平——至少，有許多坑凹給填平了；還有那一道道的山岡、一座座石礦的殘跡，也從我昨天走過時腦子裏留下的圖像中，給統統抹掉了。

我還曾注意到，在路的一邊，每隔六、七碼，就豎著一塊石碑，一直延續到荒野的盡頭。石碑都豎立著，塗上了石灰，以便天黑時用作路標，同時也是爲了防止遇上眼前這樣的大雪，將路旁的沼澤和堅實的路徑弄得混淆不清。但是，除了這裏那裏露出幾個黑點之外，這些石碑全都不見了蹤影。我自以爲準確無誤地順著彎彎曲曲的路徑行走，我的同伴卻不得不隨時告誡我向左或向右拐。

我們很少交談，他在畫眉莊園入口處站住了，說我到達這裏就不會再迷路了。我們只是匆匆地鞠了個躬，算是告別，接著我就憑著自己的能耐繼續往前走去，因爲門房那裏還無人租住。從大門到田莊，距離是二英里，我想我卻走了四英里。因我時而在樹林裏迷了路，時而又陷在雪坑裏被雪埋到脖頸，這種苦頭，只有親身經歷過的人才能體會到。總算還好，不管我怎麼亂跑，我踏進家門時，時鐘正確著十二點。這樣一來，若照從咆哮山莊到這裏的通常路線計算，恰好是每小時走一英里。

女管家及其下手們跑來歡迎我，七嘴八舌地嚷嚷說，她們還以爲我沒有指望了。大夥都猜想我昨晚死掉了，捉摸著應該如何去尋找我的屍體。我叫他們別吵了，他們不是看見我回來了嗎。我渾身都凍僵了，步履艱難地上了樓，換上乾衣服以後，踱來踱去走了三四十分鐘，恢復點熱氣。接著，又來到書房，像隻小貓一樣虛弱，就連僕人爲我生起來的暖烘烘的火爐，給我端來提神的熱氣騰騰的咖啡，我也差一點無法享受。

# 第四章

我們人是多麼自視甚高而又反覆無常啊！我本來下定決心避開一切社會交往，而且慶幸自己運氣不錯，終於找到了一個幾乎無法通行的地方。我這懦弱的可憐蟲，與消沉和孤獨抗爭到黃昏，最後不得不認輸。等狄恩太太送來晚飯時，我假裝打聽我的住所有些什麼必需品，請她坐下來守著我吃，真誠地希望她是個道道地地愛絮叨的人，或是激起我的興趣，或是催我入眠。

「你在這裏住很久了吧？」我開口問道，「你不是說十六年了嗎？」

「十八年了，先生。女主人出嫁時，我跟過來伺候她。他死了以後，主人留下我來作女管家。」

「原來如此。」

接著是一陣緘默。我擔心她不是個愛絮叨的人，除非談論她自己的事，而那些事又激不起我的興趣。不過，她雙拳放在膝上沉思了一會，紅潤的臉上沉浸在冥想之中。

「唉，從那以後變化有多大呀！」她突然失聲嘆息道。

「是呀，」我說，「我想你目睹了不少變化吧？」

「不錯，也目睹了不少煩惱。」她說。

「哦，我要把話題轉到房東的家世上，」我心裏暗想，「一個開場的好話題——還有那位漂亮的小寡婦，我想了解一下她的身世——她究竟是本地人，還是更可能是個外鄉人，乖戾的本地人都不願意跟她親近。」

我抱著這個想法，詢問狄恩太太——希斯克利夫爲什麼會把畫眉田莊租出去，自己寧可住在一個地點和住宅都差得遠的地方。

「難道他沒有錢好好整頓一下這份房產？」我問道。

「可有錢了，先生！」狄恩太太回道，「誰也不知道他有多少錢，而且年年都在增加。是呀，是呀，他有的是錢，完全可以住一座比這更好的房子。不過，他很小氣——手太緊。即使他有心要搬到畫眉田莊，一聽說有個好房客，他就絕不會眼睜睜地放棄這多進幾百鎊的機會。眞奇怪，一個人孤單單地活在世上，居然還這麼愛錢！」

「他好像有過一個兒子吧？」

「是的，有過一個——已經死了。」

「那個年輕女人希斯克利夫夫人是他的遺孀囉？」

「是的。」

「她娘家在什麼地方呢？」

「哦，先生，她是我已故主人的女兒，凱薩琳·林頓是她的閨名。我把她帶大的，可憐的東西！我眞希望希斯克利夫先生搬到這兒，那她跟我又可以在一起了。」

「什麼，凱薩琳·林頓！」我驚叫道。可是，轉念一想，我又斷定那不是我夢見的幽靈凱薩琳。「那麼，」我接著說道，「我那幢房子的前主人姓林頓啦？」

「是的。」

「那麼，跟希斯克利夫先生住在一起的那位恩蕭先生——哈雷頓·恩蕭，又是誰呢？他們是親戚嗎？」

「不，他是已故林頓夫人的侄子。」

「這麼說，還是那位年輕女人的表兄囉？」

「是的，她丈夫也是他的表兄弟——一個是母方的侄子，一個是父方的外甥——希斯克利夫娶了林頓先生的妹妹。」

「我看見咆哮山莊正門上刻著『恩蕭』。那是個古老的世家嗎？」

「是非常古老的，先生。哈雷頓是他們家的最後一代，就像是凱薩琳是我們家的最後一代——我是說林頓家的最後一代。你去過咆哮山莊嗎？請原諒我這樣問，不過我想聽聽她怎麼樣了？」

「希斯克利夫夫人？她氣色很好，也很漂亮。不過，我想不大快活的。」

「唉，我看不奇怪！你覺得主人怎麼樣？」

「一個相當粗暴的人，狄恩太太。難道他不是這樣的性格嗎？」

「像鋸齒一樣粗暴，像砂岩一樣堅硬！你越少搭理他越好。」

「他人生中一定有過坎坷，才落得這麼粗暴。你了解他的身世嗎？」

「就像一隻杜鵑的身世，先生——我全都了解，除了他生在何處，父母是誰，以及當初怎麼發的財。哈雷頓像是隻羽毛未豐的籬雀似的給推了出去了❶。在這全教區裏，只有這可憐的孩子，還不知道自己是怎麼受騙的！」

「好了，狄恩太太，行行好，給我講點我鄰居的事吧！我覺得，我就是上床也睡不著。

---

❶ 杜鵑和籬雀：杜鵑不會孵卵育雛，便把卵下在別的鳥類的巢裏。小杜鵑孵出後，會把別的鳥蛋或小鳥推出巢去。

因此，行行好，坐下來聊它一個鐘頭。」

「哦，當然可以，先生！我去拿點針線活，然後你要我坐多久，我就坐多久。不過你著涼了，我看見你哆哆嗦嗦的，你得喝點熱粥去去寒。」

這位可敬的女人連忙跑出去了，我又朝火爐跟前湊了湊。這時，我覺得腦袋發熱，身上發冷，加上大腦神經一激動，幾乎達到發昏的地步。這倒不會使我感到不舒服，而是叫我覺得有些害怕（現在還在害怕），唯恐今天和昨天的事會產生嚴重的後果。她不一會兒就回來了，帶來一碗熱氣騰騰的稀粥，和一個針線籃子。她把粥放在爐旁的鐵架上，又把椅子往前拉了拉。顯然，見我這麼容易親近，她也感到很高興。

她沒等我再請求，便講起了她的故事——

「我沒住到這裏之前，幾乎一直待在咆哮山莊，因爲我母親是帶亨得利．恩蕭先生的——就是哈雷頓的父親。我常和孩子們一起玩。有時也跑跑腿，幫助曬乾草，在農場上轉來轉去，誰吩咐我幹什麼，我就幹什麼。」

一個晴朗的夏天早晨——我記的是剛開始收割的時候——老主人恩蕭先生走下樓，穿戴好了準備出門。他向約瑟夫交代了一天的活計之後，便轉向亨得利、凱茜和我——因爲我在跟他們一起喝粥，只聽到他對兒子道：『喂，我的好小子，我今天要去利物浦，要我給你帶點什麼呢？你喜歡什麼就挑什麼，只是要挑個小東西，因爲我要走著去走著回來，一趟就有六十英里，要走好久好久！』

亨得利說他要一把小提琴。隨後主人又問凱茜小姐。凱西還不到六歲，可是馬廄裏的馬她哪一匹都能騎，因此她想要一根馬鞭。主人沒有忘掉我，因爲他心腸好，雖說有時候有點嚴厲。他答應給我帶一袋蘋果和梨，然後親親兩個孩子，說了聲再見，便上路了。

他走了三天，我們都覺得很漫長，小凱茜老要問他什麼時候回來。第三天晚上，恩蕭夫人盼望他在吃晚飯時到家。她把晚飯一個鐘頭又一個鐘頭往後推延，可是還不見丈夫歸來的蹤影，兩個孩子起先還跑到大門口去張望，最後也跑膩了。天黑下來了，母親要他們去睡，他們卻苦苦哀求，還是讓他們等著吧。就在十一點左右，門閂給輕輕地拉開了，主人走了進來。他一屁股坐在椅子上，哀聲嘆氣，叫他們都站開，因爲他快累死了。哪怕把英倫三島送給他，他也不願再走一趟了。

『到頭來，還要給臭罵一通哪！』❷他說著，打開了裹成一團抱在懷裏的大衣。『聽我說，夫人。我一生還從沒給過什麼東西搞得這麼狼狽過，可你一定得把他視爲上帝的賞賜，雖然他黑黝黝的，簡直像從魔鬼那兒來的。』

我們都圍過去。我從凱薩琳的頭頂上望過去，瞥見一個骯髒的、穿得破破爛爛、長著一頭黑髮的孩子。這孩子不小了，該是能走會說了。看臉蛋，甚至比凱薩琳還大些。誰知把他一放到地上，他只顧瞪著眼四下張望，嘴裏老在嘰哩咕嚕的，誰也聽不懂說些什麼。我害怕了，恩蕭夫人會把孩子扔出門外的。她果眞發作了，質問丈夫——他們明明有自己的孩子要扶養，他怎能把那個吉普賽崽子帶回家？他打算怎麼辦，他是不是瘋了？

主人想說明原委，可他實在累得要死，在夫人的責罵聲中，我只聽得出是這麼回事——他在利物浦的街頭，看見這孩子快餓死了，又無家可歸，像個啞巴一樣，便領著他查尋他的親屬。他說誰也不知道他是誰家的孩子。他覺得自己的錢和時間都有限，與其在那裏白白破

❷ 原文中fight一詞有不同解釋，譯者採納了一九八六年牛津版本的注釋，意為「責罵」。

費，不如馬上把孩子帶回家，因爲他已打定主意。不能眼看著不管他。最後，女主人抱怨夠了，平靜下來了。恩蕭先生吩咐我給他洗個澡，穿上乾淨衣服，讓他跟孩子們一起睡。

亨得利和凱茜起初又是看又是聽，覺得很帶勁，等一恢復平靜，兩人便動手去掏父親的口袋，搜尋他答應送他們的禮物。亨得利是個十四歲的男孩，當他從大衣口袋裏掏出那把壓得粉碎的小提琴時，不禁嚎啕大哭起來；而凱茜呢？當她聽說父親只顧照料那個陌生孩子，而丟失了她的鞭子時，便把一肚子怨氣發洩在那個傻小子身上，衝著他又咧嘴又吐唾沫，不想她這一撒野，卻招來父親一記狠狠的耳光，教訓她放規矩些。

他們誰也不肯讓他和自己同床，甚至不肯讓他睡在自己屋裏。我也不大有頭腦，於是就把他放在樓梯口上，希望他明天會不知去向。也不知是湊巧，還是聽見了主人的聲音，他朝恩蕭先生的門口爬去，恩蕭先生一出房門就發現了他。主人追問孩子怎麼來到這裏，我只得招認，並且因爲膽小怕事和不近人情，而受到了懲罰，被趕出了主人家。

這就是希斯克利夫初進恩蕭先生家的情形。我沒過幾天又回來了（因爲我並不認爲我是被永遠驅逐出門的），發現他們給他起名『希斯克利夫』，那本是他們一個幼年早夭的兒子的名字，從此便既作他的名，又算他的姓。

這時，凱茜小姐和他很要好了，但是亨得利卻恨他，而且說實話，我也恨他。我們採取不光彩的手段，折磨他、愚弄他，因爲我不夠理智，意識不到自己的不公正，而女主人看見他受欺負時，從不替他說一句情。

看樣子，他是個悶悶不樂、能夠忍耐的孩子，也許是受慣了欺凌，變得無所謂了。亨得利一拳拳向他打來，他能不眨一下眼、不掉一滴淚；我一把一把地擰他，他只是吸口氣、睜大兩眼，彷彿他偶然傷了自己，誰也不怪似的。

老恩蕭稱他為可憐巴巴的沒了父親的孩子，一發現兒子欺負他而他又逆來順受時，他就氣得大動肝火。也不知道為什麼，他就是喜歡希斯克利夫，什麼話都信他的（其實，他也難得開口，而且一般都講實話。）寵他愛他，遠遠超過凱茜，因為凱茜太調皮、太任性，得不到父親的歡心。恩蕭夫人去世，這時少爺已把父親視為壓迫者，而不是當作朋友，認為希斯克利夫篡奪了他父親的愛心和他的特權，而且越尋思這些損害，心裏就越氣不過。

我有一陣還很同情他，但是後來孩子們出了痲疹，我既要看護他們，又要擔負起女僕的職責，這時我就改變了看法。希斯克利夫病得很重，他病危中臥床不起的時候，總要叫我守在他枕邊。我料想他覺得我幫了他不少忙，其實他怎麼也猜不到，我是被迫這樣做的。不過，我要說，天下哪個保母也沒照料過這麼安靜的孩子。他和其他兩個孩子不一樣，這就使我不得不少偏點心。凱茜和他哥哥煩得我要死，而他卻像個羊羔似地不哼不叫，雖然他是出於倔強，而不是出於溫柔，才那樣不煩人的。

他脫險了，大夫說多虧了我，稱讚我護理得好。經他這麼一誇讚，我感到很得意，便對那個幫我贏得這番讚賞的孩子，變得溫和起來了，於是亨得利失去了最後一個盟友。不過，我還是無法喜歡希斯克利夫。我常常納悶——一個憂憂鬱鬱的孩子，主人在他身上發現了什麼優點，值得他這麼喜歡？在我的記憶中，他對主人的寵愛，從未做出任何感激的表示。他對他的恩人並非傲慢無禮，只是無動於衷而已；雖然他深知他已經抓住了他的心，知道他只要一開口，全家都得屈從他的意願。

舉個例子。我記得恩蕭先生有一次在教區的集市上買了兩匹小馬，給兩個男孩一人一匹。希斯克利夫挑了一匹漂亮的，可是不久就摔瘸了，他一發現，就對亨得利說道：『你得跟我換馬。我不喜歡我的，你要是不肯換，我就告訴你父親，你這個星期打過我三次，還把胳膊捋給他看，一直烏青到肩膀。』

亨得利吐出舌頭，又摑了他幾個耳光。

『你最好馬上換，』希斯克利夫堅持要求，一面逃到門廊（他們待在馬廏裏）。『你非換不可，我要是說出我挨了這麼多打，你可要連本帶利地挨一頓打。』

『滾開，狗東西！』亨得利大聲喝道，用一個稱馬鈴薯和乾草的鐵秤陀嚇唬他。

『扔吧！』他答道，紋絲不動地站在那裏。『我要告訴他你誇口說，他一死你就把我趕出大門，看他會不會馬上把你趕出去。』

亨得利扔出秤陀，咚地打在他胸口上，他一頭倒下去，可是馬上又搖搖晃晃地站起來，氣喘吁吁、面無血氣。要不是我阻攔，他眞會跑到主人跟前，只要讓他瞧瞧他給打成什麼樣子，道明白誰是肇事者，那他就會徹底報仇。

『吉卜賽，那就把我的馬牽去吧！』小恩蕭說道，『我希望牠會摔斷你的脖子。牽去吧！該死的，你這個擾亂別人家庭的叫化子！把我父親的財產全騙去吧！只是以後讓他看看你是個什麼東西，小魔鬼。吃我一拳，但願牠踢出你的腦漿！』

當時，希斯克利夫走過去解馬韁，想把馬牽到自己的馬欄裏，剛走到馬身後，亨得利話音未落，一拳便把他打倒在馬蹄下，也不停下來看看他是否如願以償，拔腿就跑掉了。我驚奇地看著那孩子若無其事地爬起來，繼續忙他要做的事，諸如換馬鞍之類。隨即坐在一捆乾草上，想抑制住剛才那記猛擊所引起的暈眩，然後才走進屋去。

我輕易地說服了他，讓我把他的纍纍傷痕歸罪於小馬。他既然撈到了他想要的東西，也就不在乎別人撒什麼謊。他確實很少拿這類事情去告狀，我還眞以為他沒有報復心呢！我完全看錯了，你聽下去就知道了。

# 第五章

「光陰荏苒，恩蕭先生開始衰老了。他一向很活躍，也很健壯，誰想陡然體力不支了。當他只能守在壁爐角時，就會煩躁得讓人難以忍受。一點芥末小事都會惹得他心煩，有時疑心別人蔑視他的權威，氣得他簡直要發瘋，這尤其表現在別人想要捉弄或是欺壓他的寵兒的時候。他疑神疑鬼、百般提防，唯恐有人對希斯克利夫出言唐突。他腦子裏好像有這樣的想法——因爲他喜歡希斯克利夫，所以大家都恨他，都想害他。

這對那孩子可沒好處，因爲我們當中能體貼的都不願惹主人生氣，於是便迎合他的偏愛，而這種迎合卻大大滋長了那孩子的傲慢和乖僻。不過，這在某種意義上還是必要的。有兩三回，亨得利當著父親的面，公然表示瞧不起那孩子，可把老人家激怒了，抓起手杖要打兒子，怎奈又力不從心，氣得渾身發抖。

最後，我們的副牧師（我們那時有個副牧師，他除了俸祿之外，還要教林頓家和恩蕭家的孩子念書，以及自己種點地，才能足以維生。）他建議把這年輕人送到大學念書，恩蕭先生同意了，不過心裏有些擔憂，他說：『亨得利是個廢物，遊蕩到哪也不會有出息。』

我滿心希望，大家現在可以安寧了。一想到主人做了好事，反而給搞得不快活，我就感到痛心。我還以爲他年老多病、事事不稱心，都是由於家庭不和引起的。他自己也是這麼看的。其實，你要知道，先生，他這毛病是由於身體衰弱而釀成的。

儘管如此，若不是爲了凱茜小姐和家僕約瑟夫兩個人，我們還可以過得不錯。我敢說，你在那邊見過約瑟夫。他八成是個讓人討厭透頂、滿口仁義道德的僞君子，過去是現在還是，只管在《聖經》裏翻來查去，把福運留給自己，把禍患拋給鄰人。他憑著善於講道和談吐虔誠，使恩蕭先生大爲賞識。主人越衰弱，他也就越得勢。

他無情地折磨主人，要他關注心靈的事，嚴格管教孩子。他慫恿主人把亨得利視爲一個孽子，而且經常一夜一夜地、長篇累贅地編派希斯克利夫和凱薩琳的壞話，爲了迎合恩蕭的弱點，總把最大的罪責推到凱薩琳身上。

說眞的，我還從沒見過像她這樣的孩子。她一天之內，能有五十多次搞得我們大家失去耐心。她從下樓那刻起，直到上床睡覺爲止，無時不在調皮搗蛋，攪得我們一刻也不得安寧。她的情緒總是十分高漲，舌頭總是閒不住——又是唱、又是笑，誰不附和她，她就纏住誰，眞是個又野又皮的丫頭。不過，教區裏就屬她眼睛最漂亮、笑容最甜蜜、腳步最輕盈。不管怎麼說，我相信她心眼並不壞，因爲她一旦把你眞惹哭了，往往要陪著一起哭，讓你不得不停住，反過來去安慰她。

她太喜歡希斯克利夫了，如果我們眞想懲罰她，最厲害的一招就是將他倆分開。爲了他，她比我們誰挨的罵都多。玩遊戲的時候，她特別喜歡扮演小主婦，既可以隨意揮手打人，又可以向同伴們發號施令。她對我也來這一套，可我卻受不了挨她打；聽她支使，並且向她講明了。

且說恩蕭先生，他並不懂得孩子們的玩笑。他對他們一向是又嚴峻又古板。凱薩琳不明白，父親在年老多病的情況下，爲什麼比年富力強時更加暴躁、更加缺乏耐性。

父親動不動就責罵她，反而激起了她調皮搗蛋的興趣，故意去挑逗他。她最喜歡我們一起罵她，她好公然擺出一副橫眉豎眼的神氣，伶牙俐齒地回敬我們。她還喜歡嘲弄約瑟夫的虔誠詛咒，喜歡捉弄我，就愛幹她父親最反感的事情。顯示她那假裝出來（而她父親卻信以爲眞）的傲慢，如何比他的慈愛更能左右希斯克利夫：那孩子對凱薩琳唯命是從，而對恩蕭的命令，只有合他心意時，他才肯聽從。

有時，她白天淘了一天氣，晚上又撒嬌地跑來求和。

『不，凱茜，』老頭子說道，『我不能愛你。你比你哥哥還壞。去！禱告去吧！孩子，求上帝饒恕你。我想你母親和我一定後悔養了你！』

起初，她聽了這話還要哭一陣。後來，由於接連碰釘子，也就變得無所謂了。我要是教她爲她的過失道個歉，請求諒解時，她就一笑置之。

但是，結束恩蕭先生塵世煩惱的時刻，終於來到了。一個十月的晚上，他坐在爐邊的椅子上，靜悄悄地死去了。大風圍著屋子狂嘯，在煙囱裏怒吼，聽起來像暴風驟雨一般，但是並不寒冷，我們都待在一起——我離壁爐稍遠一點，忙著打毛線，約瑟夫湊在桌邊讀《聖經》（僕人幹完活之後，這時通常坐在堂屋裏）。凱茜小姐病了，反倒安靜了。她偎在父親的膝前，希斯克利夫躺在地板上，頭枕在她的膝上。

我記得主人昏睡之前，還撫摸著女兒那頭秀髮。眼見著她這麼溫順，老頭子高興得不得了，便說道：『你爲什麼不能永遠做一個好姑娘呀，凱茜？』

『你爲什麼不能永遠做一個好男人呀，父親？』凱茜仰起臉望著他，笑著答道。

但是，一見父親又氣惱了，她便親親他的手，說要唱一支歌伴他入睡。她低聲唱了起來，唱著唱著，父親的手指從她手裏滑落，腦袋垂在胸前。這時，我叫她別作聲，也別動彈，以免吵醒老人。我們大家一聲不響地待了足足半個鐘頭，本來還要繼續待下去，只見約瑟夫讀完了那章書，站起來說，他得喚醒主人，讓他做了禱告好就寢。他走上前去，呼喚主人，碰碰他的肩膀，可是主人動也不動，於是他拿起蠟燭瞧瞧他。

等約瑟夫放下蠟燭的時候，我感到出事了。他一手抓住一個孩子的胳臂，小聲跟他們說：『上樓去吧，別出聲——今晚你倆自己禱告吧——俺有事要幹。』

『我要先跟我父親說聲晚安。』凱薩琳說。我們還沒來得及阻攔，她就伸出手臂摟住了主人的脖子。這可憐蟲當即發現她失去了父親，便尖聲大叫：『哦，他死了，希斯克利夫！他死了！』

兩人一齊放聲大哭起來，眞令人心碎。我跟他們一起號啕，哭得又響又慘。不料約瑟夫責問道，我們究竟是怎麼想的，居然對一位升天的聖人這樣大吼大叫。他叫我穿上大衣，跑到吉默頓去請大夫和牧師。我當時猜不透請這兩個人有什麼用，不過我還是冒著風雨去了，結果只請回了大夫，牧師說明天早晨來。

我讓約瑟夫去說明情況，自己跑到孩子們的房裏。房門半開著，只見雖已過了半夜，誰也不曾躺下過。不過，他們安靜些了，用不著我來安慰了。兩個小傢伙用一些我都想不到的美好念頭，相互安慰著。他們談得那樣天眞浪漫，世上沒有哪個牧師，能把天堂描繪得那樣美好。我一邊抽泣一邊聽的時候，不由得希望，我們大家一起平平安安地升到天堂裏去。」

# 第六章

「亨得利先生回家奔喪來了，有一件事讓我們吃一驚，也叫左鄰右舍說了不少閒話——他帶回了一位太太。她是什麼人，出生在哪裏，亨得利從沒告訴我們。也許她既沒有錢，也沒有門第好炫耀的，不然他也不會把婚事瞞著父親。

他這位太太，倒不會爲了自己而攪得家裏不得安寧。她一跨過門檻，所見到的每一樣東西，以及周圍發生的每一樁事情——除了準備安葬和有人來弔唁之外，似乎都令她高興。從她這期間的表現來看，我覺得她有些傻乎乎的。她跑進臥室，還要拉上我，儘管我要給孩子們穿孝服。她坐在那裏直哆嗦，緊叉著十指，反覆問道。『他們走了沒有？』

接著，她歇斯底里般地說起她看見黑色會有什麼反應。她震驚、顫抖，最後哭了起來。等我問她怎麼回事時，她回答說，她也不知道。不過，她覺得太怕死人了！我想她和我一樣，不至於說死就死。她人很瘦，但是年輕氣色好，眼睛像鑽石一樣晶亮。當然，我注意到，她一上樓梯就要氣喘，突然聽見一丁點聲響，就抖作一團，有時也咳嗽得透不過氣來。可我壓根兒不知道這是些什麼症狀，因而也無意去憐憫她。我們這裏一般不去親近外地人，除非他們先來親近我們。

三年不見，小恩蕭可是大變樣了。他人變瘦了，臉上失去了血氣，談吐衣著也跟以前大不相同。他回來那天，就吩咐約瑟夫和我以後到廚房裏待著，把堂屋留給他。其實，他本想找一間小空屋，鋪上地毯、糊上牆紙，當作起居室。可他妻子一見那白地板、那燒得通旺的大壁爐、那些錫鑞盤子、那個陶具櫃、那個狗窩，以及他們常坐的地方寬寬敞敞，可以四下活動，就表示十分喜歡。因此，他覺得爲了妻子的舒適，就不必另外布置起居室了，便打消了原先的念頭。

恩蕭夫人開始還爲能在新相識中找到一個小姑，而感到高興。起初，她跟凱薩琳嘮嘮叨叨，親她吻她，跟她跑東跑西，給她許多禮物。可是沒過多久，她便情淡意消了，而她一鬧彆扭，亨得利也就變得暴虐了。她只要發一句話，表明不喜歡希斯克利夫，這就足以勾起丈夫對那孩子的滿腹怨恨。他把他從他們身邊趕到僕人那裏，不許他再去聽副牧師講課，非要叫他到戶外去幹活，逼迫他跟農場上的雇工一樣幹重活。

這孩子遭此貶黜，起初還能忍受，因爲凱茜把學到的東西都教給他，還陪他在戶外幹活玩耍。兩人都可望長得像野人一樣粗野。小主人壓根兒不管他倆表現如何，搞什麼名堂，因而他們也就避開了他。他甚至連他們星期日是否去做禮拜，也不聞不問。只有約瑟夫和牧師發現他們沒去的時候，才責備主人太不經心，這就提醒他下令給希斯克利夫一頓鞭子，讓凱薩琳餓一頓午飯或晚飯。

然而，一早跑到荒野上，在那裏待上一整天，這是他們的一個主要樂趣，事後受受懲罰，只不過成了件可笑的事情。副牧師可以隨意布置多少章節，讓凱薩琳背誦，約瑟夫可以不停地抽打希斯克利夫，直到胳臂酸痛；但是，他們一旦又湊到一起，至少是一旦策劃出什麼調皮的報復計畫，便把什麼都忘了。有多少次，我眼看著他們一天比一天魯莽，只好暗自流淚，也不敢吭一聲，唯恐失去我對這兩個舉目無親的孩子還保留的一點點影響。

一個星期天晚，他們碰巧又因爲吵鬧之類的小過失，而被趕出了起居室。等我去喊他們吃晚飯的時候，哪裡也找不到他們。我們把房子上上下下都搜遍了，還搜查了院子和馬廐，連個影兒也沒有。最後，亨得利一氣之下，吩咐我們把門都關上，賭咒發誓地說，這一晚誰也不許放他們進來。

不多一會，我聽見大路上傳來腳步聲，一盞燈籠一閃一閃地透過柵門。我把披巾往頭上一兜，便跑了出去，以防他敲門吵醒恩蕭先生。原來是希斯克利夫回來了。一見只有他一個人，可把我嚇了一跳。

『凱薩琳小姐哪兒去了？』我急忙叫道，『但願沒出事吧？』

『在畫眉田莊，』他答道，『我本來也想待在那兒，可是他們太沒禮貌，不肯留我。』

『好啊！你要倒楣了！』我說，『你不給趕走是絕不會甘心的。你們這是怎麼啦？竟然跑到畫眉田莊？』

『讓我先脫掉濕衣服，再一五一十地告訴你，娜莉。』他回答道。我叫他當心別吵醒主人。就在他脫衣服，我等著點蠟燭的時候，他接著說道：『凱茜和我溜出洗衣房，想隨意去逛逛。我們望見了田莊的燈光，便想去看看星期天晚上林頓兄妹是否也站在牆角發抖，他們的父母是否也坐在火爐跟前又吃又喝、又唱又笑，烤得眼珠都要著火了。你認爲他們是這樣的呢？還是在讀經文，一再受到男僕的拷問，回答得不對頭，就罰他們背會《聖經》上的一大串名字？』

『大概不會吧?!』我應道，『他們準是好孩子，不會像你們那樣，因爲做了壞事而受到處罰。』

『別假正經了，娜莉。』他說，『胡說八道！我們從山莊頂上跑到莊園，中途一次也沒停。這一場賽跑，凱薩琳輸得好慘，因爲她光著腳。你明天得到泥沼裏給她找鞋子。我們從一道破籬笆裏鑽了進去，順著小路往前摸索，來到客廳的窗戶底下，站到一個花壇上。燈光就從那裏射出來。他們還沒有拉上百葉窗，窗帘也只是半掩著。我們倆站在牆角下，手趴著窗台，就能瞧見裏面。我們看見了——啊！好美呀——一個光彩奪目的房間，鋪著深紅色的地毯；桌椅也罩著深紅色的套子；純白色的天花板鑲著金邊；一簇簇的玻璃墜子從中央的銀鏈上垂下來，讓一支支光線柔和的小蠟燭照映照得閃閃發光。

『老林頓夫婦不在那裏，屋裏只有艾德加兄妹倆。他們還不該快活嗎？若是換了我們，我們眞會以爲到了天堂！你就猜猜看，你那兩個好孩子在幹什麼？伊莎貝拉——我想她有十一歲，比凱茜小一歲——躺在屋子那頭尖叫，好像有許多巫婆在拿著燒得通紅的鋼針扎她似的；而艾德加站在壁爐邊默默地流淚，桌子中間坐著一隻小狗，一邊抖爪子，一邊汪汪直叫。從他們的相互指控推斷，他們差一點把小狗扯成兩半。兩個白痴！他們就這樣逗樂呀！先是爭執誰來抱那一團暖融融的毛球，後來又都哭了起來，因爲兩人爭搶了一陣之後，又都不肯要了。

『這兩個寶貝逗得我倆放聲大笑，我們眞瞧不起他們！你什麼時候發現我想要凱薩琳要的東西？什麼時候發現我們單獨在一起，分隔在屋子兩邊，又是哭又是叫的，還在地上打滾，以此來尋開心？就是讓我活一千次，我也不願拿我在這兒的境況，去和艾德加·林頓在畫眉田莊的境況相交換——就是允許我把約瑟夫從最高的房頂上摔下來，拿亨得利的血塗滿房子正面，我也不幹！』

『噓——噓——』我打斷了他，『你還沒有告訴我，希斯克利夫，凱薩琳是怎麼給留下的？』

『我告訴過你們我們笑了，』他答道，『林頓兄妹聽見了我們的笑聲，就不約而同地像箭一樣衝到門口，先是靜悄悄地，接著大喊起來：〔哦，媽媽！哦，爸爸！來呀！〕他們差不多是這麼嚎叫的。我們發出可怕的聲音，更狠地嚇嚇他們。隨後，我們就離開窗台，因爲有人在拉門閂，我們覺得還是溜掉爲好，我便抓住凱茜的手拉著她往前跑，陡然她摔倒了。

〔快跑！希斯克利夫，快跑！〕她小聲說道，〔他們放出了惡狗，咬著我了！〕

這惡魔咬住了她的腳脖子，娜莉，我聽見了牠那可惡的噴鼻聲。凱茜沒有叫喊——不！她就是給戳在瘋牛角上也不肯叫喊的。可我卻叫喊了，我破口大罵，足以把基督世界的惡魔罵盡滅絕。我撿起一塊石頭塞到狗嘴裏，竭盡全力要塞進牠的喉嚨。最後，有個畜生般的僕人提著燈籠趕來了，叫喊著：〔咬住，賊頭，咬住！〕

不過，他一看見賊頭咬住的是什麼獵物，便改變了語調。狗給石頭卡得得透不過氣，便跑開了，牠那紫紅色的大舌頭掛在嘴外半呎，下垂的嘴唇淌著帶血的口水。那僕人抱起凱茜。凱茜暈過去了，我敢說不是嚇暈的，而是痛暈的。僕人把她抱進去，我跟在後面，嘴裏罵罵咧咧，揚言要報仇。

〔逮住什麼了，羅伯特？〕林頓從門口那兒喊道。

〔賊頭逮住了一個小姑娘，先生，〕羅伯特答道，〔這兒還有個小子。〕他添了一句，一把抓住了我，〔他眞像個歹徒！八成是強盜想讓他們從窗子裏爬進，等大家都睡熟以後，好給那幫傢伙打開門，讓他們從從容容地幹掉我們——住口，你這個滿嘴不乾不淨的賊胚，你！你要爲這事上絞架。林頓先生，可別把槍收起來！〕

〔不會的，羅伯特！〕那個老蠢蛋說道，〔這些歹徒知道昨天是我收租的日子，他們想給我來個出奇制勝。進來吧！我要招待他們一番。約翰，把鏈子扣緊。詹妮，給賊頭喝點水。膽敢闖到一個地方長官的府第來了，而且還選在安息日！他們這樣無法無天，還有個限度嗎？哦，親愛的瑪麗，聽我說！不要怕，他只是個毛孩子——不過，他凶神惡煞的一臉流

氓相，趁他的本性只流露在臉上，還沒表現在行動時，我們就立即把他絞死，這豈不是給鄉里做了件好事嗎？〉

他把我拉到吊燈底下，林頓太太把眼鏡架在鼻梁上，嚇得舉起雙手。兩個膽小的孩子也躡手躡腳地湊近一些，只聽見伊莎貝拉咬著舌頭說道：〈可怕的東西！把他放進地窖裏，爸爸。他像那個算命人的兒子，那個偷我馴雉的傢伙。是他吧，艾德加？〉

就在他們審視我當兒，凱茜蘇醒過來了。她聽見了伊莎貝拉的一席話，就大笑起來。艾德加．林頓先是好奇地瞪著她，後來總算有所省悟，認出了她。你知道，他們在教堂裏見過我們，雖說我們很少在別的地方碰見他們。

〈這是恩蕭小姐呀！〉他悄聲對母親說，〈你瞧賊頭把她咬成什麼樣了，她腳上流了多少血啊！〉

〈恩蕭小姐？胡說！〉太太嚷道，〈恩蕭小姐跟一個吉卜賽人在鄉下亂竄！不過，親愛的，這孩子在戴孝——的確在戴孝——她也許要終身殘廢了！〉

〈這都怪她哥哥太不經心！〉林頓先生嚷口，目光從我這兒轉向凱薩琳。〈我聽希爾德斯說（就是那位副牧師，先生），他完全放任她在不文明的狀態中成長。可這個人又是誰呢？她在哪兒結交了這麼個伙伴？哦！我敢說，他就是我那已故的鄰居跑了一趟利物浦，所得到的奇怪收獲——一個東印度水手的小子，或是哪個美國人、西班牙人的棄兒。〉

〈總之，是個壞孩子，〉老夫人說道，〈壓根兒不配待在一個體面人家！你注意到他說的話沒有，林頓？我感到震驚，我的孩子居然聽到這種話。〉

我又罵起來了——別生氣，娜莉——於是他們就叫羅伯特把我帶走。凱茜不走，我也不肯走。他把我拖到花園裏，把燈籠塞到我手裏，還說一定要把我的表現報告恩蕭先生，隨即責令我馬上走開，就又關上了大門。我又回到了先前的偵探崗位，因爲我已打定主意，假使凱薩琳想要回家，而他們又不肯放她的話，我就把他們的大玻璃窗砸個粉碎。

她安靜地坐在沙發上。林頓太太給她脫下我們出去遊玩時向擠奶女工借來的灰斗篷，搖搖頭，我想是在勸她。她是位小姐，他們待她跟待我是有區別的。隨後，女僕端來一盆熱水，給她洗了腳，林頓先生調了一杯熱甜酒，伊莎貝拉把一盤糕點倒在她的裙兜裏，而艾德加則站在遠處，目瞪口呆地凝視著。後來，她們把她的秀髮擦乾，梳好，給她一雙大拖鞋，把她推到火爐邊。

我離開她的時候，她快活極了，就把她的食物分給那隻小狗和賊頭吃，賊頭一邊吃，她一邊捏牠的鼻子，這就在林頓兄妹呆滯的藍眼睛裏激起了一絲光彩——那只是她那張迷人的臉蛋的一個黯淡的反照。我發現他們的眼睛裏洋溢著呆痴的艷羨之情。她比他們不知強多少倍——她也勝過世上每一個人，不是嗎，娜莉？』

『這件事還會帶來你料想不到的後果，』我答道，給他蓋好被子，熄了燈。『你是沒救了，希斯克利夫，亨得利先生定要採取極端措施，你瞧他會不會。』

眞沒想到，我這話說得那麼靈驗，這次闖禍可把恩蕭給氣壞了。再說，林頓先生爲了改善關係，第二天親自來拜訪我們；還向小主人做了一番說教，要他引導家人走正路，小主人給說動了心，便認眞管教起來了。

希斯克利夫沒有挨鞭子，可是主人告誡他——他只要再跟凱薩琳小姐說一句話，就要把他趕出去。等凱薩琳回到家裏，恩蕭夫人就承擔起管束她的任務，而且跟她只來軟的，不來硬的——她知道硬壓是行不通的。」

# 第七章

「凱茜在畫眉田莊住了五個星期，直至聖誕節。這時，她的腳踝已經痊癒，舉止也文雅多了。在此期間，女主人常常去探望她，並且通過用漂亮衣服和奉承話來提高她的自尊，著手實施改造計畫，而凱茜也都欣然接受了。因此，她回來時，已不再是個蹦蹦跳跳地跑進屋裡或衝過來摟得我們透不過氣的不戴帽子的小野人了；而是個從一匹漂亮的小黑馬上，跳下來的非常端莊的少女，頭戴一頂插著羽毛的海狸皮帽，棕色的捲髮從帽沿垂下來，身穿一件長長的布騎裝，只得用雙手提起下襬，才儀態萬千地走了進去。

『哎呀，凱茜，你眞成了個美人了！我差一點都認不出你了。你現在像個千金小姐了，伊莎貝拉．林頓可比不上她了，是吧，法蘭西絲？』亨得利把她扶下馬時，欣喜地驚叫著。

『伊莎貝拉沒有她的天生麗質，』他妻子答道，『不過她得當心，回到家裡可不要再變野了。艾倫，幫助凱薩琳脫掉外衣——別動，親愛的，你會搞亂你的頭髮的——讓我給你解開帽子。』

我給她脫下騎裝，裏面燦然露出一件華麗的方格絲袍、一條白褲、一雙亮閃閃的皮鞋。幾條狗撲過來歡迎她，而她眼裏也閃爍著快樂的光芒，但她卻不敢去碰牠們，唯恐牠們會弄髒她的華麗衣服。她輕輕地吻了我一下——我在做聖誕節蛋糕，沾了一身麵粉，她也就沒法擁抱我。然後她就四處尋找希斯克利夫。恩蕭夫婦焦炙地注視著他們的會面，心想這多少可以使他們判斷，他們一心想把這兩個朋友拆開，究竟能有多大把握。

希斯克利夫起初很難找到。如果說他在凱薩琳離家之前就邋邋遢遢沒人照管的話，那麼後來就要糟上十倍。除了我之外，甚至沒有人肯行個好，在一週裏罵他一聲髒孩子，責令他洗一個澡。他這個年齡的孩子，很少有天生喜歡肥皂和清水的。因此，且不提他那身在泥巴和塵土裏摸爬滾打了三個月的衣服，以及那頭從不梳理的濃髮，就是他的臉和手也是黑糊糊的。他一看見走進屋的是這樣一個嬌豔優雅的閨秀，而不是他期望中的跟他一樣披頭散髮的同伴，便只好躲到高背長椅後面去了。

『希斯克利夫不在這裏嗎？』她問道，一面摘下手套，露出了因爲待在屋裏不幹活而變得極其白皙的手指。

『希斯克利夫，你可以走過來。』亨得利先生喊道。他爲他的局促不安感到高興，而且見他勢必要呈現出一個令人作嘔的小流氓的形象，又覺得非常得意。『你可以像其他僕人一樣，過來向凱薩琳小姐表示歡迎。』

凱茜瞥見她的朋友藏在椅子後面，便飛奔過去擁抱他。她一秒鐘之內，就在他臉上親了七、八次，然後停下來，往後退了退，突然笑了起來，嚷道：『喲，你怎麼滿臉不高興呀！你有多——多滑稽、多正經啊！不過，那是因爲我看慣了林頓兄妹倆。希斯克利夫，你忘了我沒有？』

她有理由提出這個問題，因爲羞愧和自尊在對方臉上投下了雙重陰影，使他木然不動。

『去和小姐握握手吧，希斯克利夫，』恩蕭先生以恩賜的口氣說道，『偶爾一次，還是允許的。』

『我才不呢！』這孩子終於開口了，『我不能任人笑話，我受不了！』

他想衝出人群，不料讓凱茜小姐抓住了。

『我不是有意笑你的，』她說，『而是忍不住笑。希斯克利夫，至少握握手吧！你生什麼氣呀？你只不過看上去有點怪。你要是洗洗臉、刷刷頭髮，不就好了。可你這麼髒！』

她關切地盯著握在自己手裏的黑指頭，又瞅瞅自己的衣服，生怕碰上他的衣服。

『你不用碰我！』對方答道，注視著她的目光，一下把手抽了回來。『我愛多髒就多髒！我喜歡髒，我願意髒。』說完，他一頭衝出屋去。

男女主人看了大爲開心，凱薩琳則深感不安。她無法理解，她的話怎麼會惹得他如此大發脾氣。

我服侍好了小姐，把蛋糕放進烘爐，再燒起熊熊的爐火，把堂屋和廚房搞得暖融融的，顯出聖誕節前夕的氣氛。然後，我就準備坐下，獨自唱幾支聖歌，也好開開心，約瑟夫硬說我選的幾支歡樂的聖歌跟流行歌曲差不多，我也不在乎。

約瑟夫已經回房獨自祈禱去了，恩蕭夫婦在用種種惹眼的小玩意逗引凱茜小姐，這都是他們爲她買的，以便送給林頓兄妹，藉以答謝他們的盛情。他們已邀請這兄妹倆第二天到呴哮山莊來玩，對方接受了邀請，不過有個條件——林頓夫人請求主人家費心，別讓她的寶貝接觸那個「好罵人的壞孩子」。

就這樣，我一個人獨自侍著。我聞到燒熱了的香料發出的濃郁香味，欣賞著那閃閃發光的炊具；那用冬青葉裝飾著的、擦得發亮的鐘；那些擺在盤子裏準備吃晚飯時用來倒加料熱啤酒的銀杯。我尤其欣賞我特別精心整理的地板，給擦洗打掃得潔淨無瑕。我對每樣東西都暗自稱賞了一番，隨即便記起過去的情景——

等一切收拾妥當之後，老恩蕭總要走進來，誇我是個勤快姑娘，把一先令塞進我手裏，作爲聖誕禮物。從這事我又想到他疼愛希斯克利夫，擔心他死後希斯克利夫會無人照管。於是，我就自然而然地考慮到這可憐孩子眼前的處境。我唱著唱著轉而哭了起來，然而，我馬上又意識到，對於他所受的委屈，與其掉眼淚，不如盡力做點彌補更有意義。我隨即站起來，走到院子裏去找他。他沒走遠，我發現他在馬廄裏，正刷著那新買的小馬的光潔皮毛，並且照例的餵食他的牲口。

『快點，希斯克利夫！』我說，『廚房裏好舒服。約瑟夫在樓上。快點！趕在凱西小姐來之前，讓我把你打扮得漂漂亮亮的。這樣，你們就可以坐在一起，獨霸著火爐，長談到睡覺的時候。』他只管幹他的活，頭也不向我扭一下。『來呀——你來不來？』我接著說，『你們每人都有一塊小蛋糕，差不多夠吃了。你要打扮半個鐘頭呢！』

我等了五分鐘，但得不到回答，便走開了。凱薩琳和哥哥嫂嫂一道吃飯，約瑟夫和我共進了一頓很不融洽的晚餐，一方嘮嘮叨叨，另一方也毫不客氣。希斯克利夫的蛋糕和奶酪在桌子上擺了一夜，留給神去享受了。他又接著幹活，一直幹到九點，然後便沉悶不語地走進自己房裏。凱茜待到很晚才睡。爲了接待新朋友，她有一大堆事情要吩咐。她到廚房走過一次，想跟她的老朋友說說話，可他卻不在，後來只問了一聲他是怎麼了，便又回去了。

第二天早晨，希斯克利夫起得很早。這一天是節日，他怏怏不樂地跑到荒野上，直至家裏人都去教堂了，他才回來。經過飢餓和思索，他似乎振作一些。他跟著我待了一會，然後鼓起勇氣，突然喊道：『娜莉，把我搞得像樣些，我要學好了。』

『是該學好了，希斯克利夫，』我說，『你已經惹得凱薩琳傷心了，她後悔自己不該回家，我敢這麼說！看樣子你在嫉妒她，只因爲人家關心她，沒把你放在心上。』

這嫉妒凱薩琳的概念，希斯克利夫是無法理解的，但是惹凱薩琳傷心這個概念，他卻很容易領會。

『你說她傷心了？』他問道，那樣子很認真。

『今天早上我告訴她你又走掉了，她一聽就哭了。』

『哼，我昨天夜裏就哭了，』他回答道，『我比她更有理由哭呢！』

『是呀！你是有理由帶著傲慢的心和空肚子去睡覺的，』我說，『傲慢的人自討悲哀。不過，你要是爲自己鬧彆扭感到羞愧的話，記住，等她進來的時候，你得請求原諒。你得走上前去親她，並且說——你最清楚該說什麼——只是說得誠懇些，不要像是她穿了漂亮衣服，你就覺得她變成了陌生人似的。現在，我儘管要準備中飯，還是抽空幫你打扮打扮，讓艾德加．林頓跟你比起來像個娃娃，他確實像個娃娃。你年紀比他小，但是我敢斷定，你長得比他高，肩膀有他兩個寬。你一眨眼功夫就能把他打倒。你不覺得你能嗎？』

希斯克利夫臉上一亮，隨即又沉下來。他嘆了口氣。

『不過，娜莉，我就算把他打倒二十次，也不會使他變得難看些，使我變得好看些。我眞巴不得也長著淡淡的頭髮、白白的皮膚、穿著、舉止也那樣體面，而且也有機會向他一樣有錢！』

『而且動不動就哭著喊媽媽——』我補充說道，『況且一見鄉下孩子朝你舉起拳頭，就嚇得直打哆嗦，天一下雨就整天坐在家裏。哦，希斯克利夫，你眞沒有志氣！到鏡子這兒來，我要讓你明白你應該巴望什麼。你有沒有注意你兩眼中間有兩道紋，那兩條濃濃的眉毛，中間不是拱起來，而是凹下去：還有那對黑惡魔，埋得那麼深，從不肯大膽地打開自己的窗戶，卻要閃閃爍爍地躲在後面，就像魔鬼的密探一樣！你要希望並且學會舒展開這些乖戾的皺紋，堂堂正正地抬起眼皮，把那雙惡魔換成充滿自信、天眞無邪的天使，絕不隨便猜疑，凡是不能斷定爲仇敵的人，要一律視爲朋友。不要顯出一副凶狗的眼神，好像明明知道自己活該挨踢，可是因爲吃了苦頭，而又仇恨那踢牠的人，仇恨天下所有的人。』

『換句話說，我一定要希望能有艾德加．林頓那樣的藍色的大眼睛，平平的額頭，』他答道，『我是希望，但是希望有什麼用，我還是得不到呀！』

『我的孩子，你只要心地好，臉蛋也會跟著漂亮起來，』我接著說道，『哪怕你是個道道地地的黑蛋。心地不好，最漂亮的臉蛋也會變得醜不堪言。現在咱們臉也洗了、頭也梳了、脾氣也發了，告訴我你是否認爲自己挺漂亮？我要告訴你，我是這樣認爲的。你可以化妝成一個王子。說不定你父親是中國的皇帝，母親是印度的皇后，他們兩人不管哪一個，只要拿出一個星期的收入，就能把咆哮山莊和畫眉田莊一起買下來呢！你被狠心的水手拐騙了，帶到了英國。我要是處在你的地位，就要設想我的出身有多麼高貴，而一想到我曾經是何許人，我就有了勇氣和尊嚴，頂住一個小農場主的欺壓！』

我就這樣不停地嘮叨，希斯克利夫緊皺的眉頭漸漸舒展了，顯得快活起來。驀然間，我們的談話被一陣轆轆聲打斷了；這聲音來自大路上，後來又進了院子。希斯克利夫跑到窗口，我趕到門口，剛好看見林頓兄妹倆走下家用馬車，裹著斗篷皮襖，恩蕭一家人也下了馬——他們冬天常常騎馬去教堂。凱薩琳一手一個地拉著那兄妹倆，把他們帶到堂屋，安排他們坐在壁爐前，那兩張白白的臉上很快泛起了紅暈。

我催促我的同伴快去，還要顯得和顏悅色，他也欣然從命。但是倒楣得很，他剛從廚房這邊一開門，亨得利恰好也從另一邊打開了這扇門。他們撞見了，主人一見他又乾淨又快活，不由得來了氣，或許一心想要信守他對林頓太太的許諾，便猛地一下把希斯克利夫推了回去，氣呼呼地責令約瑟夫：『不許這傢伙進屋——把他送到閣樓裏，等吃完飯再說。要是讓他單獨和客人待一會，他就會伸手去亂抓餡餅，還會偷水果。』

『不會的，先生，』我忍不住應道，『他什麼也不會碰，他不會的。再說，我想他跟我們一樣，也該有一份糕點。』

『我要是天黑前再在樓下發現他，就叫他嘗嘗我的巴掌，』亨得利大聲嚷道，『滾！你這流氓！怎麼，你還想做個公子哥兒呀，是吧？等我揪住那幾縷漂亮的捲髮，看我會不會把它們拉長一點！』

『已經夠長的了，』林頓少爺待在門口窺視說道，『我覺得奇怪，這一頭頭髮怎麼沒引起他頭痛。就像小馬的馬鬃披在他的眼睛上！』

他冒出這句話，並沒有侮辱人的意思。但是，希斯克利夫生性火爆，面對那甚至在當時就已當作情敵來痛恨的一個人如此無禮，令他實在忍無可忍。便順手一抓，抓起一碗熱蘋果醬，朝說話的人的臉潑過去，對方頓時發出一聲慘叫，依莎貝拉和凱薩琳聞聲急忙趕來。

恩蕭先生當場抓住兇犯，把他押到他的房裏去。毫無疑問，他在那裏採取了強硬手段來平息一下心裏的怒火；因爲他回來時，滿臉通紅、氣喘吁吁。我拿起洗碟布，沒好氣地擦著艾德加的鼻子和嘴，說他是咎由自取，誰叫他多嘴多舌。他妹妹哭著要回去，凱茜倉皇地站在那裏，爲這一切而臉紅。

『你不該跟他說話！』她抱怨林頓少爺說，『他心情不好，現在你把這次做客搞砸了，他要挨鞭子了——我可不願意他挨鞭子！我吃不下飯了。你幹嘛跟他說話呀，艾德加？』

『我沒說，』小伙子抽泣著，從我手裏掙脫出來，掏出他的細紗手捐，把我沒有擦到的地方擦乾淨。『我答應過媽媽，不跟他說一句話，我是沒有說嘛！』

『好了！別哭啦！』凱茜輕蔑地回道，『你也沒給殺死。別再胡攪了，我哥哥來了，安靜些！別鬧了，依莎貝拉！有人傷著你了嗎？』

『好了，好了，孩子們，請坐到你們的位子上！』亨得利匆匆跑進來叫道，『那個小畜生搞得我好煩。艾德加少爺，下一次你就用你的拳頭來執法吧，那會使你頂開胃的！』

一見到香噴噴的筵席，這一小夥人又恢復了平靜。他們騎馬坐車之後，肚子都餓了，再說那點氣也好消，因爲他們並沒眞受什麼傷害。恩蕭先生切好一盤一盤的肉。女主人談笑風生，逗得大家很開心。我站在她椅子後面時，看著凱薩琳兩眼乾乾的，帶著滿不在乎的神情，動手切起面前的鵝翅膀，眞感到痛心。『無情無義的孩子，』我心裏暗想，『她多麼輕易地就忘掉了同伴的煩惱。眞想不到她會這麼自私。』

她把一口食物舉到嘴邊，隨即又放了下來。一時間她面頰通紅，淚如泉湧。她把叉子滑落到地板上，趕忙鑽到台布底下，掩藏內心的激動。沒過多久，我就不再說她無情無義了，因爲我看得出來，她一整天都在受罪，就想找個機會自己待著，或者去看看希斯克利夫。原來，這孩子早已被主人關起來了，我是想私下給他送點吃的東西時，才發現的。

晚上有個舞會。凱茜懇求說，這一下可以把希斯克利夫放出來，因爲依莎貝拉．林頓沒有舞伴。她算白懇求了，我奉命來補這個缺。舞跳到興頭上，大家消除了一切憂悶，而吉默頓樂隊的到來，更爲我們增添了樂趣。這個樂隊擁有十五人之多，除了歌手之外，還有一個吹小號的、一個吹長號的、幾個吹黑管的、幾個吹大管的、幾個吹法國號的、一個拉低音提琴的。每年聖誕節，他們輪流到所有體面人家演奏，接受一些捐助，我們則把聽他們演奏視爲頭等樂趣。照慣例唱完聖誕頌歌之後，我們就請他們演唱民歌和重唱曲。恩蕭夫人愛好音樂，所以他們唱了許多。

凱薩琳也喜愛音樂，但她說在樓梯頂上聽最悅耳，於是便摸黑上了樓，我也跟在後面。他們把樓下堂屋的門關上了，始終沒注意我倆不在了，因爲堂屋裏擠滿了人。凱薩琳並沒在樓梯口停留，卻只管往上爬，爬到禁閉希斯克利夫的閣樓上就呼喚他。希斯克利夫起先硬是不理她。而她卻一個勁地叫下去，最後對方終於軟下來了，隔著壁板跟她說起話來。

我讓這兩個可憐的東西交談去，也不打擾他們，直至我捉摸歌快唱完了，歌手們要吃點心了，我這才爬上樓梯去催她。我在外面找不到她，只聽見她在裡面說話。這小猴子是從一個閣樓的天窗爬上去，順著屋頂，爬進了那另一個閣樓的天窗。我費了好大勁，才把她哄出來。她出來的時候，希斯克利夫也跟出來了。她非要讓我把他帶到廚房，因爲我那位僕人同事，爲了避開他所謂的『魔鬼的頌歌』❶，跑到鄰居家去了。

我告訴他們，我絕不想鼓勵他們要弄花招。但是，鑒於這小囚犯自昨天中飯後就沒吃過東西，我就默許他背著亨得利先生吃一頓。他下去了。我搬個凳子叫他坐在爐火邊，給他拿了許多好吃的。但他噁心吃不下，我本想款待他一番，結果白忙一陣。他把雙肘支在膝上，手托著下巴，默默不語地陷入沉思。我問他想些什麼，他正顏厲色地答道：『我在琢磨怎麼報復亨得利。我不在乎等多久，只要最後能報復成。但願他不要在我報仇之前就死掉！』

『虧你說得出口，希斯克利夫！懲罰惡人是上帝的事，我們應該要學會寬恕。』

『不，上帝得不到我那種痛快，』他答道，『我只想知道什麼是最好的辦法！不要打擾我，我要計畫一下。我想著這件事，就不覺得痛苦了。』

可是，洛克伍德先生，我倒忘記這些故事是不能供你解悶的。眞氣人，我怎麼會這樣嘮嘮叨叨。你的粥涼了，你也瞌睡了！你要聽希斯克利夫的身世，我本來三言兩語就可以交代完的——

❶ 約瑟夫自命虔誠，視世俗的歌曲為「魔鬼的頌歌」。

女管家如此打斷了自己的話，站起身來準備放下針線活。可我覺得離不開壁爐，也根本沒有打瞌睡。「坐著別動，狄恩太太，」我嚷道，「再坐半個鐘頭吧！你這樣慢悠悠地講故事，這正合我的意。我就喜歡這種講法，你得以同樣的方法講到底。對於你提到的每個人物，我或多或少都感到興趣。」

「鐘打十一點了，先生。」

「沒關係——我不習慣十二點以前就睡覺。對於一個睡到早上十點的人來說，半夜一兩點再睡就夠早的了。」

「你不該睡十點，早上的最好時光在那之前早過去了。一個人到十點鐘還沒幹完一天的一半活計，就有可能留下另一半做不完。」

「不管怎麼樣，狄恩太太，你還是坐下來，因為我打算這一覺睡到明天下午。我預感，我至少要害一場重感冒。」

「但願不會，先生。好吧！你得允我跳過三年左右，在那期間，恩蕭夫人——」

「不，不，我不允許這樣做！假如你一個人坐著，有隻母貓在你面前的地毯上舔牠的小貓，你會聚精會神地盯著看，若是小貓有隻耳朵給漏舔了，你一定會大為生氣的。你了解這種心情嗎？」

「我想是一種懶散得令人可怕的心情。」

「恰恰相反，是一種活躍得令人討厭的心情。我眼前正是這樣，因此請你不厭其詳地講下去。我發覺，在許多外地房客看來，這一帶的人比城裏人有一個好處，就像地窟裏的蜘蛛比村舍裏的蜘蛛有個好處一樣。我所以會對這裏的人們更感興趣，並不完全因為我是個旁觀者。他們確實生活得更認真，也更注重自我，而不是追求表面的花樣翻新和瑣碎的身外之物。我可以想像，這裏幾乎真可能存在一種終生的愛；而過去我死都不相信會有持續一年的愛情。一種情況就如同在一個餓漢面前只擺一盤菜，他可以集中目標飽餐一頓；另一種情況如同把他領到法國廚子擺下的一桌筵席上，也許他能從整桌菜餚中獲得同樣的享受，但是在他的心目中和記憶裏，每盤菜只是區區一部分。」

「哦，等你漸漸了解了我們，你就會發現，我們在這點上跟別處的人是一樣的。」狄恩太太說，對我那席話多少有點迷惑不解。

「對不起，」我應道，「我的好朋友，你就是你那句斷言的一個很明顯的反證。我一向認爲你們這個階段所特有的習氣，你身上卻沒留下什麼痕跡，你只是有點微不足道的鄉土氣罷了！我敢肯定，你想得要比一般僕人多得多。你不得不培養自己的思考能力，因爲你沒有機會把生命耗費在無聊的瑣事上。」

狄恩太太笑起來。

「我的確認爲自己是個老成持重、通情達理的人，」她說，「這倒並非完全由於我一年到頭住在山裏，只看見清一色的面孔、老一套的行動。我經過嚴格的訓練，使我學到了智慧。另外，洛克伍德先生，你也許想像不到我讀了好多書。這個書房裏的書，你隨便打開哪一本，我沒有一本沒看過，而且從每本裏都學到了一點東西，除了這些希臘文、拉丁以及那些法文書以外——而這些書我也能分辨出是什麼文。對於一個窮人的女兒，你也只能期望這麼多吧！不管怎麼樣，你若是想讓我像閒聊式講故事，那我還是這樣講下去。我與其跳過三年，不如跳到第二天夏天——一七七八年夏天，也就是將近二十三年前。」

# 第八章

「六月裏一個晴朗的早晨，我要撫養的第一個小寶寶，也是古老的恩蕭家族的最後一根苗，出世了。

我們正在很遠的一塊田裏忙著耙草，經常給我們送早飯的女僕，提前一個鐘頭跑來了。她穿過草地跑上小路，一邊跑一邊喊我。

『哦，多棒的孩子！』她氣喘喘地說到道，『從沒見過這麼逗人愛的小傢伙！不過大夫說太太要完了，他說她得了好幾個月肺癆，我聽見他告訴亨得利先生的。這下她是保不住了，活不到冬天就要死了。你得馬上回家，你要帶孩子了，娜莉——餵他糖和牛奶，白天黑夜照看他。我要是你就好了，因爲太太一死，這孩子就全歸你了！』

『夫人病的很重嗎？』我問道，一面丟下草耙，繫上帽子。

『我想是的。不過她看樣子還心寬，』女僕答道，『聽她說話，好像她還想活著看見孩子長大成人呢！她高興瘋了，那麼漂亮的孩子！我要是她，我肯定死不了。我只要見一眼那孩子，病就好了，不管肯尼斯怎麼說，我太恨肯尼斯了。亞契爾夫人把這小天使抱到堂屋給主人看，主人臉上剛露出點喜色，那個嘴裏沒好話的老傢伙就走上前，說道：〈恩蕭，你眞有福氣，你妻子能活到今天，給你留下這個兒子。她才來的時候，我就深信我們是保不住她多久的。現在，我必須告訴你，她恐怕挨不過冬天了。別難過！別爲這事過於煩惱，已經毫無辦法了。再說，你當初應該明智些，別找這麼個虛弱女子！〉』

『主人是怎麼回答的？』我問道。

『我想他罵起來了，不過我沒在意，我當時光顧著瞧那孩子。』說著，又眉飛色舞地描繪了一番。

我呢？也像她一樣心裏熱乎乎的，急匆匆地跑回家，好瞧瞧那小寶寶，儘管我爲亨得利感到很難過。他心裏只有兩個偶像——他妻子和他自己。他兩個都喜歡，但只崇拜一個。我無法設想，他怎麼禁得起這一損失。我們趕到咆哮山莊的時候，他立在正門前。

『孩子怎麼樣？』我進門時問了一聲。

『快要滿地跑了，娜莉！』他答道，擺出一副欣喜的笑臉。

『女主人呢？』我貿然問道，『大夫說她——』

『該死的大夫！』他打斷我的話，臉也脹紅了。『法蘭西絲還挺好的，下星期的這時候就全好了。你上樓去嗎？請你告訴她，她要是答應不說話，我就來。我離開了她，因爲她不肯住嘴。她必須——告訴她，肯尼斯先生說，她必須安靜。』

我把這話傳達給恩蕭夫人，她似乎有些激動，興奮地答道：『艾倫，我幾乎一聲沒吭呀！他倒哭著出去兩次了。好吧！就說我答應不說話了，可這不能管住我不笑他呀！』

可憐的人兒！直至她臨死前一個星期，她始終沒有喪失那顆愉快的心。她丈夫總是固執地，不，死命地咬定，她的身體日趨好轉。當肯尼斯告訴他說，病情發展到這個地步，他的藥已經不起作用，他也不必再來給她看病了，讓主人進一步破費。

『我知道你不必再來了——她好了——她不需要你再給她看病了！她從沒得過肺癆，只不過是發燒，燒也退了。現在，她的脈搏跳得跟我的一樣平緩，臉跟我的一樣涼爽。』主人反駁道。

他對妻子說了同樣的話，而妻子似乎也相信他。但是一天夜裏，她靠在丈夫肩上，正說著她覺得明天可以起來了時，卻突然引起一陣咳嗽——一陣很輕微的咳嗽。主人把她抱起來，她用雙手摟住他的脖子，臉色一變，人就死了。

正如女僕所料，哈雷頓這孩子完全託付給我了。恩蕭先生對他兒子，只要看見他結結實實，從不聽他哭鬧，也就滿足了。至於對他自己，他卻絕望了。他的悲傷並不屬於哀嘆不已的那一類。他既不哭泣、也不祈禱，他詛咒一切、蔑視一切——詛咒上帝和人類，開始過著放蕩不羈的生活。

僕人們忍受不了他的專橫態度和惡劣行徑，不久就離開了，只有我和約瑟夫兩個人願意留下來。我不忍心拋下托付給我的孩子，再說，你也知道，我跟恩蕭正如共乳姊弟般，總比一個陌生人更容易寬恕他的所作所爲。約瑟夫留下來，是爲了欺壓佃戶和雇工，還因爲待在一個邪惡多事的地方，任他罵個痛快，也是他的天職。

主人的惡劣行徑和惡劣朋友，也給希斯克利夫和凱薩琳樹立了惡劣的榜樣。他那樣對待希斯克利夫，眞能把聖徒變成惡魔。說眞的，那期間，那孩子好像眞中了邪似的。他幸災樂禍地眼看著亨得利墮落到無可救藥的地步，他自己也一天天變得越來越沉悶，越來越凶惡。

我簡直無法描繪，我們那個家弄得多麼烏七八糟。最後，副牧師不再上門來了，沒有一個體面人肯來接近我們，唯有艾德加．林頓可以算作一個例外，他還常來看望凱茜小姐。凱茜到了十五歲，出落成鄉里的皇后，誰也不能與她相比，她也就變成一個傲慢任性的尤物。我承認，自她幼年過後，我就不喜歡她了。我想煞煞她的傲氣，因而常常惹惱她。不過，她從不記恨我。她對舊交總是一往情深。就連希斯克利夫，也始終如一地受到她的喜愛，而小林頓儘管有種種優越條件，卻難以給她留下同樣深刻的印象。

他是我已故的主人，掛在壁爐上方的就是他的肖像。以前，他的像掛在一邊，他妻子的像掛在另一邊。可是妻子的像已經拿走了，不然你還可以看看她是個什麼模樣。你看得清那幅肖像嗎？」

狄恩太太舉起蠟燭，我看見一張和顏悅色的面孔，極像山莊上的那位年輕夫人，但是神情更加沉鬱，也更加和藹。這是一幅動人的畫像。那淺色的長髮在鬢角邊微微捲曲著，一雙眼睛又大又嚴肅，身材有些過於優雅。凱薩琳．恩蕭會為這樣一個人而忘了她的第一個朋友，對此我並不感到奇怪。而林頓先生若是有著和他的外貌相稱的內心，還難想像得到我對凱薩琳．恩蕭的看法，倒會使我感到大為驚奇。

「一幅非常討人喜歡的畫像，」我對女管家說，「像他嗎？」

「像的，」她答道，「可他興致好的時候，還要好看些。這是他平時的模樣，他平時總是缺乏生氣。」

凱薩琳自從在林頓家住了五個星期以後，還一直同他們保持來往。和他們在一起時，誰也不招惹她，她也就露不出她那粗野的一面，加上人家對她始終客客氣氣，她也不好意思耍野；因此，她憑著自己的天真和熱誠，不知不覺地蒙騙了那老夫婦倆，贏得了伊莎貝拉的愛慕，征服了她哥哥的那顆心。這些收穫從一開始就使她為之得意，因為她野心勃勃；於是，她便養成了一種雙重性格，雖然並非有意要去欺騙什麼人。

凡是在希斯克利夫被人稱作『下賤的小流氓』和『比畜生還不如』的地方，她都小心翼翼，不要表現的像他一樣。但是回到家裏，她就不願講究禮貌了，那只會惹人笑話；也不願約束她那放浪不羈的天性，那不會給她帶來體面和讚美。

艾德加先生很少能鼓起勇氣，公然來拜訪呴哮山莊。他懼怕恩蕭的名聲，有些不敢見他。然而，我們總是儘量客客氣氣地接待他。主人知道他爲什麼而來，自己也就避免冒犯他，要是客氣不起來，就索性避開。我倒認爲，凱薩琳並不喜歡艾德加登門來。她既不耍弄心計，也從不賣弄風情，顯然不贊成她的兩個朋友碰在一起。因爲，當希斯克利夫當面對林頓表示輕蔑時，她凱薩琳可不能像林頓不在場時那樣附和他；而當林頓對希斯克利夫表示反感和厭惡時，她又不敢對他的情緒漠然置之，彷彿人家蔑視她的玩伴與她毫不相干似的。

她一碰到爲難的事，及說不出口的煩惱，就想躲開我的譏笑，可是總躲不過，逗得我經常笑她。聽起來我好像不大厚道，不過她也太驕傲了，你還眞沒法去憐憫她的苦惱，除非她能放謙恭些。最後，她終於招認了，向我吐露了心事。除了我，她不會找任何人幫她參謀。

一天下午，亨得利出去了，希斯克利夫想乘機給自己放一天假。我想，他那時已經十六歲，相貌不醜，智力也不差，但他偏要設法擺出一副裏裏外外都讓人討厭的架勢，當然他現在的模樣並沒留下這些痕跡。

首先，他早年所受的教育，到這時已對他毫無益處了。早起晚睡，連續不斷地做苦工，已經撲滅了他一度有過的求知慾望，撲滅了他對書本或學問的喜愛。他小時候由於深受老恩蕭先生寵愛而養成的優越感，已經逐漸消失；他奮鬥了很久，想與凱薩琳在學業上平起平坐，但卻帶著沉痛而又默默無言的遺憾，半途而廢了。他徹底地自暴自棄了，當他發現他勢必要降到以前的水準以下時，誰也無法勸說他在爭取上進上再進點力。

隨後，他的外表也跟內心的墮落協調一致了。他養成了一種懶洋洋的走路姿態，一副低賤的神氣。他那不苟言笑的天性，也發展成爲一種幾乎是白痴式的孤寂和乖僻。他只有屈指可數的幾個熟人，但他只想激起他們的反感，而不是贏得他們的尊重。顯然，他從中嘗到了一種苦中作樂的樂趣。在希斯克利夫幹活的間歇期間，凱薩琳還經常和他作伴。但他不再用言語來表達對她的喜愛了，而是帶著憤懣、猜忌的神情，躲開她那少女的愛撫，彷彿覺得人家對他如此濫表柔情，並不值得引以爲樂。

就在前面提到的那一次，他走進堂屋，宣布他不打算幹活了。這當兒，我正幫凱茜小姐整理衣服。凱茜事先沒有估計到他會打算歇工，還以爲她可以一個人占據這堂屋，因而已經設法通知了艾德加先生，說她哥哥不在家，眼前正準備接待他。

『凱西，你今天下午有事嗎？』希斯克利夫問道，『你要去什麼地方嗎？』

『不，在下雨呢！』她答道。

『那妳穿上這件綢上衣幹什麼？』他問道，『但願沒有人要來吧？』

『據我所知沒有人吧！』小姐結結巴巴的說，『可你現在應該下田去了，希斯克利夫；吃好中飯都一個鐘頭了，我還以爲你走了。』

『亨得利總是可惡的守著我們，難得讓我們輕鬆一下，』那孩子說道，『今天我不去幹活了，要跟你待在一起。』

『哦，約瑟夫會告狀的，』凱茜提醒說，『你還是去吧！』

『約瑟夫還在佩尼斯通石崖那邊裝石灰呢！一直要幹到天黑，他絕不會知道。』說著，他就到火爐邊坐了下來。凱薩琳皺著眉頭沉思了片刻——她覺得有必要爲她的客人來訪鋪平道路。

『依莎貝拉和艾德加．林頓說過今天下午要來，』她沉默了一陣之後說道，『突然下雨了，我想他們也不見得會來了。不過，他們也許還會來，要是眞來的話，說不定又要罵你不幹好事了。』

『叫艾倫說一聲你有事，凱茜，』他堅持說道，『不要爲了你那兩個可憐巴巴的愚蠢朋友，就把我趕出去！我有時候眞要抱怨他們——不過還是不說吧——』

『抱怨他們什麼？』凱薩琳嚷道，神色不安地瞅著他。『哦，娜莉！』她又氣沖沖地叫道，猛地一下將頭從我手裏掙出來。『你把我的頭髮都梳直了！夠了，別管我了。你想要抱怨什麼，希斯克利夫？』

『沒什麼——就看看牆上的日曆吧！』他指指窗口那裏裝在框子裏的一頁紙，接著說道，『那些打叉的，是你和林頓兄妹度過的夜晚；那些畫點的，是你和我度過的夜晚。你看見沒有，我每天都做了記號？』

『是的——非常無聊，好像我會多注意似的！』凱薩琳怒聲怒氣地答道，『這又有什麼意思呢？』

『表示我可注意了』希斯克利夫說。

『難道我就該總是陪你坐著嗎？』凱茜越發惱火的問道，『我得到什麼好處了？你都談些什麼呢？你說過什麼話、做過什麼事引我開心了？你不如索性做個啞巴、做個娃娃！』

『你嫌我話講的太少，不喜歡跟我作伴，可你以前從沒對我說過呀，凱茜！』希斯克利夫非常激動的嚷道。

『什麼都不知道、什麼話也不說，這根本談不上作伴。』凱茜咕噥說。

她的同伴立起身，但他卻來不及表白心緒了，因爲石板路上傳來馬蹄聲。隨著一陣輕輕的敲門聲，小林頓走了進來。他沒想到會受到這次邀請，所以滿臉喜氣洋洋的。

當他們一個走進來，一個走出去的時候，凱薩琳無疑注意到了她這兩個朋友之間的差異。這種差異，猶如你剛看完一個荒涼、多山的產煤區，又換到一道美麗、肥沃的山谷。林頓的聲音和問候，也跟他的儀表一樣，跟希斯克利夫截然不同。他說起話來又動聽、又低沉，吐字也跟你一樣，不像我們說的那麼粗聲粗氣，比我們柔和些。
『我沒有來的太早吧？』他說，瞥了我一眼。
我已動手擦盤子，清理廚具櫃盡頭的幾個抽屜。
『不早，』凱薩琳答道，『你在那兒幹什麼，娜莉？』
『幹我的活啊，小姐。』我答道。
（亨得利先生關照我，每逢林頓私下來看凱薩琳，我必須夾在其中。）
『拿著抹布走開！家裏有客人的時候，僕人不許在客人待的房裏擦擦洗洗的！』凱茜走到我身後，氣鼓鼓地低聲說道。
『既然主人出去了，這倒正是個好機會，』我高聲答道，『主人討厭我在他面前忙這些事。我想艾德加先生一定會原諒我的。』
『可我討厭你在我面前瞎忙。』小姐蠻橫地喊道，不給她的客人開口的機會。自從和希斯克利夫爭執了幾句之後，她還沒有恢復平靜。
『眞是對不起了，凱薩琳小姐！』我應道，然後又只管埋頭幹我的活。
她以爲艾德加看不見她，冷不防從我手裏奪過抹布，惡狠狠地掐住我的胳膊，久久不放。我已經說過我不愛她了，並且喜歡時常煞煞她的虛榮心。再說，她擰得我痛極了，我本來跪在地上，忽地跳起來，尖聲喊道：『哦，小姐，你這一招太卑鄙了！你沒有權利掐我，我可受不了。』
『我沒碰你呀，你這個撒謊精！』她嚷道，手指癢癢地要在擰我一下，氣得耳朵也脹紅了。她心裡一有氣，向來掩飾不住，總是憋得滿臉通紅。
『那麼，這是什麼？』我搶白說，一面亮出一塊赫然發紫的地方，作爲反駁她的鐵證。

她跺了跺腳，猶豫了一陣，隨即，實在抗拒不住頑劣的心性，狠狠地打了我一個耳光，痛得我兩眼直冒眼淚。

『凱薩琳，親愛的！凱薩琳！』林頓插進來了。眼見著他的偶像犯下了撒謊和打人這雙重過失，令他感到大爲震驚。

『你給我離開這屋子，艾倫！』凱薩琳重複了一聲，渾身都在顫抖。

小哈雷頓總是到處跟著我，當時正靠近我坐在地板上，一見我流眼淚，他也哭起來了，嗚嗚咽咽地直叫『凱茜姑姑壞』。這一來，凱薩琳又把一肚子怒火，引到這不幸的孩子頭上來了。她抓住他的肩膀，把這可憐的孩子搖得臉色發青。艾德加貿然抓住她的雙手，讓她放掉哈雷頓。霎時間，有一隻手掙脫了，小伙子驚愕之中，只覺得這隻手又打了他一個耳光子，而且打得那麼狠，怎麼也不會錯當成是鬧著玩的。艾德加驚恐地縮了回去。我把哈雷頓抱在懷裏，帶著他朝廚房走去，卻把門開著，因爲我很好奇，想看看他倆到底要如何解決這場糾紛。

受侮辱的客人走到他放帽子的地方，臉色煞白，嘴唇發抖。

『這就對了！』我自言自語地說，『引以爲戒，一走了之！讓你看看她的眞面目，這是件好事。』

『你去哪兒？』凱薩琳趕到門口問道。

艾德加往旁邊一閃，想要走過去。

『你不能走！』凱薩琳使勁地喊道。

『我就要走！』艾德加壓低聲音答道。

『不行，』凱薩琳堅持說，緊握住門柄，『現在還不能走，艾德加・林頓。坐下來，你不能帶著這種情緒離開我。我會整夜難過的，而我又不願意為你難過呀！」

『你打了我，我還能待下去嗎？』林頓問道。凱薩琳啞口無言。『你使我害怕了，為你感到羞恥了，』林頓接著說，『我再也不到這兒來了！』凱茜兩眼在閃爍，眼皮直眨。『你還有意撒謊！』艾德加說。

『我沒有！』凱茜嚷道，終於又能開口了。『我不是有意做什麼。好了，你想走就走吧！快走開！我現在要哭了——我要哭個死去活來！』

她跪在一把椅子跟前，當真傷心地哭了起來。艾德加橫著心走到院子裏。到了那裏，他又犯躊躇了。我決心給他鼓鼓勁。

『小姐任性極了，先生！』我大聲嚷道，『像所有寵壞的孩子一樣壞。你還是騎馬回家去吧，不然她會鬧得死去活來，惹得我們受罪。』

這軟骨頭往窗裏瞟了一眼。他實在是走不開了，正如貓捨不得丟下一隻咬得半死的耗子，或著一隻吃了一半的鳥一樣。我心想，唉！他是沒救了，他是命中注定，在劫難逃了！果不其然，他驀地轉過身，急忙又回到屋裏，隨手關上門。

過了一會，我進去告訴他們，說恩蕭喝得酩酊大醉地回來了，準備把家裏鬧個天翻地覆（這是他喝醉酒時常有的心理狀態）。這時我發現，那場風波反而導致他們更加親密——已經沖垮了年輕人羞羞答答的壁壘，促使他們拋棄了友誼的偽裝，公然做起情人來了。

一聽說亨得利回來了，林頓急忙跳上了馬背，凱薩琳急忙逃進了臥房。我去把小哈雷頓藏起來，又去取出主人獵槍裏的子彈，因為他在發酒瘋的時候，就喜歡撥弄這隻槍，誰要是招惹了他，或是太引他注意，那就會有送命的危險。於是，我就想到取出子彈的辦法，等他眞鬧到開槍的地步，也可以少闖點禍。」

# 第九章

「亨得利進來了，嘴裡大喊大罵，讓人聽著心寒。我正要把他兒子往碗櫥裡藏，不料讓他撞見了。哈雷頓無論對他那野獸般的喜愛，還是對他那瘋子似的狂怒，都怕得要命，因爲在前一種情況下，他可能被擠得失去半條命，或者被親得透不過氣來；而在後一種情況下，則可能被扔火裡，或者摔到牆上。因此，不管我把他藏在什麼地方，這可憐的東西總是靜悄悄地。」

『好啊，終於讓我發現了！』亨得利大聲嚷道，一把抓住我的頸子，像捉住一條狗似地往後拖。『我敢賭咒發誓，你們一定串通好了，發誓要害死這孩子！現在我可知道他爲什麼總不在我跟前了。不過，我要靠著魔鬼幫忙，叫你吞下這把切肉刀，娜莉！你不用笑，我剛才把肯尼斯兩腳朝天倒栽在黑馬沼裡。幹掉兩個跟幹掉一個是一回事——我想把你們這些人宰掉幾個，不然我就不得安寧！』

『可我不喜歡切肉刀，亨得利先生，』我答道，『這把刀子剛切過熏青魚，你要是願意的話，我倒情願給一槍打死。』

『你還是情願下地獄吧！』他說，『而且你也逃不了。英國沒有哪一條法律，能阻止哪個人把家裡收拾得像樣一些，可是我家裡卻搞得烏七八糟！張開你的嘴。』

他手裡握著刀子，將刀尖往我牙縫裡戮，可我從來就不大害怕他的胡鬧。我把刀子唾了出來，說是味道讓人噁心，我無論如何也吞不下去。

『啊！』他放開後說道，『我看出來了，這個可憎的小流氓並不是哈雷頓。請你原諒，娜莉。他要是眞的，就該活剝皮，誰叫他不跑來歡迎我，還嗷嗷尖叫，好像我是個妖怪。小畜生，過來！我要教訓教訓你，看你還敢欺騙一個好心腸的、上了當的父親。喂，你不覺得把這孩子耳朵尖剪了，他還會漂亮些嗎？狗剪了耳朵尖可以顯得凶些，我還是喜歡凶的東西呢。給我一把剪刀──一把又鋒利又光亮的剪刀！再說，愛惜什麼耳朵，眞是太他媽的做作，太他媽的自負了──我們人有耳朵，已經夠像笨驢的了。噓，孩子，噓！好了，我的寶貝！別鬧了，擦乾眼睛──這才乖呢！親親我。什麼！不肯親？親親我，哈雷頓！該死的，親親我！天哪，好像我願意養這麼個怪物似的！我非擰斷這臭小子的脖頸不可。』

哈雷頓眞可憐，在父親懷裡拚命地又喊又踢。當父親把他抱上樓梯，舉到欄杆外面的時候，他叫得更凶了。我大聲吵喊他會把孩子嚇昏的，隨即跑去救他。等我趕到他們跟前，亨得利正靠在欄杆上，探身傾聽樓下有什麼動靜，幾乎忘記手裡抓著孩子。

『是誰？』他聽見有人走近樓梯腳，便問道。

我也探身向前，想示意希斯克利夫不要再往前走，因為我聽出他的腳步聲了。就在我的眼睛離開哈雷頓的一剎那，他猛然一縱身，就從那漫不經心抓著他的手中掙脫出來，掉下去了。我們幾乎還沒來得及感到驚恐，就看見這小可憐蟲平安無事了。原來，就在那千鈞一髮的關頭，希斯克利夫來到了樓梯腳下，出於本能的衝動，伸手接住了那掉下來的孩子，把他放在地上站好，一面抬起頭，看看是誰闖的禍。

他一見恩蕭先生站在樓上，臉色刷地變了，即便是個守財奴，為了得到五先令，讓出了一張中獎的彩票，而第二天卻發現這筆交易損失了五千鎊，也不會顯得如此茫然若失。希斯克利夫的那副神氣，眞比語言更能表明他是多麼痛心疾首，因為正是他自己壞了他復仇的大事。我敢說，假使天黑的話，他準會把哈雷頓的頭顱在梯階上撞個粉碎，藉以補救這一錯誤。但我還是看到這孩子得救了。我馬上衝到樓下，把寶貝孩子抱過來，緊貼在胸口。

之後，亨得利慢騰騰地走下來，酒醒了，有些羞愧。

『這都怪你，艾倫，』他說，『你應該把他藏好，別讓我看見，你應該把他從我手裡搶走！他傷著什麼地方沒有？』

『傷著！』我氣憤地叫道，『他不給摔死，也會變成個白痴！唉！他媽媽怎麼不從墳裡鑽出來，看看你是怎麼對待他的。你比野獸蠻人還壞——這樣對自己的親骨肉！』

他想要摸摸孩子，孩子發現伏在我懷裡，頓時嗚嗚地哭起來，發洩出心裡的驚恐。然而他父親的手指頭一觸到他，他又尖叫起來，叫得比剛才還響，而且掙扎著像要抽筋似的。

『你就別折騰他了，』我又說道，『他恨你——他們全都恨你——這是實話！看你有一個多麼美滿的家庭，你又落到了多麼美妙的境地！』

『我還要落到更妙的境地哪，娜莉！』這誤入歧途的人哈哈一笑，又變得嚴厲起來。『現在，你把他抱走吧！還有你，聽著，希斯克利夫！你也走開，走得遠遠的，讓我碰不著、聽不見……今晚我不會要你的命，除非我也許會一把火燒了這房子，不過那要看我有沒有這個興致。』說著，他從餐具櫃裡拿出一小瓶白蘭地，朝杯子裡倒了一些。

『別，別喝了！』我懇求說，『亨得利先生，聽聽人家的告誡吧！你要是不愛惜自己，就可憐可憐這不幸的孩子吧！』

『誰來照顧他，都會比我強。』他答道。

『可憐可憐你自己的靈魂吧！』我說，想從他手中奪過杯子。

『我才不呢！相反，我倒很樂意叫它沉淪下去，懲罰一下它的造物主，』這褻瀆神明的人嚷道，『爲靈魂的甘願沉淪乾杯。』

他一口喝下了酒，不耐煩地叫我們走開，命令的結尾是一連串可怕的詛咒，既無法重複，又難以記住。

『可惜他喝酒喝不死，』希斯克利夫說。等門一關上，他又咕咕噥噥地回罵了一陣。『他在拚命地糟蹋自己，但是他的體格是糟蹋不垮的。肯尼斯先生說，他願意拿自己的馬打賭，在吉默頓這一帶，恩蕭會比任何人活得都長，最後作爲白髮罪人走向墳墓，除非碰巧遇到什麼不測。』

我走進廚房，坐下來哄我的小乖乖入睡。我以爲希斯克利夫到穀倉去了，後來才知道他只走到高背長椅後面，躺在靠牆的一條長凳子上，遠離著爐火，一直默不作聲。我把哈雷頓抱在膝上搖晃，嘴裡哼著一支歌，歌詞是這樣開頭的——

夜深了，孩子在啼哭，
墳堆裡的媽媽聽見了——❶

正在這時，本來一直躲在房裡聽著這場喧鬧的凱茜小姐，卻探進頭來，小聲說道：『就你一個人嗎，娜莉？』

『是的，小姐。』我答道。

---

❶ 這是丹麥民謠《鬼魂的警告》中的兩行，司各特曾將其譯成蘇格蘭語，放在他的長詩《湖上夫人》的注釋中。

她走進來，走到壁爐跟前。我料想她要說什麼話，便抬頭望著。她臉上的神情似乎有些焦慮不安，半張著嘴唇，像是要說話的樣子。她吸了一口氣，但是這口氣化作了一聲嘆息，並沒有冒出話來。我沒有忘記她下午的表現，便繼續哼我的歌。

『希斯克利夫在哪兒？』她打斷了我的歌聲，問道。

『在馬廄裡幹活。』我答道。

希斯克利夫沒有糾正我，他也許打起瞌睡了。

接著又沉默了許久。這時候，我看見有一兩滴淚花，從凱薩琳臉上跌落到石板地上。她是不是為自己的可恥行為感到懊悔了？我這樣問自己。這倒是一件新鮮事，不過她想說就讓她說吧！反正我不會幫她說。不，她除了自己的事以外，對什麼事都不會煩心的。

『哦，天哪！』她終於嚷道，『我好難過呀！』

『可惜！』我說，『要你高興可真難哪！這麼多的朋友，這麼少的煩心事，還不能讓你知足呀！』

『娜莉，你能替我保密嗎？』她接著說道，一面跪在我身邊抬起那迷人的眼睛望著我，見她那副神氣，即使你有天大的理由發脾氣，也會叫你怒息氣消。

『值得保密嗎？』我問道，氣不那麼粗了。

『是的，這事擾得我心煩，我非說出來不可！我想知道我該怎麼辦。今天，艾德加．林頓要求我嫁給他，我已經答覆了他。現在，在我告訴你我是答應了還是拒絕了之前，你先告訴我應該如何回答他。』

『說真的，凱薩琳小姐，我怎麼知道呢？』我答道，『當然，鑒於你今天下午在他面前出了那麼大的醜，我倒要說，還是拒絕他比較明智。既然他事後還向你求婚，那他不是蠢得沒救了，就是個愣頭愣腦的傻瓜。』

『你要是這麼說話，我就不跟你多說了！』她氣鼓鼓地答道，一面立起身來，『我答應他了，娜莉。快說，我是不是答應錯了！』

『你已經答應他了？那麼，再談論這件事有什麼用呢？你既然已經許過諾了，就不能再收回了。』

『你，可以說說我該不該這麼做——說呀！』她怒聲怒氣地嚷道，一面搓著雙手，皺著眉頭。

『在恰當地回答這個問題之前，有許多事情要考慮，』我裝腔作勢地說道，『首先，你愛艾德加先生嗎？』

『誰能不愛呢？我當然愛他。』她答道。

接著，我又對她作了下列盤問，對於一個二十二歲的姑娘來說，這些問題不能說是沒有見識。

『你爲什麼愛他，凱茜小姐？』

『廢話，我就是愛他——這就夠了。』

『絕對不夠！你一定要說爲什麼？』

『好吧！因爲他漂亮，跟他在一起得愉快。』

『糟糕！』——這是我的評語。

『因爲他年輕活潑。』

『還是糟糕！』

『因爲他愛我。』

『這一點嘛，無關緊要。』

『他會很有錢，我想成爲這一帶最尊貴的女人，我要爲有這樣一個丈夫而感到驕傲。』

『這最糟糕！現在，說說你怎麼愛他吧？』

『像別人一樣相愛啊！你眞傻，娜莉！』

『一點不傻。回答吧！』

『我愛他腳下的土地、頭上的空氣，愛他碰過的每一樣東西、他說出的每一句話。我愛他所有表情、所有舉動，他的整個人、他的一切。就這樣！』

『爲什麼呢？』

『去，你在打趣，眞是壞透了！這件事對我來說，絕不是鬧著玩的！』小姐皺著眉答道，一面把臉轉向爐火。

『我絕不是打趣，凱薩琳小姐，』我答道，『你所以愛艾德加先生，是因爲他漂亮、年輕、活潑、有錢，而且愛你。不管怎麼樣，這最後一點也算不上什麼理由。就是他不愛你，你也許還會愛他；而即使他愛你，若不是因爲他具備前面四個吸引人的條件，你也不會愛他。』

『是呀！當然不會啊！假如他長得醜，而且又是個粗人，我只會可憐他，也許還會討厭他呢！』

『可是世界上還有一些漂亮、有錢的年輕人，可能比他更漂亮、更有錢，你怎麼不去愛他們呢？』

『就是有的話，我也碰不上。我沒見過一個比得上艾德加的人。』

『你會見到幾個的。何況他不會永遠漂亮、永遠年輕，也不見得會永遠有錢。』

『他現在是的。我只管眼前就行了，我希望你講話能合情合理些。』

『好吧，那就解決了。如果你只管眼前就行了，那就嫁給林頓先生吧。』

『這件事我並不需要得到你的允許——我就是要嫁給他。可你還沒告訴我，我到底對不對呀！』

『完全對！如果人們只爲眼前結婚是對的話。現在，讓我們聽聽你爲什麼不快活吧！你哥哥是會高興的……我想那老太太和老先生也不會反對；你將脫離一個烏七八糟、沒有樂趣的家庭，跨進一個富裕體面的人家；而且你愛艾德加，艾德加也愛你，看來一切都順順當當，障礙又在哪兒呢？』

『在這兒，在這兒！』凱薩琳答道，一隻手敲敲額頭，一隻手拍拍胸房。『凡是靈魂存在的地方。在我的靈魂裡、在我的心坎裡，我相信我是錯了！』

『這就怪了！我不明白。』

『這是我的秘密。你要是不嘲笑我，我就講給你聽聽。其實，我也講不清楚，不過，我會讓你感覺到我是怎麼想的。』她又在我旁邊坐下了。神色變得憂鬱、更嚴肅，緊握著的手在瑟瑟顫抖。『娜莉，難道你從不做些稀奇古怪的夢嗎？』她沉思了一會之後，突然問道。

『有時候做過。』我答道。

『我也是的。我生平中做過一些夢，後來一直留在我的心頭，改變了我的思想。它們在我心裡轉來轉去，好像酒流過水中，改變了我心靈的顏色。我做過這樣一個夢——我要講了——不過你要當心，聽到哪兒也不能笑。』

『哦！別講了，凱薩琳小姐！』我嚷道，『我們就是不招神惹鬼地來攪惑自己，也已經夠淒慘的了。得了，得了，還是高高興興的，像你本來那樣！瞧瞧小哈雷頓，他可不做什麼惡夢，他在睡夢中笑得多甜啊！』

『是呀，他父親在孤獨無聊的時候，又罵得多甜啊！我敢說，你還記得他小時候的樣子，就像那個胖乎乎的小東西。差不多一樣小、一樣天眞。不管怎麼說，娜莉，我要請你聽著，話並不長。我今天晚上高興不起來。』

『我不要聽，我不要聽！』我急忙一再說道。

我當時對夢很迷信，現在還是如此。凱薩琳臉上蒙著一層平常少見的陰鬱脾氣，使我害怕她的夢會在我心裡形成什麼預兆，讓我預見一些可怕的災禍。她有些惱火，沒有接著講下去。過不一會，她又開口了，顯然換了個話題。

『要是我到了天堂，娜莉，我會感到極其痛苦。』

『那是因爲你不配到天堂去，』我答道，『所有的罪人到了天堂都會感到痛苦的。』

『可我不是爲了那個緣故，我有一次夢見我在天堂裡。』

『我跟你說過我不要聽你的夢，凱薩琳小姐！我要去睡覺了。』我又打斷了她。

她笑起來了，一把按住了我，因爲我起身要離開椅子。

『這沒有什麼呀！』她嚷道，『我只是想說，天堂不像是我的家。我哭得很傷心，鬧著要回到人間。天使們一怒之下，把我扔下來了，落到荒野中間——咆哮山莊的屋頂上，高興得哭醒了。這就可以解釋我的秘密，以及另一件秘密了。就像我不該上天堂一樣，我也不該嫁給艾德加·林頓。假若我家那個壞蛋沒有把希斯克利夫搞得這麼低賤，我也不會想到嫁給林頓。現在，嫁給希斯克利夫是要貶低我的身分的，所以他永遠也不會知道我是多麼愛他。這倒不是因爲他漂亮，娜莉，而是因爲他比我更像我自己。不管我們的靈魂是什麼材料做成的，他的靈魂和我的靈魂是一模一樣的，而林頓的靈魂和我的靈魂，就像月光與閃電光，霜與火一樣，截然不同。』

這席話還沒說完，我便意識到希斯克利夫就在屋裡。我察覺有點動靜，便轉過頭去，看見他從長凳子上站起來，不聲不響地溜出去了。他一直聽到凱薩琳說嫁給他會貶低她的身分，就不再聽下去了。我的同伴坐在地上，正好讓高背長椅的椅背擋住了，沒有看見他在屋裡，也沒看見他離開。可是我卻嚇了一跳，就叫凱薩琳別出聲。

『爲什麼？』她問道，忐忑不安地四下張望。

『約瑟夫來了，』我答道，恰好聽見他趕著馬車從大路上隆隆駛來。『希斯克利夫會跟著他進來的。這時也難說他就不在門口呀！』

『喔！他在門口可聽不見我說什麼！』她說，『把哈雷頓交給我，你好去做晚飯，等你做好了，就叫我跟你一塊吃。我想哄騙一下我那不安的良心，讓自己相信希斯克利夫不懂得這些事。他是不懂得，對吧？他並不懂得戀愛是什麼滋味吧？』

『我看不出爲什麼只有你懂得，他就不懂得，』我問道，『如果他看中了你，那他可就是天下最不幸的人了！你一當上林頓夫人，他就失去了朋友、愛情和一切！你有沒有考慮你將如何忍受這場分離，他將如何忍受一個人孤苦伶仃地活在世上？因爲，凱薩琳小姐——』

『他一個人孤苦伶仃！我們分離！』她帶著憤慨的語氣驚叫道，『請問，誰來分離我們？他們會遭到米羅的下場！❷艾倫，只要我活著，就不可能——世人誰也休想。人世間一個個林頓都可以化爲烏有，我卻絕不會答應拋棄希斯克利夫。哦！那可不是我的用意——那

❷米羅：古希臘大力士，傳說他想將一棵大樹連根拔起，不料讓樹縫夾住了雙手，掙脫不出，最後被野獸吃掉。

可不是我的意思！假如要付出這樣的代價，我就不做林頓夫人！希斯克利夫將像以往一樣，一輩子都使我感到不可少，艾德加一定要消除對他的仇恨，至少要容忍他。他了解了我對他的眞實感情之後，會這樣做的。娜莉，這下我明白了，你把我看成一個自私的賤人，可你難道從沒想過，假如我和希斯克利夫結了婚，我們就得做乞丐了？而我要是嫁給林頓，我就能夠幫助希斯克利夫往上爬，使他擺脫我哥哥的淫威。』

『用你丈夫的錢嗎？凱薩琳小姐？』我問道，『你會發覺他並不像你期望的那像順從。雖說我不大善於判斷，但我總覺得，這是你爲自己想做林頓的太太所提出的——最糟糕的動機了。』

『不是最糟糕的，』她反駁道，『而是最好的！其他動機都是爲了滿足我一時的怪念，也是爲了艾德加，爲了滿足他的心願。這一個卻是爲了另一個人，他身上包含著我對艾德加和我自己的情感。我說不好，不過你和別人當然都懂得，除了你自身以外還存在，或者說應該存在另一個你。假如我完全包含在自身之中，那上帝創造了我還有什麼用呢？

『我在這個世上的最大痛苦，就是希斯克利夫的痛苦。我從一開始就注意觀察，而且感受到了他的每一個痛苦。我活在世上，最思念的就是他。假如別的一切都毀滅了，而他還存在，我就能夠繼續活下去；假如別的一切都還存在，而他卻給毀滅了，這天地人間就會變成一個陌生世界，我將不像是它的一部分。

『我對林頓的愛就像林中的葉子，我很清楚，時光會改變它，就像冬天樹木要凋零一樣。我對希斯克利夫的愛卻好似地下永恒不變的岩石——很少見到給你帶來什麼快樂，但卻又是必不可少的。娜莉，我就是希斯克利夫！他時時刻刻都在我心中——並不是作爲一種歡樂，就像我們對自己並非總是一種歡樂一樣——而是作爲我自身的存在。所以，別再談論我們的分離了，這是辦不到的。再說——』

她頓住了，把臉藏在我裙子的皺褶裡。可我使勁一推，把她的臉推開了。我對她的胡話再也聽不下去了！

『小姐，如果說我還能聽懂一點你的胡言亂語的話，』我說，『那是讓我相信，你全然不知道你結婚時所要承擔的責任？要不然，你就是個缺德的、不講節操的姑娘。別再拿什麼秘密來煩我了，我不答應替你保密。』

『你不肯保這個密嗎？』她焦急地問道。

『不，我不答應。』我重說了一遍。

她還要磨下去，這時約瑟夫走進來，終止了我們的談話。凱薩琳把椅子搬到一個角落，照看著哈雷頓，我便去做飯。

飯做好以後，我那位同事和我開始爭執；誰去給亨得利送飯。我倆爭執不下，直至飯菜都快涼了。最後我們才商定，他若是想吃，就等他自己來要，因爲他獨自待了一陣之後，我們特別害怕走到他面前。

『都這時候了，那個沒出息的東西還不回來？他幹嘛去了？就會躲懶偷閒！』那老傢伙問道，東張西望地找希斯克利夫。

『我去喊他，』我回答說，『我看準在穀倉裡。』

我去喊了，可是沒人答應。回來之後，我對凱薩琳小聲說道，我敢肯定，她說的話大部分讓他聽見了；還告訴她，就在她抱怨她哥哥虧待他的時候，我看見他溜出了廚房。她大驚失色的跳起來，將哈雷頓往高背椅上一扔，就跑出去找他的朋友，也無暇考慮她爲什麼要這麼慌張，她的談話會給他造成什麼影響。

她出去了很久，約瑟夫建議我們不要再等了。他老奸巨滑地猜測，他們待在外面不回來了，就想逃避那拖得很長的禱告。他斷定，他們『壞得光會作孽』。那天晚上，他在餐前作的一刻鐘禱告之外，又為他們增加了一個特別祈禱，本來還想在祈禱之後再添一段，不料小女主人忽然衝了進來，火速地命令他快去大路上，不管希斯克利夫跑到哪裡，也要找到他，叫他馬上回來！

『我要先跟他談一談，然後再上樓，我非跟他談一談不可，』她說，『柵門開著，他待在哪個聽不見喊叫的地方，我剛才站在羊欄的頂端，扯著嗓子大聲喊叫，可他就是不應。』

約瑟夫起初不肯去，但是凱薩琳太認真了，不容他抗拒。最後，他戴上帽子，嘟囔囔地走出去了。這當兒，凱薩琳在房內踱來踱去，嚷嚷道：『不知道他在哪兒——不知他能去哪兒！我說什麼了，娜莉？我都忘了。我今天下午發脾氣惹惱了他吧？哦！告訴我，我說什麼話讓他傷心了？我真巴望他回來！我真巴望他能回來！』

『亂嚷嚷什麼！』我叫道，雖然我自己心神不定。『這麼點小事就把你嚇住了！這有什麼大驚小怪的，希斯克利夫說不定跑到荒野夜遊去了，或者氣得不想跟我們說話，索性躺在乾草棚裡。我敢擔保他躲在哪兒。看我不把他搜出來才怪呢！』

我出去又找了一遍，結果令人失望，而約瑟夫找的結果也一樣。

『這小子越學越壞！』他一進門就說，『他大敞著門走了，小姐的小馬踩倒了兩溜莊稼，直衝到草地裡去了。明兒早主人橫豎要大鬧一場。他太能容忍這兩個沒頭沒腦的廢物了——他太寬容了！不過，他不會老這樣——你們大家都瞧著吧！你們惹他發起瘋來，沒有你們的好果子吃！』

『你找到希斯克利夫沒有，你這頭蠢驢？』凱薩琳打斷了他，『你有沒有照我吩咐的去找他呢？』

『俺倒寧願去找馬，』他答道，『那還有意思些。可是在這樣的夜晚，黑燈瞎火的，馬和人都不好找啊！再說，希斯克利夫這傢伙對俺的呼叫反應不靈——沒準你去喊他，他倒聽得見呢！』

對於夏天來說，那天晚上是很暗。陰雲密佈，像是要打雷。我說我們最好都坐下，即將降臨的大雨一定會把他趕回家，用不著我們再費勁。然而，任你怎麼勸說，凱薩琳也不肯靜下來。她總是在柵門和房門之間踱來踱去，焦急得一刻也不得安寧，最後終於在靠近大路的牆邊站住不動了。她也不顧我的勸告，不顧那隆隆的聲音，以及四周劈里啪啦落下的大雨點；只管待在那裡，不時呼叫一聲，隨即聽一聽，接著又放聲大哭。她一嚎啕大哭起來，那是哈雷頓或任何孩子都比不過的。

半夜光景，我們還在守候，外面風暴大作，狂嘯著掠過山莊。又是狂風、又是驚雷，不知是風還是雷，轟地一聲，把房角的一棵樹劈成兩截，一根大樹枝掉下來壓在房頂上，將東邊的煙囪敲下來一塊，忽然一下往灶火裡灌進一塊磚石和煤灰。

我們還以爲一記霹靂落在我們中間了，約瑟夫一個轉身，撲地跪了下來，祈求上帝不要忘記挪亞族長和羅得族長❸，而要像以前一樣，雖然懲罰罪人，卻要饒恕好人。我有一種感

---

❸ 挪亞：據《聖經．舊約．創世紀》第五十一章，耶和華降洪水淹沒大地之前，曾指示敬神行善的挪亞建造一方舟，將其家人及家禽置於止中，故幸免於難。羅得：據《聖經．舊約．創世紀》第十九章，耶和華降大火焚燒所多瑪城時，虔誠的羅得受天使搭救，也幸免於難。

覺；這一定也是對我們的報應。在我看來，約拿❹就是恩蕭先生，我晃動他房門的把手，想搞清楚他是否還活著。他回答得倒聽得見，但卻有氣無力，惹得我的同伴比剛才呼叫得更起勁了，以便能在他這樣的聖徒和他主人那樣的罪人之間。劃出一條不容易混淆的界限。

二十分鐘之後，這場暴風雨過去了，我們大家都安然無恙，只有凱茜例外。她因爲硬是不肯進來避雨，既不戴帽子，也不披肩巾，只管站在外面，任憑雨水直往頭髮和衣服上澆注，用雙手掩住了臉。

『瞧你，小姐！』我摸摸她的肩嚷道，『你不是存心想找死吧？你知道眼前幾點了嗎？十二點半。得了！睡覺去。不用再等那個傻孩子了。他是到吉默頓去了，他現在就待在那兒了。他猜想，我們不會這麼晚了還在等他；至少，他猜想，只有亨得利先生還沒睡，他還是寧可別讓主人來給他開門吧。』

『不，不，他不在吉默頓！』約瑟夫說道，『他要是沒掉進泥塘裡才怪。這場天禍不是沒來由的，俺要叫你當心些，小姐，沒準下一個就是你。一切都要感謝上帝！一切都在協力，要施惠於那些渾濁世界裡挑選出來的好人！你們知道《聖經》上是這樣說的——』他引了幾段經文，還指明了在哪幾章哪幾節，好讓他們去查閱。

我懇求那倔強的姑娘起來換掉濕衣服，可是白費口舌，便只好由著她去哆嗦，由著約瑟夫去講道，我卻抱著小哈雷頓睡覺去了。這小東西睡得還眞香，好像他周圍的人個個都睡熟了似的。後來我還聽見約瑟夫念了一會經。接著，我聽得出他慢騰騰爬樓梯的腳步聲，隨後

❹ 約拿：據《聖經．舊約．約書》第一章，約拿因違抗上帝旨令，乘船潛逃，上帝掀起巨浪，導致約拿被船員投入海中，並被上帝設置的巨魚吞下，在魚腹中困了三天三夜。

我也睡著了。

第二天，我下樓比平常遲了點，藉著百葉窗縫射進來的陽光，看見凱薩琳小姐還坐在壁爐旁。堂屋的門還是半開著，亮光從沒有關上的窗子裡透進來。亨得利已經出來了，站在廚房爐邊，又憔悴又困倦。

『你哪兒不舒服了，凱茜？』我進來時他在說，『你那副灰溜溜的樣子，眞像一隻從水裡撈起來的小狗。孩子，你怎麼身上這麼潮濕，臉色這麼蒼白？』

『我淋濕了，』她勉強答道，『還冷，就這麼回事。』

『唉，她太不聽話了！』我嚷道，察覺主人還很清醒。『她昨天晚上給大雨澆得透濕，在那兒坐了個通宵，我沒去勸她動一動。』

恩蕭先生驚訝地瞪著我們。

『通宵？』他重複了一聲，『可是爲什麼不睡，想必不全是怕雷吧？幾個鐘頭前就不打雷了。』

我們倆誰也不願意提起希斯克利夫失蹤的事，都想能瞞多久就瞞多久。於是我回答說，我不知道她怎能會心血來潮不睡覺。小姐則沒有作聲。早晨又清新又涼爽，我推開格子窗，屋裡頓時沁滿了從花園裡湧來的香氣。可是凱薩琳卻悻悻然地衝著我嚷嚷開了。

『艾倫，關上窗。我快凍死了！』她向快要熄滅的火爐移近了些，身子縮成一團，牙齒在格格打顫。

『她病了！』亨得利抓起她的手腕，說道，『我想這是她不肯睡覺的緣故。該死！我不想爲這裡再有人生病煩惱了。你幹嘛跑到雨裡去呢？』

『跟往常一樣，追男孩子啊！』約瑟夫聲音嘶啞地說道，趁我們不知如何應對的當兒，又講起讒言來了，『俺要是你的話，主人，俺就不管他們是貴是賤，都把他們關在門外！你那天一出去，林頓那傢伙就偷偷摸摸地溜進來。還有娜莉小姐，這丫頭也眞能啊！她就坐在廚房裡望風，提防你回來。你一進這道門，林頓就出了那道門。再說咱們這位千金小姐，她也在勾搭男人哪！半夜十二點以後，還鑽在田野裡，跟那吉卜賽下流胚希斯克利夫鬼混，這就是她幹的好事！他們當俺是瞎子，俺才不瞎呢！一點也不瞎！俺看小林頓進來，也看見他出去了。俺還看見你（衝著我說），你這個沒出息的臭婊子！你一聽見大路上傳來主人的馬蹄聲，就忽然地跳起來，衝到堂屋裡去。』

『住嘴！』凱薩琳嚷道，『不許你在我面前放肆！亨得利，艾德加．林頓昨天是碰巧來的，還是我把他打發走了，因爲我知道你一向不願意遇見他。』

『你撒謊，凱茜，毫無疑問，』她哥哥答道，『你是個可恨的傻瓜！不過，眼前先別管林頓——告訴我，你昨天夜裡和希斯克利夫在一起嗎？說實話吧！你不用擔心我會傷害他——雖然我一直很恨他，但他不久前爲我做了一件好事，使我不忍心掐斷他的脖子。爲了防止這種事，我今天早上就要把他趕走。等他走後，我要奉勸你們都當心點，我只會多給你們點顏色瞧瞧！』

『我昨天夜裡根本沒看見希斯克利夫，』凱薩琳答道，一面抽抽噎噎地痛哭起來。『你要是眞把他趕出去，我就跟他一起走。不過，你也許永遠沒有機會了——他也許早走了。』說到這裡，她突然悲痛欲絕，下面的話就聽不清楚了。

亨得利劈頭腦地把她臭罵了一頓，命令她馬上回房去，要不然，絕不會讓她白哭這一場！我逼著小姐聽話回房去。我永遠不會忘記，等我們到了她房裡，她鬧得有多凶。我給嚇壞了——我以為她瘋了，就央求約瑟夫跑去請大夫。

其實，這是她神志開始錯亂的症候。肯尼斯先生一看見她，就說她病情危險。她正在發燒。他給她放了血，吩咐我只給她吃乳清和稀粥，還要小心別讓她跳樓梯或是跳窗。然後就走了，因為他在教區裡事情也夠多的，再說這村舍與村舍之間，通常都是相距兩三英里。雖然我不能說是一個體貼的看護，可約瑟夫和主人也不比我強；而雖然我們的病人是天下病人中最煩人、最任性的，但她還是脫險了。

誠然，林頓老太太來探望過幾次，把事情都料理了一番，還對我們大家又是責罵、又是支使。待到凱薩琳快復原的時候，她一定要把她接到畫眉田莊。眞是謝天謝地，我們可以解脫了，但是，這位可憐的太太眞該後悔發這善心；她和丈夫都染上了熱病，幾天之內便相繼去世了。

我們的小姐回到了我們身邊，比以前更沒有規矩；更容易衝動，也更盛氣凌人。自從那雷雨夜之後，希斯克利夫就毫無音訊。一天，她惹得我氣極了，我不幸把他失蹤的責任加在她頭上（她自己也明白，這事確實怪她）。從那以後，她有好幾個月不搭理我，跟我僅僅保持著主僕關係。約瑟夫也遭到了冷眼，不過，他心裡有話還是要說，照樣教訓她，好像她是個小丫頭似的。凱薩琳把自己視為大人——我們的女主人，認為她剛害過一場病，大家都應該體貼她。況且大夫還說過，她受不了別人和她過不去，只得順著她的性子。在她眼裡，誰要是膽敢站起來跟她作對，那簡直是謀殺她。

她總是避開恩蕭先生及其同伴。她這位哥哥聽了肯尼斯的告誡，加上常見她一發怒就有犯病的危險，更只好對她百依百順，儘量避免惹起她的火性子。他對她的胡思亂想，也是一味遷就，這倒不是出於疼愛，而是出於自尊。他一心巴望妹妹能光耀門第，嫁到林頓家，因此，只要她不煩擾他，她可以把我們當奴隸一樣踐踏，他才不管呢！

艾德加．林頓就像他以前和以後的許多戀人一樣，完全給迷住了。他父親去世三年之後，他領著凱薩琳上吉默頓教堂那天，他相信自己已是天下最幸福的人了！

我儘管很不願意，還是被勸說離開了咆哮山莊，陪凱薩琳來到了這裡。小哈雷頓快五歲了，我已經開始教他識字了。我們分別時傷心透了，但是凱薩琳的眼淚比我們的更有威力。當我拒不肯去，她發覺她的懇求不能打動我的時候，她就跑到丈夫和哥哥跟前哀求。她丈夫要給我優厚的薪水，她哥哥責令我打舖蓋，說是家裡既然沒有女主人，就不需要女僕了。至於哈雷頓，副牧師很快會來照管他的。因此，我別無選擇，只好從命。

我告訴主人說，他把所有的正派人都打發走了，只會讓他毀得更快些。我親了親哈雷頓，作爲告別。自此以後，他和我就成了陌路人，想起來眞怪，我敢說他早就把艾倫．狄恩忘得一乾二淨，也忘了我總是把他看作比什麼都寶貴，他也把我看作比什麼都寶貴！」

女管家講到這裡，偶然朝壁爐架上方的時鐘瞅了一眼，一見時針已指到一點半，不由得大爲驚奇。她一秒鐘也不肯多待了。說實話，我自己也很想讓她把下面的故事擱一擱，留得以後再講。既然她已經跑去睡覺了，我又沉思了一兩個鐘頭，儘管我頭和四肢痛得不想動彈，也得鼓起勇氣去睡覺。

# 第十章

這隱士生活一開始就這麼有趣！四個星期臥在病床上，輾轉反側，受盡折磨！哦，這凜冽的冷風、酷寒的北國天空、難以通行的道路、拖拖拉拉的鄉下郎中！哦，難得能見到人的面孔，而最糟糕的是，肯尼斯告訴我說，我不到春天休想出門，這是多麼可怕啊！

希斯克利夫先生剛剛賞光來看過我。大約七天前，他送給我一對松雞——是這季節裡最後的兩隻了。壞蛋！我害這場病，他不是全然沒有責任的，我眞想這樣告訴他。可是，唉！他也是一片好心，在我床邊坐了一個鐘頭，而且只談了點別的話題，卻不曾扯起藥、藥水、藥膏和水蛭之類的內容，我怎麼能得罪這樣一個人呢？

這是個非常適意的間隙。我太虛弱，看不了書，可我覺得似乎可以享受點有趣的東西。爲什麼不把狄恩太太叫上來，讓她把故事講完呢？我還能記得她所講過的主要情節。是的，我記得她說到男主角跑掉了，三年中杳無音訊，而女主角卻出嫁了。我要拉鈴，她看到我又能談笑風生了，一定會很高興的。

狄恩太太來了。「先生，還要等二十分鐘才能吃藥呢！」她開口道。

「去，去它的！」我答道，「我想讓——」

「大夫說你不要吃藥粉了。」

「謝天謝地！不要打斷我。過來坐在這兒。不要去碰那一排排的苦藥瓶。從口袋裡掏出毛線活來——這就行了——現在接著講那位希斯克利夫先生的經歷吧！從你上次停住的地方講到現在。他有沒有在大陸受過教育，變成個紳士回來了？他有沒有在大學裡贏得一個免費的名額？有沒有逃到美國，靠著吮吸寄養國的膏血而獲得榮耀❶？或乾脆跑到英國的公路上發橫財？」

「這些行當他也許都幹過一點，洛克伍德先生，不過哪一個我也說不準。我早就聽說過，我不知道他是怎麼發的財，也不知道他採取什麼辦法，將自己的心靈從原先陷入的蒙昧無知中拯救出來。不過，請原諒，如果你認爲我講起來能使你覺得有趣，而不感到厭煩的話，那我就照自己的方式講下去。你今天早晨覺得好些了嗎？」

「好多了。」

「那眞是好消息。」

「我陪著凱薩琳小姐來到了畫眉田莊。使我既失望又高興的是，她表現得比我敢於期望的強多了。她似乎有點過於喜愛林頓先生了；即使對他妹妹，她也顯得很親熱。當然，他們兩個也都很關心她的安適與否。這不是荊棘屈從忍冬花，而是忍冬花擁抱荊棘。也不存在相互遷就的事；一方挺立著，另一方卻順從著；既遭不到違抗，又受不到怠慢，誰還能使性子發脾氣呢？

我注意到，艾德加先生提心吊膽地就怕惹她生氣。他把這種恐懼掩飾起來，不讓她知道。但是，當他一聽見我厲聲回答，或者看見別的僕人不大樂意接受她的蠻橫吩咐時，他就會皺起眉頭顯得很不高興，而他卻從不爲自己的事沉下臉。他正言厲色地跟我談過多次，嫌

---

❶ 這裡係指參加美國的獨立戰爭。

我不懂規矩。他還說，看見他妻子煩惱，就是拿刀子戮他，也不會給他帶來那麼大的痛苦。

為了不惹仁慈的主人傷心，我就學著少暴躁些。半年來，那火藥就像沙子一樣安然沒出問題，因為沒有火種湊近來引它爆炸。凱薩琳也時常有沉悶不語的時候，她丈夫總是體諒她，恭恭謹謹地陪著她一起沉默。他認為這是她那場重病造成的體質上的變化引起的，因為她以前從來不曾意氣消沉過。當妻子重新露出喜色時，做丈夫的也同樣喜形於色地表示歡迎。我想我可以斷言，他們確實很幸福，而且越來越幸福。

可是好景不長。唉！人終究總是為了自己；與專橫跋扈的人比起來，溫和慷慨的人只不過自私得適度一些。等情況迫使兩人都感覺到，自己在對方心裡並非重於一切的時候，這幸福便告終了。

九月間一個溫煦的傍晚，我挎著一大籃剛採下的蘋果，從花園裡走來。天色已經發暗，月亮從院子的高牆外照進來，在房子許許多多突出部分的角落裡，映出一個個模糊的陰影，我把蘋果籃放在廚房門口的台階上，停下來歇一歇，多吸幾口柔和清香的空氣。我眼望著月亮，背朝著大門，驀然聽見背後有個聲音說道：『娜莉，是你嗎？』

這是個低沉的聲音，還帶著外鄉口音。但是，聽那喊我名字的語氣，又有幾分耳熟。我扭過頭來看看誰在說話，心裡有些發慌，因為門是關著的，我剛才走近台階時，並沒有看見任何人。門廊裡有什麼東西在動。我走近一些，發覺一個高個子男人，穿著黑衣服，長著黑臉蛋、黑頭髮。他倚著牆，手指抓住門閂，彷彿想給自己打開門。

『能是誰呢？』我心想，『恩蕭先生？哦！不對！聲音不像他的。』

『我在這兒等了一個鐘頭了，』趁我還直愣愣地盯著他的當兒，他又說道：『這期間，周圍一直像死一樣地寂靜。我不敢進去。難道你不認識我？瞧瞧，我可不是陌生人！』

一縷月光照在他臉上，只見兩頰蠟黃，一半為黑鬍鬚所遮蓋。眉頭緊蹙著，眼睛凹得很深，也很奇異。我記得這雙眼睛了。

『什麼！』我叫道，拿不準能否把他當作人間來客，便驚愕地舉起雙手。『什麼！你回來了？真是你嗎？』

『是我，希斯克利夫，』他答道，從我身上抬起眼睛，瞅了瞅窗戶，只見上面映照出許多燦爛的小月亮，但卻沒有燈光從裡面射出來。『他們在家嗎？她在哪兒？娜莉，你並不高興呀！你用不著這麼驚慌。她在這兒嗎？說話呀！我要跟她談一談——你的女主人。去吧！就說從吉默頓來了個人，想見見她。』

『她會做出什麼反應呢？』我嚷道，『她會怎麼辦呢？這突如其來的事真讓我為難——這會讓她發瘋的！你真是希斯克利夫嗎？可是變樣了！不，簡直不可思議。你當過兵吧？』

『去呀，給我送口信去，』他不耐煩地打斷了我的話。『你不去，我可受不了了！』

他拔起門閂，我走進去了。可是，等我走到林頓夫婦所在的客廳時，說什麼也不敢往裡進。最後，我決定藉口問他們要不要點蠟燭，便打開了門。他們正一起坐在窗口，格子窗朝裡貼牆打開著，舉目望去，越過花園的樹木和天然的綠色園林，可以看見吉默頓山谷，一道長長的白霧幾乎盤旋到山頂（因為你過了小教堂不久，也許注意到，從沼澤地流來的一道水渠，匯入一條順著狹谷蜿蜒流淌的小溪）。咆哮山莊屹立在這銀白色霧帶的上面，但是卻看不見我們的老房子——它坐落在山那邊。

這間屋子，屋裡的兩個人，以及他們眺望的景色，都顯得那麼幽靜。我畏畏縮縮地不願執行我的使命，因此，問過要不要點蠟燭之後，我居然沒傳話就走開了，可是又覺得自己太沒有頭腦，便只得再轉回來，囁囁嚅嚅地說道：『從吉默頓來了個人想見見你，夫人。』

『他有什麼事？』林頓夫人問道。
『我沒問他。』我答道。
『好吧，拉上窗帘，娜莉，』她說，『把茶送來，我一會就回來。』隨即走出客廳。
『是誰？』艾德加漫不經心地問了一聲。
『一個女主人意想不到的人，』我答道，『就是以前住在恩蕭先生家的那個希斯克利夫，你還記得他吧，先生。』
『什麼，那個吉卜賽人——那個野小子？』他嚷道，『你怎麼不告訴凱薩琳呢？』
『噓！你不能這樣稱呼他，主人，』我說，『女主人聽見了會很傷心的。他跑掉的時候，女主人的心都快碎了。我猜想，他這次回來會讓女主人大喜一場了。』
林頓先生走到屋子那邊的一個窗口，望下去就是院子。他打開窗子，探出身去。我想他們就在下面，因爲主人趕忙喊道：『親愛的！如果是熟人，就把他帶進來吧。』
沒過多久，我們聽見門閂卡嗒一響，凱薩琳上氣不接下氣，發狂似地飛奔上樓，激動得反而顯不出高興。說眞的！瞧她那臉色，你還會以爲大難臨頭了呢！
『哦，艾德加，艾德加！』她氣喘吁吁地嚷道，一把摟住了他的脖子。『哦，艾德加，親愛的！希斯克利夫回來了——他眞的回來了！』說著，把他摟得更緊了。
『好了，好了，』她丈夫悻悻然叫道，『別爲這點事把我勒死了！我從不覺得他是什麼稀世珍寶。用不著欣喜若狂！』
『我知道你一向不喜歡他，』她應道，稍微遏制了一下極度的喜悅。『可是看在我的分上，你們現在可得做朋友了。我可以把他叫上來嗎？』
『叫到這兒，』艾德加說，『到客廳裡來？』

『還能到那兒呢？』凱薩琳問道。

艾德加看樣子有些氣惱，便提議說，廚房對他更合適些。林頓夫人以一種滑稽可笑的神情瞅著他——丈夫如此窮講究，真叫她又好氣，又好笑。

『不，』過了一會她又說，『我不能坐在廚房裡。在這裡擺兩張桌子，艾倫。一張給主人和伊莎貝拉，他們是上等人；另一張給希斯克利夫和我，我們屬於下等人。這會讓你高興了吧，親愛的？還是我得另找個地方生起火來？如果是這樣，就請吩附吧！我要下去留住客人。這麼大的喜事，我就怕不是真的！』

她剛想再衝出去，艾德加把她攔住了。

『你去把他叫上來，』他對我說道，『凱薩琳，你可以高興，但不要搞得太過分了！用不著讓全家人看著你把一個逃亡僕人當作兄弟來歡迎。』

我走下樓下，發現希斯克利夫在門廊裡等著，顯然期待著會請他進去。他也沒講廢話，就跟著我進來了。我把他領到主人和女主人面前，兩人還紅著臉，露出激烈爭論的跡象。但是，夫人一見自己的朋友出現在門口時，便滿面紅光地閃現了另一種情感。她撲上前去，拉住他的雙手，把他領到林頓跟前。隨即，她也不管林頓多麼不情願，一把抓住他的手指，硬塞到希斯克利夫手裡。

這時，讓火光和燭光整個一映照，我越發驚訝地發現，希斯克利夫已經變了樣。他長成了一個高大健莊、身材勻稱的漢子，我家主人站在他旁邊，顯得非常纖細，像個小後生。他那筆挺挺的姿態，讓人想到他參過軍。他臉上的表情和那堅定的神氣，也比林頓先生老成得多。他看樣子很有才智，沒有留下一點以前受凌虐的痕跡。他那緊蹙著的眉頭和充滿黑色火焰的眼睛裡，還依然潛伏著一種半開化的蠻性，但是已經給抑制住了。他的舉止甚至是莊重的，不帶一點粗野，儘管過於嚴峻，有失優雅。

主人跟我一樣驚訝，或許比我更驚訝。他愣了一陣，不知道如何稱呼這個所謂的野小子。希斯克利夫放下他那隻纖細的手，站在那裡冷漠地望著他，等他先開口。

『坐下吧，先生，』林頓終於說道，『林頓夫人想起了往日，要我熱情地接待你。當然，只要能讓她高興，我什麼事都樂意去做。』

『我也是，』希斯克利夫答道，『特別是事情與我有關時。我很樂意待一兩個鐘頭。』

他在凱薩琳對面坐下來，凱薩琳目不轉睛地盯著他，好像生怕她眼睛一挪開，他就會不見了似的。希斯克利夫倒不常抬眼望她，不時地瞥一眼也就足夠了。但是每瞥一眼，眼裡都要閃現出他從對方眼裡攝取的毫不掩飾的喜悅，而且一次比一次有恃無恐。他們完全沉浸在共同的喜悅之中，一點也不感到窘迫。艾德加先生卻不這樣，他可真氣壞了，氣得臉都白了；而當他夫人站起來，走過地毯，又一把抓住希斯克利夫的雙手，笑得不能自己的時候，他更是氣到了極點。

『明天我會以為這是一場夢啊！』凱薩琳嚷道，『我將無法相信我又看見了你、摸著了你，而且還跟你說了話。不過，狠心的希斯克利夫！你不配受到這般歡迎。一去就是三年，也沒個音信，從不想到我！』

『比你想到我還多一點吧！』他咕噥道，『凱茜，我不久前才聽說你出嫁了。剛才在下面院子裡等候的時候，我心裡是這麼盤算的——只是再見你一面，也許看見你驚訝地瞪著眼，而且還假裝挺高興。然後我就去跟亨得利算帳，最後以自殺來阻止法律的制裁。你的歡迎使我打消了這些念頭。可你要當心，下一次可別換一副神態迎接我！不，你不會再趕走我了。你當時眞爲我難過了，是吧？嗯，理當如此。自從我最後一次聽見你的聲音以來，我一直在艱苦奮鬥。你必須原諒我，因爲我只是爲你奮鬥啊！』

『凱薩琳，如果我們不想喝冷茶的話，就請到桌子這兒來，』林頓插嘴說，盡力保持平常的口氣，以及應有的客氣。『希斯克利夫今晚無論住在哪裡，都得走上一段遠路。再說我也渴了。』

凱薩琳走到茶壺前面的座位上，伊莎貝拉小姐聽到打鈴聲也跑來了，我把她們的椅子遞上前之後，便走出屋去。這頓茶點持續了不到十分鐘。凱薩琳的茶杯始終沒斟過茶，她吃不下，也喝不下。艾德加把茶水碰灑在茶碟裡，幾乎沒吃一口東西。那天晚上，客人只不過多待了一個鐘頭。他臨走時，他問他是不是要去吉默頓？

『不，去咆哮山莊，』他答道，『我今天早上去拜訪時，恩蕭先生請我住在那裡。』

恩蕭先生請他去住！他去拜訪恩蕭先生！我走後，我苦苦地思索著這句話。他是不是變得有點像僞君子了，喬裝起來到鄉下來搗鬼？我沉思著。我心底有一種預感，他還是離遠點爲好。半夜光景，我正在睡時，不想林頓夫人溜進我房裡，坐在我床邊，抓住我的頭髮把我拉醒了。『我睡不著，艾倫，』她說，算是道歉，『我想在快活的時候能有個活人陪伴我！艾德加在生氣，因爲我爲一件他不感興趣的事高興。他拒不開口，只會說些賭氣的蠢話。他硬說，我在他這麼不舒服、這麼困倦的時候還想說話，眞是又狠心又自私。他一有點不稱心，就要裝病！我稱讚了希斯克利夫幾句，他也不知道是頭痛、還是在吃醋，居然哭起來了，於是我就起身走開了。』

『對他稱讚希斯克利夫有什麼用？』我答道，『他們倆從小就是冤家，希斯克利夫聽你稱讚林頓先生，也會同樣厭惡的——這是人之常情。別在林頓先生面前提起他了，除非你想讓他們公開吵一架。』

『可這不是顯得太儒弱了嗎？』她又說道，『我就不吃醋。我對伊莎貝拉那頭亮晶晶的黃頭髮、那雪白的皮膚、溫文爾雅的風度，以及全家人對她的疼愛，從沒覺得不是滋味。就連你，娜莉，我們倆有時一爭吵起來，你馬上就向著伊莎貝拉，而我就像傻媽媽地讓步了。我叫她寶貝，哄著她開心。她哥哥看見我們親親熱熱的，他高興了，我也高興。不過，他們兩個十分相像，都是慣壞了的孩子，只當這個世界是專爲他們而創造的。雖說我遷就他們倆，可我又想，狠狠地懲罰一頓，或許也能叫他們變好些。』

『你說錯了，林頓夫人，』我說，『是他們遷就你的。我知道，他們要是不遷就你，那會鬧成什麼樣！只要他們肯滿足你的一切意願，你也就能迎合他們那些一時的興致。不過，到頭來，你們總會爲一件互不相讓的事情鬧翻。那時候，那些被你稱爲儒弱的人，會像你一樣倔強！』

『然後我們就拚個你死我活，是嗎，娜莉？』她笑著答道，『不！告訴你吧，我對林頓的愛充滿信心，我相信我就是殺了他，他也不會想要報復。』

我勸她，爲了他這份愛，她要格外尊重他。

『我是尊重他呀，』她答道，『可他也用不著爲些雞毛蒜皮的小事就嗚嗚地哭呀！這太孩子氣了。當我說希斯克利夫如今讓誰都看得起，即使鄉裡最大的鄉紳跟他結交都會引以爲榮時，他不應該傷心得哭鼻子，而應該替我說這話，且跟我一樣感到由衷的高興。他一定要看得慣他，最好能喜歡他。本來，希斯克利夫是有充分的理由厭惡他的，可是我敢說，他表現得非常大度！』

『你對他去咆哮山莊有什麼看法？』我問道，『他顯然已經全面改造好了，簡直成了基督徒，向周圍的敵人伸出了友誼的右手！』

『這事他解釋過了，』她答道，『我當初跟你一樣奇怪。他說他以為你還住在那裡，便上門去向你打聽我的消息。約瑟夫給了他通報了，亨得利走了出來，詢問他這些年在做什麼，過得怎樣，最後又請他進去。有幾個人正坐在裡面玩牌，希斯克利夫也加入了。我哥哥輸給他一些錢，後來發現他很有錢，就請他晚上再來，他也答應了。亨得利冒冒失失，不會慎重選擇朋友。他沒有用心想一想，對於一個受過他虐待的人，究竟是否應該提防一些。

『不過，希斯克利夫說得很明確；他所以要跟從前迫害的人重又打交道，其主要原因，是想住到一個離田莊不遠的地方，可以徒步地來來去去，同時也是眷戀我們一起住過的房子，而且還希望，他住在那裡，我會有更多的機會見到他，而他若是住到吉默頓，機會可就少多了。他打算出大價錢，以便能獲准住在山莊。毫無疑問，我哥哥財迷心竅，一定會接受他的條件的。他總是見錢眼紅，雖然他一隻手抓來的錢，另一隻手又扔掉了。』

『這倒是個年輕人居留的好地方啊！你不擔心會鬧出什麼事來嗎，林頓夫人？』

『我倒不為我的朋友擔心，』她回答道，『他頭腦健全，會使他避開危險的。我有點擔心亨得利，不過他在道德上不會比現在更墮落了，至於在肉體上，我會擋住他不受傷害的。今晚這件事，使我跟上帝和人類言歸於好了！我憤怒地抗拒過天命。哦，我忍受了多麼辛酸的痛苦啊，娜莉，要是那個人知道我有多麼痛苦，他就會感到羞愧，不該在我就要擺脫痛苦的時候，偏要無端地慪氣，來煞我的風景。

『我是出於對他的好心，寧願一個人忍受痛苦。假如我把時常感到的悲痛吐露出來，他也會受到感化，像我一樣渴望著能減輕悲痛。不管怎麼樣，事情已經過去了，我也不想跟他的愚蠢算帳了。今後，我什麼苦都能忍受得了！即使天下最下賤的東西打我一個耳光，我不但再轉過另一邊臉讓他打，而且還要請他原諒，是我惹他動的手。作為憑證，我馬上要去跟艾德加握手言和，我成了一個天使了！』

她就這樣自鳴得意地走開了。第二天，一看就知道，她圓滿地實現了自己的決心。林頓先生不僅消了氣（雖說凱薩琳的喜氣洋洋，幾乎仍然使他感到情緒壓抑）。而且妻子下午要帶伊莎貝拉去咆哮山莊，他也不貿然反對了。凱薩琳則拿一片柔情蜜意來回報他，致使家裡有幾天猶如天堂一般，主僕們都沉緬在無窮的歡樂氣氛中。

希斯克利夫——以後我得稱呼希斯克利夫先生了——起初很謹慎，並不隨便到畫眉田莊登門拜訪，彷彿在估量主人對他前去的叨擾，究竟能容忍到何種地步。凱薩琳也認爲，接待他時要克制一下自己的喜悅之情，這樣穩妥一些。於是，他漸漸贏得了來這裡作客的權利。況且，他從小就沉默寡言，如今還大致保留著這一突出的特徵，因此倒能抑制住一切令人吃驚的感情流露。主人的不安暫時平息了下來，以後的情況又一度將這不安轉入另一渠道。

主人新的煩惱來自一樁意想不到的倒楣事：伊莎貝拉·林頓對這位被勉強接納的客人，表現出一種突如其來而又不可抗拒的傾慕之情。她當時是一個十八歲的嫵媚小姐，舉止十分幼稚，雖然具有敏銳的才智、強烈的情感，但一旦給觸怒，還有不饒人的脾氣。她哥哥非常疼愛她，發現她荒唐地看上了這樣一個人，不禁大爲震驚。

且不說跟個沒有姓氏的人聯婚有失身分，也不說他以後若是沒有子嗣，他的財產很可能落入這樣一個人的手中，就是對希斯克利夫的秉性，他也有所了解，知道他雖然外表變了，他的心性卻沒有改變，也改變不了。他害怕那種心性，厭惡那種心性，像有預感似的，他不敢想像把伊莎貝拉托付給這樣一個人。假如主人知道妹妹的戀情並不是對方勾引出來的，而且對方也沒有以情相報，那他更要心寒了，因爲他一發現這私情，就責怪這是希斯克利夫蓄意策劃的。

有一陣，我們都察覺到林頓小姐不知爲什麼事搞得坐立不安、心事重重。她脾氣壞、討人嫌，不停地斥責戲弄凱薩琳，眼看就要把她那點有限的耐心消耗殆盡。我們或多或少原諒了她，只當她身體不好，眼看著她一天天地消瘦憔悴。但是，有一天，她特別任性，就是不肯吃早飯，抱怨僕人不聽她使喚；女主人在家裡不拿她當一回事，艾德加不關心她；有人不關門，叫她著了涼，我們讓客廳的爐火滅掉，存心折磨她；以及一百條更無聊的指控。

這時候，林頓夫人以命令的口吻叫她去睡覺；接著，把她痛斥了一頓之後，又威嚇說要去請大夫來。一提起肯尼斯，伊莎貝拉立刻嚷嚷說，她的身體好得很，只是凱薩琳太冷酷，才害得她不快活。

『你怎麼說我冷酷，你這個小淘氣鬼？』女主人嚷道，對那無理的指責感到驚訝。『你眞不知好歹。告訴我，我幾時冷酷了？』

『昨天，』伊莎貝拉抽泣著說，『還有現在！』

『昨天！』嫂嫂說道，『什麼時候？』

『我們順著荒野散步的時候。你叫我隨便去逛逛，而你卻陪著希斯克利夫往前溜達！』

『這就是你所謂的冷酷嗎？』凱薩琳說道，笑了起來。『這並不表示我們不要你作伴，我們並不介意你是否跟我們在一起，我只是覺得希斯克利夫的談話你聽起來沒意思。』

『哦！不，』小姐啜泣著說，『你把我支使走了，因爲你知道我喜歡待在那兒！』

『她不是瘋了吧？』林頓夫人向我乞援道，『伊莎貝拉，我可以把我們的談話一字不差地重複一遍，你指出來有什麼地方讓你覺得有趣。』

『我不在乎談話，』她答道，『我想和——』

『說下去！』凱薩琳說道，看出她在猶豫，沒把話說完。

『和他在一起，我不要總讓人支使走！』伊莎貝拉接著說，激動起來，『你是那牛槽裡的狗❷，凱茜，希望除你以外，別人誰也得不到愛！』

林頓夫人驚叫道，『我不相信會有這種蠢事！你不可能想要得到希斯克利夫的愛慕，你不能把他看作一個可愛的人！但願我誤解了你，伊莎貝拉？』

『不，你沒有誤解，』那著了迷的姑娘說道，『我愛他勝過你愛艾德加。他會愛我的，只要你允許！』

『這麼說，就是讓我做女王，我也不要像你那樣！』凱薩琳斷然宣稱，她似乎說得很誠懇。『娜莉，幫我勸勸她，讓她認識到她瘋了。告訴她希斯克利夫是個什麼人——一個沒有開化的傢伙，不懂文雅、缺乏教養，就像一片佈滿荊棘和岩石的荒野。我寧可在冬天把那隻小金絲雀放到花園裡，也不肯叫你把心交給他！孩子，你腦子裡所以會冒出這個夢，沒有別的原因，只怪你可悲地不了解他的品格。請你不要以爲他在嚴厲的外表背後，隱藏著滿腔的仁愛和柔情！他不是一顆未經琢磨的金剛石，不是一個含珠之蚌式的鄉下佬，而是一個凶惡無情，像狼一樣殘忍的人。

『我從不對他說：〔饒了這個或那個仇人吧！因爲傷害他們是不厚道的，或者是殘酷的。〕我卻說：〔饒了他們吧，因爲我不願意他們受傷害。〕伊莎貝拉，他要是發現你成了他的累贅，他會把你像麻雀蛋似地捏得粉碎。我知道他不會愛林頓家的人，但是他很可能跟你的財產和將來的繼承權結婚，貪婪日漸成爲他積重難返的惡習——這就是我的描繪。他是

---

❷ 據《伊索寓言》，有一條狗睡在牛槽裡，自己不吃草，還不讓牛來吃草，後用來指責自己不能享用又不讓別人享用的人。

我的朋友——而且是很好的朋友，假如他眞打算把你弄到手，我也許應該默不作聲，讓你落入他的陷阱。』

林頓小姐怒視著嫂嫂。『眞不害臊！眞不害臊！』伊莎貝拉氣憤地重複道，『你比二十個仇敵還要壞，你這個惡毒的朋友！』

『啊！那你不肯相信我囉？』凱薩琳說道，『你以爲我說這話是出於陰險的私心吧？』

『你肯定是的，』伊莎貝拉搶白道，『你眞讓我不寒而慄！』

『好！』對方嚷道，『你有膽量就親自試試吧！我講完了，你那樣傲慢無禮，我也不跟你爭辯了。』

『可她那麼自私，我還得吃苦頭呢！』林頓夫人走出屋時，她抽抽噎噎地說，『一切的一切都跟我過不去。她扼殺了我唯一的安慰。不過她在撒謊，不是嗎？希斯克利夫先生不是惡魔，他有著高尙的心靈——眞摯的心靈，不然他怎麼能記得她呢？』

『不要再去想他了，小姐，』我說，『他是個不吉祥的人，跟你不匹配。林頓夫人話說得重些，可我又沒法反駁她。她比我和任何人都更了解他的心地，她絕不會把他說得比他本人還壞。誠實人是不隱瞞自己的所作所爲的，他是怎麼生活的？怎麼闊起來的？爲什麼要住在咆哮山莊——他所深惡痛絕的一個人的家裡？他們說，自他來後，恩蕭先生越發墮落了。他們倆經常一起熬通宵，亨得利一直在拿地作抵押借錢，除了賭博酗酒以外，什麼事情也不幹，我只是一個星期前聽說的，是約瑟夫告訴我的——我在吉默頓遇見了他。

〔娜莉，〕他說，〔俺們家快要請驗屍官來驗屍了。他們兩有一個，爲了攔住另一個像宰牛似地扎自個，險乎給砍掉手指頭。你曉得，這就是東家哪！你要去受末日審判了。他可不怕那幫審判官，不怕保羅、不怕彼得、不怕約翰、不怕馬太❸，一個也不怕，他才不怕呢！他眞像是——他眞像厚著臉皮去見他們哩！還有那個好小子希斯克利夫，你記得吧？你可眞了不起呀！哪怕眞是魔鬼開玩笑，他也能笑得比誰都歡。

『他去田莊時，難道從不說起他在我們這邊活得多快活嗎？他是這樣過的——日頭落山時起身，擲骰子、喝白蘭地，關上百葉窗，蠟燭亮到第二天晌午。然後，那個傻瓜就哭天罵地回房去，正經人聽不進去，就用手指塞住自個的耳朵。而那個無賴呢？他就能點手裡的錢，吃飽飯、睡好覺，跑到鄰居家跟人家的老婆搭訕。當然啦！他會告訴凱薩琳那婆娘，她爹的錢財怎樣流進他的腰包裡，她爹的兒子怎樣沿著通向毀滅的大路奔跑❹，搶在他前頭給他打開柵門吧？」

『聽著，林頓小姐，約瑟夫是個老混蛋，可他不會撒謊。如果他講的希斯克利夫的行爲當眞不假的話，你絕不會想要這樣一個丈夫吧，會嗎？』

『你和其他人串通一氣，艾倫！』她答道，『我不要聽你惡語中傷。你想讓我相信世界上沒有幸福，用心多麼險惡！』

如果由著她自己，她究竟會拋開這一痴想，還是會不停地痴想下去，我就說不上了。她也沒有時間多想了。第二天，鄰鎭有個司法會議，我家主人得去參加。希斯克利夫知道他不在家，便來得比平時早得多。

凱薩琳和伊莎貝拉坐在書房裡，兩人還在慪氣，但都悶不作聲。伊莎貝拉由於最近行爲魯莽，還在一怒之下披露了自己的隱衷，不禁有點惶恐不安。凱薩琳經過再三考慮，眞對同

❸ 保羅、彼得、約翰、馬太，都是耶穌的使徒。

❹ 見《聖經．舊約．馬太福音》第七章第十三節。

伴生氣了。她即使再笑她唐突，也要讓她覺得這不是鬧著玩的事。當她看見希斯克利夫走過窗前時，還眞笑了，我正在打掃爐子，注意到她嘴邊露出狡黠的微笑。伊莎貝拉則在凝神思索，或者在專心看書，等到門一打開，假若來得及的話，她還眞想逃之夭夭，可惜爲時已晚，她只得待著不動。

『進來吧，來得正好！』女主人興沖沖地嚷道，拉一把椅子放在爐火邊。『這裡有兩個人，急需一個第三者來打消她們之間的隔閡，你正是我們倆都是選擇的人。希斯克利夫，我很高興，終於讓你看到一個比我更喜歡你的人，我想你會感到得意的。不，不是娜莉，不要看她！我那可憐的小姑，她一想到你的儀表和心靈都那麼美，心都要碎了。你要不要做艾德加的妹夫，完全由你了！不，不，伊莎貝拉，你不能跑掉。』她接著說道，一見那張皇失措的姑娘憤然起身，便假裝鬧著玩，一把捉住了她。

『希斯克利夫，我們爲了你吵得不可開交。我們爭著訴說自己的忠誠和愛戀，結果我完全給比下去了。而且，我還獲悉，只要我能知趣地靠邊站，我那位自命的情敵就想一箭射進你的心靈，讓你永遠不得變心，永遠忘記我的形象！』

『凱薩琳，』伊莎貝拉說道，又恢復了自己的尊嚴，不屑於跟那緊緊抓住她的手掙扎，『請你照實說話，不要造我的謠，哪怕是開玩笑！希斯克利夫先生，請你叫你這位朋友放開我。她忘了我跟你並不熟悉，她覺得好玩的事，對我卻是說不出的痛苦。』

客人沒有搭理，但卻坐下了，對於小姐對他懷有什麼情感，看來全然不在乎。因此，小姐轉過身，低聲懇求折磨她的人快放開她。

『休想！』林頓夫人大聲答道，『我不要再讓人叫作牛槽裡的狗。你非得待在這兒，就這樣！希斯克利夫，你聽了我報告的好消息，怎麼不表示得意呀！伊莎貝拉發誓言，艾德加對我的愛比起她對你的愛來，眞是微不足道。我敢肯定她說過諸如此類的話，是不是，艾倫？自從前天散步以後，她又傷心又氣憤，一直不吃不喝，就因爲我怕你不喜歡她跟著你，便把她打發走了。』

『我想你冤枉她了，』希斯克利夫說，轉了轉椅子對著她們倆。『不管怎麼說，她現在就不想跟我在一起。』

他緊緊盯著他們談論的對象，猶如盯著一隻奇異可憎的動物，比如說，西印度群島的毒蜈蚣，儘管令人憎惡，人們出於好奇，卻又要仔細查看一番。那可憐的東西經不住他這樣看，臉上白一陣紅一陣。她睫毛上掛著淚珠，纖細的手指拚命想扳開凱薩琳緊抓著她的手，當即意識到，她剛從她手臂上扳開一根手指，另一根手指又立即抓上去了，她無法將所有的指頭一齊扳開，便開始動用手指甲。她那指甲著實鋒利，頓時在那緊抓住她的手指上，綴上了一道道月牙狀的紅印。

『你這隻母老虎！』林頓夫人嚷道，連忙放開了她，痛得直甩手。『看在上帝的份上，滾吧！藏起你那副潑婦的面孔！當著他露出那些爪子，有多蠢呀！難道你不想想他會產生什麼感想嗎？瞧，希斯克利夫！這都是些用來傷人的傢伙──你可得當心你的眼睛。』

『她要是一旦威脅到我頭上，我就把她的指甲從指頭上揭下來，』等小姐跑出去後，門也關上了，他野蠻地答道，『不過，凱茜，你幹嘛要那樣戲弄這傢伙？你沒說實話對吧？』

『我向你擔保，我說的是實話，』凱薩琳回道，『她對你苦苦思戀了幾個星期了，今天早上又痴心地說起了你，我爲了讓她別那麼痴情，就明言直話地說了你的短處，惹得她大罵了一通。不過，你也不要再理會這事了。我只想懲罰一下她的傲慢無禮，僅此而已。親愛的希斯克利夫，我太喜歡她了，不能讓你肆無忌憚地把她抓去一口呑掉。』

『我太不喜歡她了，還不想這樣做呢！』希斯克利夫說，『除非採取一種非常殘忍的手段。假如我和那個令人作嘔的蠟黃臉單獨住在一起，你會聽到好多稀奇事。最平常的，是每隔一兩天就往那張白臉上塗上彩虹的顏色，讓那雙藍眼睛發青。那雙眼睛太像林頓的眼睛了，眞令人可憎。』

『令人喜歡，』凱薩琳說，『那是鴿子的眼睛——天使的眼睛！』

『她是她哥哥的繼承人，是吧？』沉默了一會之後，希斯克利夫問道。

『很遺憾，我想是的，』他的同伴應道，『要是幸運的話，會有五、六個侄子取消她的繼承權！目前，你不要往這事上動心思了！你太容易貪圖鄰人的財產了。記住，這位鄰人的財產是我的。』

『如果歸了我，那不照樣是你的，』希斯克利夫說，『不過，雖說伊莎貝拉．林頓有些傻，但她卻不瘋。而且——一句話，依你所說，我們不談這件事了。』

他們嘴上是不談了，凱薩琳大概心裡也忘了。可是我敢說，那另一位這天晚上卻常常想起這件事，每當林頓夫人走出屋去，我就看見他暗自微笑——簡直是咧著嘴笑——接著就陷入陰險的沉思。我決計觀察他的動向，我的心始終偏向主人這一邊，而不是偏向凱薩琳那一邊。我想這是有理由的，因爲主人和善正直，信任別人；而她呢——雖說不是截然相反，但卻似乎太隨心所欲，我不相信她的爲人準則，更不會與她情愫相通。

我希望出點什麼事，能使咆哮山莊和畫眉田莊悄悄地擺脫希斯克利夫，讓我們還像他沒來之前那樣過日子。他的來訪對於我像是一場沒完了的惡夢，我想對於主人也是如此，他住在山莊裡，給人一種說不出的壓抑感。我覺得上帝將那隻迷途的羔羊丟在那裡，任其隨意遊蕩，一隻惡獸就在這羔羊和羊欄之間暗中徘徊，伺機撲上去把牠吃掉。」

# 第十一章

「有時候，我獨自尋思這些事情時，會突然驚恐地跳起來，戴上帽子，跑到山莊去看看情況怎麼樣。憑良心而言，我覺得我有責任告誡主人，人們是怎樣議論他的行為的；然而我又想起他已惡習成僻，說了對他也無濟於事，便又縮回來了，沒再走進那座陰森森的房子，心想我的話他未必聽得進去。

有一次我去吉默頓，特意路過老柵門。大約就是我的故事剛講到的那個時期——一個晴朗而嚴寒的下午，地面光禿禿的，道路又乾又硬。我來到一塊界石跟前，大路從這裡岔開，往左邊通到荒野的那一側。那根粗糙的沙石柱上，北面刻著W．H，東西面刻著G，西南面刻著T．G❶。這就算是到田莊、山莊和村裡去的路標了。

太陽把石柱的灰頂照得黃燦燦的，使我想起了夏天。我說不上為什麼，只覺得驟然間，我心頭湧起一股孩子般的激情。二十年前，亨得利和我把這裡當作最好玩的地方。我盯著這塊風雨剝蝕的岩石看了許久，後來彎下腰，看見靠近石腳有個洞，仍然裝滿了蝸牛殼和石頭。當年，我們就喜歡把這些玩意和一些不易保存的東西藏在這裡面。我彷彿看見我早年的玩伴，又活靈活現地出現在眼前——他坐在枯草地上，黑黑方方的腦袋向前俯著，小手拿著一塊瓦片在掘土。

❶ W．H，G和T．G．分別為咆哮山莊、吉默頓和畫眉山莊的英文名稱縮寫。

『可憐的亨得利！』我情不自禁地喊道。

我嚇了一跳。我的肉眼恍惚了一下，彷彿看見那孩子仰起臉來，直盯著我！一眨眼工夫，那孩子又沒影了。但是，我立即感到一種不可抑制的渴望，想到山莊去一趟。迷信驅使我遵從了這個衝動。我想，假如他死了怎麼辦?!或者快死了?!假如這是一個死亡徵兆的話?!

我越走近那座房子，心裡就越忐忑不安。等到一望見它，我四肢都顫抖了。那小精靈早超到我前頭去了，站在那裡，隔著柵門望著我。那是我看見一個長著捲髮和褐色眼睛的男孩，把一張紅臉靠在柵門的橫木上時，心裡生起的第一個念頭。再一尋思，覺得這一定是哈雷頓——我的哈雷頓，自我十個月前離開他以後，還沒什麼大的改變樣。

『上帝保佑你，寶貝！』我嚷道，頓時忘掉了我那愚蠢的恐懼。『哈雷頓，我是娜莉——你的保姆娜莉。』他往後退卻，讓我碰不到他，隨即撿起了一塊大石頭。『我是來看你爸爸的——哈雷頓。』我又說道，從他那舉動中猜想，即使娜莉還活在他的記憶中，他也認不出我就是娜莉了。

他舉起石頭要扔，我好言相勸，可是攔不住他的手，石頭擊中我的帽子。接著，從這小傢伙那結結巴巴的嘴唇裡，冒出一連串的罵人話。這些話不管他懂不懂，罵得卻很老練，也很兇狠，他的娃娃臉扭曲成一副可怕的兇相。你可以斷定，他這樣子雖說讓我生氣，但是更讓我傷心。我幾乎要哭了，從口袋裡掏出一個橘子，遞過去安撫他。他躊躇了一番，然後一下子從我手裡搶過去，好像他以爲我只想逗逗他，讓他撈不著。我又拿出一個，這次卻沒讓他抓著。

『誰教你說這些好聽的話的，孩子?』我問道，『副牧師嗎?』

『該死的副牧師，還有你！給我那個。』他答道。

『告訴我你在哪兒念書，我就給你，』我說，『誰是你的老師？』

『鬼爹爹。』他答道。

『你從爹爹那兒學了些什麼？』我接著問。他跳起來搶水果，我把它舉得更高。『他教你什麼？』我問。

『啥也不教，』他說，『光叫我離他遠些。爹爹受不了我，因爲我罵他。』

『啊！魔鬼教你罵爹爹囉？』我說。

『是呀——不是。』他拖腔拉調地說。

『那是誰呢？』

『希斯克利夫。』我問他喜歡不喜歡希斯克利夫先生。『喜歡！』他又答道。我想知道他爲什麼喜歡他，卻只聽到這些話：『我不知道——爹爹怎麼對付我，他就怎麼對付爹爹——爹爹罵我。他說我應該愛怎麼幹就怎麼幹。』

『那麼副牧師也沒教你讀書寫字啦？』我又問。

『沒教，我聽說，副牧師要是跨進門檻的話，就要把他的——牙齒敲進他的——嗓子眼裡——希斯克利夫這麼說的！』

我把橘子放在他手裡，叫他告訴他爸爸，有名叫娜莉·狄恩的女人待在花園門口，等著跟他說話。他沿著小路走了，進到屋裡。但是，亨得利沒出來，倒是希斯克利夫出現在門口階石上。我馬上掉轉身，順著大路拚命奔跑，不停地跑到路標那裡，嚇得像是招來了妖怪。這與伊莎貝拉小姐的事情並沒多大關係，只是促使我進一步下定決心，一定要提高警惕，竭盡全力制止這惡劣影響在田莊蔓延，哪怕惹得林頓夫人不快，引起一場家庭風波。

希斯克利夫下次又來的時候，小姐湊巧在院子裡餵鴿子。她三天來沒跟嫂子說過一句話，可她也不再怨天尤人了，令我們覺得十分欣慰。

我知道，希斯克利夫並沒有向林頓小姐亂獻殷勤的習慣。這一回，他一看見她，先是警戒地掃視了一下屋前。我正立在廚房窗前，連忙閃開了，沒讓他看見。他隨即穿過石子路走到她跟前，說了些什麼。小姐似乎不好意思，想要走開。希斯克利夫一把抓住她的胳臂，不讓她走。小姐背過臉去，顯然對方提了個問題。她卻不想回答。希斯克利夫又迅疾往房子這邊掃了一眼，以為沒有人看見他，這流氓竟然厚顏無恥地摟住了小姐。

『猶大！叛徒！』我突然大聲叫道，『你原來還是個偽君子，是吧？一個居心叵測的鬼騙子。』

『你在說誰呀，娜莉？』凱薩琳的聲音在我身邊說道。我只顧得看外面那一對，沒注意她進來了。

『你那個卑鄙的朋友！』我激憤地答道，『就是那邊那個鬼鬼祟祟的流氓。啊！他瞧見我們了——他進來了！他跟你說過他不喜歡小姐，卻又要向她求愛，不知道他還怎麼自圓其說，來替自己開脫？』

林頓夫人看見伊莎貝拉掙脫開，跑進花園裡去了。不一會，希斯克利夫打開了門。我忍不住要發洩一下心中的怒火，可是凱薩琳氣沖沖地就是不許我吭聲，威脅說，我要是膽敢多嘴多舌胡言亂語，她就勒令我離開廚房。

『聽你說話的口氣，人家還以為你是女主人哪！』她嚷道，『你要安分守己一些！希斯克利夫，你幹嘛惹這場亂子？我說過，你千萬別去逗引伊莎貝拉！我求你別這樣，除非你來這裡作客做得不耐煩了，想讓林頓把你拒之門外！』

『上帝絕不容許他這樣幹！』這個惡棍答道。這時我真恨透了他。『上帝叫他要溫順、要忍耐！我一天天地越來越想送他上西天，想得都發狂了！』

『噓！』凱薩琳說，關上了裡門。『不要氣我了。你爲什麼無視我的請求呢？是她有意找你的？』

『關你什麼事？』希斯克利夫怒沖沖地說道，『只要她願意，我有權利吻她，你沒有權利反對。我又不是你丈夫，你用不著跟我吃醋！』

『我不是跟你吃醋，』女主人答道，『我是爲你擔心。你和顏悅色些，不要對我板著臉！你要是喜歡伊莎貝拉，你就娶她。可你喜歡她嗎？說實話，希斯克利夫。瞧！你不肯回答。我就知道你不喜歡她！』

『林頓先生會同意他妹妹嫁給這個人嗎？』我問。

『林頓先生會同意的。』夫人斷然答道。

『他就不必操這個心了，』希斯克利夫說，『沒有他認可，我照辦不誤。至於你，凱薩琳，我們既然談到這裡，我倒想講幾句話。我想讓你明白，我知道你待我壞透了——壞透了！你聽見了嗎？你要是自以爲我沒看出來，那你就是個傻瓜。你要是以爲可以用甜言蜜語安慰我，那你就是個白痴。你要是幻想我會忍氣吞聲地不加報復，我不久就要讓你相信，事實恰恰相反！與其同時，謝謝你把你小姑的隱密告訴了我。我發誓，我要充分利用它。你就靠邊站吧！』

『這是他性格裡的什麼花樣啊？』林頓夫人驚愕地叫道，『我待你壞透了——你要報復！你怎麼報復呢，忘恩負義的畜生？我怎麼待你壞透了？』

『我不要報復你，』希斯克利夫答道，不那麼氣勢洶洶了。『那不是我的計畫。暴君壓迫奴隸，奴隸並不反抗暴君，而是欺壓比他們更下賤的奴隸。爲了讓你開心，你盡可以把我折磨死，只是讓我以同樣的方式，自己也開點心。請你儘量不要傷辱人，你搗毀了我的宮殿之後，就不要搭起一座茅舍，賞給我做住宅，還要揚揚得意地稱賞你的善舉。要我認爲你眞想讓我娶伊莎貝拉，我寧可抹脖子！』

『哦，不幸的是我沒有吃醋，對吧？』凱薩琳嚷道，『好吧，我不會再給你提親了。這和把一個無救的人獻給撒旦一樣糟糕。和撒旦一樣，你的快樂就在於給人帶來痛苦。你證實了這一點。艾德加對你的到來發了一陣脾氣，現在已經恢復了平靜，我也剛剛清靜下來。而你呢？一見我們安靜了，心裡就不安寧，好像非要惹起一場風波不可。希斯克利夫，你願吵就跟艾德加去吵吧！還可以拐騙他妹妹。你這可找到最有效的辦法報復我了。』

談話停止了。林頓夫人坐到爐火旁，兩頰通紅、神色憂鬱。她這脾氣一上來，也就越來越難以駕馭，既壓抑不住，也克制不了。希斯克利夫叉著雙臂站在爐邊，心裡轉著惡念。就在這個情況下，我離開他們去找主人，主人正在納悶——什麼事使凱薩琳在樓下待了這麼久。『艾倫，』我一進去，他便說，『你看見女主人沒有？』

『看見了，她在廚房裡，先生，』我答道，『她讓希斯克利夫先生的舉動搞得很不高興。說眞的，我認爲應該對他的來訪另作安排了。太客氣反而不好，結果落到這步——』

接著，我述說了院子裡的情景，並且壯起膽子，把後來的爭執也一古腦地全說了。我以爲，我這樣做不會有損於林頓夫人，除非她以後自作自受，非要護惜她的客人。艾德加．林頓好不容易聽我把話說完。他的頭幾句話表明，他並不認爲妻子沒有過失。

『令人不能容忍！』他叫道，『她居然讓他作朋友，而且逼著我來應酬他，眞是丟臉！到下房去給我叫兩個僕人來，艾倫。不能讓凱薩琳再繼續跟那個下流痞子磨嘴皮了。我對她已經遷就夠了。』

主人下了樓，吩咐僕人在過道裡等著，自己朝廚房走去，我跟在後面。廚房裡的兩個人又激憤地爭起來了。至少，林頓夫人又起勁地訓斥開了。希斯克利夫走到了窗前，垂著個腦袋，顯然有點讓她的怒斥鎮住了。他先看見了主人，趕忙示意女主人住口，女主人一發現他示意的緣由，便頓時住嘴了。

『這是怎麼回事？』林頓對妻子說道，『那個無賴跟你說了那些下流話之後，你還要賴在這兒不走，你這是講究什麼禮儀？我猜想，因為他平常就是這麼講話的，你也就不當一回事了。你對他的卑鄙無恥已經習以為常了，或許還以為我也會以為常吧?!』

『你在門口偷聽吧，艾德加？』女主人問道，特意使出一種想激怒丈夫的口氣，表示他儘管發火好了，她既不在乎，也不屑一顧。

希斯克利夫聽見主人那番話時，不由得抬起了眼睛，後來聽見女主人那句話，不禁發出一聲冷笑，似乎有意要將林頓先生的注意力，引到他身上。他成功了，但是，艾德加不想對他大動肝火。

『我迄今一直在容忍你，先生，』他平靜地說道，『這並非因為我不了解你那卑鄙無恥的本性，而是因為我覺得你對此事只負有部分責任。凱薩琳希望和你保持來往，我默許了——太蠢了。你的到來是一種精神毒素，即使最清白的人也會被玷污。為此緣故，為了防止更嚴重的後果，從今以後我不許你再進這個家，而且現在就通知你，我要你馬上離開。再拖延三分鐘，就要強迫你不光彩地離開。』

希斯克利夫以譏嘲的目光，打量著說話人的塊頭。

『凱茜，你這隻小綿羊嚇唬起人來，倒氣壯如牛啊！』他說，『只怕他撞上我的拳頭，頭顱可要開花了。說實在的，林頓先生，我感到萬分遺憾，你根本不值得一擊！』

主人朝過道瞅了瞅，示意我去叫人來，他不想貿然親自動手。我會意地往外走。林頓夫人有點犯疑，便跟在後面，我剛想喊人，她信手把我拖回來，砰地關上門，鎖上了。

『正大光明些！』面對丈夫那氣憤驚奇的神色，她回答道，『你要是沒有膽量向他動手，那就向他道歉，或者認輸。以後也好學乖一些，別再硬充什麼好漢。不，我寧可把鑰匙吞下去，也不會讓你拿去！我對你們兩個一片好心，就得到了這樣的好報啊！一個天生懦弱，另一個稟性兇惡，我一直在姑息你們雙方，得到的報答卻是不知好歹的忘恩負義，愚蠢到荒唐的地步！艾德加，我本來是在保護你和你的家人，你卻竟敢把我想得這麼壞，我真巴不得希斯克利夫把你抽個半死不活！』

主人並不需要抽打，便能出現這一效果。他想從凱薩琳手裡奪過鑰匙，凱薩琳爲了保險起見，把鑰匙扔進爐火最旺的地方。於是，艾德加先生一激動，渾身直打哆嗦，臉色像死人一樣蒼白。他無論如何也遏制不住這感情的發作，痛苦和羞辱交織在一起，把他徹底壓倒了。他靠在一張椅背上，拿手捂著臉。

『哦！天啊！在古時候，這會給你贏得一個騎士的封號呢！』林頓夫人嚷道，『我們給打敗了！我們給打敗了！希斯克利夫不會用指頭碰你了，就像一個國王不會率領千軍萬馬去攻打一群小耗子一樣。放心吧，你不會受到傷害的！你這號人不是綿羊，而是一隻吃奶的小兔子！』

『但願你喜歡這個沒血氣的懦夫，凱茜！』她的朋友說道，『我讚賞你的趣味，你撇開我不要，卻看中了這麼一個淌著口水，直打哆嗦的東西！我不想用拳頭打他，可是我要用腳踢他，使勁過過癮。他是在哭，還是快嚇昏了？』

這傢伙走過去，把林頓靠著的椅子推了一下。他不如離遠些，主人迅猛地跳起身，一拳恰好打在他的喉頭上。他若是瘦小一些，早就給打倒了。霎時間，希斯克利夫透不過氣來。就在他氣塞的當兒，林頓先生從後門走出，到了院子裡，又從那裡朝前面大門走去。

『瞧！你不能再到這兒來了，』凱薩琳嚷道，『快走吧！他會帶回來兩支手槍和五、六個幫手。他是要眞聽見了我們的談話，那他當然永遠不會饒恕你了。你害了我啦，希斯克利夫！不過，走吧——趕快！我寧可看見艾德加走投無路，也不願意看著你陷入這種絕境。』

『你以爲我挨了那一拳，喉嚨裡火辣辣地就走了？』他大聲吼道，『絕對不行！我不把他的肋骨搗得像爛榛子那樣碎，就不跨出這個門檻！如果我這一回不制伏他，我總有一天要宰了他。因此，既然你很珍惜他的生命，就讓我先揍他一頓！』

『他不會來了，』我插嘴說，撒了個小謊。『有馬夫在，還有兩個園丁，你總不會等著讓他們把你扔到大路上吧！他們人人都有一根大頭棒，主人很可能就在客廳窗前察看，監督他們執行他的命令。』

園丁和馬車夫是在那裡，不過林頓也夾在裡面。他們已經進了院子。希斯克利夫轉念一想，決定不跟三個下人搏鬥。他抓起撥火棒，敲開裡面的鎖，等他們闖進來時，他已溜走了。林頓夫人受到很大刺激，叫我陪她上樓去。她不知道這場糾紛也有我一份責任，我也一心想讓她蒙在鼓裡。

『我快神經錯亂了，娜莉！』她嚷道，一下撲在沙發上。『我腦袋裡有上千個大鐵錘在敲打！告訴伊莎貝拉躲開我，這場風波是她引起來的。眼前不管她還是別人，再來給我火上澆油，我就要發瘋了。娜莉，你今晚要是再見到艾德加，就跟他說，我可能會害一場大病，但願眞是如此。他眞把我嚇壞了，害得我痛苦不堪！我也要嚇唬嚇唬他。再說，他也許會來漫罵抱怨一通，我肯定要回敬他，天曉得我們會鬧到哪一步算完?!

『你願意這樣做嗎，好娜莉？你知道這件事壓根兒不能怪我。他中了什麼邪要來偷聽？你離開我們以後，希斯克利夫說了些不堪入耳的話，我本來可以馬上把他岔開，不提伊莎貝拉，其餘的話並沒有什麼關係。現在，一切都鬧糟了，只怪那個傻瓜就像一些鬼迷心竅的人一樣，拚命想偷聽人家說他的壞話。假如艾德加壓根兒沒聽到我們的話，他絕不會鬧成這樣。說眞的，我爲了他而把希斯克利夫責罵了一頓，罵得嗓子都沙啞了，而他卻不講道理，怒聲怒氣地跟我爭吵，這時候我簡直不在乎他們怎麼對著幹了。

『我尤其感覺到，這場戲不管怎麼收場，我們都要給拆散，誰知道會拆散多久！好吧，如果我保不住希斯克利夫這個朋友，如果艾德加要小心眼，爭風吃醋，我就傷碎自己的心，也讓他們把心傷碎。我要是給逼上絕境，這倒是個快當的了結辦法！不過，這一招要留到渺無希望的時候再使出來，我不想搞得艾德加不知所措。迄今爲止，他總是小心翼翼的，唯恐惹惱我。你一定要講明放棄這種謹愼的危害，提醒他我脾氣暴躁，只要一發作，就會發瘋。我希望你能打消你臉上的那副冷漠神氣，顯得爲我焦急一些！』

我領受這些指示時的木然神態，無疑使她很氣惱，因爲她是鄭重其事地說這些話的。不過我相信，一個人既然能事先計畫好如何利用自己的發脾氣，那麼，即使眞到發脾氣的時候，她也可以憑藉自己的意志，設法控制住自己。我也不願像她所說的，去『嚇唬嚇唬』她丈夫，爲了達到她自私自利的目的，而去增加她丈夫的煩惱。因此，我遇見主人向客廳走來時，什麼也沒說。便索性轉回來，聽聽他們湊到一起是不是又要爭吵了。主人先開口了。

『你待著別動，凱薩琳，』他說，話音裡絲毫沒有怒意，但卻充滿了悲切和沮喪。『我不待在這兒。我既不是來吵嘴的，也不是求和的，我只是想知道，今晚鬧了這一場之後，你是否還想繼續親近那個——』

『哦，放慈悲些吧！』女主人打斷了他的話，氣得直跺腳，『放慈悲些吧！現在別再提這事了！你的冷血是熱不起來的。你的血管裡注滿了冰水，但是我的血液在沸騰，看見你如此冷漠，我的血液在翻滾。』

『要打發我走，就回答我的問題，』林頓先生堅定不移地說道，『你必須回答，大吵大鬧可嚇不倒我。我發現，你高興的時候，倒能像別人一樣穩重。你今後是想放棄希斯克利夫呢，還是想放棄我？你不可能既作我的朋友，又作他的朋友。我就是要知道你到底要選擇哪一個。』

『我要你別來打擾我！』凱薩琳怒不可遏地嚷道，『我要清靜！你沒看見我快站不住了嗎？艾德加，你——你離開我！』

她拚命拉鈴，直至噹的一聲鈴破了，我不慌不忙地走進去。如此毫無道理、窮兇極惡地發脾氣，就是聖徒見了也耐不住性子！她躺在那裡，腦袋衝著沙發扶手亂撞，牙齒咬得格格響，你會以爲她要把它們都咬碎呢！林頓先生站在那裡望著她，突然感到又懊悔又害怕。他吩咐我去拿點水來。夫人已經沒有氣力說話了。我端來滿滿一杯水，夫人不肯喝，我就把水灑到她臉上。一眨眼工夫，她就挺直了身子，翻起了眼珠，臉腮又白又青，像是死去一樣。林頓看來嚇壞了。

『壓根兒沒事。』我低聲說道。

我不想讓他屈服，儘管我心裡也禁不住害怕了。

『她嘴唇上有血！』林頓顫抖著說道。

『別理她！』我尖刻答道。

我隨即告訴他，他沒來之前，夫人就決定發一陣瘋給他看。我冒冒失失地把話說得響了些，讓夫人聽見了，只見她霍地跳起來——頭髮披散在肩頭，眼睛裡冒著火光，脖頸和手臂上的肌肉都奇特地鼓起來了。我橫下心來，準備至少要給打斷幾根骨頭，不料她只向四周怒視了一下，隨即便衝出屋去。主人指示我跟著她，我一直跟到她的臥房門口。她一進房就把門關上了，不讓我跟進去。

第二天早上，她怎麼也不肯下樓吃早飯，我便跑去問她要不要給她送點上來。

『不要！』她蠻橫地答道。

吃中飯、用茶點時，又都重複了同一問題。

第三天又問了問，都得到了同一回答。

林頓先生則待在書房裡消磨時光，也不問一問他妻子在幹什麼。伊莎貝拉和他談了一個小時，在此期間，主人針對希斯克利夫的勾引，試圖在妹妹心裡激起幾分應有的恐懼，可是從她那含糊其詞的答話中，又捉摸不出個名堂來，便只得不滿地結束了這場審問，然而加了一個嚴正的警告——假如她瘋瘋癲癲地再去慫恿那個下賤的求婚者，那他們兄妹之間的一切關係也就一筆勾銷了。」

# 第十二章

「林頓小姐只管在莊園和花園裡轉來轉去，只見她垂頭搭腦，總是不聲不響，幾乎總是眼淚汪汪。她哥哥閉門不出，獨自鑽在書堆裡，可又從不打開書——我想他心裡始終有個隱約的期望，焦急地等著凱薩琳會痛悔前非，主動請求原諒，尋求和解；而凱薩琳則固執地不吃不喝，心裡準是在想，艾德加因為見不到她，每頓飯也都咽不下去，只是出於自尊，才沒有跑來拜倒在她的腳下。我則照樣忙我的家務事，深信田莊裡只有一個明白事理的人，那就是我。

我沒有徒費口舌地安慰小姐，也沒有枉費心機地開導女主人，更不大理會主人的唉聲嘆氣。原來，他聽不見妻子的聲音，就渴望聽到有人提起她的名字。我打定主意，由他們自己回心轉意去。雖說這是一個令人厭煩的緩慢過程，但是正如我起初想像的那樣，我終於高興地看到了一線曙光。

第三天，林頓夫人打開了門。她喝完了水壺和水瓶裡的水，要求再給她灌滿，還要一缽粥，因為她認為她快死了。我料定這話是說給艾德加聽的。我不相信會有這回事，因此就把它埋在心裡，給她端來些茶和乾烤麵包。她狼吞虎咽地吃飽喝足，重又躺在枕頭上，握緊拳頭，呻吟起來。

『唉，我還是死了吧！』她哀叫道，『人家誰也不把我放在心上。我剛才不吃這頓飯就好了。』過了半晌，我又聽見她在咕噥：『不，我不要死——他會高興的——他根本不愛我——他絕不會思念我！』

『你還要什麼嗎，夫人？』我問道。

儘管她臉色煞白，樣子怪誕反常，我還是保持著外表上的平靜。

『那個沒心肝的東西在做什麼？』她問道，把又密又亂的頭髮從憔悴的臉上撩開。『他是昏睡過去了，還是死了？』

『都不是，』我答道，『如果你是指林頓先生的話。我想他身體挺好，雖說讀書占用了他過多的時間。他一直鑽在書堆裡，因爲他沒有別人作伴。』

假如我知道她的眞實情況，我就不該這麼說了，不過我無法消除這樣的念頭——她的病有一部分是裝出來的。

『鑽在書堆裡！』她惶惑地叫道，『我就要死了！我就待在墳墓的邊緣！天哪！他知道我變成什麼樣了嗎？』她接著說道，對面牆上掛著一面鏡子，她兩眼盯著自己在鏡中的影子。『這是凱薩琳·林頓嗎？他也許以爲我在賭氣——在鬧著玩。你能不能告訴他，這是性命交關的事？娜莉，如果還不太遲，我一得知他是什麼態度，就在這兩者之間選擇其一，或者立即餓死——這不算是懲罰，除非他還有顆良心——或者恢復健康，離開鄉下。你說到他的那些情況都是實情嗎？當心點！他眞是那樣完全不顧我的死活嗎？』

『噢，夫人，』我答道，『主人不知道你給氣瘋了，當然也不怕你會餓死自己了。』

『你以爲不會嗎？你就不能告訴他我會嗎？』她回答道，『去勸勸他！說說你的看法，就說你肯定我會餓死！』

『不，你忘了，林頓夫人，』我提醒說，『你今天晚上津津有味地吃了一頓，明天就會察覺卓有成效了。』

『我只要能確信我死了他也活不成，』她打斷我說，『我就立即殺了自己！這三個可怕的夜晚，我壓根兒就沒合過眼——哦，我受盡了煎熬！我給鬼纏住了，娜莉！不過，我開始疑心你並不喜歡我。多麼奇怪呀！我原想，雖然每個人都互相憎恨、互相鄙視，可他們不能不愛我——不想幾個鐘頭工夫，他們全都變成了冤家了。我敢肯定，他們是變了，就是這裡的人。四周都是他們的冷臉，這樣去死有多淒涼！伊莎貝拉給嚇壞了，不敢踏進我房裡，眼看著凱薩琳歸天，太可怕了。艾德加一面正經地守在一旁，看著事情了結，然後便做起禱告，感謝上帝為他家恢復了平靜，接著又回到他的書本裡。我眼看要死了，他還鑽在書本裡，他到底存的什麼心啊?!』

我讓她了解林頓先生那聽天由命的豁達態度之後，她可受不了了。她在床上滾來滾去，由發燒迷糊，加劇到發狂，用牙齒撕咬枕頭，然後又渾身滾燙地撐起身，要我去打開窗。當時正當寒冬，東北風刮得正猛，我不肯開窗。她臉上掠過的一個個神情，以及心境的一陣陣變幻，使我膽顫心驚了，還使我想起了她上次生病，大夫告誡說，千萬不要違拗她。

一分鐘以前，她還在大吵大鬧；現在，她撐著一隻胳臂，也沒留意我不肯服從她，從彷彿找到了孩子式的解悶法，從她剛咬開的枕頭縫裡抽出羽毛來，按不同種類排列在床單上——她的神思早已遊蕩到別的地方去了。

『這是火雞的，』她喃喃自語，『這是野鴨的，這是鴿子的。啊！他們把鴿子毛塞到枕頭裡了——難怪我死不了呢❶！等我躺下的時間，可要記住把它扔到地板上。這是紅松雞

---

❶ 當時，英國有一種迷信風俗：病人垂危之際，身下放一袋鴿子羽毛，其靈魂就不會離開軀體，直至親人趕到，拿去羽毛，他才會安然死去。

的，這一根——就是夾在一千種羽毛裡我也認得出來——是鳥頭麥雞的。漂亮的鳥兒，飛到荒野中間，在我們頭上盤旋。牠想回到巢裡去，因爲烏雲壓到山頭上，牠預感到要下雨了。這根羽毛是從荒野上撿來的，那隻鳥兒沒給打死——我們在冬天看見了牠的巢，裡面盡是些小皮包骨頭。希斯克利夫在上面裝了個捕鳥器，大鳥都不敢來了，我讓他答應，從此再也不打鳥頭麥雞，他倒眞沒打過。瞧！這裡還有。他有沒有打死過我的鳥頭麥雞，娜莉？其中有沒有紅的？讓我瞧瞧。』

『丟開你那孩子的把戲吧！』我打斷了她，把枕頭拽開，翻過來把破洞頂著褥熱，因爲她在一把一把地往外掏羽毛。『躺下來閉上眼，你神志恍惚了。看你搞得一蹋糊塗！羽毛像雪片似地滿屋飛！』我到處拾羽毛。

『我看見你，娜莉，』她迷迷糊糊地繼續說道，『成了個老太婆——頭髮花白，背也駝了。這張床是佩尼斯通石崖底下的妖精洞，你在搜集石鏃好傷害我們的小牝牛，我在眼前的時候，你就假裝在撿羊毛。五十年以後，你就會變成那副樣子，我知道你現在還不是那樣。你說錯了，我沒有神志恍惚，不然我就會以爲你眞是那個乾癟的老妖婆了，我就會以爲我是在佩尼斯通石崖底下了，我知道這是夜裡，桌子上有兩支蠟燭，把黑櫃子照得烏黑鉦亮。』

『黑櫃子？在哪兒？』我問，『你在說夢話！』

『靠著牆，總是那樣，』她答道，『看來是有些怪——我看見裡面有張臉！』

『這屋裡沒有櫃子，從來沒有過。』我說，又重新坐了下來，把床帳鈎了起來，好仔細地瞧著她。

『你沒瞧見那張臉嗎？』她問道，一本正經地盯著鏡子。

我不管說什麼，也無法讓她明白那是她的臉。因此，我便身起用圍巾蒙住了鏡子。

『還在那後面呢！』她又焦急地說道，『它動了。那是誰呀？但願你走後它可別出來！哦！娜莉，這屋裡鬧鬼了！我不敢一個人待著！』

我握住她的手，叫她鎮靜些，因爲她渾身正一陣陣地打顫著，還硬要瞪大眼睛朝鏡子那裡看。

『鏡子裡沒有人哪！』我堅持說道，『那是你自己，林頓夫人。你剛才還知道的。』

『我自己！』我氣吁吁地說，『鐘打十二點！那麼，這是眞的了，太可怕了！』

她手指抓住衣服，拉起來蒙住眼睛，我想溜到門口，報喊她丈夫，可是一聲刺耳的尖叫，又把我召了回來。原來，圍巾從樈框上掉了下來。

『啊，又怎麼了？』我嚷道，『現在誰是膽小鬼呀？醒醒吧！那是鏡子——照人的鏡子，林頓夫人。你看見你自己在裡面，還有我，就在你旁邊。』

她又哆嗦又惶惑，緊緊抓住我，但是驚恐漸漸從她臉上消失了，本來蒼白的面孔，因爲羞澀，脹得通紅。

『哦，天哪！我還以爲我在老家呢，』她嘆息道，『我還以爲我躺在我咆哮山莊的臥房裡。我因爲身體虛弱，腦袋糊塗了，不知不覺地叫了起來。什麼話也別話，就陪我待著。我不敢睡覺，做起夢來嚇死人。』

『你好好睡一覺就會好了，夫人，』我答道，『希望你受了這場罪之後，不要再想餓死自己了。』

『哦，我要是躺在老家我自己的床上就好了！』她絞著雙手，心酸地說道，『還有那風在窗外樅樹林裡不停地咆哮著。就讓我感受一下吧——這風是直接從荒野裡吹來的——就讓我吸一口吧！』

爲了讓她安靜下來，我把窗子稍微打開了幾秒鐘。一股冷風吹過來，我又關上窗，回到位子上。這時，她靜靜地躺著，淚流滿面。她身體疲憊不堪，精神也完全壓垮了，我們凶頑的凱薩琳簡直成了一個愛哭的娃娃！

『我關在這兒有多久了？』她忽然醒過神來，問道。

『那是星期一晚上，』我答道，『現在是星期四夜裡，或者不如說，已經是星期五的早晨了。』

『什麼！還是同一週啊？』她驚叫道，『就這麼短短的幾天嗎？』

『光靠喝冰水和發脾氣過活，也算夠長的了。』我說。

『唉，好像熬過了無數個時辰似的，』她懷疑地咕噥道，『一定不止這幾天。我記得，他們吵過以後，我就待在客廳裡；艾德加狠心地要惹我生氣，我就不顧死活地跑進這間房子。我一關上門，只覺得眼前一片漆黑，便倒在地板上了。我無法向艾德加說明：假使他非要惹我生氣，我肯定要發病，或者氣得發瘋！可怕我的舌頭和腦袋不聽使喚，他也許猜想不到我有多麼痛苦，我只是覺得要設法避開他和他的聲音。還沒等我恢復到耳聰目明的時候，天就亮了。

『娜莉，我要告訴你我是怎麼想的，有些想法一而再再而三地出現，我眞擔心我要發瘋了。我躺在那兒，頭靠著那條桌子腿，眼睛模模糊糊地看得出昏暗的窗戶，這時候我想，我躺在老家那張橡木嵌板的床上。我的心在爲一樁好大的傷心事感到痛苦，可是因爲剛醒來，我又記不得是什麼傷心事。我冥思苦索、絞盡腦汁想發現到底是什麼事。十分奇怪，我過去整整七年的生活居然變成一片空白！我壓根兒記不起有過這段生活。

『我還是個孩子，父親才下葬，亨得利下令把我和希斯克利夫分開，這就引起了我的痛苦。我第一次給孤零零地撇在一邊，哭了一夜之後，昏昏沉沉地打了一個盹，等我醒過來，就伸手想把嵌板拉開，不想手碰到了桌面，我順著桌毯猛地一拂，記憶突然闖進來了，我先前的悲痛被一陣突如其來的絕望吞沒了。

『我說不出我爲什麼如此悲痛欲絕，一定是一時精神錯亂，因爲簡直是平白無故。不過，假如我十二歲時就被迫離開了山莊，離開了我早年所有的親朋好友，離開了我最心愛的人（希斯克利夫當時就是如此），一下子變成了林頓夫人——畫眉田莊的女主人，一個陌生人的妻子，從此就被逐出我原來的世界，成爲一個無家可歸的人。你可以想一想我沉淪到什麼樣的深淵。

『你儘管搖頭吧！娜莉，把我搞得不得安寧，你也有一份！你本該跟艾德加說說，你眞該跟他說說，叫他不要來惹我！哦，我身上火辣辣的！我眞想跑到外面！我眞想再做個女孩子，又潑辣、又大膽、又自由自在，受到傷害只顧發笑，不會給逼得發瘋！我怎麼變得這麼厲害？我怎麼聽到幾句話就熱血沸騰？我相信，我一回到那邊山上的石南叢中，就一定會恢復原來的樣子。再把窗子敞開，敞開了再扣住！快點，你怎麼不動呀？」

『因爲我不想把你凍死。』我答道。

『你的意思是不給我活下去的機會，』她悻悻然地說道，『不過，我還不是毫無辦法，我自己開。』

我還沒有來得及阻攔，她就溜了下床，搖搖晃晃地穿過屋子，一把推開窗子，探出身子，寒風像利刃似地刺在她的臉上，她也毫不在乎。我求她上床休息，最後索性動手去拖她。但我馬上發現，她神志錯亂時力氣比我大得多（我從她後來的舉動和胡言亂語斷定，她是神志錯亂了）。

外面沒有月光，萬物都沉浸在朦朧的昏暗之中。不論遠近，沒有一座房子透出一絲亮光，所有的燈光早就熄滅了。咆哮山莊的燈光是從來望不見的——可她卻硬說，她瞧見了亮光。

『瞧！』她急切地嚷道，『那是我的屋子，裡面點著蠟燭，樹在窗前搖晃……那另一支蠟燭是在約瑟夫的閣樓裡……約瑟夫睡得晚，是吧？他等著我回家，好鎖大門……嗯，他還要等一會。這段路不好走，還得憂心忡忡地往回走。而且，要走這段路，還非得經過吉默頓教堂！我們經常一道挑逗那裡的鬼，看誰敢站在墳堆裡叫鬼出來……可是，希斯克利夫，要是我現在向你挑戰，你敢嗎？你要是有膽量，我就奉陪你。我不要一個人躺在那裡，他們可以把我埋到十二英尺深的地下，再把教堂推倒壓在我身上，但是，你不跟我在一起，我就不會安息……絕不會安息！』

她頓了一下，接著又帶著奇怪的微笑，說道：『他在琢磨……他想讓我去他那兒！那就找條路吧！別穿過那片教堂墓地……你太慢了！該滿足了，你可一直跟著我呀！』

她這麼瘋瘋癲癲的，看來跟她爭執也是白搭，我便盤算著怎麼能拿點衣服給她披上，而又不鬆開手，因爲窗子敞開著，我不敢放開她。恰在這時，使我大爲驚愕的是，我聽見門把嘎啦一聲，林頓先生進來了。他剛從書房裡出來，經過走廊時，聽見我們在講話，引起了他的好奇或是憂慮，想看看我們這麼晚了還在講什麼。

『哦，先生！』我喊道，他一見到眼前的情景，以及屋裡的淒涼氣氛，剛要驚叫出來，卻讓我止住了。『我可憐的女主人病了，她完全把我制伏了，他拿她毫無辦法。請你來勸她上床去。忘掉你的氣憤吧！因爲她除了自行其是，很難聽別人的話。』

『凱薩琳病了？』他說，趕忙走過來。『關上窗，艾倫！凱薩琳！怎麼——』

他說不下去，啞口無言了，一見林頓夫人形容憔悴，他難受得說不出話來，只能惶恐地瞅瞅她，又瞅瞅我。

『她一直在這裡嘔氣，』我又說，『簡直是什麼也不吃，也從不抱怨。在今晚以前，她不讓我們任何人進來，所以我們無法向你報告她的情況，因爲我們自己也不清楚，不過看來也沒什麼。』

我覺得我解釋得很笨拙，主人皺起眉頭。

『沒什麼，是嗎，艾倫．狄恩？』他聲嚴色厲地說，『你得說清楚，這事爲什麼要瞞著我！』他摟住妻子，痛楚地望著她。

起初，夫人沒有向他投去認識的目光。她茫然地凝視著，根本看不見他。但是，這神志錯亂並非是一成不變的。她將目光從外面的黑暗中移開，漸漸地把注意力集中到他身上，認出了是誰摟著她。

『啊！你來了，是吧，艾德加．林頓？』她激憤地說道，『你就是這麼個東西，不需要你的時候總見著你，需要你的時候從來找不到！我想，這一來我們可就有的是悲傷了。我看我們是免不了了。可是再怎麼悲傷，也攔不住我回到我那狹小的家裡去——就是不等春天結束我便要去的長眠之地！記住，不是在教堂屋檐下的林頓家人之間，而是在曠野裡，豎上一塊墓碑。你是願意到他們那兒去，還是想到我這兒來，隨你的便！』

『凱薩琳，你怎麼了？』主人說道，『你不再把我放在眼裡了嗎？難道你眞愛那個壞蛋希斯——』

『住口！』林頓夫人嚷道，『馬上給我住口！你要是再提那個名字，我就立刻從窗口跳出去，一了百了！你眼下摸到的，你可以占有，但是不等你再拿手碰到我，我的魂靈早飛到那山頂上了。我不要你了，艾德加。我不再需要你了，回到你的書堆裡去。我很高興你還有個慰藉，因爲我對你的情意已經完全消失了。』

『她神志錯亂，先生，』我插嘴說，『她一晚上都在說胡話。不過，讓她安靜，好好護理，她會復原的。今後，我們一定要當心別惹怒她。』

『我不要你再來出什麼主意了，』林頓先生答道，『你了解女主人的脾氣，卻慫恿我別去煩擾她。她這三天的情況，一點也不向我透露。眞是冷酷無情！就是病上幾個月，也不會變得這麼厲害呀！』

我開始爲自己辯解，心想別人撒野使性子，卻來責怪我，未免太窩囊了！

『我知道女主人性情倔強、專橫，』我嚷道，『可我不知道你想助長她的兇暴脾氣！我不知道爲了迎合她，我就得對希斯克利夫先生睜一隻眼閉一隻眼。我盡了一個忠實僕人的職責來告訴你，也得到了一個忠實僕人的報償！好啦！這就教訓我下次小心點。你下次就自己打聽去吧！』

『你下次再到我面前搬弄是非，你就別爲我做事，艾倫．狄恩。』他答道。

『那麼，我想你寧可不聞不問這件事了，林頓先生？』我說，『你允許希斯克利夫來向小姐求愛，而且每逢你不在家，就讓他乘機溜進來，故意挑撥女主人與你不和，是吧？』

凱薩琳雖然神志錯亂，卻在留神聽著我們談話。

『啊！娜莉當了內奸了，』她激憤地嚷道，『娜莉是躲在我背後的敵人。你這個臭妖婆！這麼說來，你眞是在尋找石鏃傷害我們了！放開我，我要讓她懊悔！我非要叫她嚎叫著認錯不可！』

她眉毛底下迸射出瘋狂的怒火。且拚命地掙扎著，想從林頓的懷裡掙脫出來。我不想等著出事，便擅自決定去請大夫。

我穿過花園往大路上走時，就在牆上釘馬韁鈎子的地方，看見一個白白的東西在亂動，顯然不是風吹的，而是另有動因。我儘管急急匆匆，還是停下來查看一下，免得事後再去想入非非，認爲那是陰間的怪物。眼看不如用手摸一下，我大爲驚訝而惶惑不安地發現，伊莎貝拉小姐的小狗范妮給吊在一塊手絹上，幾乎奄奄一息。我連忙放開小狗，把牠拎到花園裡。小姐去睡覺的時候，我還看見這跟著她上樓的，因而我很好奇，牠怎麼會跑到外邊來，是哪個缺德鬼這樣對待牠的。

當我鬆開鈎子上的結時，彷彿一再聽見遠處有馬蹄奔馳的答答聲，可是我腦子裡頭緒紛紜，也顧不得考慮這個情況了；儘管時值凌晨兩點，在那個地方聽見這聲音，是很令人感到奇怪的。

我走到街上，湊巧碰見肯尼斯先生剛從家裡出來，準備去看村裡的一個病人。我把凱薩琳·林頓的病狀敘說了一番，他當即就陪我往回走。他是個心直口快的粗人，毫無顧忌地表示，夫人這次舊病復發，怕是很難倖存了，除非她能老老實實地聽從他的指示，不要像上次那樣。

『娜莉·狄恩，』他說，『我總覺得這場病另有原因。田莊上出什麼事了？我們這裡聽到些奇怪的說法。一個像凱薩琳那樣身強力壯的女人，是不會爲點小事就病倒的，而且這種人也不該生病。這種人得了發燒之類的病，那是很難治好的。這病是怎麼開始的？』

『主人會告訴你的，』我答道，『不過你了解恩蕭一家人的兇暴脾氣，而林頓夫人又比他們誰都兇。我可以這麼說：事情是由一場爭吵引起的。她情緒一激動，就發作起來了。至少，她是這麼說，因爲她到了要緊的時候就跑掉了，把自己鎖在房裡。後來她就不肯吃飯，現在她時而胡言亂語，時而像是在夢幻中，雖然還認識周圍的人，但是心裡充滿了種種稀奇古怪的念頭和幻覺。』

『林頓先生會覺得很難過吧？』肯尼斯問道。

『難過？要是有個三長兩短，他心都要碎啦！』我答道，『你儘量不要嚇唬他。』

『唔，我告訴過他要小心，』我的同伴說道，『他無視我的警告，只好自食其果了！他最近不是跟希斯克利夫還很親近嗎？』

『希斯克利夫三天兩頭地到田莊上來，』我答道，『雖然主要因爲女主人從小就認識他，而不是因爲主人喜歡他來玩。如今他也用不著再登門了，因爲他對林頓小姐有些非分之想。我看不會讓他再來了。』

『林頓小姐是不是討厭他呢？』大夫接著問道。

『她不跟我講心裡話。』我回道，不願繼續談論這個話題。

『不錯，她是個詭秘的人，』他搖搖頭說道，『她總是遮遮掩掩的！不過她眞是個小傻瓜。我聽可靠人士說，昨天夜裡（多妙的一個夜晚啊），她和希斯克利夫在你們房後的田園裡轉悠了兩個多鐘頭。他硬要她別再進去，乾脆騎上他的馬，跟他一起跑掉。據向我透露的人說，小姐只得鄭重擔保準備一下，等下次見面時再走，這才把他支吾過去。至於下次是哪一天，他沒有聽見，不過你要勸告林頓先生留神點！』

這消息使我心裡充滿了新的恐懼。我撇下肯尼斯，差不多一路跑了回來。小狗還在花園裡狺狺叫吠。我稍微停了停，給牠打開門，可牠並不往房門那裡去，卻東跑西顛地在草地上嗅來嗅去，若不是我把牠抓住，帶進家裡，牠準會溜到大路上去。

我上樓一走進伊莎貝拉房裡，心裡的疑慮便給證實了：房裡沒人。我要是早來幾個鐘頭，林頓夫人的病情也許會阻止她貿然行事。現在能有什麼辦法呢？即使馬上去追趕，也很難追上他們。無論如何，我可不能去追他們，而且我也不敢驚動全家，搞得家裡慌亂不堪。我更不敢把這事報告主人，因爲眼前的不幸已經夠他受的了，哪裡還經受得住另一起災難！我看我只有默不作聲、聽其自然了。等肯尼斯一到，我就神色慌張地去通報。

凱薩琳驚擾不安地睡著，她丈夫終於使她從極度的亢奮中平靜下來。這時候，他正俯在她的枕邊，注視著她那神情痛苦的面容上的每一個細微的變化。大夫親自檢查病狀後，抱有希望地對他說，只要我們能在她四周始終保持絕對的安靜，她的病就會好轉，他又對我說，病人面臨的危險，倒不見得是死亡，更可怕的是終生神志錯亂。

那一夜，我沒合眼，林頓先生也沒合眼。實際上，我們壓根兒沒上床。隔日，僕人們起身比平時早得多，在家裡走動時都躡手躡腳，做事碰到一起時都低聲交談。除了伊莎貝拉小姐，每個人都在忙碌。大家都認爲她睡得眞香。她哥哥也問起她起床沒有，好像急著要找她，而且對她如此不關心嫂嫂，感到很氣惱。

我哆哆嗦嗦，唯恐主人派我去叫她。不過，用不著我第一個報告她私奔了，我總算逃過了這個苦差。原來，有個愣頭愣惱的女僕，一大早給差遣到吉默頓去，這時張著嘴呼哧呼哧地跑上樓，衝進房裡，大聲嚷道：『哦，我的媽呀，咱們以後還要出什麼亂子呀？主人，主人，小姐她——』

『別嚷嚷！』我連忙喊道，對她那樣大吵大嚷，感到十分惱火。

『低聲點，瑪麗——怎麼回事？』林頓先生說，『小姐怎麼了？』

『她跑了，她跑了！那個希斯克利夫帶她跑了！』女僕氣吁吁地說。

『那會有這種事！』林頓嚷道，急著忽地站起身。『這不可能。你腦子裡怎麼會生出這個念頭？艾倫．狄恩，去找找她。令人難以置信。這不可能。』

他說著，把女僕拉到門口，再次要她說明，她憑什麼這麼說。

『唔，我在路上遇見一個來這兒取牛奶的孩子，』她結結巴巴地說道，『他問起田莊裡是不是出事了。我當他是指女主人生病了，就回答說，是的。他隨後說：〔我猜想有人去追他們了吧？〕我愣住了。他看出我對這事似乎毫不知情，就告訴我說，半夜沒過多久，有位先生和小姐在離吉默頓兩英里遠的一家鐵匠鋪那裡停下來打馬掌。鐵匠的閨女起來偷偷看看他們是誰，她馬上就認出他們倆了。

她注意到那男子——她敢肯定那是希斯克利夫，再說誰也認不錯他——他付了一個金鎊，放在她父親手裡。那小姐拿斗篷遮住臉；可她想喝點水，喝的時候，斗篷滑落下來，她把她看得一清二楚。兩人騎馬往前走的時候，希斯克利夫抓住兩匹馬的韁繩。他們掉臉離開村子，沿著坑坑窪窪的道路飛奔而去。那閨女沒告訴她父親，可她今天早上卻把這事傳遍了吉默頓。」

為了虛應一下，我跑去望望伊莎貝拉的屋子，回來時，證實了女僕說的話。林頓先生又坐到了床邊。等我一進來，他抬起眼睛，看出了我神色茫然的意思，便垂下眼睛，既沒有吩咐什麼，也沒吭一聲。

『我們要不要想個辦法把她追回來？』我問道，『我們該怎麼辦？』

『她是自己要走的，』主人回答說，『她有權利愛走就走。別再拿她來煩我了！今後她只在名義上是我妹妹，不是我不認她這個妹妹，而是她不要我這個哥哥。』

他在這件事上就說了這麼幾句話。之後就沒有再問過一次，也沒有再提起她，只是吩咐我，等我知道她有了新家，不管在哪裡，把她在家裡的財物都給她送去。」

# 第十三章

「兩個月了，逃亡者仍然不見蹤影。在這兩個月裡，林頓夫人經受而又征服了所謂腦膜炎的最沉重的打擊。就是做母親的護理自己的獨生孩子，也不及艾德加照料妻子來得更盡心。他日夜守護著，耐心地忍受著一個神經脆弱、喪失理智的人，所能帶給他的種種煩惱。雖然肯尼斯曾說過，他辛辛苦苦地把妻子從死亡線上救活過來，換來的將是無窮無盡的憂患——事實上，他是在犧牲自己的健康和精力，僅僅保住了一個廢人而已——但當凱薩琳被宣告脫離危險時，他仍感到不勝感激、萬分欣喜。他一小時一小時地坐在她身旁，看著她漸漸恢復健康，而且心裡滿懷著希望，幻想她的心理也會恢復平靜正常，她不久就會完全像過去一樣。

她第一次離開臥房，是那年的三月初。早上，林頓先生在她枕頭上放了一束金黃色的番紅花。她的眼睛已有好久不曾透出喜悅的光芒了，眼前醒來看見這些花，兩眼頓時露出了喜色，急忙伸手把花攏在一起。

『這是山莊開得最早的花！』她大聲驚叫道，『這些花讓我想起了輕柔的暖風、和煦的陽光、快融化的殘雪。艾德加，外面在刮南風吧？雪快化完了吧？』

『這裡的雪全化完了，親愛的！』她丈夫答道，『在整個荒野上，我只看得見兩個白點。藍藍的天空，百靈鳥在歌唱，小河小溪漲滿了水。凱薩琳，去年春天這時候，我還渴望把你迎進這個家。可是現在，我又巴不得你待在一兩英里以外的那些山上。那裡和風怡人，我看會治好你的病。』

『我只會再去那兒一次！』病人說，『然後你就撇下我，讓我永遠留下來。明年春天，你又要渴望把我迎進這個家，你回想起來，就覺得你今天是快樂的。』

林頓十分憐惜地撫摸著她，想用纏綿多情的話語引她高興。但她木然地望著花，淚水斂聚在眼睫毛上，順著臉頰往下直淌，她也不在意。我們知道她確實好些了，並由此斷定，她所以落得如此憂鬱，大多是由於長期關在一個地方所致，若是換個場所，也許會好一些。

主人叫我在好多個星期無人光顧的客廳裡生起火來，再在窗口的陽光下擺一張安樂椅。然後，他就把夫人抱下樓，她在那裡坐了好久，只覺得暖烘烘的，十分舒適。而且正如我們所料，周圍的東西使她恢復了生氣，這些東西雖說都很熟悉，但卻不會引起她所厭惡的病房裡的那些淒楚的聯想。到了晚上，她似乎精疲力盡了，但任你怎麼左說右勸，她也不肯回臥房去。我來不及另外布置一間房子之前，只得把客廳裡的長沙發臨時鋪起來，用作她的床。

為了避免上下樓太累，我們就收拾了這間屋子，就是你眼前躺著的這一間，與客廳在同一層。過了不久，她又變得強健了些，可以扶著艾德加的手臂，從這一間走到另一間。

啊！我心想，她受到這樣的服侍，是會復原的。而且還有個雙重理由期望她復原，因為在她身上還寄托著另一個小生命。我們都希望，林頓先生不久就會心花怒放，一旦生下個繼承人，他的地產就不至於落到一個陌生人手中。

我應該提一提伊莎貝拉走了六週之後，給她哥哥寄來一封短信，宣布她和希斯克利夫結婚了。信似乎寫得乾巴巴、冷冰冰的，但在下端卻用鉛筆密密麻麻地加了幾行，隱約表示了點歉意，如果哥哥對她的行為感到氣惱，就請看在手足的情分原諒她吧，並說她當時也是沒有辦法，如今木已成舟，已經無可挽回。

我相信林頓沒有回這封信。又過了兩個星期，我收到一封長信。我感到很奇怪，這封信居然出自一個剛度完蜜月的新娘的手筆，我把信念一遍，因為我還留著它。如果死者生前受人珍重的話，其任何遺物都是珍貴的。

信是這樣寫的：

親愛的艾倫：

我昨夜來到咆哮山莊，才頭一次得知凱薩琳一直病得很重，我想我不能給她寫信。我哥哥如果不是太生氣，就是太悲傷，我給他去信，他也不回覆。可我總得給什麼人寫封信，唯一的選擇只有你。

告訴艾德加，我願不惜一切地再見他一面。告訴他，我離開畫眉田莊還不到二十四小時，我的心便回到了那裡，眼前還待在那裡，對他和凱薩琳充滿了熱烈的情感！不過我不能隨心所欲呀！（這句話下面是加了著重號的）他們不必期待我，他們可以隨便下什麼結論，不過要注意，可不要怪我意志薄弱、缺乏情感。

信的其餘部分是給你一個人看的。我想問你兩個問題：

第一個是——

你當初住在這裡的時候，是如何沒法使人與人之間保持情愫相通的？我看不出來我周圍的人和我有什麼共同的感情。

第二個問題是我最為關心的，這就是——

希斯克利夫先生是個人嗎？如果是人，他是不是瘋了？如果不是人，他是不是個魔鬼？我不告訴你我問這話的理由，不過我懇求你，你要是做得到的話，就請解釋一下我究竟嫁給了一個什麼東西——就是說，等你再來看我的時候。艾倫，你必須及早來看我。不要寫信，而要來人，給我帶點艾德加的話來。

現在，你來聽聽我在我的新家裡是怎樣受接待的吧！因爲我不得不把山莊看作是我的新家。我若是講起諸如缺少物質享受之類的話題，那只是自我逗趣。我心裡從不考慮物質享受，除非感到需求的時候。假如我發覺我的全部痛苦就在於缺少物質享受，其餘的只是一場離奇的夢，那我眞要高興得又笑又跳了！

當我們向荒野走去時，太陽已經落到田莊後面了。我據此斷定，該是六點鐘了。我的同伴停留了半個小時，仔仔細細地查看了莊園、花園，也許還有那住宅本身。因此，等我們在山莊的石板院子裡跳下馬，與你同事的老僕人約瑟夫打著蠟燭出來接我們時，天已經黑了。約瑟夫以一種足以替他增光的禮貌來接待我們，他的第一個舉動，就是把蠟燭舉得和我的臉一樣高，惡狠狠地瞟了我一眼，翹了翹嘴唇，便扭身走開了。

隨後，他接過兩匹馬，把牠們牽到馬廐裡，然後又回來鎖上外面的大門，好像我們住在古堡裡似的。希斯克利夫停下來跟他說話，我就進了廚房——一個又髒又亂的小屋。你也許認不得那地方，比起你管家的那時候，眞是面目全非了。爐火旁邊站著一個粗野的孩子，四肢強健、衣服骯髒，眼睛和嘴角帶著凱薩琳的神態。

『這是艾德加的內侄，』我想——『也可以說是我的內侄。我得跟他握握手，而且——是的——我得親親他，最好從一開始就建立起好感。』接著我走過去，想去握他那圓鼓鼓的小拳頭，說道：『你好嗎，親愛的？』他回了我一句粗話，我聽不懂是什麼意思。『我們倆作朋友好嗎，哈雷頓？』我又一次想跟他搭腔。

對方罵了一聲，並且威脅說，我要是不『滾蛋』，他就放掐脖鬼來咬我。這就是我一再懇求所得到的報償。

『喂，掐脖鬼，夥計！』這小壞蛋低聲叫道，把一隻雜種鬥牛狗從牠牆角的窩裡喚了出來。『這回你走不走？』他以命令的口氣問道。

我出自對生命的愛惜，不得不從命。便跨出門檻，等著有人進來，但哪裡也見不到希斯克利夫的影子。我跟著約瑟夫來到馬廄，請他陪我進屋去，而他瞪著眼睛，喃喃自語了一番，接著便蹙起鼻子回答說：『咪！咪！咪！有哪個基督徒聽見過這樣說話的？拿腔拿調，咿咿呀呀！俺怎知道你說什麼來著？』

『我說，我想讓你陪我到屋裡去！』我嚷道，心想他聾了，但又十分厭惡他的粗暴無禮。

『俺才不呢！俺還有別的活要幹。』他回答道，繼續幹他的活；同時抖動著他那瘦長的下巴，以極其輕蔑的神氣打量著我的衣著和面容（我的衣著太華麗了，但是面容卻眞是要多樸實有多樸實。）

我繞過院子，穿過一道道門，來到另一道門前。貿然敲了敲，心想也許會出現一個客氣點的僕人。等了一會，一個瘦長的男人打開了門。他沒打領巾，渾身上下極爲邋遢，一大堆亂髮披落在肩上，將面孔都遮住了。他的眼睛也很像凱薩琳，只是顯得陰森可怕，見不到一點靈秀的影子。

『你來這兒幹嘛？』他聲色俱厲地問道，『你是誰？』

『我是伊莎貝拉．林頓，』我回答道，『你以前見過我，先生。我最近嫁給了希斯克利夫先生，他把我帶到了這裡——我想是得到你的許可的。』

『那他回來了？』這位遁世者問道，像餓狼似地怒視著。

『是的——我們剛到，』我說，『可他把我丟在廚房門口，我想進去，你的小孩守在那裡，喚來一隻鬥牛犬，把我嚇跑了。』

『這個可惡的混蛋倒還挺守信用，很好！』我未來的主人吼叫道，兩眼朝我後面的黑暗中搜尋，想要發現希斯克利夫。然後他又自言自語地大罵了一通，連連威脅說，假如那個『惡魔』騙了他，他便要如何如何。

我後悔不該進這第二道門，還沒等他咒罵完，我就想溜走了，但是我還沒來得及這樣做，他就命令我進去，然後關上門，插上門閂。房裡有一個很旺的爐火，這也是這間大屋子的全部亮光。地板上一片灰蒙蒙的。一度亮鋥鋥的白鑞盤子，在我小時候總是那樣引我注目，如今蒙上了污垢和灰塵，落得同樣黯然無光。

我問起我能不能叫女僕把我帶到臥房？恩蕭起先沒有回答，他兩手插在口袋裡，只管踱來踱去，顯然完全忘掉了我就在他跟前。他是那樣心不在焉，那樣一臉憤世嫉俗的神態，我嚇得沒敢再去打擾他。

艾倫，你對我這異常憂鬱的心情不要感到奇怪，我坐在那冷漠無情的爐火旁，眞比孤苦伶仃還糟糕，一想到四英里以外便是我那舒適的老家，住著我在世上唯一親愛的人：與其隔著這四英里，還不如隔著大西洋，反正我都越不過去！

我責問自己：我該向哪裡尋求安慰？而且——注意告訴艾德加或凱薩琳——在種種悲哀之中，這一點最爲突出：我絕望地發現，沒有人能夠或者願意作我的盟友——一同與希斯克利夫進行鬥爭！我懷著近乎高興的心情，來到咆哮山莊尋求庇護，因爲照這樣安排，我就可以免得跟他單獨生活了。但是，他熟悉那些跟我們相處的人，他不怕他們多管閒事。

我坐在那裡左思右想，迴腸九轉地過了好久。時鐘敲了八點，九點，我的同伴還在踱來踱去，垂著個腦袋，一聲不響，只是間或迸出一聲呻吟，或是一聲辛酸的嘆息。我側耳細聽，想聽出屋裡有沒有女人的聲音。與此同時，我心裡悔恨萬分，越想越絕望，最後終於壓抑不住，放聲哀嘆哭泣了起來。我起初還沒意識到我是當著別人傷起心來，直至恩蕭停止了他那有節奏的踱步，在我對面站住了，以一種如夢初醒的驚訝神情注視著我。

『我路上走累了，想要上床睡覺！女僕在哪兒？既然她不肯來伺候我，就領我去找她吧！』我趁他重新注意我的當兒，大聲說道。

『我們沒有女僕，』他回答道，『你得自己伺候自己！』

『那我該在哪兒睡覺？』我抽抽搭搭地說。

我讓疲勞和憂傷搞得心力交瘁，已經顧不得自尊了。

『約瑟夫會把你領到希斯克利夫的房裡，』他說，『打開那扇門——他就在那裡。』

我剛要照他的話去做，他又突然攔住了我，用極其怪誕的腔調說道：『請你務必擰上鎖，插上門閂——可別忘了！』

『好吧，』我說，『不過爲什麼，恩蕭先生？』我可不喜歡把自己和希斯克利夫鎖在一起。

『聽著！』他回答說，一面從背心裡抽出一支造型奇特的手槍，槍筒上安著一把雙刃彈簧刀。『對於一個不顧一切的人來說，這倒是個很有誘惑力的東西，是吧？我每天夜裡都忍不住要帶這傢伙上樓去，試試他的門。只要有一次我發現門開著，他可就完蛋了！即使一分鐘之前我還想出一百條理由，要我克制自己，但我還要堅持不懈地這樣做。有一種邪惡的力量驅使我打亂自己的計畫，去殺掉他。出於愛，你可以儘量長久地抗拒那邪惡的力量；等時辰一到，天上所有的天使也救不了他！』

我好奇地審視著那兇器，心裡突然冒出了一個可怕的念頭。我要是有了這傢伙，該有多麼強大啊！我從他手裡拿過來，摸摸刀刃。他對我臉上霎時間露出的神情，感到有些驚愕——那神情不是驚恐，而是眼紅。他心裡犯疑，一把奪回手槍、合攏刀子，藏回了原處。

『你就是告訴他，我也不在乎，』他說，『讓他提防，替他警戒。我看得出，你知道我們之間的關係。他的危險處境並沒使你感到驚慌。』

『希斯克利夫對你怎麼了？』我問，『他有什麼事虧待了你，招來如此可怕的仇恨？叫他離開這個家，豈不是更明智些嗎？』

『不，』恩蕭大聲吼道，『他要是想離開我，他就沒命了；你要是勸他離開，你就是一個殺人犯！難道我就該輸掉一切，而沒有個翻本的機會？難道哈雷頓就該作叫化子？哦！該死的！我一定要奪回來，我還要他的金錢，然後是他的血，地獄將收留他的靈魂！有了這位客人，地獄要比以前黑暗十倍！』

艾倫，你向我介紹過你老主人的癖性。他顯然快發瘋了——至少昨天晚上如此。我一走近他，就嚇得發抖，相比之下，倒覺得那個僕人的粗野乖僻反而令人好受些。

這時他又開始陰沉沉地踱步了，我便撥起門閂，逃進了廚房。約瑟夫正趴在爐火跟前，眼睛注視著架在火上面的一隻大平鍋。旁邊的高背長椅上擺著一木碗的燕麥片。鍋裡的東西燒開了，他轉身把手伸到碗裡。我猜想，這大概是在準備我們的晚飯，再說我也餓了，心想一定要燒得能咽下口，於是便尖聲叫道：『我來燒點粥！』我把碗挪到他搆不著的地方，然後脫下帽子和騎裝。

『恩蕭先生，』我接著道，『叫我自己伺候自己，我就這麼辦了。我不要在你們這裡做少奶奶了，免得把我餓死。』

『老天爺呀！』約瑟夫嘀咕了一聲，一面坐下來撫摸著他那雙羅紋襪子，從膝蓋摸到腳踝。『要是再來點什麼新門道的話——俺才剛剛習慣了兩個東西，又來個少奶奶騎在俺頭上，看來俺該挪窩了。俺從沒想到俺有朝一日要離開這個老窩，不過這一天怕是就要到了！』

我沒去理會他發牢騷，只管起勁地幹起活來，一想起以前動手燒飯有多麼歡快有趣，不由得嘆了口氣。不過我只得旋即驅除了這回憶。因爲一回想起過去的歡樂，我就爲之痛心。過去的歡樂情景出現得越多，手裡的攪粥棒就攪動得越急，一把把的麥片往水裡下得也越快。約瑟夫看到我這種燒飯方式，越來越惱火。

『瞧啊！』他突然叫道，『哈雷頓，今晚你別想喝麥片粥了，粥裡盡是些麵糊，一個個像俺拳頭那麼大。瞧，又是一大把！俺要是你呀，索性把碗什麼的一起丟進去。瞧！撇去一層浮渣，你就算完事啦。鍋底沒給你敲掉，眞是僥倖！』

我承認，粥倒到碗裡時，的確是粗糟糟的，總共倒了四碗粥。這時，有人從牛奶場送來一加侖罐新鮮牛奶，哈雷頓一把搶過去，對著大嘴喝起來，邊喝邊漏。我提出了忠告，希望他用杯子喝牛奶，說他把牛奶搞得這麼髒，我根本沒法喝。那個尖刻的老傢伙見我如此講究，不由得大爲生氣，連聲對我說：比起我來，『那小把戲絲毫不差』、『一模一樣乾淨』，他奇怪我怎麼能這樣小看人。與此同時，那小流氓繼續喝牛奶，一邊往罐子裡流口水，一邊拿眼瞪著我，看我敢把他怎麼樣。

『我要到另一間屋子裡吃晚飯，』我說，『你們這裡有沒有一個可以稱作客廳的地方呢？』

『客廳！』約瑟夫嘲弄地學了一聲，『客廳！沒有，俺們這兒沒有客廳。你要是不喜歡跟俺們在一起，就找主人去；你要是不喜歡主人，還有俺們。』

『那我就上樓去，』我回答說，『把我領進一間臥房！』

我把我的碗放在一個托盤上，然後親自再去拿點牛奶。那傢伙牢騷滿腹地站起來，領著我上樓。我們朝閣樓爬去，他不時地打開一扇門，瞧一瞧我們經過的房間。

『這兒有間屋子，』最後，他猛地推開一扇搖搖晃晃的木板門說道，『在這兒喝點粥倒滿不錯。屋角有一袋穀子，就在那兒，滿乾淨的。你要是怕弄髒你那華麗的緞子衣裳，就在上面鋪塊手絹。』

這『屋子』像是個儲藏室，有一股沖鼻的麥芽和穀子的氣味。一袋袋的糧食堆在四周，中間留下一大塊空地方。

『去你的！』我氣憤地衝著他嚷道，『這不是睡覺的地方。我要到我的臥房去。』

『臥房！』他用一種譏誚的口吻重複了一聲。『所有的臥房你都看過了——那是俺的。』

他指著第二間閣樓，跟第一間的唯一區別，在於牆角邊沒有堆著那麼多東西，裡面有一張又大又矮，沒掛帳子的床，一端放著一床深藍色的被子。

『我要你的臥房幹什麼？』我搶白說道，『我想，希斯克利夫先生總不至於住在閣樓上吧？』

『哦！你是要希斯克利夫先生的臥房啊！』他嚷道，好像有了新發現似的。『你不能早說嗎？那樣俺也不用費這麼多口舌，就會直接告訴你說：偏偏這間屋子你是看不得的——他老是把它鎖住，除了他自個兒，誰也進不去。』

『你們這個家也眞夠受的，約瑟夫，』我忍不住說道，『這家人也眞夠好的。我覺得，就在我把我的命運和這些人連結在一起的那一天，世界上所有的瘋狂念頭，都凝聚到我腦子裡來了！不過，現在說這話也沒有用——還有別的房間嗎？看在老天的份子，趕快把我安頓在個什麼地方吧！』

他沒搭理我這一要求，只是拖著沉重的腳步，執拗地走下木梯，在一間屋子的門口停了下來。從他停住腳步，以及屋裡的考究家具看來，我想這是最好的房間了。屋裡有塊地毯，一塊上好的地毯，但是圖案卻讓灰塵湮沒的模糊不清了；壁爐上方掛著剪紙畫，都已掉得支離破碎；一張漂亮的橡木床上，掛著寬幅的深紅色床帳，布料昂貴、式樣時新，但是顯然給胡拉硬拽過；原來裝飾成波紋狀的床帳，給拉脫了環，鐵掛杆有一邊彎成弧形，使床帳拖在地板上；椅子也都毀壞了，有好幾把壞得很厲害。牆上的嵌板留下一個個深痕。

我正想下決心走進去，住下來，我那位笨蛋嚮導卻宣布說：『這是主人的。』這時候，我的晚飯已經涼了，胃口已經倒了，耐心也已經耗盡了。我一定要他立即給我找個安身之處，提供休息設備。

『到哪個鬼地方去找呀，』這個虔誠的老傢伙開腔了，『上帝保佑俺們！上帝寬恕俺們！你到底要去哪個鬼地方？你這個被寵壞的、討人嫌的笨蛋！除了哈雷頓的小屋，你把所有的房間都看過了。這座房子裡再也沒有能安身的房間了！』

我氣壞了、猛地把托盤和上面的東西摔到了地上，然後就坐在樓梯口，摀著臉哭起來了。

『唷喲！唷喲！』約瑟夫嚷道，『摔得好啊，林頓小姐！摔得好啊，林頓小姐！不管怎麼說，主人非要叫這破罐絆一跤，那俺們可就有好戲看了，聽著主人怎麼說吧！你這個沒出息的瘋婆娘！你發起火來眞嚇人，居然把上帝的賜賞丟在腳下，應該罰你從現在一直餓到聖誕節！不過，俺看你神氣不了多久。你當希斯克利夫會容忍你這樣撒嬌嗎？俺只巴望他能撞見你發脾氣，俺只巴望他能撞見。』

他就這樣罵罵咧咧地回到他的房裡，把蠟燭也帶走了，我則給撇在黑暗裡。在那魯莽的舉動之後，我沉思了一陣，覺得只好含羞忍耐，強壓怒火，動手收拾一下殘局，轉瞬間，出現了一個意想不到的幫手，這就是掐脖鬼。我這時認出，牠就是我們的老賊頭的兒子。牠在田莊度過了幼年時期，後來我父親把牠送給了亨得利先生。我猜想牠認出了我——牠把鼻子湊到我鼻子上來，算是致意，然後趕忙狼吞虎咽地吃起粥來。這當兒，我在樓梯上一級一級地摸索著，收拾起破陶片，用手絹擦掉濺在欄杆上的牛奶。

我們剛忙完活，就聽見過道裡傳來恩蕭的腳步聲。我的幫手連忙夾起尾巴，緊貼著牆壁，我則溜到了最近的門口。狗想躲過他，但是沒有躲成，我從牠倉惶奔下樓和淒慘的狂狺中，猜得出來。我比較幸運些。他走過去了，進了臥房，關上了門。緊接著，約瑟夫帶著哈雷頓上來了，送他上床睡覺。這時，我已躲進哈雷頓的屋裡。

『俺想，那堂屋這會該裝得下你和你的傲氣了。裡面空空的，你可以獨占了，碰到這樣的壞東西，魔鬼總是要來作伴的！』老頭一看見我便說。

我欣然接受了這個暗示，剛坐到爐邊的一張椅子上，便打起瞌睡，睡著了。我睡得又沉又香，可惜沒有睡多久，希斯克利夫先生把我叫醒了。他剛進來，以親切的態度問道，我在這裡做什麼？我告訴了他，我遲遲不睡的原因——他把我們的房間鑰匙裝在他口袋裡。

『我們的』這個字眼，可把他氣極了。他賭神發誓地說，那屋子現在不是我的，將來永遠都不是我的，他要——可我不願意重複他的話，也不願意描述他那慣常的行徑。他用盡心計，無休止地想要激起我的憎惡！我有時覺得他太不可思議了，以至於抑制住了內心的恐懼，不過，我要告訴你，一隻猛虎或一條毒蛇，都無法引起他在我心裡引起的那種驚恐。他告訴我凱薩琳病倒了，責怪是我哥哥逼出來的，揚言說我要替艾德加受罪，直至他能報復他。

我眞恨他——我好可憐——我眞是個傻瓜！注意，這事不要向田莊上任何人透露一點口風。我每天都在盼望你——可不要讓我失望啊！

伊莎貝拉」

# 第十四章

「我一讀完這封信，馬上就去見主人，告訴他說，他妹妹已經到了山莊，給我寄來一封信，對林頓夫人的病情表示憂傷；殷切地想要見見主人，希望他能盡快讓我捎個信，表示寬恕她。

『寬恕？』林頓說道，『我沒有什麼好寬恕她的，艾倫。你要是願意，今天下午可以去咆哮山莊，就說我並不生氣，只是為失去她而感到難過，特別是因為我絕不相信她會幸福。不過，我不可能去看她，我們永遠分手了。如果她眞想為我好，就讓她勸勸自己嫁的那個流氓，叫他離開這一帶。』

『你不想給她寫幾句話嗎，先生？』我以懇求的口吻問道。

『不，』他回答道，『用不著。我和希斯克利夫一家，就像他和我一家一樣，要少來往，要斷絕來往！』

艾德加先生的冷漠無情使我極為沮喪。我走出田莊以後，一路上都在絞盡腦汁，想著重複他的話時如何加進一點情感，如何把他拒絕寫幾句話安慰伊莎貝拉，講得委婉些。

我敢說，她從早晨起就在守候我了。我走上花園砌道時，看見她從格子窗裡往外張望，便向她點了點頭。可她又縮回去了，彷彿怕讓人瞧見似的。

我沒敲門就進去了。本來窗明几淨的堂屋，現在卻如此滿目淒涼，眞是從來沒有見過。我得承認，假如我處在少夫人的位置，我至少也要掃掃壁爐，拿抹布擦擦桌子。不過，她已經沾染上了瀰漫在她四周的懶散氣息。她的秀麗面龐又蒼白又倦怠，頭髮也沒有梳捲過，有的平直地垂下來，直的胡亂地盤在頭上。大概從昨天晚上起，她就沒流妝過。

亨得利不在那裡。希斯克利夫坐在桌前，翻閱著他皮夾子裡的幾張票子。但是，一見我進來，他便站起來了，十分友好地問候我，還請我坐下。這屋裡，只有他顯得比較體面些，我覺得他從來沒有這樣氣派過。境況扭轉了他們兩個的地位，在陌生人看來，他真像個天生有教養的紳士，而他妻子則像個地地道道的小懶婆娘。

伊莎貝拉急忙走上前來迎接我，伸出一隻手來討她期望的信。我搖搖頭。她不領會這個暗示，見我到餐具櫃那裡放帽子，便跟了過來，低聲催促我，快把帶來的東西交給她。

『娜莉，你一定給伊莎貝拉帶來了什麼東西，如果眞是這樣的話，就把東西交給她吧！你用不著保密，我們之間沒有秘密。』希斯克利夫猜出了她那舉動的用意，便說道。

『哦，我沒帶什麼呀，』我想最好馬上說實話，便回答道，『我家主人叫我來告訴他妹妹，目前不要期望他會寫信給她，或來看她。他向你問好！夫人，祝你幸福，還原諒你惹他難過。不過，他認爲從現在起，他家與你們家應該斷絕來往，因爲保持來往並沒有什麼好處。』

希斯克利夫夫人的嘴唇微微顫抖著，她回到了窗口的座位上。她丈夫站在壁爐前，跟我挨得很近，問起了凱薩琳的情況，我儘量揀能說的，把凱薩琳的病情告訴了他，可他偏要盤根究柢，從我嘴裡套出了與病因有關的大部分事實。我責怪凱薩琳自作自受，而她也該受責怪。最後，我希望希斯克利夫能像林頓先生那樣，以後不論好壞，都不要再去打擾他一家。

『林頓夫人現在正在康復，』我說，『她永遠不會像以前那樣了，但是她的命給保住了，你要是當眞關心她，就不要再去找她了。不但如此，你還要徹底離開這一帶。爲了不使你捨不得，我要告訴你，凱薩琳‧林頓如今跟你的老朋友凱薩琳‧恩蕭大不相同了，正如那位年輕太太和我大不相同一樣。她的外表大變樣了，性格變化更大。那個不得不作她伴侶的人，今後只能憑藉對她昔日的追憶，憑藉世俗的人道和責任感，來維持他的一片深情了！』

『那倒很有可能，』希斯克利夫強作鎮定地說道，『你們主人很可能除了世俗的人道和責任感之外，就沒有什麼可以依仗的了。不過，你認爲我會把凱薩琳交給他的責任和人道嗎？你能把我對凱薩琳的情感與他的相比嗎？你離開這座房子之前，我一定要讓你答應我，安排我和她見一面——你答應也好，拒絕也好，我一定要見她！你怎麼說？』

『我說，希斯克利夫先生，』我回答道，『你千萬不可——你永遠休想通過我和她相見。你和主人再遇上一次，就非要凱薩琳的命不可！』

『有你幫忙，這可以避免，』他接著說道，『如果眞要出這種事——如果他要給她的生存再增添一點煩惱——哼，我想，我就有理由採取極端措施了！我希望你能實話告訴我，要是失去了他，凱薩琳會不會非常難過；我就是怕她太難過，才克制住自己。你從這裡就看出我們兩人感情上的差別了：假如他處在我的位置，我又處在他的位置，儘管我對他恨之入骨，我可絕不會對他動手。你可能不相信，隨你的便！只要凱薩琳還想和他在一起，我就絕不會把他從她身邊趕走。凱薩琳一旦不把他放在心上，我就要剖他的心，喝他的血！但是，不到那時候——你要是不相信，那是你不了解我——不到那時候，我寧可慢慢死去，也不會碰他一根頭髮！』

『可是，』我插嘴道，『你毫無顧忌地想要徹底毀滅她完全復原的一切希望，在就快要忘掉你的時候，卻硬要闖進她的記憶裡，使她重新陷入煩惱和痛苦的旋渦裡。』

『你以爲她快要忘掉我了嗎？』他說道，『哦，娜莉！你明知她沒有忘記！你和我一樣明白。她每想念林頓一次，就要想念我一千次！在我生命最苦惱的時期，我曾經有過那種念頭。去年夏天我回到這一天的時候，這個念頭還縈繞在我心頭。但是，只有她親口對我說了，我才會再接受這可怕的念頭。到那時候，林頓就算不了什麼了，亨得利也算不了什麼，我做過的夢也都算不了什麼。只有兩個字眼可以概括我的未來：死亡和地獄——失去了她，生存將是地獄。

『然而，我曾一時糊塗，以爲她把艾德加．林頓的愛看得比我的還重。就憑著他那弱小的身軀，他就是傾注全力愛上八十年，也不抵我愛上一天。凱薩琳有一顆和我一樣深沉的心，假如林頓能夠獨攬她的全部感情，那豈不是說海水可以裝進那鳥槽裡。呸！他在她心裡，並不比她的狗或她的鳥更可愛。他身上沒有什麼東西可以像我那樣討人愛，她怎麼能去愛他身上沒有的東西呢？』

『凱薩琳和艾德加相親相愛，不亞於任何一對夫婦！』伊莎貝拉突然振奮起來，嚷道。『誰也沒有權利那樣說三道四，我不會悶聲不響地聽著別人糟蹋我哥哥！』

『你哥哥還非常疼愛你，是吧？』希斯克利夫譏誚地說道，『他任你在世上漂泊，那個欣然樣子眞令人吃驚。』

『他不知道我受的什麼罪，』她回答道，『這事我沒告訴他。』

『那你還是告訴他點什麼了——你寫信了，是吧？』

『我是寫了，說我結婚了——那封信你也看到過。』

『以後沒寫過嗎？』

『沒有。』

『我家小姐眞可憐，換了環境以後，顯得憔悴多了，』我說道，『顯然，有人不愛她，我猜得出是誰，但是也許我不該說。』

『我想是她自己不愛自己，』希斯克利夫說道，『她墮落成一個邋遢婆娘了！她老早就不想討我喜歡了。你簡直難以相信，就在我們結婚後的第二天，她就哭著要回娘家。不過，她若不是老愛窮講究的話，倒挺適合住這座房子。我要留神些，別讓她在外面亂跑，丟了我的臉。』

『唔，先生，』我回答道，『我希望你要考慮到，希斯克利夫夫人讓人照料慣了、侍候慣了，她是像個獨生女一樣給帶大的，人人都要服侍她。你應該讓她有個女僕，好給她收拾東西，你應該好好待她。不管你對艾德加先生有什麼看法，你都不能懷疑伊莎貝拉的一片鍾情，不然她不會放棄老家的優雅舒適生活、老家的親友，而甘願和你住在這樣一個荒涼的地方。』

『她是懷著錯覺放棄那一切的，』他回答道，『把我想像成一個傳奇式的英雄，期望從我的殷勤多情中博得無盡的嬌寵。我簡直不能把她看作一個有理性的人，她死心塌地地把我的人品想得天花亂墜，完全按照自己的錯覺來行事。不過，我想她終於開始了解我了，我看不見她當初那種令我惱火的傻笑和怪相了，也察覺不到她當初那種冥頑不靈了，當我對她的痴情和她本人發表看法時，她不再以為我是在講假話了。

『她好不容易才開了竅，發現我並不愛她。我一度認為，任何教訓都無法使她明白這一點。然後，她還是勉強學乖了，因為今天早上她作為一條驚人消息宣布道，我實際上已經使她恨我了！我向你擔保，這確實是費了九牛二虎的力氣！如果她真是學乖了，我有理由表示回謝。我可以相信你的話嗎，伊莎貝拉？你真恨我嗎？如果我讓你一個人待半天，你會不會哀聲嘆息地再來向我狐媚取寵呢？我敢說，當著你的面，她倒希望我能顯得百般溫柔，戳穿眞相是要傷害她的虛榮心的。可我卻不在乎有人知道這完全是單相思，對此我從沒向她講過一句謊話，她不能責怪我向她表示過半個虛情假意。

『走出田莊時，她看見我做的第一件事，就是把她的小狗吊起來；等她爲牠求情時，我說的第一句話，就是我恨不能把她一家大小，除了一個人之外，全都吊死，她可能把那個例外視爲她自己。但是，任何殘忍都不會使她厭惡。我想，她對殘忍有著一種天生的喜愛，只要她的貴體能免受傷害！你說，那條可憐巴巴、低三下四、卑鄙無恥的母狗，居然夢想我會愛她，這豈不是荒唐透頂——地地道道的愚蠢透頂？

『告訴你家主人，娜莉，就說我生平從沒遇見過像他妹妹這樣下賤的東西，她甚至玷污了林頓的名聲。我要試試她究竟能忍耐到哪一步，而且還以卑躬曲膝地爬回來，有時候，純粹由於翻不出新花樣，才發了發慈悲！不過，林頓是講究地方長官的威嚴和手足之情的。到目前爲止，我一直避免給她要求離婚的一個權利。而且，她也不會感謝任何人把我們拆開。她要是想走，就走好了。她待在我面前引起的厭惡，超過了我折磨她時所得到的滿足！』

『希斯克利夫先生，』我說，『這是一個瘋子說的話，你妻子大概以爲你瘋了。只是爲了這個緣故，她才對你容忍到今天。不過，既然你說她可以走，她無疑是會利用這一許可的。夫人，你還沒有給迷昏了頭，甘願跟他待下去吧？』

『當心，艾倫！』伊莎貝拉回答道，她眼裡閃爍著怒火。從這眼神看來，她的男人盡力使她恨他，他無疑取得了圓滿的成功。『他的話你一句也不要相信。他是一個撒謊的魔鬼、一個怪物，不是人！他早就跟我說過我可以離開，我也試過，可我不敢再試了！不過答應我，艾倫，不要把他那些無恥狂言向我哥哥或凱薩琳吐露半個字。不管他無麼裝腔作勢，他就是想逗惹艾德加跟他拚命。他說他所以娶我，就是爲了好擺布艾德加。可他絕不會得逞——我要先死去！我只希望，我祈求他忘記他那該死的謹慎，把我殺死！我能想像的唯一快樂，就是死去，或者看著他死去！』

『好了——這下你說夠了吧！』希斯克利夫說道，『娜莉，你要是給傳上法庭，可要記住她的話！你好好瞧瞧那張臉——她快達到配得上我的地步了。不，伊莎貝拉，你現在還不適合作你自己的保護人。我作爲你的合法保護人，必須把你置於我的監護之下，不管這項義務有多麼令人厭惡。你上樓去，我有話要跟艾倫．狄恩私下說。不是那條路，我跟你說上樓上！嘿，這才是上樓的路呢，孩子！』他抓住伊莎貝拉，把她推出屋去，回來時嘴裡咕噥道：『我才不講憐憫呢！我才不講憐憫呢！蟲子越扭動，我就越恨不得擠出牠們的內臟！這種心理作用，就像長牙一樣，越覺得疼痛，我就磨得越起勁。』

『你懂得什麼叫憐憫嗎？』我說，一面趕忙取回帽子，『你這一生有沒有感到過一絲一毫的憐憫？』

『放下帽子！』你察覺我要走，便打斷了我，『你還不能走。你給我過來，娜莉。我非要見見凱薩琳不可，我要說服你，或者強迫你，幫我實現這一決心，而且事不宜遲。我發誓我沒有安什麼壞心。我不想惹亂子，也不想招惹或侮辱林頓先生，我只想聽聽凱薩琳親口說說她怎麼樣？她爲什麼生病？而且問問我能不能替她做點事。

『昨天夜裡，我在田莊花園裡等了六個鐘頭，今晚我還要去。我每個夜晚、每個白天，都要去那裡轉轉，直至找到機會進去。要是艾德加．林頓遇見我，我就毫不遲疑地把他一拳打倒，狠狠地揍他一頓，在我盤桓期間，保證他動彈不得。要是他的僕人來阻攔我，我就拔出這對手槍把他們嚇跑。不過，要是不讓我碰見他們或他們的主人，豈不是更好嗎？而你可以輕而易舉地辦成這件事。我來了就先告訴你一聲，等到就她一個人時，你就放我悄悄地進去，然後就望著風，直至我離開。你盡可以心安理得——你是在防止惹出禍來。』

我堅決不肯在主人家裡扮演那背信棄義的角色。另外，我還極力表明，他爲了滿足自己的願望，而不惜破壞林頓夫人的安靜，這是殘酷和自私的。

『一點點最平常的小事都能把她嚇得心驚膽戰，』我說，『她神經極度緊張，我敢肯定，她經受不住這意想不到的事。不要堅持了，先生！要不然，我只得把你的陰謀告訴主人，他好採取措施，保護他的家宅和家人，不讓不速之客闖進來！』

『既然如此，婦道人家，我要採取措施先把你關起來！』希斯克利夫嚷道，『你要等到明天早上才能離開咆哮山莊。說凱薩琳看見我會受不了，那是胡扯。至於讓她意想不到，我並不想這樣做，你要讓她有個準備——問問她我可不可以來。你說她從沒提起我的名字，也從沒有人向她提起我。如果我在她家是個禁止談論的話題，她能向誰提起我呢？她認爲你們全都是她丈夫的耳目。哦，我毫不懷疑，她在你們中間受盡了罪！我從她的沉默不語，同樣能猜透她的心思。

『你說她經常坐立不安、神情焦躁——難道這是心境平靜的證明嗎？你說她心神不定，處在那樣可怕的孤獨中，她又怎麼能心定呢？還有那個無精打采、令人作嘔的傢伙，他是出於責任和人道來照料她的。出於憐憫和慈悲啊！他與其想像他能使她在他的淺薄照料中恢復活力，還不如在花盆地栽一棵橡樹，期待它茁莊成長！讓我們馬上說定：你是願意待在這裡，讓我在林頓和他的下人之間打開一條路，去見凱薩琳呢？還是你願意一如既往地作我的朋友，按我的要求去做？決定吧！如果你硬要抗拒下去的話，那我何必再多耽擱一分鐘！』

唉，洛克伍德先生，我爭辯、抱怨，斷然拒絕了他五十次，但是到頭來，他還是逼迫我同意了。我答應將他的一封信帶給女主人，要是女主人同意，等林頓下次出門的時候，我一定給他報個信，他就可以趕來，乘機溜進來。我不待在那裡，其他僕人也要統統躲開。

這樣做是對的，還是錯的？我擔心是錯的，雖說是權益之計。我想，我依了他就免除了一場亂子。我還想，這或許會給凱薩琳的心病，造成一個有利的轉機。隨即我又想起，艾德加先生嚴厲訓斥我搬弄是非。爲了徹底消除內心的不安，我一再申明說，這件事如果當眞稱得上背信棄義的惡名，那也是最後一次了。儘管如此，我回家的路上比趕來的時候更難過。我滿腹憂慮，說什麼也不忍心把信交到林頓夫人手中。

不過，肯尼斯來了，我要下樓去，告訴他你好多了。我的故事，按我們的說話，是夠沒勁的了，而且還可以再消磨一個早上。」

沒勁、乏味！那好心的女人下樓招呼大夫時，我沉思起來。這不是我想聽來解悶的那類故事。不過沒關係！我要從狄恩太太的苦藥草裡選出有益的藥品。首先，我要警惕潛伏在凱薩琳．希斯克利夫的明眸裡的那股魅力。假如我迷戀上那個年輕女人，我一定會陷入不可思議的困境裡，那個做女兒的簡直是她母親的翻版！

# 第二卷

D. Maclise, R.A. T. Landseer.

# 第一章

又過了一個星期——我向著康復之路和春天的到來，又接近了七天。好在女管家能從手頭的正經事裡騰出空，來我這裡坐了幾次，現在我已經聽完了我那位鄰居的全部身世。我要用她的話繼續講下去，只是稍微壓縮一點。總的說來，她是一位講故事的能手，我想我無法改變她的風格。

「到了晚上，就是我去山莊的那天晚上，我知道希斯克利夫先生就在這附近，就像我看見了他似的。我躲著不出去，因爲我把他的信揣在口袋裡，不想讓他再來威嚇、捉弄我了。我打定主義，等主人出門後再把信交出去，因爲我拿不準凱薩琳接到信會有什麼反應。因此，三天過去了，信還沒有交到她手裡。第四天是禮拜天，等到全家人都去教堂了，我把信帶到了她房裡。

還有一個男僕留下來陪我看家。做禮拜的時候，我們通常都要鎖上門，那那天天氣又和煦又宜人，我就把門大開著。因爲我知道誰要來，爲了履行我的諾言，我就對我的同伴說，女主人非常想吃橘子，他得跑到村裡去買幾個，第二天再付錢。他去了，我便上了樓。

林頓夫人身穿一件寬鬆的白衣服，肩上披著一條薄薄的肩巾，像往常一樣，坐在那向外凸出的窗口，窗子開著。她那又長又密的頭髮，在她剛生病時剪短了一些，現在只是隨便梳了梳，聽其自然地披在鬢角和頸子上。正如我對希斯克利夫講過的那樣，她的模樣變了，不過她安靜的時候，變化中還顯出一種不是人間所擁有的美。

她那對本來亮晶晶的眸子，現在蒙上了一層朦朧憂鬱的溫柔，讓人覺得不再是望著身邊的事物，而似乎總是在凝視著遠方，那遙遙的遠方——你會說是凝視著世外之境。還有她那蒼白的面孔——隨著肌膚逐漸豐腴，她那憔悴的模樣消失了——以及由心境引起的特異神態，雖然令人痛心地想起了個中緣由，卻使她格外惹人愛憐，而且照我或者隨便哪個見過她的人看來，這都表明所謂她正在康復的種種明證，只不過這是些假象而已，她命中注定要香消玉殞了。

有一本書打開了擺在她面前的窗台上，幾乎察覺不到的微風間或吹動著書頁。我想是林頓放在那裡的，因爲林頓夫人從來不想看書，也不想找點別的事消遣一下，林頓只好花上一個鐘頭來逗引她，把她的注意力引向以前曾給她帶來樂趣的東西。

她明白丈夫的用意，她心境好的時候，倒能安然聽他擺布，只是有時候壓抑不住地發出一聲厭倦的嘆息，表示他那是徒勞無益，後來就用最淒切的苦笑和親吻來制止他。其他時候，她就悻然扭開身，用手捂住臉，甚至憤然把他推開，然後，林頓就小心翼翼地不去管她了，因爲他知道管也沒有用。

吉默頓小教堂的鐘還在響著。那漲了水的小溪歡暢地流過山谷，傳來悅耳的淙淙聲。這是一種過渡性的美妙音樂，等夏天一到，當樹上長滿葉子，這樹葉的颯颯聲就湮沒了田莊附近的溪流聲。在咆哮山莊，每逢冰雪融化或久雨以後的平靜日子裡，總能聽到那淙淙的流水聲。凱薩琳一面聽著一面想著咆哮山莊，這就是說，如果她是在聽在想的話。但是，如果她帶著我先前提到的那種朦朧、渺茫的神情，這就表明她的耳朵眼睛已經辨別不出任何外界的東西了。

『有你一封信，林頓夫人，』我說，把信輕輕塞進她擱在膝上的一隻手裡，『你得馬上就看，因爲還要答覆。我來拆封好嗎？』

『好吧！』她回答說，沒有改變眼睛的方向。

我打開信──信寫得很短。

『好了，』我接著說，『看吧！』她縮回手，信掉下去了。我把它撿起來，重又放在她膝上，站在那裡等她低頭往下看。怎知她久久不動，最後我又說道：『要我念嗎，夫人？是希斯克利夫寫來的。』她爲之一驚，露出苦苦追憶的神情，極力想要理出個頭緒。她拿起信，彷彿是在閱讀。等她看到署名處，不由得嘆了口氣。然而我還是發現，她並沒領會信裡的意思，因爲我急著要聽她的回音，她卻只是指指署名，以悲哀而疑惑的急切神情盯著我。『唔，他想見見你，』我猜想她需要有人給她解釋，便說道，『他這會就在花園裡，急著想知道我給他帶去什麼回音。』

我說著，瞧見底下沐浴在陽光裡的草地上，躺著一條大狗，牠豎起耳朵，像是要吠叫，隨即又垂下耳朵，搖搖尾巴，算是報告有人來了，而來牠並不把來人當作生人。林頓夫人向前傾身，屏息靜聽。轉眼間，只聽見腳步聲穿過門廳。房門敞開著，這對希斯克利夫是極大的誘惑，他禁不住要進來。他大概以爲我有意失信，便決定擅自大膽地闖進來。凱薩琳眼巴巴地盯著房門口。希斯克利夫沒有馬上找對屋子，凱薩琳示意要我把他接進來，可是還沒等我走到門口，他已經找到門了，一兩步就達到她身邊，將她一把摟進懷裡。

大約有五分鐘光景，他既沒說話，也沒鬆開她。這當兒，他一個勁地吻她，我敢說，他有生以來還沒吻過這麼多次。不過，還是我家女主人先吻了他，我看得很清楚，由於萬分悲痛的緣故，希斯克利夫簡直不敢直視她的臉。他一看見她，便和我一樣認定，她是不可能復原了——她命中注定，難逃一死了。

『哦，凱茜！哦，我的命根呀！我怎麼受得了啊？』這是他說出的第一句話，語氣中並不想掩飾內心的絕望。

這時，他兩眼直瞪瞪地盯著她，盯得那樣專注，我以爲他要流淚了。不想他眼裡充滿了極度的痛苦，並沒化作淚水。

『現在怎麼樣？』凱薩琳說，身子往後一抑，臉色突然一沉，回視著他。她的脾氣只是她喜怒無常的風信標。『希斯克利夫，你和艾德加讓我傷透了心！你們倆都來向我哭訴這件事，好像值得可憐的倒是你們！我不會可憐你的，絕不會。你毀了我——我看你反倒活得挺帶勁的。你有多麼強壯呀！我死後你還打算活多少年啊！』

希斯克利夫本來是跪著一條腿摟著她的。他想站起來，可是凱薩琳抓住他的頭髮，又把他按下去。

『我眞想抓住你不放，』她辛酸地接著說，『直至我們兩個都死掉！我不該管你受什麼罪，我才不管你受什麼罪呢！你爲什麼不該受罪呢？我在受罪呀！你會忘掉我嗎？我入土以後你會快樂嗎？你二十年以後會不會說：〈這是凱薩琳．恩蕭的墳墓。我很久以前愛過她，我爲失去她而感到痛心，不管這都過去了。後來我又愛過不少人。對於我來說，我的孩子比她更親些。我臨死的時候，不會因爲要去她那裡而爲之高興，卻會因爲要丟下孩子而感到難過！〉你會不會這樣說呢，希斯克利夫？』

『不要把我折磨得像你一樣發瘋。』他嚷道，一面掙開腦袋，咬起牙來。

在冷眼旁觀的人看來，這兩個人構成了一幅奇異可怕的景象。凱薩琳很可能把天國視爲她的流放之地，除非她把她的精神隨同肉體一起抛開。她眼前雙頰蒼白，嘴唇沒有血色，兩眼閃閃發光，整個面容顯出一副凶惡的報復心理。她握緊拳頭，指間還留有她剛才拉下來的一撮頭髮。她的同伴呢？他一隻手撐起身子時，另一隻手則捉住了她的手臂，而且就她的身體狀況而言，他現有的那點溫存是遠遠不夠的，因此，等他一鬆手，我便看見她那煞白的皮膚上，留下了四個清晰的紫痕。

『你快死的時候還這樣跟我說話，』希斯克利夫惡狠狠地說道，『你是著了魔了吧？你有沒有想到，你丟下我以後，你這些話還要銘刻在我的記憶中，而且天長日久地越刻越深？你說我毀了你，你也知道這是瞎說。你還知道，凱薩琳，要我忘記你，就像我會忘記我活在世上一樣！等你安息的時候，我卻要忍受地獄般的煎熬，這難道還滿足不了你那顆極端自私自利的心嗎？』

『我是不會安息的，』凱薩琳呻吟著說道。由於過分衝動的緣故，她的心在怦怦亂跳，激烈得能看得出、聽得著，這使她感到了自己身體的虛弱。她半天沒有再吱聲，直到這陣發作過後，才以比較緩和的口氣，接著說道：『我並不希望你比我忍受更大的痛苦，希斯克利夫！我只希望我們倆永不分離。假如我有哪句話使你以後感到痛苦，你就想想我在地下感到同樣痛苦。看在我的份上，原諒我吧！過來再跪下！你一生從沒有傷害過我。說眞的，你要是氣的話，以後回想起來，那會比我那些尖刻的話還讓你難受！你不肯再過來嗎？來吧！』

希斯克利夫走到她椅子背後，俯下身子，但是沒有湊得很近，以免讓她看見他那張激動得發青的面孔。凱薩琳扭著頭看他，他卻不讓她瞧見。他忽地轉過身，走到壁爐跟前，背對著我們，默然站著。林頓夫人猜疑地盯著他。對方的一舉一動，都在她心中喚起一種新的情感。經過一番沉默和長久的凝視之後，她又以憤慨失望的語調，對我說道：

『哦，你瞧，娜莉！他都不肯發一下慈悲，讓我別進墳墓！人家就是這樣愛我的！咳，沒關係！這不是我的希斯克利夫。我還要愛我的希斯克利夫，並且要帶上他，他就是在我的牢獄。我給關在這裡關膩了。我渴望逃到那極樂世界裡，永遠待在那裡：不是淚眼模糊地看到它，不是隔著疼痛的心窩四處渴求它；而是眞正到達那裡，身在其中。娜莉，你以爲你比我強、比我幸運，又結實又有勁。你爲我難過——這很快就會改變的。我要爲你們難過，我要超過你們所有的人，讓你們哪一個也比不上。我感到奇怪，他怎麼會不肯接近我！』她自言自語地接著說道，『我還以爲他想接近我。希斯克利夫，親愛的！你現在不該繃著臉。到我這兒來，希斯克利夫。』

她急忙立起身，撐著椅子扶手。希斯克利夫一聽這懇求，便把臉轉向她，看樣子完全絕望了。他睜大眼睛，噙著淚水，終於凶狠狠地瞪著她，胸口急劇地起伏著。他們先是分開站在那兒，霎時間又如何合到了一起，我簡直沒有看清，只見凱薩琳往前一撲，希斯克利夫一把抓住她，兩人便緊緊抱在一起，我想女主人絕不會被活著鬆開了。事實上，在我看來，她似乎當場就不省人事了。

希斯克利夫一屁股坐在最近的一把椅子上，我趕忙走上前看看女主人是不是昏迷了，他便沖著我咬牙切齒，像條瘋狗似地吐著白沫，帶著貪婪妒忌的神情把她摟得更緊了。我覺得，我彷彿不是和一個同類在一起。看來，我即更跟他說話，他也聽不懂。因此，我茫然不知所措，只好站開一些，默不作聲。不一會，凱薩琳動了動，這才叫我鬆了一口氣。她揚起手鉤住希斯克利夫的脖子，讓他托住她，把臉粘到他臉上。作爲回報，希斯克利夫發瘋似地親吻她，一面狂怒地說道：

『你現在使我明白了你有多麼殘酷——又殘酷又虛僞。你爲什麼瞧不起我呢？你爲什麼背叛自己的情感呢，凱薩琳？我沒有一句安慰的話。這是你活該，你毀了你自己。是的，你可以吻我，你可以哭，你可以逼著我吻你，逼著我哭，可我的吻和淚是要摧殘你——詛咒你的。你愛過我——那你有什麼權利拋棄我呢？你有什麼權利——回答我——就因爲你可憐巴巴地有點迷戀林頓？就因爲貧賤、恥辱和死亡，以及上帝、魔鬼所能給予的懲罰，都不能把我們拆開，你卻自覺自願地這樣做了。我沒有使你心碎——你傷碎了自己的心——而且你傷碎心的時候，也把我的心給傷碎了。我身強力壯，那對我就更糟糕。難道我想活嗎？那將是什麼生活呀，當你——哦，上帝！等你的靈魂進了墳墓，你還想活著嗎？』

『別折磨我了，別折磨我了，』凱薩琳抽抽泣泣地說，『我要是做錯了事，我就要爲此而死去。這就夠了！你也拋開了我，不過我不想責備你！我寬恕你，你也寬恕我吧！』

『寬恕是很難的，就是看看你那雙眼睛，摸摸你那雙消瘦的手，也是很難的，』他回答道，『再親親我吧！別讓我看見你的眼睛。我寬恕你對我的所作所爲，我愛害了我的人——但是害了你的人，我怎麼能愛他呢？』

兩人都默默不語了，兩張面孔貼在一起，彼此用淚水沖洗著。至少，我想雙方都在哭泣，因爲碰到這種肝腸寸斷的時刻，希斯克利夫似乎也會哭的。

這時候，我心裡越來越焦急，因爲下午過得很快，我打發出去的僕人，已經辦完事回來了；而且憑藉山谷上空夕陽西下的餘輝，可以望見從吉默頓教堂的門廊裡，湧出了越來越密的人群。

『作完禮拜了，』我報告說，『再過半小時，主人就回來了。』

希斯克利夫呻吟著罵了一聲，把凱薩琳抱得更緊，凱薩琳則一動也不動。

過了不久，我看見一夥僕人順著大路，朝廚房那一側走去。林頓先生就在後面不遠。他自己打開門，慢悠悠地走過來，大概是在欣賞這風和日暖，猶如夏日一般的午後時光。

『他這就到了，』我大聲喊道，『看在上天的份上，快下去吧！你走前面的樓梯，不會碰見任何人。快點吧！先待在樹林裡，等他進來你再走。』

『我得走了，凱茜，』希斯克利夫說，想從他同伴的懷抱中掙脫出來。『不過，只要我活著，你睡覺前我還要來看你的。我不會離開你的窗口五碼之外的。』

『你不能走！』凱薩琳答道，一面竭盡全力抱緊他。『我告訴你，我不放你走。』

『只離開一個鐘頭。』希斯克利夫懇求道。

『一分鐘也不行。』凱薩琳回答道。

『我非得走了，林頓馬上就上來了。』這位驚慌的闖入者堅持說道。

他想站起來，就勢掙脫她的手指——不想她氣喘噓噓地抓得很緊，臉上露出一副死不鬆手的瘋狂神氣。

『不行！』她尖聲叫道，『哦，別——別走。這是最後一次！艾德加不會傷害我們。希斯克利夫，我要死了！我要死了！』

『該死的蠢蛋。他來了，』希斯克利夫嚷道，又坐回椅子上。『別作聲，親愛的！別作聲，別作聲，凱薩琳！我不走了。他要是開槍打死我，我會嘴上帶著祝福咽氣的。』

兩人又緊緊地抱在一起了。

我聽見主人登上樓梯——我腦門上直冒冷汗，我嚇壞了。

『你想聽她的瘋話嗎？』我氣乎乎地說道，『她也不知道她在說什麼。難道因爲她神志不清，不能自主，你就想毀了她嗎？起來！你馬上就可以沒事了。這是你所幹的最可惡的勾當。我們全都完蛋了——主人、女主人和僕人。』我絞著手，大叫起來。林頓先生聽見聲響，加快了腳步。我在焦灼之中，一見凱薩琳的胳臂垂下去了，腦袋也垂下來，不由得打心眼裡高興。『她昏過去了，或是死了，』我心想，『這倒更好。與其半死不活地成爲周圍人的累贅，給大家製造痛苦，還不如索性死了好。』

艾德加向不速之客撲去，驚愕惱怒之中，臉色變得煞白。他想做什麼，我也不知道。不過，對方把那個看來沒有一點生氣的軀體往他懷裡一放，立刻制止了一場大吵大鬧。

『聽著，』他說，『除非你是個惡魔，不然就先救救她——然後再跟我算帳！』

他走到客廳裡坐下來。林頓先生召喚我去，我們費了好大勁，想盡種種辦法，才使夫人恢復知覺。但她完全迷迷糊糊，只會嘆息、呻吟，誰也不認識。艾德加光顧爲她焦急，忘記了她那位可恨的朋友，我可沒有忘記。我一找到時機，便去勸他快走，斷言說凱薩琳已經好些了，我明天早晨會告訴他，她這一夜過得怎麼樣。

『我不會拒絕走出門，』他回答說，『但是我要守在花園裡。娜莉，注意明天你要遵守諾言。我就待在那些落葉松下面。記住！要不然，不管林頓在不在家，我還要闖進來。』

他朝臥房半開的門裡迅疾地瞥了一眼，斷定我說的顯然是實話，這才走出房去，結束了他這場不吉利的闖入。

# 第二章

「那天夜裏十二點左右，你在咆哮山莊看見的那個凱薩琳出生了：一個只懷了七個月的瘦小嬰兒。兩個鐘頭以後那位母親就死了，她始終沒有恢復知覺，既看不出希斯克利夫走了，也不認得艾德加。

艾德加喪妻以後精神受到沉重打擊，這事太讓人心酸，不便細說。後來的效果表明，他心裡有多麼沉痛。依我看，他還有一件很傷心的事，就是凱薩琳沒有給他留下一個繼承人。我眼盯著那個羸弱的小孤女時，就要哀嘆這件事。我心裡在罵老林頓，他只是出於天生的偏愛，把財產傳給了他自己的女兒，而不是傳給他兒子的女兒。

這眞是個令人討厭的小毛頭，可憐的小東西！她剛生下來的頭幾個鐘頭裡，就是要哭死了，大家也毫不在意。後來我們彌補了這種冷落，但是她生下來孤苦伶仃，最終可能還是這個下場。

第二天早晨，外面天朗氣清，一派生機。晨曦透過百葉窗，悄悄的潛入寂靜的屋子，在臥榻和睡在上面的人身上，灑下了一層溫煦柔和的紅光。

艾德加．林頓頭枕著枕頭，眼睛閉著。他那副年輕俊秀的面孔，幾乎像旁邊那具屍體的面孔一樣煞白，幾乎一樣紋絲不動。不過，他那是肝腸痛斷之後的沉靜，而凱茜卻是絕對的寧靜。她眉頭舒展、眼瞼閉合、嘴唇含著笑容，天上的天使也不會比她看來更美麗。連我也會被她的無比寧靜所感染。我凝視著她那副無牽無掛的神聖安息者的形象，心裡從沒有覺得這麼虔誠過。我情不自禁地重複起她幾個小時前說過的話——

『無與倫比的超越你們所有的人！無論是還在人間，還是如今上了天堂，我的靈魂已在上帝面前找到歸宿了！』

我不知道這是不是我的怪僻，反正我守靈的時候，如果沒有那個悲痛欲絕的人跟我共守的話，我很少感到不快活。我看到一種人間和地獄都不能驚動的安息。我相信那沒有止境、沒有陰影的身後生活——他們進入永恆——在那裡，生活無限延續、愛情無限和諧、歡樂無限充盈。我當時注意到，林頓先生如此痛惜凱薩琳的幸運超脫時，甚至他那樣的愛情中也夾雜著多少私心啊！

當然，有人會懷疑，她度過了任性而急躁的一生之後，最終是否配得上有一個安息之處。遇上冷靜思考的時候人們是可以懷疑；但是，在她的遺體面前，卻無法這樣做。這遺體保持著自己的寧靜，這似乎表明，它先前的靈魂也同樣安靜。

先生，你相信這樣的人，在另一個世界裡眞是快樂的嗎？我很想知道。」

我覺得安迪太太問得有些出格，便拒絕回答她。

她接著說道：「追溯一下凱薩琳的人生歷程，我恐怕我們沒有理由認爲她是快樂的，不過我們還是把她交給上帝吧！

主人看樣子睡著了。日出不久，我就大膽地走出屋去，偷偷地來到清新的空氣裡。僕人們以爲我守了一夜，守睏了，想出去醒醒神。其實，我的主要意圖是看看希斯克利夫先生。如果他整夜都待在落葉松之間，他就聽不到田莊裡的騷亂，除非他也許會聽見送信人奔赴吉默頓的馬啼聲。如果他走近一些，他大概會從燈光移來移去，以及外門開開關關中，察覺裡面出了什麼事。我想找到他，然而又怕找到他。我覺得應該把這可怕的消息告訴他。我想盡快了結這件事，可是又不知道如何了結。

他在那裡——至少再進入園裡幾碼深的地方，倚著一棵老松樹，頭上沒戴帽子，抽了芽的枝頭上凝聚了不少露水，在他周圍浙浙瀝瀝地往下滴，把他的頭髮淋得濕漉漉的。他就以這副架勢站了許久，因爲我看見一對黑鴉，離他只有三英尺遠，竄過來竄過去，忙著築巢，他雖說就在近前，牠們只把他當作一根木頭。我一走近，牠們便飛走了，希斯克利夫這才抬起眼睛，開口講話。

『她死了！』他說，『我不等你來就知道了。把你的手絹收起來——別在我面前一把鼻涕一把眼淚的。你們都該死！她不希罕你們的眼淚！』

我既爲凱薩琳哭泣，也爲他哭泣。有時候，我們還眞憐憫那些對自己、對別人都沒有憐憫心的人。我乍一看到他的臉，就意識到他已經聽到了噩耗。我突然冒出一個傻念頭，認爲他的心平靜下來了，而且還在祈禱，因爲他的嘴唇在翕動，眼睛盯著地。

『是的，她死了！』我回答道，一面遏止住抽泣，擦乾了臉頰。『我希望是上天堂了。我們要是接受應有的告誡，改邪歸正，我們每個人都可以到她那裡去！』

『那她接受了應有的告誡了？』希斯克利夫問道，擺出一副譏誚的神氣。『她是不是像聖徒似地死去了?來，給我講講這件事的眞實情況。究竟——』他盡力想說出名字，但又說不出來。他閉緊嘴唇，與內心的悲痛默默地抗爭著，同時又以毫不畏縮的凶狠目光，蔑視我的同情。『究竟她是怎麼死的？』他終於又開口了。他儘管很剛強，卻想在背後找個支撐的地方，因爲經過一番抗爭，他不由自主的渾身顫抖著。

『可憐蟲！』我心想，『原來你跟別人一樣，心腸和神經也不是鐵打的呀！你爲什麼極力想要遮遮掩掩呢？你硬充好漢，可是瞞不過上帝！你自討上帝來折磨你的心靈和神經，直至逼迫了你發出了屈辱的呼喊！」

『像棉羊一樣安靜！』我高聲答道，『她舒了口氣，伸了伸身子，像孩子一樣醒過來，隨後又入睡了。五分鐘以後，我感到她心口微微跳了一下，然後便靜止了！』

『那——那她提起我沒有？』他猶豫不決地問道，好像唯恐我一回答他的問題，他會聽到一些讓他受不了的情節。

『她一直沒有恢復知覺。從你離開她那時候起，她就誰也認不得了，』我說道，『她躺在那裡，臉上浮出甜蜜的微笑。她最後的思緒回到了愉快的童年時代。她在溫柔的迷夢裡結束了自己的生命，但願她在另一個世界也能同樣快活地醒來！』

『但願她在痛苦中醒來！』他帶著令人可怕的激烈情緒，跺著腳嚷道，隨著一陣突如其來的難以遏止的激憤，不由的呻吟起來。『唉，她至死都是一個說謊的人！她在哪裡？不在那裡——不在天堂，也沒有毀滅——在哪裡？哦！你說毫不關心我的痛苦！我要作一個祈禱——我要反覆作下去，直到舌頭發哽。凱薩琳．恩蕭，只要我活著，但願你得不到安寧！你說我毀了你——那就纏住我吧！被害的人總是纏住兇手。我相信——我知道鬼魂一直在人間遊蕩。那就始終纏住我——不管你以什麼形象顯現——把我逼瘋吧！只是千萬不要把我撇在這深淵裡，叫我找不到你！哦，上帝！真是難以明言呀！我沒了命根可不能活啊！我沒有靈魂可不能活啊！』

他拿頭撞擊著那節節疤疤的樹幹，然後抬起眼睛，大聲吼叫著，那樣子不像人，倒像一頭快被刀和矛刺死的野獸。我看見樹皮上濺了好幾塊血斑，他的額頭也沾滿了血跡。也許，我目睹的情景已在夜裡上演過幾次了，現在只是重演一次而已。這並不能激起我的同情——

我只感到膽戰心驚。不過，我還是不忍心就這麼扔下他。然而，他一定下神來，發現我在望著他，就大吼大叫地要我走開，我只好從命，我可沒有能耐讓他安靜，或者給他安慰！

林頓夫人的葬禮，定於她死後的那個星期五舉行；在這之前，她的靈柩還不合蓋，撒滿了鮮花和香葉，停放在大客廳裡。林頓日日夜夜待在那裡，不睡覺地守護著。還有一個情況，除了我以外誰都給蒙在鼓裡：希斯克利夫至少夜夜守在外面，同樣不睡覺。我沒有跟他接觸，但是我知道，他要是辦得到的話，還是想要闖進來。

到了星期二，天黑不久，主人迫於極度疲勞，離開了一兩個鐘頭，這時我去打開了一扇窗戶：我讓希斯克利夫的堅韌不拔打動了，便給他一個機會，向他那偶像的凋謝了的容顏，作一次最後的告別。

他沒有放過這個機會，行動謹愼，時間短暫。他謹愼得一點動靜都沒有，讓人不知道他進來了。說眞的，若不是死者臉上的罩布有點亂，若不是在地板上見到一綹淡色的頭髮，我還不會發現他來過了。那綹頭髮是用一根銀線紮著的，我仔細一看，認定是從凱薩琳脖子上掛著的一只小金匣裡拿出來的。原來是希斯克利夫打開這小金匣，扔掉了嵌在裡面的頭髮，把他自己的一綹黑髮裝了進去。之後，我把兩綹頭髮絞起來，一起裝進小金匣裡。

當然，恩蕭先生被邀去參加他妹妹的送葬儀式。他沒有表示推托，但他始終沒來。因此，除了死者的丈夫之外，送葬者全是佃戶和僕人。伊莎貝拉則沒有受到邀請。

使村民吃驚的是，凱薩琳的安葬地，既不在教堂裡林頓家族那座雕刻的墓碑下面，也不在外面她娘家的祖墳旁邊。她的墳給挖在教堂墓地一角的青草坡上，這裡的圍牆很低，荒野上的灌木和越橘都爬過牆來，泥岸幾乎要把牆埋沒了。如今她丈夫也葬在同一地點，他們兩座墳上都立著一塊簡單的墓碑，腳邊有一塊普通的灰石，作爲墳墓的標誌。」

# 第三章

「那個星期五是一個月以來最後一個晴朗日子。到了晚上，天氣突然變了，南風轉成了東北風，先是帶來了雨，然後是雨夾著雪花，接著是大雪。

待到第二天，人們將很難想像，已經過了三個星期的夏天——櫻草和藏紅花躲藏在積雪下面，百靈鳥寂然無聲，幼樹的嫩芽也給摧殘變黑。這第二天就在陰沉、寒冷、淒涼的氣息中，悄然來臨了！主人待在房裡不出來，我就占據了這冷清清的客廳，把它改換成育嬰室。我坐在那裡，把那個哇哇哭叫的娃娃抱在膝上，搖來搖去，同時望著飛卷的雪片，在沒掛窗帘的窗口越積越厚。這時門打開了，有人走進來，上氣不接下氣地一邊還在笑。

霎時間，我雖然感到驚訝，但更覺得氣憤。『行了！你怎麼敢在這裡胡鬧？林頓先生聽見了會怎麼說？』我以爲是哪個女僕，便大聲喊道。

『請原諒我！』一個熟悉的聲音答道，『不過，我知道艾德加在睡覺，我實在忍不住了。』說話人說著，就朝壁爐走去，氣喘吁吁，手撐著腰。『我是從咆哮山莊一路跑來的。』停了一會，她又接著說道，『有時簡直是飛奔。我數不清摔了多少跤。哎喲，我渾身都在疼！不要吃驚嘛！等我緩過氣來，我會解釋的。請你先行行好，出去吩附套車，把我送到吉默頓，再叫僕人給我從衣櫥裡找出幾件衣服來。』

闖進來的是希斯克利夫夫人。看她那狼狽樣子，還眞不像是鬧著玩的。她的頭髮披在肩上，讓雪和雨打得濕淋淋的。她身著平時常穿的那身姑娘服，雖說與她的年齡還算相配，但是與她的身分卻不相稱。那是一件短袖低領的上衣，頭和脖子上什麼也沒戴；上衣是薄綢的，透濕地黏在身上，腳上只穿著一雙薄薄的拖鞋。此外，一隻耳朵下面有一道深深的傷痕，只因爲天氣寒冷，才沒有鮮血淋漓，一張白白的臉上，這裡抓破了，那裡打青了，身子累得簡直都支撐不住了。你可以想像，等我定下心來仔細打量她時，我最初的驚恐並沒減輕多少。

『我親愛的小姐，』我大聲說道，『在你脫掉每一件濕衣服，換上乾衣服之前，我是哪裡也不去，什麼也不聽，你今晚肯定不能去吉默頓，因此也用不著吩咐套車。』

『我肯定要去，』她說，『不管走路還是坐車。不過我不反對穿得體面些。再說——哎喲，你瞧，這下血順著我的脖子往下滴了！火一烤，就像針扎似地疼痛。』

她一定要我先執行她的暗示，然後才讓我碰她。直到我吩咐馬車夫備車，又叫女僕動手給她收拾幾件必需的衣服，她才允許我給她包紮傷口，幫她更換衣服。

『好了，艾倫，』她說，這時我已完事了，她坐在爐邊一張安樂椅上，面前放著一杯茶。『你坐在我對面，把可憐的凱薩琳的娃娃擱在一邊。我不願意看見她！你可不要因爲我進來時傻呵呵的，就以爲我一點也不心痛凱薩琳。我也哭了，哭得很傷心——是的，我比誰都更有理由哭。你記得吧?!我們是鬧翻了分手的，我是不會寬恕自己的。但是，儘管如此，我還是不想憐憫他——那個畜生！啊，把撥火棒遞給我！這是我帶在身上的他最後一樣東西了。』她從中指上捋下那枚金戒指，砸在地板上。『我要把它砸碎！』她接著說道，一面像個孩子似的，惡狠狠地砸著。『然後把它燒掉！』她拾起那遭了殃的戒指，扔進了炭夾裡。

『瞧！他要叫我回去，就得再買一枚。他可能來找我，來折磨艾德加。我不敢停留，免得他的壞心眼裡眞冒出那個念頭！再說，艾德加也不講情面，是吧？我不會來求他幫忙，也不想再給他添麻煩。我是迫不得已，才來這裡躲一躲。我要不是聽說他不在這兒，就會待在廚房裡，洗洗臉、暖暖身子，叫你把我要的東西拿來，然後就離開，到一個那該詛咒的惡魔找不到的地方。啊，他暴跳如雷——我幸虧沒給他抓住！可惜恩蕭沒他力氣大，他要是能打得過他，我不看到他給打個半死，才不會跑掉呢！』

『哦，小姐，別說得這麼快！』我打斷了她的話，『你會弄亂我紮在你臉上的手絹，搞得傷口又要流血了。喝點茶，緩口氣，不要笑。在這個家裡，你又處於這個光景，笑是很不合適的！』

『無可否認的事實，』她回答說，『聽聽那孩子！一直哭個不停——把她抱走，讓我清靜一個鐘頭，我不會多待的。』

我拉拉鈴，把孩子交給一個僕人照應，然後就問她出了什麼事，她要這麼狼狽地逃出咆哮山莊。她既然不肯住在我們這兒，那她又打算到哪兒去？

『按理我是該留下，我也很想留下，』她回答道，『安慰安慰艾德加，照料一下孩子，一舉兩得，再說田莊才是我眞正的家。不過我告訴你，他不會允許我的！你以爲他能眼看著我變得身寬體胖，能想著我們安安靜靜地，而不狠心破壞我們的安樂嗎？現在，我感到得意的是，我確信他對我憎惡到極點，一聽到我的聲音，或者看見我的身影，就注意他臉上的肌肉不由自主地扭曲了，露出一副憎惡的神情。這一方面因爲他知道我有充分的理由憎恨他，另一方面因爲他本來就討厭我。

他太討厭我了，我要是跑得無影無蹤，我敢肯定他不會跑遍英國來抓我。因此，我一定要跑得遠遠的。我原先希望他殺了我，現在已經打消了這個念頭。我倒希望他殺死自己！他有效地撲滅了我的愛情，所以我心裡踏實了。我還記得我當初多麼愛他，並能模糊地想像我還會愛他，假如——不，不！即使他喜歡我，他那魔鬼的天性總會暴露出來的。凱薩琳深知他的為人，卻又那樣傾心於他，眞是中了邪了。魔鬼！但願他能從人間、從我的記憶中徹底抹掉！』

『噓，噓！他還是個人呀，』我說，『你寬厚些吧，還有比他更壞的人哪！』

『他不是人，』她反駁道，『他沒有權利要求我寬厚。我把心交給他了，他卻拿過去捏死了，又捏還給我。艾倫，人是靠心來感受的，既然他毀了我的心，我就無力同情他了，即使他從今一直呻吟到死，為凱薩琳哭出血來，我也不會同情他！不，我眞不會，眞不會！』

說到這裡，伊莎貝拉哭起來了，不過立即抹掉睫毛上的淚水，又接著說下來。

『你問我，最後是怎麼給逼跑了的？我不得不逃跑，因為我激怒了他，使他凶相畢露了。用燒紅的鉗子拔神經，總比敲打腦袋更需要冷靜。他氣得忘掉了他自詡惡魔般的謹愼，想要行凶了。我感到很得意，居然能激怒他。正是這種得意的感覺，喚起了我保全自己的本能，於是我就逃之夭夭了。我要是再落到他手裡，任他狠狠報復吧！

『你知道，恩蕭先生昨天本該來送殯的。他為此而沒有喝醉——一點沒醉，沒有到早晨六點才瘋癲癲地上床睡覺，十二點才醉醺醺地爬起來。因而，他起床時，情緒低沉得像要自殺似的，就像不適於跳舞一樣，也不適於去教堂。他哪裡也沒去，就坐在壁爐邊，一杯一杯地喝著杜松子酒和白蘭地。

『從上星期日到今天，希斯克利夫——我一提到他的名字，心裡就打寒戰——他在家裡如同個陌生人。究竟是天使養活他，還是他地下的祖宗養活他，我也說不上來，反正他將近一個星期以來，就沒跟我們一起吃過一頓飯。他天亮才回到家，跑到樓上他的臥房裡，把自己鎖起來，彷彿有誰稀罕和他作伴似的！他一直待在那裡，像個衛理公會教徒似地祈禱著，不過他祈求的神明只是無知無覺的塵土和灰燼。

『他向上帝講話時，奇怪地將上帝和他的黑種父親混在一起！作完這些可貴的祈禱之後——他通常祈禱到嗓門嘶啞、喉嚨哽住爲止——他就又走了，總是直奔田莊！我感到奇怪，艾德加怎麼不找個警察，把他關起來！對於我來說，雖然我爲凱薩琳傷心，但是這期間我不用含羞忍辱地受欺壓了，我不能不視之爲過節一樣。

『我又打起精神，聽著約瑟夫那沒完沒了的說教，也不再哭了；在房裡走來走去，也不像以前那樣躡手躡腳的活像個受驚的小偷。你不要以爲約瑟夫說什麼，我都要哭，可他和哈雷頓眞是兩個可憎的伙伴。我寧可跟亨得利坐在一起，聽他講些駭人聽聞的話，也不願意跟〔小主人〕和他的忠實羽翼——那個糟老頭，待在一起！

『希斯克利夫在家的時候，我往往不得不跑到廚房，找他們作伴，不然就得待在潮濕而沒人住的臥房裡挨凍。希斯克利夫不在家時，就像本週這樣，我在堂屋壁爐的一角放一張桌子和一把椅子，從不留意恩蕭先生忙活什麼，他也不干預我的事情。要是沒人惹他，他比往常安靜些了：更加憂鬱、更加沮喪，而火氣卻少些了。約瑟夫斷定他脫胎換骨了，說是上帝打動了他的心，於是他得救了，〔就像被火燒過一樣。❶〕我也發現一些改過自新的跡象，有些迷惑不解，不過這不關我的事。

『昨天晚上，我坐在我那個角落裡看幾本舊書，一直看到快十二點了。外面大雪紛飛，我的思緒不停地轉到教堂墓地和新築的墳堆上，這樣上樓似乎太淒愴了！我簡直不敢從面前的書頁上抬起眼睛，我兩眼一離開書頁，那淒楚的景像便立即乘虛而入。

❶ 見《聖經．新約．哥林多上篇》第三章第十五節。

『亨得利坐在對面，頭靠在手上，也許在尋思同一件事。他還沒達到神志模糊的地步，便停止喝酒了，兩三個鐘頭裡既不動彈、也不吭聲。屋裡什麼動靜也沒有，只聽見悲號的寒風不時地搖撼窗戶；煤火發出輕微的劈啪聲；以及每隔一段時間，我剪去那長長的燭芯時，剪刀發出的卡嗒聲。哈雷頓和約瑟夫很可能在床上睡熟了。周圍淒涼極了，我一面看書一面嘆息，彷彿世界上的歡樂全部消失了，一去不復返了。

『終於，廚房的門閂響了一下，打破了這淒涼的沉寂：希斯克利夫守夜回來了。我想是由於暴風雪突然來臨的緣故，他比平時回來得早些。那道門閂住了，我們聽見他轉過去想進另一道門。我立起身，當時的心情不可抑制地流露到嘴上，惹得我那位一直盯著門口的同伴轉過頭來，望著我。

〔我要讓他在門外多待五分鐘，〕他叫道，〔你不反對吧？〕

〔不，爲了我，你可以把他整夜關在門外，〕我回答道，〔動手把！把鑰匙插進鎖眼裡，門上門閂。〕

『恩蕭沒等他的房客來到面前，便完成了這一舉動。他隨即走過來，把他的椅子搬到我桌子上對面，探過身來，眼裡放射出仇恨的火焰，想從我眼裡尋求共鳴。他看上去活像個殺人凶手，心裡也只想著殺人，因此很難找到他所需要的那種共鳴。不過他也看出一點徵候，足以鼓勵他把話說出口。

〔你和我，〕他說，〔都有一大筆債要跟門外的那個人清算！如果我們倆都不是膽小鬼，我們可以聯合起來清算。難道你跟你哥哥一樣軟弱嗎？難道你願意忍受到底，一點也不想報復嗎？〕

〔我已經忍受夠了，〕我回答道，〔我願意進行一場不會坑害自己的報復，但是陰謀和

暴力是兩頭尖的矛，它們不僅會刺傷仇人，而且會把使用槍矛的人傷得更重。﹂

﹁陰謀和暴力是對陰謀和暴力的公正回報！﹂亨得利嚷道，﹁希斯克利夫夫人，我不要求你做什麼，只要你坐著別動，保持沉默。現在告訴我，你能不能？我相信，你眼看著這惡魔一命嗚呼，一定會像我一樣高興。你不幹掉他，他會殺死你的，而且還會毀了我。這該死的惡棍！你聽他敲起門來，好像他已經是這裡的主人了！答應我保持沉默，在那口鐘敲響之前——還差三分鐘到一點——你就是個自由的女人了！﹂

『他從胸口掏出我在信裡向你描述過的凶器，剛想熄滅蠟燭，我卻一把搶走了，抓住了他的胳臂。

﹁我才不保持沉默呢！﹂我說，﹁你不許碰他。就讓門關著，不要出聲！﹂

﹁不！我已經下定決心了，我對上帝發誓，我非要兌現不可！﹂這亡命徒大聲嚷道，﹁不管你願不願意，我要為你做一件好事，為哈雷頓還以公道！你也不用煞費苦心來保護我，凱薩琳已經死了。我即使這就割斷我的喉嚨，也沒有一個活著的人會惋惜我，或是為我羞愧。現在該結束了！﹂

『我真不如跟熊搏鬥，或者跟瘋子講理。我唯一的辦法就是跑到窗前，警告那個可能遭他暗算的人，他要大禍臨頭了。

﹁你今天夜裡最好到別處安身吧！﹂我以一種揚揚得意的口吻叫道，﹁你要是非要進來，恩蕭先生就打算殺了你。﹂

﹁你最好開開門，你這——﹂他答道，用了個好聽的字眼稱呼我，我也不想重複了。

﹁我不想多管閒事，﹂我又搶白說，﹁你要是願意，就進來給殺吧！我已經盡到我的責任了。﹂說罷，我就關上了窗，回到爐邊我的位子上。我太不會假仁假義了，沒有為他面臨的危險裝出焦急的樣子。

『恩蕭氣勢洶洶地沖著我大罵，硬說我還愛著那個惡棍，並且因為我表現卑劣，什麼惡名都罵到了。我心下暗想（我從不受良心的責備），假如希斯克利夫能使他脫離苦難，那對他是多大的幸事！假如他能把希斯克利夫送上西天，那對我是多大的幸事！就在我坐著如此思索的時候，只聽見砰的一聲，希斯克利夫把我背後的窗子打下來了，他那張黑臉殺氣騰騰地往裡張望。窗欄杆排而得太密，他的肩膀擠不進來，我們以為平安無事，得意地笑。他的頭髮和衣服被雪下白了，由於寒冷和憤怒的緣故，他那要吃人的犀利牙齒也齜咧出來了，在黑暗中閃閃發光。

〔伊莎貝拉，放我進去，不然我要讓你後悔莫及！〕他就像約瑟夫說的〔嚎叫著〕。

〔我可不能犯謀殺罪，〕我回答說，〔亨得利先生這時正拿著刀子和上了彈藥的手槍，守在這裡。〕

〔讓我從廚房門進去！〕他說。

〔亨得利會搶先趕到的，〕我回答說，〔你的愛情也真夠貧乏的，連一場雪都經受不住！夏天月明的時候，你倒讓我們安安穩穩地睡在床上，可是冬天風暴一來，你就要尋求藏身之地！希斯克利夫，假若我是你，我就直挺挺地躺在她的墳上，像條忠實的狗一樣死去。現在當然不值得在這個世上再活下去了，是吧？你分明給我留下這樣一個印象，凱薩琳是你生命的全部歡樂。我無法想像，你失去她以後怎麼還想活下去。〕

〔他在那兒，是吧？〕我的同伴嚷道，並衝到缺口那裡。〔我要是能伸出胳臂，就能打著他了！〕

『艾倫，恐怕你會認為我真惡毒。可你並不了解全部實情，因此不要下判斷。有人即使想謀殺他，我也絕不會去幫忙，或者去煽動。巴望他死掉，我該這樣。所以，當他撲向恩蕭的手槍，把它從他手裡奪過去時，我感到極其失望，再想到我那番奚落他的話引起的後果，眞把我嚇癱了。

『槍響了，刀子彈回去，扎進其主人的手腕。希斯克利夫使勁往回一拉，把肉切開一條長口子，然後把血淋淋的刀子塞進口袋裡。他隨即撿起一塊石頭，敲掉兩扇窗戶之間的框子，跳了進來。他的敵手由於過分疼痛，加之有條動脈或大靜脈湧出大量的血，已經不省人事地倒下去了。

『那個惡棍對他又踢又踩，抓住他的頭不斷地往石板地上撞，一面還用一隻手抓住我，不讓我去喊約瑟夫。他使出超人的克制力，才沒有徹底幹掉恩蕭。後來累得喘不過氣來，終於罷手了，把那個像是沒命的軀體拖到高背長椅上。他把恩蕭的外套袖子撕下來，粗野不堪地給他包紮傷口，一面包紮，一面又唾又罵，就像剛才踢他時一樣凶狠。他一鬆開我，我便連忙去找老僕人。他聽我急惶惶地講著，漸漸領會了我的意思，便趕緊往樓下跑，氣喘吁吁的，一步跨下兩級樓梯。

〔這可怎麼辦呀？這可怎麼辦呀？〕

〔這麼辦，〕希斯克利夫吼道，〔你家主人瘋了，他要是再活一個月，我就把他送到瘋人院。你他媽的怎麼把我關在門外，你這沒牙的狗東西？不要站在那裡嘟嘟囔囔的。得了，我可不想護理他。把那灘東西擦掉。當心蠟燭的火星——那玩意比白蘭地還厲害！〕

〔這麼說，你在謀害他了？〕約瑟夫驚叫道，嚇得舉起雙手，翻起眼睛。〔俺還從沒見過這副慘狀哪！願上帝——〕

『希斯克利夫一下把他推倒了，正好跪在那灘血裡，隨後扔給他一條毛巾。可他並沒有去擦血，卻合起雙手，開始祈禱了，那古怪的措詞把我逗笑了。我處於那般心境，也就無所畏懼了；事實上，我就像有些死囚在絞刑架下表現的那樣，不顧死活了。

〔哦，我忘記你了，〕那暴君說道，〔這事得讓你幹。跪下去，你和他串通起來對付我，是吧，毒蛇？去，那才是適合你幹的活呢！〕

『他抓住我猛搖，搖得我牙齒格格作響，隨即把我扔到約瑟夫身邊。約瑟夫不慌不忙地結束了他的祈禱，然後站起來，發誓說：他馬上要趕到田莊去。林頓先生是個地方法官，他就是死了五十個老婆，也得追究這件事。約瑟夫打定主意非去不可，希斯克利夫覺得，最好逼迫我把這場風波扼要地重述一遍。當我勉強地回答他的問題，敘說事情的經過時，他虎視眈眈地望著我，惡狠狠地直喘粗氣。

『要讓那老頭相信並不是希斯克利夫先下的手，本來就不容易。加上我的回答又是給硬擠出來的，那就越發費勁了。不過，恩蕭先生不久就使他意識到：他還活著。這時，約瑟夫趕忙給他喝了一杯酒，主人藉助酒勁，立刻能動彈了，恢復了知覺。

『希斯克利夫知道他昏迷中不曉得受到了什麼虐待，便說他是發酒瘋；還說不想再看見他行凶作惡，就勸他上床睡去。使我高興的是，他說出這番有見識的話之後，就丟下我們走了，亨得利直伸伸地躺在壁爐前的石板上。我也回到自己房裡，心想我這麼輕易地逃脫了，眞感到驚異。

『今天早上，離中午大約還有半個鐘頭，我下樓了，只見恩蕭先生坐在壁爐邊，病得很重。他的冤家對頭倚著壁爐，幾乎同樣憔悴慘白。兩人似乎都不想吃飯，我一直等到桌上的飯都涼了，才獨自吃起來。沒有什麼能妨礙我吃個痛快。我心裡體驗到一種愜意感和優越感，因爲我不時地朝那兩個沉默的同夥瞥一眼，覺得心安理得，非常欣慰。我吃完以後，就異常冒昧地走到壁爐跟前，繞過恩蕭的椅子，跪在他旁邊的角落裡。

希斯克利夫沒有向我這邊看，我便抬起頭來，放心大膽地打量著他的面容，彷彿那張臉已經化成石頭了。他的前額，我一度認爲很有男子氣概，現在卻覺得凶狠狠地，籠罩著一層陰雲；他那雙蛇怪似的眼睛，❷由於徹夜不眠，也許還哭泣過（因爲眼睫毛是濕的），而變得黯然無光；嘴唇失去了那凶惡的獰笑，露出一副難以名狀的悲哀神情。

假如是另一個人，看到他如此悲傷，我真要捂住臉了。既然是他，我可就得意了。儘管侮辱倒下的敵人看來不體面，可我不能錯過這個刺一槍的機會。他身虛體弱，這是我能嘗到冤冤相報的甜頭的唯一時機。

『咄，咄，小姐！』我打斷了她，『人家會以爲你一輩子沒打開過《聖經》呢！如果上帝讓你的仇敵遭受折磨，這當然應該使你滿足了。你要在上帝的折磨之外，再加上你的折磨，這豈不是既卑劣又狂妄！』

『一般說來，我承認是這樣的，艾倫，』她接著說道，『不過，對於希斯克利夫，要不是親自折磨他一下，他遭受什麼痛苦能叫我心滿意足呢？只要我能引起他的痛苦，而且他也知道是我引起的，那我倒情願他少吃點苦。唉！他讓我吃了那麼多苦，我還沒有回報呢！只有在一個條件下，我才可望饒恕他。這就是，我要能能眼還眼、以牙還牙，他每擰痛我一次，我也擰還他一次，讓他受受我的罪。既然他先傷害了我，那就叫他先求饒。然後——然後嘛，艾倫，我也許可以讓你看看我的寬宏大量。不過，我是絕對報不了仇的，因此我也就

---

❷ 蛇怪，係古代和中世紀傳說中的怪物，由蛇從公雞蛋孵出，狀如蜥蜴，有一雙可怕的紅眼睛，人觸其目光或氣息即死。

不能饒恕他。

『亨得利要點水喝，我遞給他一杯，順便問他怎麼樣了。

〔不像我希望的那樣嚴重，〕他答道，〔不過，除了胳臂疼痛之外，我渾身上下都很酸痛，好像跟一大幫小鬼打過仗似的！〕

〔是呀，這不奇怪，〕我接著說道，〔凱薩琳先前經常誇口說，她保護你不受傷害。她的意思是說，有些人因爲怕冒犯她，才不來傷害你。幸虧人不會眞的死後復活，不然，昨天夜裡她會目睹一場令人作嘔的好戲！難道你的胸部和肩膀沒有被打傷割破嗎？〕

〔我也不知道，〕他回答說，〔可你這是什麼意思？難道我倒下後，他還敢打我嗎？〕

〔他踩你、踢你，抓住你往地上撞，〕我低聲說道，〔他嘴裡淌著口水，狠不得用牙齒把你撕碎，因爲他只有一半是人——還沒有一半呢！〕

『恩蕭先生和我一樣，也抬頭望望我們共同敵人的那張臉。這傢伙正沉浸於悲痛之中，對周圍的一切似乎毫無知覺。他站得越久，臉上越顯露出他心緒鬱結。

〔哦，只要上帝在我臨終的痛苦中給我力量把他掐死，我會高高興興地下地獄去。〕這急不可耐的人呻吟道，扭動著想站起來，卻又絕望地坐下去了，確信自己無力相拚了。

〔不，他害死你們一個人已經足夠了，〕我高興說道，〔在田莊，人人都知道，要不是因爲希斯克利夫先生，你妹妹如今還會活著。說到底，與其被他愛，不如被他恨。我一想起我們過去多麼快活——凱薩琳在他來到之前有多麼快活——我眞要詛咒那倒楣日子。〕

『大概希斯克利夫只注意到這話說得有道理，而沒注意說話人的情緒。我看見他在留神聽，因爲他的眼淚像雨點般地落在灰燼裡，隨著一聲聲嘆息，悶得幾乎透不過氣來。我直盯著他，輕蔑地笑了。他那兩扇陰沉的地獄之窗朝我閃了一下；不過，那平常閃爍出來的凶惡神情，卻已變得黯然無光，淹沒在淚水之中，我也不怕他了，又貿然發出了一聲譏笑。

〔起來，滾開，別在我眼前。〕那個悲哀的人說道。

『我猜想他至少說了這話，儘管他說得含糊不清。

〔請原諒，〕我回答道，〔不過我也愛凱薩琳。她哥哥需要護理，看在凱薩琳的份上，我來護理他。凱薩琳已經死了，我看見亨得利就像看見了她。亨得利的那雙眼睛，若不是你想挖出來，搞得青一塊紅一塊，倒跟凱薩琳的一模一樣。而且她的——〕

〔起來，可憐的白痴，別等我踩死你！〕他叫道，一面做了一個動作，迫使我也跟著動了動。

〔不過，〕我繼續說道，一面準備逃跑，〔如果可憐的凱薩琳當真信任了你，接受了希斯克利夫夫人這個荒謬的、可恥的、低賤的頭銜，她也很快會落到這步田地！她可不會默默地忍受你的可惡行徑，她的厭惡和憎恨一定會發洩出來的。〕

『我和他之間隔著長椅的高背和恩蕭的身子，因此他沒有伸手來抓我，而是從桌上抓起一把餐刀，猛地朝我頭上擲來。刀子擊中我耳朵下面，打斷了我正說著的一句話。不過，我拔出刀子，奔到門口，又講了一句話。我想，這句話比他的飛刀戳得還深些。我見到他的最後一眼，是他猛衝過來，卻被房主抱住了，兩人絞作一團倒在壁爐邊。

『我跑過廚房時，叫約瑟夫快去主人那裡。我撞倒了哈雷頓，他就待在門口，把一窩小狗往椅背上吊。我就像逃出煉獄一樣慶幸，連蹦帶跳，飛也似地順著陡路衝下去。然後避開彎路，直穿過荒野，滾下提岸，涉過沼澤。事實上，我是以田莊為燈塔，拚命奔跑。我寧可被打入地獄，永世不見天日，也不想在咆哮山莊哪怕再住上一夜！』

伊莎貝拉說完了，喝了一口茶。隨後她站起來，叫我給她戴上帽子，圍上我給她拿來的大披巾。我再三懇求她再待一個鐘頭，可她就是不聽，只管踏上一張椅子，親親艾德加和凱薩琳的肖像，同樣親了親我，便帶著范妮，下樓去乘馬車。范妮重新見到女主人，欣喜若狂地汪汪直叫。伊莎貝拉給拉走了，以後就沒有再來過這一帶。不過，等事情有了些頭緒之後，她和我家主人就建立了經常的通信聯繫。

我想她後來住在南方，靠近倫敦。她逃走後沒有幾個月，就在那裡生下一個兒子，取名林頓。從一開始，她就報告說，他是個體弱多病、性情暴烈的孩子。

有一天，希斯克利夫在村子裡遇見我，詢問我她住在哪裡，我不肯告訴他。他說這沒關係，只是她必須當心，不要來找她哥哥；假如她要靠他希斯克利夫來養活，她就不該和艾德加在一起。雖然我不肯透露，他卻從別的僕人那裡發現了她的住處，並發覺她還有個孩子。但他沒有去擾亂她。我想，他肯如此寬容，伊莎貝拉也許要感謝他的厭棄呢！

他看見我時，經常問起嬰兒的情況。一聽說他取的名字，便獰笑了一下，說道：『他們希望我也恨他，是吧？』

『我想他們不希望你知道這孩子的任何事情。』我回答說。

『不過，等我想要的時候，』他說，『我一定會把他要過來。讓他們等著瞧吧！』

幸好孩子的母親沒等到那時就死了。那是在凱薩琳死後十三年左右，林頓才十二歲，或許稍大一點。

伊莎貝拉突然到來的第二天，我沒有機會跟主人說起這件事。他怕跟人說話，也沒心思談論任何事情。等他總算能聽得進我的話時，我看得出來，他聽說妹妹已離開她丈夫以後，感到很高興。他極端憎惡他這位妹夫，像他這樣溫文和善的人，似乎很難憎惡到這種地步。由於深惡痛絕的緣故，他又變得非常敏感，但凡可能看到或聽到希斯克利夫的地方，他一概避而不去。

悲痛，再加上這種憎惡，使主人變成了一個不折不扣的隱士。他辭去了地方法官的職務，連教堂也不去了，不論什麼場合，都不肯到村子裡去，只在自己的園林和庭院內，過著一種完全與世隔絕的生活。僅有的一個調節，是獨自到荒野上散散步，到他妻子的墳前去看看，而且多半是在晚上，或者一大清早，趁外面沒有遊人的時候。

但是，他這個人太善良了，不會長久鬱鬱不樂的。他可沒有祈求凱薩琳附魂於他。時光的流逝能使人哀而無怨，並且產生一種比眾生的歡樂還要甜蜜的憂鬱。他懷著熾烈的柔情思念她、緬懷她，一心期望進入那更美滿的世界。他毫不懷疑，凱薩琳已經到了那裡。他也有些塵世間的慰藉和寄托。我說過，有幾天，他好像一點也對不喜歡亡妻留下的小後代。這種冷漠就像四月裡的雪一樣，很快便消融了。這小東西還沒等到牙牙學語，或蹣跚走路，便主宰了父親的那顆心。

她取名叫凱薩琳，可是艾德加從不叫她全名，正如他從不用簡名稱呼頭一個凱薩琳，這大概因爲希斯克利夫習慣於這樣稱呼她。這小東西總是叫凱茜，艾德加覺得，這與她母親既有區別，也有聯繫。他所以這樣寵愛她，與其說是由於她是他自己的親骨肉，不如說是由於她是凱薩琳的親生女兒。

我經常拿他和亨得利．恩蕭相比較，心裡感到茫然不解，說不清他們爲什麼處境相似，表現卻截然相反。他們都是多情的丈夫，都疼自己的孩子，我不明白，他們爲什麼不能不管好歹，都走同一條路。

不過，我心裡想，亨得利原來顯然更堅強一些，但令人遺憾的是，卻表現得更糟糕、更軟弱。他的船觸礁時，船長放棄了自己的職守；船員們不是奮力救船，而是張惶失措，亂成一團，致使這不幸的船毫無獲救的希望。相反，林頓卻表現出眞正的勇氣，不愧爲一個忠貞不渝的人。他相信上帝，上帝也安慰了他。一個懷著希望，一個陷入絕望。他們各自選擇了自己的命運，理所當然也該各得其所。

不過，你不會想要聽我說教吧?!洛克伍德先生。所有這些事，你會跟我一樣作出判斷。至少，你會認爲你能作出判斷，這也一樣。

恩蕭的死是在預料之中的。他是緊跟在他妹妹後面去世的，這中間相隔不到六個月。我們住在田莊，有關恩蕭臨死前的狀況，從沒得到過確切的消息。我所了解的情況，都是去幫助料理喪事時才聽說的。肯尼斯先生來向我家主人報告了這件事。

『我說，娜莉，』有天早上，他騎著馬走進院子大聲說道。這次他來得太早，不能不使我吃驚，馬上產生一種不祥之感。『現在輪到你和我去奔喪了。你想這回是誰跟我們不辭而別了？』

『誰？』我驚慌地問道。

『唔，猜猜！』他答道，一面下了馬，把馬韁吊在門邊的鈎上。『快撩起你的圍裙角，保管你用得著。』

『該不會是希斯克利夫先生吧？』我大聲叫道。

『什麼！難道你會爲他流淚？』大夫說道，『不，希斯克利夫是個健壯的年輕人，他今天氣色好得很——我剛才還看見他的。他失去妻子以後，又很快胖起來了。』

『那是誰呢，肯尼斯先生？』我焦急地又問道。

『亨得利．恩蕭！你的老朋友亨得利，』他回答說，『也是我那誤入歧途的好友，雖說好久以來，我就覺得他太放蕩了。瞧！我說過我們要流淚的。不過，振作起來！他死得很有個性；喝得酩酊大醉。可憐的傢伙！我也很難過。人難免要思念老朋友，儘管他會要弄人們所能想像的最惡劣的伎倆，並且對我做過不少卑鄙的事情。他好像剛剛二十七歲，正是你的年齡。誰會想到你們是同年生的呢！』

我承認，這個打擊比林頓夫人的死引起的震驚還大些。昔日的種種聯想縈繞在我心頭。我坐在門廊裡，就像死了親人似地哭著，要肯尼斯先生另找個僕人引他去見主人。

我禁不住在思忖一個問題：『他可曾受到公平的對待？』我無論幹什麼事，這個念頭總在我心裡翻騰，而且死死地纏住我不放，因此我決定請假到咆哮山莊去，幫助料理後事。林頓先生很不願意放我走，不過我以死者無親無故為理由，情詞切地懇求著，又說他是我的老主人和共乳兄弟，像林頓先生一樣，有權要我為他效勞。另外，我又提醒林頓先生，哈雷頓那孩子是他妻子的侄兒，既然沒有更近的親人，他就該作他的監護人；他應該而且必須去過問一下遺產的情況，料理一下他內兄的後事。

他當時沒有心思管這些事，便吩咐我找他的律師說去，最後終於允許我去一趟。他的律師也是恩蕭的律師，我跑到村裡，請他陪我一起去。他搖搖頭，勸我別去招惹希斯克利夫，並且斷言說，人們一旦明白了真相，就會發現哈雷頓簡直和乞丐差不多。

『他父親是背著債死去的，』他說，『全部財產都抵押掉了，合法繼承人的唯一機會，是讓他在債權人心裡激起一點憐憫，以便他好對他寬厚些。』

我來到了山莊，解釋說，我來看看事情是否都辦得像樣。約瑟夫滿面憂傷地出來了，對我的到來表示滿意。希斯克利夫先生說，他並不覺得這裡需要我，不過我要是願意，也可以留下來，料理一下出殯的事。

『按理講，』他說，『這個傻瓜的屍體應該埋在十字路口，❸不舉行任何儀式。昨天下午，我偶爾離開他十分鐘。趁此機會，他關上堂屋的兩扇門，不讓我進去，然後就整夜喝酒，故意想喝得酩酊而死！今天早晨，我們聽見他像匹馬似地噴鼻息，就砸開門闖進去了。他就躺在高背椅上，你就是剝掉他的皮，揭下他的頭皮蓋，也弄不醒他。我打發人去叫肯尼斯，他來了，但是到這時，那畜生早已變成朽屍了。他死了，也僵了。因此，你得承認，再圍著他鬧也沒用了！』

老僕人證實了這話，不過又咕噥說：『俺倒情願他去請大夫！俺侍候主人肯定比他強——俺走的時候，主人還沒死，沒這碼事兒！』

我堅持要把喪禮辦得體面些。希斯克利夫說，這事也由我作主去辦，不過他要我記住，整個喪事的開銷全都出自他的腰包。他擺出一副冷酷而又無所謂的神態，既不表示高興，也不表示難過，卻倒像是順利完成一項艱巨任務之後，顯示出的一種嚴酷的得意之情。

有一次，我倒真在他臉上看到一種揚揚得意的神情。那是在人們把靈柩抬出屋子的時候。他假惺惺地裝作吊喪者，在跟著哈雷頓走出去之前，先把這不幸的孩子舉起來放在桌子上，以一種特有的興致，喃喃說道：『現在嘛，我的好孩子，你是我的了！我們要來瞧瞧，有同樣的風來吹扭它，這顆樹會不會長得像另一顆樹一樣彎彎曲曲！』

那個天真無邪的東西聽了這話倒挺高興，便撥弄著希斯克利夫的鬍子，撫摸著他的臉，可我悟出了那話的意思，便尖刻地說道：『這孩子必須跟我回畫眉田莊，先生。在這人世

---

❸ 希思克利夫意思是說，恩蕭實屬自殺而死。在當時的英國，等待處死的犯人自殺身亡後，便被埋在十字路口，有時還用樁砧穿刺其心。

間，你可以要這要那，可這孩子卻絕對不是你的！』

『林頓是這麼說的嗎？』他問道。

『當然——他吩咐我來領走的。』我答道。

『好吧，』那壞蛋說道，『我們現在不爭論這件事。不過我很想試試帶個孩子，因此，告訴你家主人，如果他想把他領走，我就得拿我自己的孩子來補這個缺。我不會乖乖地把哈雷頓放走，但是我有把握能把另一個要回來！記住告訴他。』

他這一招還眞夠厲害的，把我們的手腳給捆住了。我回去把這話的意思轉達了一遍，艾德加．林頓本來就沒多大興趣，從此再也不說要去干預了。就算他眞想去干預，我看他也未必能如願。

原來的客人，如今卻成爲咆哮山莊的主人了。他牢牢地掌握了所有權，並且向律師證明，而律師又轉過來向林頓先生證明：恩蕭已經把他擁有的每一碼土地都抵押出去了，化成現款，以滿足他的賭博狂僻，而他希斯克利夫，則是接受抵押的人。

這樣一來，本該是附近一帶頭號鄉紳的哈雷頓，卻落到全靠他父親多年的仇人來養活的地步，像個僕人似地住在自己家裡，連領取工錢的權利都沒有。由於舉目無親，而且還不知道自己在受凌虐，他也就無法翻身了。」

# 第四章

「那個悲慘時期以後的十二年，」狄恩太太接下去說，「是我一生中最快樂的歲月。在這期間，我最大的煩心事，無非是我家小姐有點小災小病，而這種小災小病，她和所有的孩子一樣，不論貧富，都是在所難免的。至於其他情況嘛，她出生六個月之後，就像棵落葉松似地長起來了，還沒等林頓夫人墓上的石南第二次開花，她就以自己的方式走路、說話了。

她是個最招人喜歡的小東西，給淒涼的家裡帶來了陽光。她那張臉可眞是姣麗——長著恩蕭家的漂亮的黑眼睛、林頓家的細白的皮膚、纖巧的五官、金黃色的捲髮。她充滿活力，但是並不粗野，一顆心過於敏感，也過於活躍。她能產生熱烈的情感，這就使我想起了她母親，然而她又不像她母親，因爲她能像鴿子一樣溫柔和順，而且有著柔和的聲音、深思的表情。她生起氣來從不暴跳如雷，愛起人來從不如火如荼，而是又深沉又溫柔。

然後，必須承認，她也有些缺點，抵消了她的優點。不懂規矩，就是她的一個缺點。還有倔強任性，被慣壞的孩子不管脾氣好壞，都有這個缺點。要是哪個僕人偶爾惹惱了她，她總說：『我要告訴爸爸！』要是爸爸責備她，哪怕瞅她一眼，你會以爲那是件令人心碎的事。我想他從沒對她講過一句重話。他完全承擔了女兒的教育，並以此作爲樂趣。幸虧女兒又好奇又聰明，使她成爲一個好學生。她學得又快又用心，爲父親的教學增添了光彩。

她長到十三歲，還沒有獨自出過莊園一次。林頓先生偶爾帶她走出去一英里左右，但他從不把她交給別人，吉默頓在她聽來是個虛幻的名字。除了她自己的家以外，小教堂是她走近過或進去過的唯一的建築物。對她來說，咆哮山莊和希斯克利夫先生是不存在的。她過著不折不扣的隱居生活，而且看來十分稱心。有時候，她從育嬰室的窗口向外眺望鄉間，會這樣說：『艾倫，我還要過多久才能爬到那些山頂上呢？不知道山那邊是什麼——是海嗎？』

『不，凱茜小姐，』我就回答說，『還是山，就跟這些山一樣。』

『你站在那些黃澄澄的石頭底下的時候，它們會是什麼樣子呢？』她有一次問道。

佩尼斯通石崖的峭壁特別引起了她的注意，而當這峭壁和山頂沐浴著落日的光輝，其餘的景色都隱沒在一片陰影中的時候，則尤其如此。我解釋說，那是一堆堆的光石頭，石縫裡沒有多少土，連顆小樹都養不活。

『這裡早就是晚上了，那些石頭為什麼還那麼亮呢？』她接著問道。

『因為它們比我們這裡高多了，』我回答說，『那些石頭你可爬不上去，太高太陡了。冬天，那裡總是比我們這裡先下霜；有時，我在東北面那個黑洞底下還見到過雪呢！』

『哦，你已經去過啦！』她興沖沖地嚷道，『那麼，等我長大了，我也能去了。爸爸去過嗎，艾倫？』

『爸爸會告訴你，小姐，』我急忙答道，『那地方不值得去。你陪他溜達的荒野，比那裡好玩多了。畫眉莊園是世界上最美的地方。』

『可我熟悉這莊園，卻不熟悉那地方，』她喃喃自語道，『我就想從那山頭的頂端向四下眺望——我的小馬敏妮總有一天會馱著我去的。』

有個女僕提起了仙人洞，使她頭腦發起熱來，一心想要完成這項計畫。她纏住林頓先生，要他答應這件事。林頓先生答應說，等她長大些再讓她去。可是凱薩琳小姐是以月份來計算她的年歲的，因此——

『現在，我是不是長大了，可以去佩尼斯通石崖啦？』這是她經常掛在嘴邊的問題。到那裡的道路蜿蜒曲折，緊靠咆哮山莊。艾德加怕從那裡經過，因此凱薩琳常常得到這個回答：『還不行，寶貝，還不行。』

我說過，希斯克利夫夫人離開丈夫以後，活了十二年多。她一家人體質都很脆弱：她和艾德加都缺乏你在這一帶常見的紅潤氣色。她最後得的是什麼病，我也說不準。我猜想，他們死於同一種病，一種熱病，起初進展緩慢，但是無法醫治，最後很快就把生命耗盡了。

她寫信告訴哥哥，說她病了四個月，可能就要病死了，懇求他如有可能，就到她這裡來一趟，因爲她有許多事情要料理；她還希望和他訣別，並把林頓穩妥地交到他手裡。她希望把林頓托付給他，就像他以前由她帶著一樣。她倒情願相信，孩子的父親根本不想擔負撫養他、教育他的責任。

主人毫不猶豫地答應了她的請求。儘管他碰到一般事情是不願出門的，但是這次他卻飛快地去了。他把凱薩琳托付給我，要我在他外出期間，特別留心看管她，並且一再叮嚀，即使有我陪伴，也不能讓她跑到莊園外面。他沒有料想到，她會不讓人陪著就跑出去。

主人走了三個星期。頭一兩天，我那小東西坐在書房的角落裡，難過得既不看書，也不玩耍。她這樣安安靜靜的，仍沒給我添什麼麻煩。但是，接著就是一陣煩躁不安。我因爲太忙，也太老了，不能跑上跑下逗她玩，便想出一個辦法，讓她自己去玩。我常叫她在庭園裡轉一轉，有時走路，有時騎匹小馬。等她回來後，我就順著她的性子，耐心地聽她講述她的歷險，不管是眞實的，還是她想像出來的。

到了盛夏季節，她還眞喜歡這樣獨自閒逛，經常是早飯後跑出去，一直待到吃茶點才趕回來，然後就利用晚上，來講述她那些充滿幻想的故事。我並不怕她越出界限，因爲園門通常鎖著，即使敞開著，我想她也不敢一個人貿然出去。不幸，我錯信了人。有天早晨八點鐘，凱薩琳來找我，說她這天是個阿拉伯商人，要帶著她的旅隊過沙漠，我必須爲她和她的牲口提供充足的給費。她的牲口包括一匹馬和三隻駱駝，這些駱駝是由一隻大獵狗和兩隻短毛獵狗來代表的。

我搞來好多吃的，裝到一隻籃子裡，掛在馬鞍的一邊。她快活得像個仙女似的，縱身上了馬，寬邊帽和薄面紗遮著七月的太陽，隨著一陣歡快的笑聲，騎著馬跑走了，我叮囑她要當心，不要騎得飛快，還要早些回來，卻遭到她的譏笑。

這調皮鬼到吃茶點時還沒露面。有一個旅行者，就是那隻大獵狗，因爲是隻老狗，而且貪圖安逸，倒先回來了。但是，無論是凱薩琳、小馬，還是兩隻短毛獵狗，你往哪個方向望，也見不到他們的影子。我趕快派人到這條路上找，去那條路上尋，最後我索性親自到處去找。在庭園邊緣，有個工人在修築種植園周圍的籬笆。我問他看見我家小姐沒有？

『我早上看見她了，』他回答說，『她要我給她砍一根樹枝條做鞭子，然後就騎著小馬跳過那邊最矮的樹籬，跑沒影了。』

你想，我聽了這消息心裡是什麼滋味。我頓時想到，她一定是奔向佩尼斯通石崖去了。『她會出什麼事呢？』我突然喊叫了一聲，從那人正在修補的一個缺口擠過去，直往大路奔去。

我像跟人打賭似地趕著路，走了一英里又一英里，直至拐了個彎，望見了山莊，可是到處都瞧不見凱薩琳的人影。石崖位於希斯克利夫先生的莊宅那邊一英里半左右，也就是說，距離田莊四英里，因此我開始擔心，沒等我趕到那裡，夜幕就降臨了。

『她要是爬石崖時滑下來，』我心想，『給摔死了，或者摔斷了骨頭，那可怎麼辦呀？』我懸心吊膽的，眞是焦急。我急匆匆地走過莊宅時，發現我們那隻最凶惡的短毛獵狗查理躺在窗子下面，腦袋腫了、耳朵淌著血，我這才舒了口氣。我打開柵門，跑到房門前，猛敲著要進去。一個女人前來應門，我認得這個人，她以前住在吉默頓，恩蕭先生死後，就在山莊做女僕。

『啊！』她說，『你是來找你家小姐的吧?!別焦急！她在這裡好好的。不過我很高興，不是主人回來了。』

『那他不在家囉？』因爲走得急，加上擔驚受怕的，我給搞得上氣不接下氣。

『不在，不在，』她回答說，『他和約瑟夫都出去了。我想他們一時半刻不會回來。進來歇一歇吧！』

我走了進去，看見我那迷途的羔羊待在壁爐邊，坐在她母親小時候用過的一把小椅子上搖來搖去。她的帽子掛在牆上，顯得十分自在，興高采烈地跟哈雷頓有說有笑。哈雷頓如今已是個十八歲的強壯小伙子了，他帶著十分好奇、十分驚訝的神情盯著她，聽她滔滔不絕地、連珠炮似地又說又問，簡直摸不著頭腦。

『好啊，小姐！』我大聲喊道，裝出一副怒容來掩飾心裡的喜悅。『在爸爸回來之前，你別想再騎馬出來了。我不會相信你讓你再跨出門檻，你這個淘氣透頂的姑娘。』

『啊哈，艾倫！』她欣喜地嚷道，一跳而起，跑到我跟前。『我今晚要講個好動聽的故事。你到底找到我了，你這輩子來過這裡嗎？』

『戴上那頂帽子，馬上回家，』我說，『你把我給氣死了，凱茜小姐，你太不像話了！嘟嘴和哭泣都沒有用，補償不了我吃的苦頭，爲了找你我跑遍了整個鄉間。想想林頓先生是怎麼叮囑我把你關在家裡的，你卻悄悄溜出來了，這表明你是個狡猾的小狐狸，誰也不會再相信你了。』

『我怎麼了？』她啜泣起來，馬上又忍住了。『爸爸什麼也沒叮囑我。他不會責罵我的，艾倫。他從不像你這樣發脾氣！』

『算了，算了！』我重複說道，『我來繫好帽帶。好了，我們別再使性子了。哦，羞啊！你都十三歲了，還這麼耍孩子氣！』

我是見她把帽子推開，退到壁爐那裡，讓我抓不到她，才說了那幾句話。

『別——』女僕說，『別對這漂亮閨女這麼凶，狄恩太太。是我們讓她停下來的。她本想騎著馬往前跑，怕你不放心。可是哈雷頓表示要送她，我想他應該去送。翻山越嶺的，路不好走。』

我們說話的當兒，哈雷頓站在一旁，雙手插在口袋裡，尷尬得說不出話，不過看樣子，他好像不喜歡我闖進來。

『我得等多久？』我接著說，不理會女僕的勸解。『再過十分鐘天就黑了。小馬呢，凱茜小姐？鳳凰呢？你再不快點，我就丟下你，請便吧！』

『小馬在院子裡，』她回答說，『鳳凰關在那邊。牠給咬傷了——查理也給咬傷了。我本想一五一十都告訴你的，可你發脾氣，不配聽。』

我拾起她的帽子，走上前想給她再戴上，可她看山屋裡的人都向著她，便開始繞著屋子亂跑亂跳。我一追她，她就像隻耗子似地在家具之間竄來竄去，又從上面跳，又往下面鑽，還向後面躲，我追趕起來反而顯得十分好笑。哈雷頓和女僕都笑起了來，凱茜也跟他們一起笑，而且變得更加無禮，後來我氣極了，便叫嚷起來。

『好啊！凱茜小姐，你要是知道這是誰家的房子，你就會巴不得趕快離開。』

『這是你父親的，不是嗎？』她轉身對哈雷頓說道。
『不是。』哈雷頓回答說，眼睛垂了下去，臉羞得通紅。他受不了她兩眼緊盯著他，儘管那隻眼睛活像他自己的眼睛。
『那是誰的——你主人的嗎？』凱茜問道。
哈雷頓又出於另一種心情，臉脹得更紅了，低聲咒罵了一句，便轉過身去。
『誰是他的主人？』這煩人的姑娘又問起我來，『他說起〈我們家〉和〈我們家人〉。我還以為他是房主的兒子呢！他從沒叫一聲〈小姐〉。他要是僕人，就應該叫〈小姐〉，是吧？』
哈雷頓聽了這幼稚的話，臉變得像黑雲一樣陰沉。我悄悄地搖搖向我盤問的小姐，最後總算給她穿戴整齊，可以走了。
『喂，給我牽馬去，』她不知道對方是自己的親戚，跟他說起話來，就像在田莊吩咐馬夫似的。你可以送我走。我想看看獵妖者在什麼地方出現，聽聽你所謂的小仙子的故事。不過，要快點！怎麼回事？我說給我牽馬去。』
『我寧願看著你他媽的下地獄，也不給你做僕人！』小伙子吼叫說。
『你看著我什麼？』凱薩琳驚訝地問道。
『你他媽的下地獄——你這個小潑婦！』他回答道。
『好啊，凱茜小姐！你看你碰上好伙伴了，』我插嘴說，『對一個年輕小姐用這種不乾不淨的話！求你別跟他爭吵了。來，我們自己去找敏妮，然後走掉。』
『可是，艾倫，』她驚愕不已，瞪著眼嚷道，『他怎麼敢這樣跟我說話？難道他不該照我吩咐的去做嗎？你這壞蛋，我要告訴爸爸你說了什麼話——瞧著吧！』

哈雷頓似乎並不在乎這一威嚇，因此她氣得眼裡冒出了淚珠。

『你去把馬牽來，』她轉身對那女僕大叫，『馬上把我的狗放出來！』

『輕聲點，小姐，』女僕答道，『你客氣點不會吃虧的。雖說那位哈雷頓先生不是主人的兒子，可他是你的表哥，再說我也不是雇來服侍的。』

『他是我的表哥！』凱薩琳嚷道，輕蔑地一笑。

『的確是的！』指責她的女僕應道。

『哦，艾倫！別讓他們這樣瞎說，』她心煩意亂地接著說道，『爸爸到倫敦接我表弟去了。我表弟是個上等人的兒子，而我的——』她頓住了，號啕大哭起來。一想到和這樣一個粗人沾親帶故，不禁大為沮喪。

『別鬧，別鬧！』我輕聲說道，『凱茜小姐，人可以有好多表親，各種各樣的表親，這有什麼大不了的。如果表親人品不好，令人討厭，只要不和他們來往就行了。』

『他不是的，他不是我表哥，艾倫！』她接著說道。想著想著，又覺悲從中來，一頭撲進我的懷裡，想躲掉那個念頭。

我聽到她和女僕互相漏了底，感到非常惱火。我毫不懷疑，小姐傳出的林頓即將歸來的消息，一定會通報給希斯克利夫先生；我還同樣相信，等林頓回來後，凱薩琳的第一個念頭，就是要他講清楚，那個女僕怎麼說她有一個粗野的親戚。

哈雷頓漸漸從他那被錯當成僕人的惱怒中平息下來，且似乎又被凱薩琳的憂傷打動了。他去把小馬牽到門口，為了討好她，又從狗窩裡拎出一隻漂亮的小狗，放在她手裡，叫她別哭了，因為他並無惡意。她停止了哭泣，用畏怯驚恐的目光打量著他，接著又放聲大哭。

我見她如此厭棄那可憐的孩子，簡直忍不住笑。其實，他是個身材勻稱的壯小伙子，相貌英俊、體魄強健，只是穿了那樣一身衣服，只配每天在農場上幹活、在荒野裡遊蕩，追趕兔子之類的。不過，我想，就從他的相貌中也可以看出，他的心地要比他父親好得多。當然，好苗子湮沒在野草堆裡，茂盛的野草長得比無人管理的禾苗還高。然而，儘管如此，這也還證明，這裡的土質是肥沃的，只要改換成有利的情況，便可以結出豐碩的成果。

我相信，希斯克利夫先生並沒有在肉體上虐待他，這多虧他生來天不怕地不怕，不會誘使別人來欺侮他。在希斯克利夫看來，這種天性沒有一點怯懦感，不會激起別人的虐待興致。看來，他用心險惡地要把他培養成一個野蠻人：從來沒人教他讀書寫字；但凡是不獨犯他的養主的壞習慣，從來沒人斥責他；從來沒人引導他向美德邁進一步，或者訓誡過他一次，讓他去掉惡習。

我聽說，他所以變壞，約瑟夫有很大責任，他出於狹隘的偏愛，從小就捧他、嬌慣他，因爲他是老恩蕭家的主人。以前，凱薩琳．恩蕭和希斯克利夫還是孩子的時候，他總是責罵他們以他所謂的「可惡行爲」，攪得主人失去耐心，逼得他藉酒澆愁。現在，他又把哈雷頓所有過失的責任，一古腦地全推在奪取他家產的那個人的頭上。

若是這孩子開口罵人，他也不制止他；他表現得再怎麼不好，他也不管。顯然，眼看著他壞到極點，約瑟夫覺得頗爲得意。他承認，這孩子給毀了，他的靈魂沉淪了。不過他又想，這得由希斯克利夫負責。哈雷頓的悲劇是他一手造成的。想到這裡，他感到萬分欣慰。約瑟夫向哈雷頓灌輸了一種對家族、門弟的自豪感。假如他有膽量的話，他還會挑撥這孩子去憎恨山莊目前的主人，不過他對這位主人已經驚怕到迷信的地步，就是心裡對他有怨氣，也只敢輕輕地影射一兩聲，或是背地裡威嚇幾句。

我並不自命很熟悉咆哮山莊當時的常規生活方式。我只是根據傳聞來說的，因爲我沒親眼看見什麼。村裡人都說他吝嗇，對佃戶十分刻薄，是個冷酷無情的地主，但是房子裡因爲有女僕料理，又恢復了早先的舒適；亨得利在世時常見的亂鬧騰景象，如今在家裡已經不再重演了。主人當時憂鬱得不肯和任何人來往，不管好人壞人，現在仍然如此。

不過，我這是說的題外話。凱茜小姐拒絕了對方的求和，不要那條小狗，而只要她自己的狗查理和鳳凰。牠們一瘸一拐地垂著腦袋走來了。接著，我們動身回家，全都垂頭喪氣。

我再怎麼盤問，小姐也不肯告訴我她這一天是無麼度過的。我只能猜想，她這次出遊的目標是佩尼斯通石崖，她一路平安地來到莊宅的門前，哈雷頓恰巧走出門，後面跟著幾隻狗，襲擊了她的隨從。雙方的主人沒來得及把牠們拆開，牠們先激戰了一場，這就爲主人們牽了線。凱薩琳告訴哈雷頓她是誰，要到哪裡去，請他給指指路，後來又撮合他陪她一起去。哈雷頓揭開了仙人洞以及其他二十個怪地方的秘密。但是，我已經失去了她的歡心，沒那份榮幸聽她描述一下她見到的種種有趣的景象。

不過，我猜得出來，她的嚮導一直很討她喜歡，直至她把他稱作僕人，傷了他的感情，而希斯克利夫的女管家又把他稱作她的表哥，傷了她的感情。隨後，哈雷頓對她使用的語言，又刺痛了她的心。在田莊，每個人總是稱她『心肝』、『寶貝』、『皇后』、『天使』，如今卻受到一個陌生人如此駭人聽聞的侮辱！這讓她無法理解。我費了好大勁才讓她答應，不去向她父親訴苦。

我開導說，她父親討厭咆哮山莊那一家人，他要是發現女兒去過那裡，將會多麼難過。不過，我主要申明一點：如果她洩露了這件事，讓主人知道我沒盡心執行他的命令，他也許會氣得把我趕走的。凱茜說什麼也捨不得讓我走。爲了我，她保證不吭聲，並且說會信守諾言。她畢竟是個招人疼愛的小姑娘。」

# 第五章

「一封鑲著黑邊的家信，宣布了我家主人的歸期。伊莎貝拉去世了，主人寫信叫我給他女兒穿上喪服，爲他的小外甥收拾一下房間，並做好其他準備。凱薩琳一想到要歡迎父親歸來，不由得欣喜若狂，而且對她那位『眞正』的表弟充滿信心，期待著他有數不清的優點。

他們預計到達的那個晚上來臨了。自清晨起，她就忙著張羅自己的小東西，現在穿上了她那件黑色的新衣服——可憐的小東西！她死了姑姑，卻並不感到多麼悲傷——她一個勁地纏住我，硬要我陪她穿過莊園去接他們。

『林頓只比我小六個月。』我們順著樹蔭，優閒地走過那高低起伏、覆滿蘚苔的泥草地時，她唧唧喳喳地說道。

『有他作伴一起玩，那會多快活啊！伊莎貝拉姑姑給爸爸寄來一綹他的漂亮頭髮，顏色比我的頭髮還淡——更淡黃些，也是細細的。我小心翼翼地把它藏在一個小玻璃盒裏。我常想，要是能看見頭髮的主人，那該有多高興啊！哦！我眞快樂！爸爸，最最親愛的爸爸！快，艾倫，我們跑吧！快跑！』

她跑了一陣，又轉回來，又跑了一陣，反覆多次，我才不快不慢地走到莊園門口。這時，她坐在路邊的草坡上，想耐著性子等待，但是做不到，她一分鐘也平靜不下來。

『他們要多久才來呀！』她嚷道，『啊，我看見大路上揚起點塵土——他們來了！不！他們什麼時候才到啊？艾倫，我們不能再走一點路——半英里，只走半英里嗎？說一聲

〔行〕吧，就走到拐彎處那個樹叢那裏！』

我斷然拒絕了。最後，她的焦慮不安終於結束了，只見長途馬車轆轆而來了。凱茜小姐一看見父親的面孔向窗外探望，便尖叫一聲，伸出了雙臂。父親幾乎和她一樣急切，連忙下了車。好半天，這父女倆只顧得他們自己，壓根兒不理會別人。

他們相互擁抱的當兒，我朝車裏偷偷看了林頓。他在一個角上睡著了，裹著一件暖和的、襯著毛皮裏子的斗篷，彷彿過冬似的。一個蒼白、柔弱、嬌氣的男孩，你簡直可以把他看作主人的小弟弟，兩人實在太像了，不過，他臉上帶著一副病態般的乖戾神氣，這是艾德加·林頓從來不曾有過的。

艾德加見我在窺視，便跟我握了握手，囑咐我關上車門，不要打擾他，因爲他路上搞得很疲勞。凱茜也想看一眼，可父親叫她過去，趁我趕到前頭關照僕人的時候，他們一起走進了莊園。

『聽我說，寶貝，』他們停在正門台階底下時，林頓先生對女兒說道，『你表弟不像你這麼結實，也不像你這麼開心，而且要記住，他剛失去母親不久，因此不要指望他馬上跟你玩耍，跟你東跑西顛。不要老是說話惹他煩，至少今晚讓他清靜些，好嗎？』

『好的，爸爸，』凱薩琳答道，『可我眞想看看他，他還沒有向窗外望過一眼呢！』

馬車停住了，睡著的人給喚醒了，被他舅舅抱下了車。

『林頓，這是你表姊凱茜，』艾德加說著，把他們的小手拉在一起。『她已經很喜歡你了，你今晚可別哭哭啼啼惹她難過。還是沒法高興起來?!旅行已經結束了，你也沒有什麼事要做的，就是休息和玩耍，隨你便。』

『那就讓我去睡覺吧！』男孩答道，只見凱薩琳向他打招呼，卻只管往後縮。他拿手指抹掉剛剛湧出的淚水。

『得了，得了，做個乖孩子，』我低聲說著，把他領進去了。『你還會把她惹哭的——你看她多爲你難過啊！』

我也不知道那是不是爲他難過，反正他表姊跟他一樣哭喪著臉，回到了父親跟前，三個人都進去了，走到樓上書房裡，茶已經擺好了。我給林頓摘掉帽子、脫掉斗篷，把他安置在桌邊一把椅子上。不想他剛一坐定，就又哭起來了。主人問他怎麼回事。

『我不能坐椅子。』那孩子啜泣著說。

『那就到沙發上，艾倫會給你端茶去的。』做舅舅的耐心地回答道。

我相信，這一路上，他要照顧這個體弱多病、脾氣暴躁的孩子，也還眞夠他受的了。林頓慢慢騰騰地走過去，躺了下來。凱茜搬來一只腳凳，端著自己的茶杯，走到他身邊。起初，她默默地坐著。但是，這不能持久。她決計把她的小表弟當作寶貝，她也很想使他成爲個寶貝。她開始撫摸他的捲髮，親吻他的臉，讓他喝她茶杯裡的茶，待他像娃娃似的。這使他很高興，因爲他比娃娃強不了多少。他擦乾眼淚，露出一絲微笑。

『哦，他會過得很好的，』主人注視了他們一會，然後對我說道，『會很好的，只要我們能留住他，艾倫，和一個跟他同齡的孩子在一起，不久就會給他注入新的活力。他只要希望自己身強力壯，就會眞的強壯起來。』

『是呀，只要我們能留住他！』我暗自思忖，突然感到一陣心酸，擔心這種希望十分渺茫。後來，我又想，那個弱不禁風的東西到了咆哮山莊，置身於他父親和哈雷頓中間，究竟怎麼生活呀？他們將是什麼樣的玩伴和導師呢？

我們的疑慮馬上得到了印證，甚至比我料想的來得還快些。喝完茶以後，我剛把兩個孩子帶上樓，看著林頓睡著了——他不睡覺，就不准我走開——我下了樓，站在門廳的桌子旁邊，給艾德加先生點一支臥房用的蠟燭，恰在這時，一個女人從廚房裏走出來，告訴我說，希斯克利夫先生的僕人約瑟夫待在門口，要跟主人說話。

『我要先問問他想幹什麼，』我忐忑不安地說道，『這麼晚了還來打擾人，眞讓人討厭，何況人家經過長途旅行剛剛回來。我看主人不見他。』

我說這話的當兒，約瑟夫已經穿過廚房，來到門廳。他穿著過禮拜日的衣服，繃著那張極其僞善、極其陰沉的面孔，一隻手抓著帽子，一隻手抓著手杖，開始在墊子上蹭皮鞋。

『晚上好，約瑟夫，』我冷漠地說，『你今晚來此有何貴幹？』

『俺要跟林頓少爺說。』他答道，對我不屑一眼。

『林頓先生要睡了。除非你有什麼要緊的事要說，不然我敢肯定他現在不會要聽，』我接著說道，『你最好坐在那裏，有什麼話先跟我說吧。』

『哪間是他的屋子？』這傢伙接著問道，一面審視著那排關著的房門我看出，他根本不想讓我來轉告，只得無可奈何地走進書房，通報說來了位不速之客，勸主人讓他走，明天再來說。林頓先生已來不及授權我這樣做了，因爲約瑟夫緊跟著我上了樓，衝進了書房，站在桌子那邊，雙拳搭在手杖頂上，抬高嗓門講話了，好像料到要碰釘子似的。

『希斯克利夫打發俺來領他的孩子，不領走他，俺就不回去。』

艾德加．林頓沉默了一會，臉上泛起一股極度悲哀的神情，爲了這孩子，他本來是會可憐他的。但是，回想起伊莎貝拉的希望和恐懼，她對兒子的渴望，以及她托孤時的囑咐，再想到要把孩子交出去，眞叫他心如刀割。他心裡在尋思，這事怎麼能避免。結果無計可施。他只要一表示想要留住孩子，那反而會使對方要得更堅決。沒有辦法，只能交出孩子，然而，他又不想把他從睡夢中喚醒。

『告訴希斯克利夫先生，』他平靜地答道，『他兒子明天再去咆哮山莊。他睡在床上，再說也太累，不能走這麼遠的路。你還可以告訴他，林頓的母親希望由我來照管他。眼前，他的身體很令人擔憂。』

『不成！』約瑟夫說著，用手杖朝地板上猛的一戳，擺出一副威風凜凜的神氣。『不成！這沒用，希斯克利夫才不管做娘的呢！也不管你。他就是要他的孩子，俺得把他領地——這下明白了吧！』

『你今晚領不走！』林頓斬釘截鐵地答道，『馬上下樓去，把我說的話學給你主人聽。艾倫，送他下樓。走——』

他把那憤怒的老頭的胳膊一提，順勢將他推出屋，隨手關上了門。

『好哇！』約瑟夫一邊慢騰騰地走開，一邊大聲喊叫。『明兒他自個來，你有膽也把他推出去！』」

# 第六章

「爲了避免發生約瑟夫威脅的那種事，林頓先生命令我用凱薩琳的小馬，把那孩子早早送回家。

『既然我們現在無論好壞都左右不了他的命運，你千萬別對我女兒說他到哪裏去了。今後她不能與他交往了，最好別讓她知道他就在附近，免得讓她心神不定，急著要去山莊。你就告訴她，說他父親突然派人來接他，他不得不離開我們。』

五點鐘時，好不容易才把林頓從床上喚醒。他一聽說還得準備再趕路，不由得大吃一驚。不過我告訴他說，他得跟他爸爸希斯克利夫先生住些日子，因爲爸爸非常想見他，不願等他從旅途疲勞中恢復過來，再享受這份歡樂，這才把事情緩和下來。

『我爸爸？』他茫然不解地嚷道：『媽媽從沒告訴我說，我有個爸爸。他住在哪裏？我寧願和舅舅住在一起。』

『他住在離田莊不遠的地方，』我回答說，『就在那些山那邊，不怎麼遠，等你身體好些，你可以來這裏散步。你應該高高興興地回家，去看看他。你要盡情地去愛他，就像你愛你媽媽一樣，那樣一來，他也就會愛你了。』

『可我以前爲什麼沒聽說過他呢？』林頓問道，『媽媽和他爲什麼不住在一起，像別人家那樣？』

『他有事情得待在北方，』我答道，『你媽媽身體不好，需要住在南方。』

『媽媽爲什麼不跟我說起他呢？』這孩子進一步問道，『她經常談起舅舅，我老早就知道愛他了。我怎麼去愛爸爸呢？我還不認識他呢！』

『哦，所有的孩子都愛自己的爸爸媽媽，』我說，『也許你媽媽覺得，她要是常對你提起爸爸，你會想要跟他住在一起呢！咱們快點吧。這樣美麗的早晨，早一點騎馬上路比多睡一個鐘頭好多了。』

『她跟我們一起去吧?!』他問道，『就是我昨天見的那個小姑娘呀？』

『現在不去。』我答道。

『舅舅去嗎？』他又問。

『不去，我把你送到那裏。』我說。

林頓又倒在枕頭上，陷入沉思。

『舅舅不去，我也不去，』他終於嚷道，『我搞不清你要把我帶到哪裏。』

我想讓他明白，不願見爸爸是沒有規矩的表現，可他還是執意不讓我給他穿衣服，我只好叫主人來幫忙，哄他起床。最後，還是我許多好多假願，說什麼他去不了多久艾德加和凱茜會去看他呀，還有些其他的許諾，這才把這可憐的東西打發上路。一路上，我不時地向他重複這些許願。其實，這都是口說無憑，隨意編造的。

過了一會，那清新的、飄著石南香味的空氣，那燦爛的陽光，以及敏妮的輕捷腳步，將他的沮喪情緒蕩滌一空。他帶著較大的興趣和活力，問起了他的新家和家裡人的情況。

『咆哮山莊是個像畫眉田莊一樣好玩的地方嗎？』他問道，一邊轉過頭向山谷裏望了一朵輕飄飄的白雲。

『不是那樣掩蔽在樹木深處，』我回答道，『也沒有那麼大，不過你到處都可以看到美麗的鄉村景色，空氣更有益於你的健康——更新鮮、更乾燥。起初，你也許會覺得那座房子又舊又暗，不過那是一座很像樣的房子，是這一帶第二好的。你可以在荒野裡痛痛快快地散步！哈雷頓．恩蕭——他是凱茜小媽的表哥，也算是你的表哥——會帶你到所有最美的地方去看看。天氣好時，你可以帶一本書，把青翠的山谷當成你的書房。有時候，你舅舅還可以陪你一道散步，他經常走到山裏來。』

『我爸爸是個什麼樣子？』他問道，『他像舅舅一樣年輕漂亮嗎？』

『一樣年輕，』我說，『不過他長著黑頭髮、黑眼睛，看起來比較嚴厲，也高大一些。起初，你也許會覺得他不怎麼和善，因爲那不是他的個性。不過要記住，還是要對他眞摯熱情，他自然會比任何舅舅都更喜愛你，因爲你是他的骨肉。』

『黑頭髮、黑眼睛！』林頓沉思著，『我眞想像不出來。這麼說，我長得不像他囉？』

『不大像。』我答道，心裡卻在想：一點也不像。

我遺憾地打量著我的同伴，只見他皮膚白皙、體格纖弱，一雙眼睛大而無神——眞像他媽媽的眼睛，只是他這雙眼睛，除了氣極敗壞時閃爍一下之外，一樣也不像他媽媽那樣炯炯有神。

『好奇怪呀！他從沒去看過媽媽和我，』他咕噥道，『他有沒有看見過我？即使他看見過我，我當時一定是個娃娃——我對他一點也記不起來！』

『唔，林頓少爺，』我說，『三百英里是個遙遠的距離，而十年的時間，一個成年人和你比起來，會覺得在長短上大不一樣，說不定希斯克利夫先生去年夏天打算去，可是始終找不到適當的時機，如今又太晚了。關於這件事，你不要多問他，那會惹他心煩的，對你沒有一點好處。』

後一段路上，這孩子只顧得想心思，直至我們停在莊宅的花園門前。我察看他臉上有什麼反應。他正全神貫注地端詳著那刻有圖案的房屋正面，那低矮的格子窗，那滋生蔓延的醋栗叢和彎腰曲背的樅樹，然後搖了搖頭。他心裡一點也不喜歡他這新居的外觀，不過他還懂得不忙抱怨，也許裏面可以彌補一下。

我沒等他下馬，先去打開了門，當時正是六點半，一家人剛吃完早飯，僕人在收拾餐具和擦桌子。約瑟夫立在主人的椅子旁邊，講述一匹跛馬的故事。哈雷頓準備去草地幹活。

『嗨，娜莉！』希斯克利夫先生一看見我，便叫起來。『我還擔心我得親自去領回我的財物呢！你把它帶來了，是吧？讓我們去看看它是啥樣子吧。』

他立起身來，大步走到門口，哈雷頓和約瑟夫跟在後面，好奇地張著嘴巴。那可憐的小林頓，驚恐地瞥了瞥三個人的臉。

『不用說，』約瑟夫仔細看了看後，說道，『他跟你掉包了，主人，這是他閨女呀！』

希斯克利夫把兒子盯得心慌意亂，戰戰兢兢，便發出一陣輕蔑的笑聲。

『天哪！好一個美人啊！一個多麼可愛、多麼迷人的東西啊！』他驚叫道，『他們不是用蝸牛和酸牛奶養活他的吧，娜莉？哼，算我倒楣！可是這比我料想的還要糟——魔鬼也知道，我這並不盲目樂觀呀！』

我叫那戰戰兢兢、茫然失措的孩子下馬進去。他不怎麼懂得他父親話裡的意思，也不明白是不是在說他。說眞的，他還不大相信，這個厲言疾色、愛譏笑人的陌生人就是他父親。不過他緊貼著我，抖得越來越厲害。等希斯克利夫坐下來，叫他『過來』時，他把臉伏在我肩膀上，哭起來了。

『得了，得了！』希斯克利夫說著，伸出一隻手來，粗暴地把他拽到他兩膝中間，然後托住他的下巴，把他的頭往上抬。『別來這一套！我們不會吃掉你的，林頓——難道這不是你的名字？你眞是你母親的孩子，百分之百！你身上哪裡有我的成分，哭哭啼啼的豎子！』

他摘下孩子的帽子，把他濃密的淡黃色捲髮捋到後面，摸摸他的細胳臂和小指頭。他仔細看的時候，林頓停止了哭泣，抬起藍色的大眼睛，打量著這位打量他的人。

『你認識我嗎？』希斯克利夫發覺他的四肢全是一樣脆弱，便問道。

『不！』林頓說道，帶著一種茫然的恐懼盯著他。

『你大概聽說過我吧?!』

『沒有。』他又答道。

『沒有？你媽媽眞不像話，從不激起你對我的孝心！那我來告訴你，你是我的兒子。你媽媽是個賤貨，不讓你知道有怎麼樣的父親。唔，不要畏縮、不要臉紅！不過，這倒也好，可以看出你的血還不是白色的。做個好孩子，我不會虧待你的。娜莉，你要是累了，可以坐下來：要是不累，就回家去吧！我想你會把你的見聞，報告給田莊那個廢物的。而你在這裏磨磨蹭蹭的，這小東西是不會踏實的。』

『好吧，』我答道，『我希望你待這孩子好一些，希斯克利夫先生，不然你就保不住他多久，而你在這個廣闊的世界上，他是你這輩子所知曉的唯一的親人了——記住吧！』

『我會待他很好的，你放心吧！』他說著，哈哈一笑。『只是不許別人待他好——我就是要他心裡只有我。我這就開始待他好，約瑟夫！給這孩子端點早飯來，哈雷頓，你這該死的呆子，幹活去。是的，娜莉，』等他們走了以後，他又說，『我兒子是你們莊園未來的主人，在我肯定可以成爲他的繼承人之前，我也不希望他死掉。再說，他是我的孩子，我想得意揚揚地看著我的後代成爲他們兩宗家產的合法主人；我的孩子雇用他們的孩子，讓他們爲掙幾個工錢，耕種他們父親的土地。僅僅考慮到這一點，我才能夠容忍這個狗崽子。我瞧不起他本人，我恨他讓我想起了過去的事！不過，考慮到那一點就足夠了，他跟著我是很保險的，我會像你們家主人照顧他的孩子那樣，十分周到地照顧他的。我給他在樓上布置了一間很漂亮的屋子。我還爲他請了一位二十英里以外的教師，一星期來三次，他想學什麼，就教他什麼。我關照哈雷頓聽他吩咐。事實上，我已經安排好了一切，旨在保持他的優越感和紳士氣質，使他居於他的同伴們之上，然而我感到遺憾，根本不值得爲他操勞。假如我也希望在這世上有什麼幸運的話，那就是看到他是個值得驕傲的人，可這個臉色蒼白、哭哭啼啼的可憐，卻讓我大爲失望！』

他說話的當兒，約瑟夫端著一碗牛奶粥回來了，把它放在林頓面前。林頓帶著厭膩的神情，攪著這家常粗飯，說他吃不下去，我發現，老僕人差不多跟主人一樣看不起這孩子，不過他又不得不把這情緒留在心裡，因爲希斯克利夫顯然要下人尊敬他。

『吃不下去？』他重複了一聲，瞅著林頓的臉，把聲音壓得很低，怕讓別人聽見。『可哈雷頓少爺小時候根本不吃旁的東西。俺，他能吃的東西他也能吃！』

『我不吃！』林頓厲聲答道，『拿走。』

約瑟夫氣吁吁地一把拿起牛奶粥，端到我跟前。

『這飯有啥不好？』他問道，把碗送到希斯克利夫鼻子底下。

『這會有什麼不好？』希斯克利夫說。

『是呀！』約瑟夫答道，『那孩子倒挺講究的，說他吃不下去。不過俺想這也沒啥！他娘就是這個樣子——她嫌俺們太髒，不配種糧食給她做麵包。』

『別向我提起他媽，』主人氣沖沖地說，『給他拿點他能吃的東西不就得了。他平常吃什麼，娜莉？』

我點了煮牛奶或茶，女管家奉命去準備了。我心想，他老子出於自私的打算，倒能使他過得舒適些。他看出林頓本質虛弱，需要對他寬厚些。我要安慰一下艾德加先生，告訴他希斯克利夫脾氣有轉變。我沒有理由再待下去了，便趁著一隻護羊狗跑去跟林頓表示親近，林頓膽怯怯地把牠推開的當兒，溜了出去。但他十分警覺，你騙不了他。我一關上門，就聽見一聲叫喊，發狂似地重複著一句話——

『別丟下我！我不要待在這裏！我不要待在這裏！』

接著，門閂拔起來又落下去了。他們不許他跑出來。我騎上敏妮，催著牠快跑。就這樣，我那短暫的保護人的使命便告終了。」

# 第七章

「那一天，我們讓小凱茜折騰得好苦，她興高采烈地起來了，急著要去找她表弟。一聽說表弟走掉了，她氣得又是大哭、又是哀號，艾德加只好親自去安慰她，聲言表弟不久就會回來，不過又加了一句：『如果我能把他弄回來的話。』而那是毫無希望的。

這一許諾並沒使小姐平息下來，不過時間更有威力。雖說她時而還要問問父親：林頓什麼時候回來，但是還沒等到他們再相見，林頓的容貌在她的記憶裏早就模糊不清了，以致於眞見面時倒認不出他了。

我有事到吉默頓去，偶然碰到咆哮山莊的女管家時，總要問問小少爺過得怎麼樣，因爲他幾乎像凱薩琳一樣與世隔絕，從來沒人看見。我從女管家那裏得知，他身體還很虛弱，是個很難侍候的人。她說，希斯克利夫先生似乎越來越不喜歡他了，不過他還儘量掩飾著這種情緒。他一聽到他的聲音就反感，和他在一間屋子裏多坐幾分鐘就受不了。

他們兩人很少交談。林頓在一間他們稱作客廳的小屋裏學習功課，消磨晚上，不然就是整天躺在床上，因爲他經常咳嗽、感冒，這裏疼痛，那裏不舒服。

『我從沒見過這麼懦弱的人，』女管家又說，『也沒見過這麼顧惜自己的人。我要是晚上遲一點沒關窗子，他準會大吵大鬧。哎喲！吸一口夜晚的空氣，簡直是要他的命！仲夏時分非要生個火，約瑟夫的煙斗也能毒害人，總是要吃糖果糕點，總是要喝牛奶，什麼時候都是牛奶——也不管我們大家冬天過得多麼緊巴。他總是裏著毛皮斗篷，坐在壁爐邊的椅子上，爐台上擺著泡烤麵包水，或別的飲料，好一點點啜飲。

『如果哈雷頓看他可憐，來陪他玩——哈雷頓雖然粗野，但是心地不壞——他們肯定要不歡而散，一個破口大罵，一個放聲大哭。我相信，主人若不是念著他是他的兒子，真樂意看著恩蕭把他打個稀巴爛。我敢肯定，主人若是了解他顧惜自己的一半真情，準會把他趕出門去。不過，他是不會走到這一步的。他從不走進客廳，假如林頓來到他所在的堂屋，顯出那副德行，他馬上就叫他上樓去。』

我從這番話推測，由於完全得不到同情的緣故，小希斯克利夫變得自私和討人嫌了，如果他本來並非如此的話。因此，我對他越來越不關心了。不過，我仍然爲他的遭遇感到悲哀，但願他當初留在我們身邊就好了。

艾德加先生鼓勵我去打聽消息。我想，他很惦念他，眞想冒著風險去看看他。有一次，他叫我去問問那個女管家，他有沒有來過村裏。女管家說，他只來過兩次，騎著馬，陪著他父親。而且兩次都裝作疲憊不堪的樣子，三、四天也緩不過勁來。如果我記得不錯的話，那個女管家在他來到兩年之後就離去了。來接替她的人我不認識，她如今還住在那裏。

光陰荏苒，田莊裏還像過去一樣快活，直到凱茜小姐長到十六歲。她過生日那天，我們從來沒有什麼歡慶的表示，因爲這天也是已故女主人的忌辰。每逢那一天，她父親總是一個人待在書房裏，黃昏時溜達到吉默頓教堂墓地，常常在那裏逗留到半夜以後。因此，凱薩琳只得設法自己玩耍。

這年三月二十日，是個風和日麗的春日。等父親回房後，小姐便走下樓來，穿戴好了準備出去，說她要和我到荒野邊上走走，林頓先生已經同意她了，只要我們不走遠，一個鐘頭內回來。

『那就快點，艾倫！』她嚷道，『我知道我要去哪裏。那地方有一群紅松雞，我想看看牠們有沒有搭好窩。』

『不，不遠，』她說，『我和爸爸去過，很近。』

我戴上帽子出發了，不再去想這件事。她在我前面跳跳蹦蹦，又回到我旁邊，然後又跑掉了，眞像一隻小靈猩❶。起初，我覺得挺有意思，聽著百靈鳥在四面八方歌唱，沐浴著和煦宜人的陽光，瞧著她，我的寶貝，我的歡樂，只見她那金黃色的捲髮飄灑在身後，那光彩照人的臉蛋就像盛開的野玫瑰一樣柔和純潔，雙眸中閃爍出無憂無慮的歡樂。那些日子裏，她眞是個快樂的尤物，是個天使。可惜她還不知足。

『喂，』我說，『你的紅松雞在哪兒，凱茜小姐？我們該看到了。田莊的籬笆已經離我們很遠了。』

『哦，還過去一點——只過去一點，艾倫，』她總是這樣答道，『爬上那座小山，繞過了那道斜坡，等你一到山那邊，我就把鳥哄起來了。』

誰知有那麼多小山要爬，有那麼多斜坡要繞過去，最後我開始感到累了，便告訴她我們必須停住，順原路往回走，因爲她走在我前面很遠了，我就衝著她大聲喊。她不是沒聽見，就是不理睬，只見她還是跳跳蹦蹦地往前趕，我無奈只得跟著她。最後，她鑽進了一個山谷。等我再看見她時，她離咆哮山莊比離自己家還近二英里。我瞧見兩個人抓住了她，其中有一個，我認定就是希斯克利夫先生。

凱茜被人抓住，是因爲她在偷獵，或者說，至少是在搜尋松雞的窩。山莊是希斯克利夫

---

❶ 靈猩：一種身細腿長、善於奔跑的獵犬。

的領地，他在責罵偷獵者。

『我什麼也沒拿，什麼也沒找到，』我吃力地走到他們跟前時，只聽小姐說道，一面攤開雙手證實自己說的話。『我並不打算來拿什麼。只是爸爸告訴我這裏有好多松雞雞蛋，我想來看看。』

希斯克利夫皮笑肉不笑地瞥了我一眼，表明他認出了對方，因而也表明他起了歹心，便問『爸爸』是誰。

『是畫眉田莊的林頓先生，』凱茜答道，『我想你不認識我，不然你就不會對我那樣說話。』

『那麼你認爲你爸爸十分受人抬舉、受人尊重囉？』希斯克利夫挖苦說。

『你是什麼人？』凱薩琳問道，一面好奇地盯著說話人。『那個人我以前見過。他是你兒子嗎？』

她指著那另一個人哈雷頓。他雖然長了兩歲，卻沒有什麼長進，只是比以前高大些、強壯些，但似乎跟以前一樣笨拙、粗魯。

『凱茜小姐，』我插嘴說，『我們出來不止一個鐘頭了，馬上就到三個鐘頭了。我們眞得回去了。』

『不，那個人不是我兒子，』希斯克利夫回答說，一把把我推開。『不過我有個兒子，你以前也見過他。雖然你的保姆急著走，我想你們倆還是歇一會爲好，你願不願意翻過這石南叢生的山頭，光臨一下寒舍？你休息一下，還可以早些到家。你會受到熱情的歡迎。』

我悄聲地對凱薩琳說，她無論如何也不能接受這個邀請，那是絕對不能考慮的。

『爲什麼？』她大聲問道，『我跑累了，地上淨是露水，我也沒法坐下。我們去吧，艾倫！何況，他還說我見過他兒子。我想他搞錯了，不過我猜得到他住在什麼地方，就在那座宅莊裏，那次我從佩尼斯通石崖回來時，曾經進去過。是不是？』

『是的。好了，娜莉，別多嘴了。順便看看我們，這對她也是件高興的事。哈雷頓，陪這姑娘往前走吧！你跟我一道走，娜莉。』

「不，她不能去這種地方。』我嚷道，他抓住了我的胳臂，我極力想掙脫。

不過凱薩琳已經飛奔著繞過了山坡，快到達大門前的石階了。她那被指定的伙伴並沒裝出護送她的樣子，而是怯生生地閃到路邊，溜走了。

『希斯克利夫先生，這很不正當，』我接著說，『你知道你是不懷好意。她在那裏會看見林頓，等我們一回去，什麼都要說出來，我會受責備的。』

『我就想讓她看看林頓，』他答道，『這幾天林頓氣色好一些，他可不是常常能見得了人的。我們等一會跟她說好，不要把這次串門子講出去。這有什麼要不得呢？』

『這要不得的是，她父親若是發現我允許她走進你家，就會恨我的。我相信，你慫恿她這樣做，肯定用心不良。』我回答道。

『我的用心是正大光明的，我可以全盤告訴你，』他說，『讓這兩位表姊弟彼此相愛，結爲夫妻。我對你家主人很慷慨，他那個小丫頭繼承不到什麼財產，她要依了我的意願，跟林頓一道作了繼承人，生計馬上就有了著落。』

『林頓要是死了，』我回答說，『他很難說還能活多久，那凱薩琳就是繼承人了。』

『不，她做不了，』他說，『遺囑裏沒有這樣的條文規定，他的財產要歸我。但是，爲了避免爭執，我希望他們兩個結合在一起，而且下定決心要達到這一目的。』

『我也下定決心，再不會陪著她到你家門口來了。』我回答道。

這時，我們已走到柵門前了，凱茜小姐在那裏等著我們過來。希斯克利夫叫我別吭聲，然後領著我們順小路走去，趕著去開門。我家小姐望了他好幾眼，彷彿拿不準該怎樣看待他。不過，希斯克利夫觸到她的目光時，倒還笑了笑，跟她說話時，也是輕聲輕氣的。因此，我便傻乎乎地認爲，一想起她母親，他就是想害她，也會心軟下來吧。

林頓站在壁爐邊。他才去田野裏散過步，因爲他的帽子還戴在頭上，並且在喊約瑟夫給他拿一雙乾鞋子來。就年齡來說，他還差幾個月才滿十六歲，而人倒是長得挺高了。他的面容還很漂亮，眼睛和氣色也比我記憶中來得光亮些，雖然那只是從清新的空氣與和煦的陽光中，暫時借來的光澤。

『瞧，那是誰？』希斯克利夫轉身問凱茜，『你說得出來嗎？』

『你兒子？』凱茜說，疑惑地先審視一下這個再打量一下那個。

『是的，是的，』希斯克利夫答道，『難道你只看見過他這一次嗎？想一想！啊！你記性太差。林頓，你不記得你表姊啦！你不是老纏著我們想見她嗎？』

『什麼，林頓！』凱茜叫道，一聽這名字不禁又驚又喜。『這是小林頓嗎？他都比我高了！你是林頓嗎？』

這年輕人走上前來，承認他是林頓。凱茜熱烈地親了親他，兩人互相擬視者，看到幾年不見，彼此都變了樣，感到非常驚異。凱薩琳已經長足了個頭。她的身段既豐滿又苗條，像鋼絲一樣富有彈性，顯得身體健康、神采奕奕。林頓卻神情倦怠、行動懶散、身材極其纖細。不過，他舉止比較文雅，多少彌補了這些缺陷，使他還不令人討厭。

他表姊和他盡情地表示親暱之後，便走到希斯克利夫先生跟前，他正待在門口，一面注意屋外的事，一面留心屋內的人，說穿了，他是假裝察看屋外，其實只在注視屋內。

『這麼說，你是我姑父囉?!』她嚷道，走上前去親了他一下。『我本來就覺得挺喜歡你，儘管你起初脾氣很大。你爲什麼不帶著林頓到田莊來?做了這麼多年的近鄰，卻從不來看看我們，眞奇怪。你爲什麼要這樣呢？』

『你出生以前，我去得有點太勤了，』他答道，『去——該死！你要是有多餘的吻，就送給林頓吧——給我是白費。』

『調皮的艾倫！』凱薩琳嚷道，一面撲過來，抱住我亂親。『壞艾倫！還想不讓我進來。可我今後要天天來這裏散步，可以嗎，姑父?有時候帶爸爸來。你樂意見到我們嗎？』

『當然！』姑父答道，由於對兩位要上門的客人深惡痛絕的緣故，臉上露出一副難以壓抑的苦相。『不過等一等，』他轉過身對小姐又說，『我想了想，還是告訴你爲好。林頓先生對我有成見。我們一度吵過架，吵得凶極了。你要是跟他說起你來過這裏，他絕不會允許你再來了。因此，你不能提這件事，除非你今後不想再見你表弟了。你想來就來，但是不能說出來。』

『你們爲什麼要吵架呢？』凱薩琳十分懊喪地問道。

『他覺得我太窮，不配他妹妹，』希斯克利夫答道，「後來我把她搞到手了，他很傷心。他的自尊心被刺傷了，他永遭不會寬恕這件事。」

『那不對！』小姐說道，『我遲早會對他這麼說的。可是，林頓和我並沒參與你們的爭吵呀！那麼我就不來了，他去田莊好了。』

『那對我來說太遠了，』表弟咕噥道，『走四英里路會要我的命。不，還是你常常來這裏吧，凱薩琳小姐，不要每天早上，一星期來一兩次。』

做父親的鄙夷不屑地瞥了兒子一眼。

『娜莉，我恐怕要白費勁了，』他低聲對我說，『凱薩琳小姐（這呆子是這樣稱呼她的），會發現他一文不值，而把他一腳踢開。要是換了哈雷頓就好了！哈雷頓儘管這麼落魄，我一天有二十次渴望他做兒子呢！這你知道嗎？這孩子是要別人的話，我會喜愛他的。不過，我想他是得不到她的愛的。我要讓他們兩個爭風吃醋去，使那個窩囊廢振作起來。我們估計，他很難活到十八歲。唉！這個半死不活的東西，真該死！他光顧得擦他的腳，從不看她一眼——林頓！』

『噯！爸爸。』那孩子答道。

『你不領著你表姊在附近看看什麼嗎？連個兔子和鼬鼠窩也不去看看？先別換鞋，帶她到花園裏玩玩，再到馬廐裏看看你的馬。』

『難道你不情願坐在這兒嗎？』林頓用一種表示懶得動的語氣問凱茜。

『我不知道。』凱茜答道，以渴望的目光朝門口望了一眼，顯然巴不得要活動活動。

林頓還坐著，向爐火那裏縮得更近了。希斯克利夫立起身，走進廚房，又從廚房走到院子裏，叫喊哈雷頓。哈雷頓應聲而去，過了不久，兩人又進來了。那年輕人剛洗過澡，這可以從他的滿面紅光和濕漉漉的頭髮看得出來。

『哦，我想問問你，姑父，』凱茜小姐記起了那位女管家的話，便大聲說道，『他不是我表哥吧？』

『是的，』姑父答道，『你媽媽的侄子，你不喜歡他嗎？』

凱薩琳神情怪異。

『難道他不是個漂亮的小伙子嗎？』他接著問。

這沒規矩的小東西踮起腳尖，向希斯克利夫附耳講了一句什麼話。希斯克利夫哈哈大笑，哈雷頓沉下了臉。我發覺，他對可疑的譏笑是很敏感的，顯然隱約意識到自己地位低下。但是，他的主人或保護人大聲說了一番話，把他的怒氣趕跑了。

『你要成爲我們中間的寵兒了，哈雷頓！她說你是個——是什麼？唔，反正是奉承話。聽著！你陪她到農場上轉一轉。記住，舉止要文雅些，不要說髒話，小姐不看你的時候，不要死盯著她看，她看你的時候，要趕快閃開你的臉。你說話的時候，要慢慢說，手不要插在口袋裏。去吧！儘量好好陪她玩。』

他望著兩人從窗前走過，恩蕭把臉完全避開他的同伴。他似乎帶著陌生人和藝術家的興致，仔細察看著早已熟悉的景色。凱薩琳偷偷看了他一眼，並沒有流露出什麼愛慕之情。隨即又留心爲自己找點取樂的東西，快快活活地往前走去，嘴裏唱著曲子，彌補無話可談。

『我把他的嘴封住了，』希斯克利夫說道，『他始終不會吭一聲！娜莉，你還記得我在他這麼大時——不，比他還小幾歲。我也顯得這麼傻嗎？用約瑟夫的話說，也這麼〔憨〕嗎？』

『還糟呢！』我答道，『因爲你傻得比他還陰沉。』

『我從他那裏得到一種樂趣！』他接著說道，一邊思索一邊講著。『他滿足了我的期望。他如果是個天生的呆子，我連一半的樂趣也得不到。可他並不是呆子，我能體恤他的種種感受，因爲我自己也有過這些感受。比如說，我確切地了解他現在忍受的痛苦，雖說這只是他所要忍受的痛苦的開始。

他永遠也無法從粗野無知的深淵中逃脫出來，我已經牢牢地把他拴住了，比他那個混蛋老子把我拴得還牢，也貶得更低，因爲他爲他的粗野感到得意。我教他譏笑獸性以外的一切東西，認為那全是愚蠢和軟弱。

『你不認為亨得利要是能看見他兒子，會為他感到驕傲嗎？幾乎像我為我兒子感到驕傲一樣。不過，這裏有個區別：一個是金子當舖路石用了，一個是錫擦亮了冒充銀器。我兒子一無價值，然而我有本事讓這種草包儘量得志。他兒子有頭等的素質，卻報廢了，落得比沒有還糟糕。我沒有什麼好悔恨的，而他卻要大為痛悔，只是除我之外，誰也不知道他會有多麼痛悔。

『最妙的是，哈雷頓還非常喜歡我！你要承認，我這一招比亨得利來得高明。假如這死去的混蛋能從墳墓裏爬出來，責罵我虐待了他的後代，我會開心地看著他這位後代把他打回去，氣他竟敢責罵他在世界上的唯一的朋友！』

希斯克利夫想到這裏，格格地發出一陣獰笑。我沒有答話，因為我看出他也不期待我回答。這當兒，我們的年輕伙伴，坐得離我們太遠，聽不見我們說什麼，開始顯出坐立不安的徵象，八成是後悔不該因為怕受點累，而使他錯失了陪伴凱薩琳的好事。他父親注意到，他那焦灼的目光直往窗口溜，手躊躇不決地伸向帽子。

『起來，你這懶孩子！』希斯克利夫假裝熱誠地叫道，『快追他們去！他們就在拐角處，在蜂箱附近。』

林頓鼓起勁，離開了爐邊。格子窗開著，他走出門時，我聽見凱茜問她那不融洽的隨從——門上方刻得是什麼？哈雷頓抬頭呆望著，像個十足的傻瓜似地搔搔頭。

『是些該死的字，』他答道，『我不會念。』

『不會念？』凱薩琳嚷道，『我會念，這是英文。可我想知道怎麼刻在這裏。』

林頓格格地笑了——這是他頭一次露出笑容。

『他不識字，』他對表姊說，『你能相信會有這種大笨蛋嗎？』

『他本來就這樣嗎？』凱茜小姐一本正經地問道，『還是頭腦簡單，有什麼問題？我已經問過他兩次話了，他每次去看上去傻乎乎的，我想他不理解我，我當然也難以理解他了！』

林頓又笑起來了，譏誚地瞥了瞥哈雷頓。看來，哈雷頓當時還眞不大明白怎麼回事。

『沒有什麼問題，只是懶惰而已，是吧，恩蕭？』他說，『我表姊認爲你是個白痴。這下你可體驗到蔑視你所謂的〔啃書本〕的後果了吧！凱薩琳，你注意到他那可怕的約克郡的口音沒有？』

『哼！那有什麼屁用？』哈雷頓咆哮道。答覆起他平日的伙伴來，可就俐落多了。他剛想再說下去，不料兩個年輕人突然齊聲大笑起來，我那輕浮的小姐高興地發現，她可以把他那奇怪的談吐當作笑料。

『你那句話裏加個屁字有什麼用呢？』林頓嗤笑地說，『爸爸叫你不要說髒話，可你一張口就離不了髒話。舉止要文雅些，馬上做起！』

『要不是看你像個丫頭，不像個小伙子，我馬上就把你撩倒了，我會的，弱不禁風的可憐蟲！』那憤怒的鄉下佬一邊回罵一邊退卻，眞是惱羞交集，臉上火辣辣的，因爲他意識到受了侮辱，又窘得不知如何發泄怨恨。

希斯克利夫和我一樣，也聽見了這場對話。他看見哈雷頓走開了，便露出了微笑，但是馬上又向那對輕薄青年投去了極其厭惡的目光，他們還待在門口吱吱喳喳：男孩興致勃勃地講起了哈雷頓的過失和缺陷，述說著他的趣聞軼事；女孩津津有味地聽著他那尖酸刻薄的語言，卻不考慮話中所表露的惡意。不過，我開始不喜歡林頓了，也不怎麼可憐他了，他父親那樣瞧不起他，我也或多或少覺得情有可原了。

我們一直待到下午，在這之前，我無法將凱茜小姐拉走。不過，幸好我家主人沒有走出房門，一直不知道我們久去未歸。我們往家走的時候，我眞想開導一下我家小姐，讓她明白我們剛離開的是些什麼人，可小姐卻主觀認定，我對他們有成見。

『啊哈！』她嚷道，『你站在爸爸那邊。我知道你有偏見，不然你就不會騙我這麼多年，說林頓住在離這兒很遠。我眞是非常生氣，只不過我又很高興，發不出脾氣來！但是，你不許再說起我姑丈。記住，他是我姑父，我要責怪爸爸跟他吵過架。』

她就這樣喋喋不休，到後來我只得作罷，不再勸說她認識自己看錯了人。

那天晚上，她沒說起這次過訪，因爲她沒見到林頓先生。第二天，事情全給抖出來了，使我大爲懊惱。然而，我並不感到十分遺憾。我想，由林頓先生來擔負指導和告誡的責任，會比我來得更有效。誰知林頓先生卻畏首畏尾，竟然拿不出令人滿意的理由，說明他爲什麼希望女兒不要和山莊那家人來往，而凱薩琳一向給嬌寵慣了，你一旦要她聽從約束，就得講出充足的理由。

『爸爸！』她請過早安後，大聲地喊道，『猜猜我昨天在荒野上散步時看見誰了。啊，爸爸，你吃驚了！你這回可做得不對了吧？我看見——不過聽著，你要聽聽我怎麼識破了你，還有艾倫，她和你串通一氣，當我一天天巴望林頓回來，而又總是失望的時候，還假裝那樣可憐我！』

她如實地述說了她的出遊及其後果，主人雖然不止一次地向我投來責備的目光，但卻一言不發，直至女兒說完。這時，他把女兒拉到身邊，問她是否知道他爲什麼把林頓住在附近一事瞞住她？難道她以爲那是不讓她去享受一種有益無害的樂趣嗎？

『那是因爲你不喜歡希斯克利夫先生。』凱茜答道。

『那你認爲我更注重自己的感情，而不大顧及你的感情了，凱茜？』他說，『不，不是因爲我不喜歡希斯克利夫先生，而是因爲希斯克利夫先生不喜歡我，因爲他是一個極端凶惡的人，就喜歡坑害和摧殘他所憎恨的人，只要這些人稍微給他一點機會。我知道，你若是跟表弟來往，就不能不和他接觸；我還知道，他會因爲我而憎恨你。所以，只是爲了你好，不爲別的，我才採取防範措施，不讓你再見到林頓。我原打算等你長大些，再跟你解釋這件事，很遺憾，我給延誤了！』

『可是希斯克利夫先生十分熱誠呀，爸爸，』凱薩琳絲毫不服氣，便說，『他可不反對我們兩個見面。他說我什麼時候高興，都可以去他家，但是不能告訴你，因爲你跟他吵過架，而且不肯饒恕他娶了伊莎貝拉姑姑。你就是不肯，這事要怪只能怪你。他至少願意讓我們做朋友，就是林頓和我，而你卻不願意。』

主人發覺，女兒不會相信他說她姑父心狠手辣的話，便急忙大略地說了說他如何對待伊莎貝拉，咆哮山莊如何變成他的財產。他不能多談這件事，因爲他儘管說得很少，卻仍然聽到了自林頓夫人死後，一直盤踞在他心頭的那種對多年仇敵的恐懼和憎惡。

『要不是因爲他，她或許還活著呢！』他經常這樣痛心地思忖著。在他眼裏，希斯克利夫猶如一個殺人凶手。

凱茜小姐從不了解任何惡劣的行徑，只知道她自己因爲脾氣暴躁和冒冒失失，而犯下一些不聽話、不講理和發脾氣之類的小過失，而且還是當天犯下當天就後悔。因此，她對人心的險惡感到驚訝：居然能盤算報復而又掩人耳目達多年之久，處心積慮地實施報復計畫，卻又毫無悔恨之心。她對人性的這一新認識——迄今爲止，她一直沒有研究、沒有思考過這個問題——似乎給她留下了深刻的印象，也使她大爲震驚，艾德加先生認爲沒有必要繼續談論這個話題。他只補加了一句——

『寶貝，你今後會明白，我爲什麼希望你避開他那座房子、那個家。好了，照舊去做你的事，照舊去玩吧，別再想這些事了！』

凱薩琳親了親父親，靜悄悄地坐下來學功課，照例做了兩個鐘頭，然後陪父親到庭園裏走走。這一天像往常一樣過去了。但是，到了晚上，她回到房裏，我去幫她脫衣服時，發現她跪在床邊流淚。

『哦，羞啊，傻孩子！』我大聲叫道，『你要是眞有什麼悲哀的話，你就會不好意思爲這點小彆扭耗費眼淚。你從沒有過一絲一毫眞正的悲哀，凱薩琳小姐。暫且假定主人和我都死了，你一個人孤零零地活在世上，那你會感到怎麼樣呢？把眼前的情況和這種悲痛比較一下，你會慶幸有了這些親友，而不會貪心不足了。』

『我不是爲自己哭，艾倫，』她答道，『而是爲他哭。他期待明天再見到我，可這一來，他會多麼失望：他會等著我，而我卻去不了！』

『胡說！』我說道，『你以爲他像你想他一樣想你嗎？他不是有哈雷頓作伴嗎？失去一個只在兩個下午見過兩面的親戚，一百個人裏也不會有一個爲之流淚的。林頓會猜到是怎麼回事的，而不再爲你煩惱。』

『那我能不能寫個字條，告訴他我爲什麼不能去呢？』她問道，一邊立起身。『再把我答應借給他的那些書送去？他的書沒有我的好，當我告訴他我的書多麼有趣時，他非常想看看。行嗎，艾倫？』

『眞的不行，眞的不行！』我斷然答道，『那樣一來，他又要給你寫信，這就沒完沒了了。不，凱薩琳小姐，必須完全斷絕交往。爸爸這麼期望，我就得照這麼辦！』

『可一張字條怎麼能——』她又開口了，裝出一副懇求的樣子。

『住口！』我打斷了她，『我們不談你的小字條。上床睡去！』

她很頑皮地瞪了我一眼，頑皮得讓我起先都不想吻她道晚安。我大爲不快地給她蓋好被子，關上門走了。但是，半路上又後悔了，便輕輕地返回來，看哪！小姐站在桌邊，面前擺著一張白紙，手裏握著鉛筆，一看見我走進來，便愧疚地偷偷藏起來了。

『凱薩琳，你就是寫好了，』我說，『也找不到人給你送去。我這就給你熄掉蠟燭。』

我把熄燭帽往火苗上一扣，手上給啪地打了一下，同時聽見一聲惡狠狠地『討厭的東西！』我隨即又離開了她，她氣急敗壞地閂上了門。信還是寫好了，由村裏來的取奶人給送去了，可這事我直到好久以後才知道。

幾個星期過去了，凱茜也不發脾氣了，不過她變得特別喜歡一個人躲在角落裏，如果我在她看書時突然走近她，她常會爲之一驚趕忙伏在書上，顯然是想遮住。我發現書頁中有散張的紙邊露出來。她還有個習慣，就是一大早就下樓，在廚房裏留連不去，彷彿在等待什麼東西。她在書房的一個櫃裏有一個小抽屜，她能趴在那裏翻弄幾個鐘頭，臨走時總要特別當心帶走鑰匙。

一天，她翻弄這個抽屜時，我發現放在裏面的玩具和小玩意，全變成了一些折疊起來的紙片。我的好奇心和猜疑心給勾起來了，我決計偷看一下她那神秘的寶藏。於是，到了夜晚，等她和主人都上樓安歇了，我就在我那串管家的鑰匙裏找來找去，很快我到一把能開抽屜的鑰匙。一打開抽屜，我就把裏面的東西全都倒進我的圍裙裏，帶到我房裏從容的查看。

雖然我早就有所猜疑，但是當我發現原來是一大堆信時，仍然感到很驚訝——一定是差不多每天一封——全是林頓．希斯克利夫寫來的，是對凱茜去信的回覆。開頭幾封寫得拘謹而簡短，可是漸漸發展成一封封洋洋灑灑的情書了，寫得很可笑，這就寫信人的年齡來說是很自然的，但是到處可以見到一些片言隻語，我想是從哪個比較有經驗的人那裏借來的。

我覺得，有些信將熱情奔放和平淡無味熔爲一爐，是些極其怪誕的混合物：開頭感情熱烈，結尾卻是矯揉造作、囉哩囉嗦，就像一個中學生給他幻想中的虛無縹渺的情人寫情書一樣。這些情書是否令凱茜滿意，我不知道，但是，在我看來，它們只是一堆毫無價值的廢紙罷了。我翻閱了一封又一封，後來覺得不必再看了，便把信用手絹紮起來，放在一邊，重新鎖上空抽屜。

小姐按照習慣，一早就下了樓，來到廚房。我瞧見有個小男孩一來到，她便走到門口。擠奶女工往他罐裏倒牛奶時，順手把什麼東西塞進他的上衣口袋，並從裏面扯出一樣東西。我從花園裏繞過去，等著那傳遞密信的人。他奮勇保衛他的信托物，我們搶來搶去，把牛奶都潑翻了。不過，我還是把信搶到了手，一面威脅他趕快回家，不然他要倒楣，一面就待在牆腳下，讀起了凱茜小姐的情書。這封信比她表弟的信來得樸實流暢，寫得很漂亮，也很愚蠢。我搖搖頭，沉思著走進屋裏。

那天下著雨，她不能在莊園裏閒逛。因此，早讀結束後，她就到抽屜裏找安慰去了。她父親坐在桌邊看書，我故意找了點事幹。撥弄著窗帘上幾條沒扯開的穗子，兩眼卻緊盯著她的一舉一動。一隻鳥離開巢時，巢裏還滿是啾啾唧唧的小雛，等到飛回來時，卻發現巢裏已被洗劫一空，這時，任憑牠再怎麼悲痛地哀鳴和撲打，也不及凱茜發出的那一聲『啊！』以及她那快活面孔的驟然變色，更能表現出悲痛欲絕的心態。林頓先生抬頭望去。

『怎麼啦，寶貝?是不是碰痛哪裏了?』他說。

他的語氣和神情使女兒確信，他不是發現寶藏的人。

『不，爸爸——』她氣吁吁地說道，『艾倫！艾倫！上樓上——我不舒服！』

我聽從她的吩咐，陪她走出去。

『哦，艾倫！是你拿走的，』我們倆走進屋，把門一關上，她馬上開口道，還噗地跪下來。『哦，還給我吧，我絕不，絕不再這麼幹了！別告訴爸爸。你沒有告訴爸爸，艾倫，說你沒有呀！我太淘氣了，不過我再也不這麼幹了！』

我正顏厲色地叫她站起來。

『這樣看來，』我嚷道，『凱薩琳小姐，你似乎也太過分了。你應該為這些東西害臊！當然，一堆破爛東西，閒暇時可以仔細研讀。嘿，棒得可以出版了！我要是把它擺在主人面前，你認為他會怎麼想呢？我還沒有拿給主人看，不過，你可休想我會給你保守這荒唐的秘密。羞啊！一定是你領頭寫些這些荒唐東西的，我敢肯定，他是不會想到先起頭的。』

『我沒有！我沒有！』凱茜啜泣道，心都快碎了。『我從沒想到過要愛他，直至——』

『愛！』我嚷道，以極其輕蔑的語氣吐出了這個字。『愛！有誰聽到過這種事，我還不如談論去愛那一年來向我們買一次穀子的磨坊主呢！你還眞會談戀愛的，你長這麼大才看見過林頓兩次，總共不到四個鐘頭啊！喏，這是孩子胡鬧出來的廢物。我要拿到書房去，咱們看看你父親對這種愛怎麼說。』

她撲過來搶她的寶貝信，可是我把信舉過了頭頂。她隨即又發狂似地連聲央求，要我把信燒掉——不論怎麼處理都可以，就是不要亮出去。我眞是又想笑又想罵，因為我感到這純屬好孩子的虛榮心。最後，我終於有點心軟了，便問道：『如果我同意把信燒掉，你能切實保證不再進行書信來往，不再寄書去（因為我察覺你給他寄過書），也不互贈頭髮、戒指或玩物嗎？』

『我們從不送玩物！』凱薩琳嚷道，她的自尊心把羞恥感壓了下去。
『那就什麼東西也不送，小姐！』我說『你要是不肯，我這就走。』
『我答應，艾倫！』她嚷道，一把抓住我的衣服。『哦，把信扔進火裏吧！扔吧，扔吧！』
但是，等我拿到撥火棒撥開一團火時，這場獻祭太令人痛苦不堪了。凱西苦苦哀求，要我給她留下一兩封信。
『艾倫，看在林頓的份上，留下一兩封吧！』
我解開手絹，開始斜著把信往火裏倒，火舌上卷上了煙道。
『我要留一封，你這狠心的壞蛋！』她尖叫著，也不怕燒痛手指，硬把手伸到火裏，抓出一些燒剩一下的紙片。
『好啊——我也要留點拿給你爸爸看！』我回答說，把剩下的信抖了抖重新紮起來，再次轉身向門口走去。
她把燒焦的紙片又扔到火苗裏，示意叫我完成這場獻祭。後來燒完了，我撥撥灰燼，抄起一鏟子煤，蓋了上去。她一聲不響，懷著極其委屈的心情，回到自己房裏。我下樓告訴主人，說小姐的病快好了，不過我認爲最好讓她躺一會。
她不肯吃飯，不過吃茶時又出現了，只見她面色蒼白、眼圈通紅，外表上異常平靜。第二天早晨，我拿一張小紙條回覆來信，上面寫著——

請希斯克利夫少爺不要再給林頓小姐寫信，小姐是不會接受的。

從此以後，小男孩來時，口袋便是空空的了。

# 第八章

「夏天結束了，早秋也漸漸消逝了，這時已過了米迦勒節❶，但是那年收割得晚，我們有幾塊田還沒收拾完。

林頓先生常和女兒走到收割者中間。在搬運最後幾捆穀子時，他們一直盤桓到黃昏，正碰上傍晚又冷又潮，主人得了重感冒，致使肺部感染，經久不癒，只得整個冬天都待在家裏，幾乎沒出過門。

可憐的凱茜，受了那起小小的風流韻事的驚嚇，事後變得越發無精打采、悶悶不樂了。父親再三要她少看書、多活動。她再也不能找父親作伴了，我覺得我有責任儘量塡補這個空缺。然而，我是個不夠格的替補，因爲我日常事務太多，只能擠出兩三個鐘頭陪她走走，況且，我陪伴顯然沒有父親陪伴來得稱心。

十月或者十一月初的一天下午，一個清新的、雨意迷濛的下午，在草地和小徑上，潮濕的枯葉投出沙沙的響聲，寒冷的藍天有一半被雲塊遮住了——暗灰色的雲帶從西方迅疾升起，預示著一場大雨。我勸小姐不要出去散步，因爲我看準要下陣雨。她哪裏肯聽，我只得穿上一件斗篷，拿了雨傘，陪她朝莊園盡頭走去。這是她情緒低落時常走的一條路，而每當艾德加先生比平常病得嚴重時，她的情緒又總是低落的。所謂艾德加病情嚴重，他自己從沒

❶ 紀念天使米迦勒的節日，在九月二十九日，也是英國四大結帳日之一。

承認過，而是凱茜和我，從他日趨沉默和那憂鬱的神色上，猜測出來的。

凱茜快快地往前走著，既不跑也不跳，儘管寒風滿可以激發她跑一跑。我透過眼角，常常能瞅見她抬起手，從臉上揩掉什麼。我四下張望，想找到東西岔開她的愁緒。路的一旁，是一道崎嶇不平的高坡，榛子樹和矮小的橡樹半露著根鬚，搖搖晃晃地豎立著。對於橡樹來說，這裏的泥土太鬆了，狂風把有些樹吹得快伏在地面上了。

夏天，凱薩琳小姐喜歡爬上這些樹幹，坐在樹枝上，離地二十英尺高，晃來晃去。我看著她動作那樣輕快，心裏那樣輕鬆愉快，稚氣十足，不由得滿心歡喜，但是每次看見她爬得這麼高，還是覺得應該罵她幾句，不過聽我這樣罵法，她也就知道沒有必要下來。從午飯後到吃茶點的這段時間裏，她就躺在那被微風搖動著的搖籃裏，什麼事也不幹，只是唱著些古老的歌曲——都是當初我給她唱的兒歌——給自己聽，或者觀看跟她一起樓在枝頭的鳥兒餵小雛，逗引牠們學著飛，或者閉上眼睛，逍遙自在地抑靠著，一半在思索，一半在作夢，快活得無法形容。

『瞧，小姐！』我喊道，指著一棵彎曲的樹根下面的一個凹角。『冬天還沒來呢！那上邊有一朵小花，七月裏那些草地台階上布滿了藍鈴花，只見朦朦朧朧的一片淡紫色，現在就剩這一朵了。你想不想爬上去，把它摘下來給爸爸看？』

『不，我不要碰它。它看上去很憂鬱，是吧，艾倫？』凱茜朝著這朵躲在泥洞裡顫抖著的孤花凝視了許久，最後回答說。

『是的，』我說，『差不多像你一樣給凍得沒精神了。你臉上都沒血色了，咱們拉著手跑吧！你這樣沒精打采的，我敢說我能跟上你。』

『不！』她又說道，繼續向前溜達，不時停下來，出神地望著一叢青苔，或是一簇發白的草，或是一棵在褐色的落葉堆中顯現著鮮橘色的眞菌，她還時常把手舉到別過去的臉上。

『凱薩琳，你爲什麼哭呀！寶貝，』我一面走上前，摟住了她的肩膀。『你不該因爲爸爸傷風了就哭，而要慶幸不是什麼重病。』

這時，她不再抑制眼淚了，失聲斷氣地抽泣起來了。

『哦，還會惡化的，』她說，『等爸爸和你丟下了我，只剩我一個人的時候，我可怎麼辦呀？我忘不了你的話，艾倫，這些話總在我耳朵裏迴響。等爸爸和你死了，生活會發生多大的變化，世界會變得多麼淒涼！』

『誰也難說你就不會死在我們前頭，』我回答道，『人不該預測不祥。我們要希望，還得過許多許多年，我們才會有人死去。主人還年輕，我也很強壯，還不到四十五歲。我母親活到八十歲，直到最後還是個樂呵呵的女人。假定林頓先生能活到六十歲，那他以後要活的年數，比你現在的歲數還要大呀！小姐。災難還沒臨頭，就提前二十年來哀悼，這豈不是很愚蠢嗎？』

『可是伊莎貝拉姑姑比爸爸還年輕呢！』她說道，抬頭凝望著我，怯生生地希望得到進一步的安慰。

『伊莎貝拉姑姑沒有你和我來照顧她，』我答道，『她不像主人那樣愉快，也不像主人那樣活的有意義。你現在需要做的，是好好服侍父親，讓他看見你高高興興的，他也會高興起來，不管什麼事，都要避免惹他焦慮。記住，凱茜！我也不瞞你說，你要是放任胡來，對一個巴不得他早死的人的兒子，懷著愚蠢而怪誕的感情，讓他發現他明明認爲你倆應該一刀兩斷，你卻在爲這事煩惱，那你會把他氣死的。』

『除了爸爸的病，我不爲任何事煩惱，』我的同伴答道，『比起爸爸來，我再也沒有什麼關心的事了。我只要還有理智，就絕不會——絕不會——哦，絕不會有一言一行惹他煩惱。我愛他勝過愛自己，艾倫，這是我從這件事得知的：我每天晚上都祈禱，讓我比他晚死，因爲我寧可自己悲痛，也不願意讓他悲痛。這就證明我愛他勝過愛我自己。』

『說得好，』我回答道，『不過還得用行動來證實。等他病好以後，記住，不要忘記你在擔驚受怕時所下的決心。』

談著談著，我們走近了一道通向大路的門。小姐又嘻笑顏開了，爬上圍牆，坐在牆頭上，伸手想摘幾個鮮紅的薔薇果。原來，沿牆有幾株野薔薇樹，蔭庇著大路邊，紅果就長在頂枝上。低處的果子已經不見了，但那高處的果子，除了凱茜可以從現在的位置摘到以外，只有鳥兒才能碰到。

她伸手摘果子時，不料帽子掉下去了。由於門鎖著，她打算爬下去撿。我叫她當心別摔下去，她一翻身就不見了。但是要重新爬上來，可就沒有那麼容易了，石頭光溜溜的，平整地塗了水泥，薔薇和黑莓藤也經不起攀登。我像個傻瓜似的，把這情況給忘了，直至聽見她的笑聲和叫喊。

『艾倫！你得去拿鑰匙，不然我就得繞到門房那裏。我從這邊爬不到圍牆上呀！』

『待在那兒別走，』我答道，『我那串鑰匙裝在口袋裏，也許我能想法打開門，實在打不開，我再去拿。』

我一把把地試著那些大鑰匙的時候，凱薩琳便自得其樂地在門外跳來跳去。我試完最後一把鑰匙，發現一把也不管用。於是，我又一次囑咐她待在那裏別走，剛想盡快趕回家，不料被一個越來越近的響聲阻止住了。這是馬蹄奔跑的聲音，凱茜停止了蹦跳。轉眼間，馬也停下來了。

『那是誰?』我小聲問道。

『艾倫,我希望你能開開門。』我的同伴焦急地小聲回道。

『哦,林頓小姐!』一個深沉的嗓門(騎馬人的聲音)叫道,『我很高興遇見你。別急著進去,因爲我要求你解釋一下。』

『我不跟你說話,希斯克利夫先生!』凱薩琳答道,『爸爸說你是個壞人,你恨他,也恨我。艾倫也是這麼說的。』

『這無關緊要,』希斯克利夫(正是他)說道,『我想我並不恨我兒子,我就是要你聽我談談他的事。是呀!你有理由臉紅。兩三個月以前,你不是常常給他寫信嗎?玩弄愛情吧,嗯?你們倆都該挨鞭子抽!特別是你,年紀大些,結果反倒更薄情。我搞到了你的信,你要是對我不禮貌,我就把信送交你父親。我想你是玩弄膩了,就丟開不幹了,是吧?好啊,你也把林頓丟進了〈絕望的深淵〉❷。他是眞心誠意的,眞正的談戀愛。他爲了你都快死了,這是千眞萬確的。你的反覆無常攪得他心碎呀!這不是比喻說法,而是確實如此。雖然哈雷頓譏笑了他六個星期,我又採取了比較嚴肅的措施,企圖嚇得他打消這痴情,可他還是一天糟似一天,到不了夏天,就要入土了,除非你來搭救他!』

『你對這可憐的孩子怎麼能這樣明目張膽地撒謊!』我從裏面喊道,『請你騎馬走吧!你怎麼能蓄意編造出這種卑鄙的謊言?凱茜小姐,我要拿石頭把鎖敲掉,你不要聽信那些無恥謊言。你自己也能體會到,一個人不會因爲思戀一個陌生人而死去。』

『我還不知道有人在偷聽呢!』那被戳穿的無賴低聲說道,『尊敬的狄恩太太,我喜歡

---

❷「絕望的深淵」,班揚在《天路歷程》一書中用過此語。

你這個人，但是不喜歡你搞兩面派，』他接著又大聲說道，『你怎麼能這樣明目張膽地撒謊，居然說我恨這〔可憐的孩子〕？還編造不少駭人聽聞的瞎話，嚇唬她不敢上我的門？凱薩琳．林頓（這名字就使我感到熱乎乎的），我的好姑娘，我這個星期都不在家，去瞧瞧我是不是說了實話，去吧，那才是乖孩子呢！你只要設想你父親處在我的地位，林頓處在你的地位，然後再想想：當你父親親自來懇求你的戀人時，這位戀人卻不肯走幾步路來安慰你，那你會如何看待這位薄情的戀人呢！不要糊塗透頂而做出這種錯事。我憑著靈魂得救起誓，他快死了，除了你，誰也救不了他！』

鎖給砸開了，我衝了出去。

『我發誓林頓快死了，』希斯克利夫重複道，狠狠地瞅著我。『悲哀和失望在加速他的死亡。娜莉，如果你不讓她去，你自己可以去瞧瞧。不過，我要到下星期這個時候才回來。我想，你家主人自己也不見得會反對女兒去看看表弟吧！』

『進來。』我說，抓著凱茜的胳臂，幾乎把她強拉進來，因為她還待著不動，以疑惑的目光望著說話人的臉。那張臉繃得緊緊的，顯示不出內心的奸詐。

『凱薩琳小姐，我要向你承認，我對林頓沒有什麼耐心，而哈雷頓和約瑟夫對他就更不耐煩了。我承認，他跟一夥冷酷無情的人在一起，他渴望著仁慈和愛情。你講一句親切的話，將是他最佳的良藥。別去聽狄恩太太那些狠心的告誡，而要寬宏大量些，想法去看看他。他沒日沒夜地思念你，不管別人怎麼說，他總以為你恨他，因為你既不寫信，也不去看他。』他把馬驅近些，彎下腰去說道。

我關上門，因為鎖鬆開了，便推來一塊石頭把門頂住。隨即撐開傘，把小姐拉到傘底下，因為雨點透過沙沙作響的樹枝間潑灑下來，警告我不要耽擱。我們急急匆匆地往家趕，顧不上談論碰見希斯克利夫的事。但是我憑直覺猜想，凱薩琳這時心裏佈滿了雙重陰雲。她愁眉苦臉，簡直不像是她的樣子。顯然，她覺得她聽到的話，字字句句都是事實。

沒等我們回來，主人已經回房休息了。凱茜悄悄走到他房裏去問安，不想他睡著了。她返回來，要我去書房陪她坐坐。我們一道吃了茶點，然後她就躺在地毯上，叫我不要說話，因爲她累了。我拿來一本書，假裝在看。等她以爲我看得入神時，她又無聲地哭泣起來，這彷彿成了她當時最喜愛的消遣。我讓她先哭一陣，心裏會好受一些，然後便開導她，把希斯克利夫先生說他兒子的那些話，全都冷嘲熱諷了一番，好像我肯定她會贊成似的。唉！我沒有本事來抵銷他的話所產生的效果，這正是他的意圖所在。

『也許你是對的，艾倫，』小姐答道，『不過我在了解眞情之前，心裏永遠也不會踏實。我必須告訴林頓，我不寫信不是我的過錯，讓他相信我是不會變心的。』

對於她那痴心的輕信，氣憤和抗議又有什麼用呢？那天晚上，我們不歡而散。但是第二天，我卻踏上了去咆哮山莊的大路，身旁是我家任意的小姐，騎著她的小馬。我不忍心看著她悲傷，不忍心看著她那蒼白憂愁的面容和那呆滯的眼睛。我依從了她，心裏還抱著一線希望，說不定林頓能通過對我們的接待，來證明希斯克利夫的那些話完全是憑空揑造的。」

# 第九章

「下了一夜雨，迎來一個霧濛濛的早晨，下著霜，又飄著細雨。一條條雨水聚起的小溪，橫穿過我們的小路，從高地上汩汩而下。我的腳全濕了，心裡覺得又氣又低沉，再碰上這不痛快的事，越發感到窩心。

我們從廚房那裡進了莊宅，想弄清希斯克利夫先生是否眞不在家，因爲我不大相信他說的話。約瑟夫正坐在熊熊燃燒的爐火邊，彷彿獨自待在一種極樂世界裡。身旁的桌上有一杯麥芽酒，裡面浸滿了大片的烤麥餅。嘴裡刁著他那又黑又短的煙斗。凱薩琳跑到爐邊取暖。我問主人在不在家？我的問話好久沒有得到回答，我還以爲這老頭有點聾了，便大聲又問了一遍。

『不——在！』他吼叫道，或者更確切地說，從鼻孔裡尖叫道。『不——在！你從哪兒來，就回哪兒去。』

『約瑟夫，』就在我說話的同時，從裡屋傳來一個惱怒的聲音，大聲叫道，『我要喊你多少次？只剩一點紅灰燼了。約瑟夫！馬上來。』

約瑟夫只管起勁地噴著煙，目不轉睛地盯著火爐，表明他壓根兒沒留意這聲傳喚。女管家和哈雷頓都不見人影，八成是一個有事出去了，另一個在幹他的活。我們聽出是林頓的聲音，便進去了。

『哼，我巴不得你死在閣樓上！凍死你！』那孩子說道，聽見我們走進來，誤以爲是那怠慢他的侍從進來了。他一察覺自己弄錯了人，便停住了嘴，他表姐向他奔去。『是你嗎，林頓小姐？』他躺在大椅子裡，頭靠著扶手，這時也抬起頭來問道。『別——別親我，憋得我透不過氣。天呀！爸爸說你要來，』凱薩琳擁抱了他，他稍緩過點氣來，便接著說道，『請你關上門好嗎？你們沒有關門。那些——那些可惡的東西不肯給爐火添煤。這麼冷！』

凱薩琳站在一旁顯得很羞愧。

我撥弄了一下煤渣，自己去弄了一斗煤。病人抱怨說，落了他一身煤灰。他一個勁地咳嗽，看上去在發燒生病，因此我沒有責怪他發脾氣。

『喂，林頓，』等他舒開皺起的眉頭時，凱薩琳低聲說道，『你見到我高興嗎？我會使你感到好受一些嗎？』

『你怎麼早不來呢？』他說，『你應該來的，不該寫信。寫那些長信把我累死了。我寧願跟你交談。現在可好，我既不能談話，又不能做別的事。不知道齊拉上哪兒去了！你（望著我）能不能到廚房裡去看看？』

『那裡除了約瑟夫沒別人。』我剛才爲他幫忙卻沒討個好，也就不願意聽他支使跑來跑去了，於是便回答說。

『我要喝水，』他煩躁地叫道，把頭轉了過去。『自從爸爸走後，齊拉三天兩頭地往吉默頓遊逛。眞是苦呀！我不得不下樓待在這兒——我在樓上再怎麼叫，他們是狠了心裝作聽不見的。』

『你父親關心你嗎，希斯克利夫少爺？』我看出凱薩琳想跟他親近，卻一再碰釘子，便問道。

『關心？他起碼叫他們稍微關心我一點，那些壞蛋！你知道嗎，林頓小姐，哈雷頓那個畜生嘲笑我。我恨他，眞的，我恨他們所有的人，他們全是些可憎的傢伙。』

凱茜去找水了，發現餐具櫃裡有一壺水，便倒了一杯端了過來。林頓叫她從桌上的酒瓶裡倒一匙酒加進去。他喝了一點之後，顯得平靜些了，說了聲她眞好。

『你見到我高興嗎？』凱茜把先前那個問題又問了一遍，她很高興看到他臉上浮出了一絲微笑。

『是的，我高興。聽見你這樣的聲音，覺得挺新鮮的！』林頓答道，『不過我一直很煩惱，因爲你不肯來。爸爸一口咬定這都怪我。他罵我是個可憐的、畏畏縮縮的、不成器的東西，說你瞧不起我。還說他若是處在我的位置，如今早就取代你父親，成爲田莊的主人了。不過，你沒有瞧不起我吧，小姐？』

『我希望你叫我凱薩琳，或者凱茜！』我家小姐打斷了他的話，『瞧不起你？不！除了爸爸和艾倫，我愛你勝過愛世上任何人。不過，我不愛希斯克利夫先生。等他回來，我就不敢來了。他要離開好多天嗎？』

『沒有好多天，』林頓答道，『不過，獵季開始以後，他經常跑到荒野裡。他不在的時候，你可以來陪我一兩個鐘頭。求你啦！說你答應！我想我不會對你發脾氣的，你是不會惹我生氣的，你總是樂意幫助我，是吧？』

『是的，』凱薩琳撫著他的柔軟的長髮說道，『只要我能得到爸爸的允許，我就會抽出一半時間來陪你。漂亮的林頓！我眞希望你是我弟弟！』

『那你就會像喜歡你爸爸一樣喜歡我嗎？』他更加愉快地說道，『可爸爸說，你要是做了我妻子，你就會愛我勝過愛你爸爸和全世界的人。所以，我更希望你做我妻子！』

『不！我永遠不會愛任何人勝過愛爸爸，』凱茜正顏厲色地回道，『人們有時候恨自己的妻子，但是從不恨自己的兄弟姊妹。你要是我弟弟，就可以跟我們住在一起，爸爸就會像喜歡我一樣喜歡你。』

林頓否認人會恨自己的妻子，可是凱茜卻一口咬定就是這樣，並且憑著她那點人情世故，舉出他父親厭惡她姑姑做例子。我想阻止她信口亂講，但是沒有止住，她把她了解的情況一古腦地全倒出來了。希斯克利夫少爺大為惱火，硬說她講的全是謊言。

『爸爸告訴我的，爸爸從不說謊！』凱茜激動地答道。

『我爸爸看不起你爸爸！』林頓嚷道，『他管他叫作鬼鬼祟祟的傻瓜！』

『你爸爸是個壞蛋，』凱薩琳搶白道，『你眞壞，竟敢重複他說的話。他一定很歹毒，才迫使伊莎貝拉姑姑丟棄了他！』

『她沒有丟棄他，』男孩說道，『不許你跟我頂嘴！』

『她就是丟棄了他！』小姐嚷道。

『好，我也告訴你點事吧！』林頓說，『你母親恨你父親。』

『哦！』凱薩琳大叫一聲，氣得說不下去了。

『她愛我父親！』林頓又加了一句。

『你這個小撒謊精！我現在恨死你了。』凱茜氣吁吁地說道，臉脹得通紅。

『她就愛！她就愛！』林頓唱著說，又躺到椅子裡，向後仰著頭，欣賞著站在身後的那個爭論者的激動神情。

『住嘴，希斯克利夫少爺！』我說，『我想這也是你父親編造的謊言吧！』

『不是的，你給我住嘴！』林頓答道，又繼續唱，『她就愛，她就愛，凱薩琳，她就愛，她就愛！』

凱茜氣瘋了，將椅子猛地一推，林頓一下倒在扶手上。他立刻發出一陣咳嗽，咳得都透不過氣來，很快結束了他的揚揚得意。他咳了好久，連我都害怕了。他表姊卻在拚命地哭，讓她惹得禍嚇壞了，不過她一言不發。我扶著林頓，直至他咳嗽完。隨即，他將我一把推開，默默地垂下了頭。凱薩琳也止住了悲泣，坐到對面一張椅子上，板著面孔望著爐火。

『你現在感覺怎麼樣，希斯克利夫少爺？』等了十分鐘後，我問道。

『但願她也感覺一下我這滋味，』林頓答道，『惡毒、殘忍的東西！哈雷頓從來沒有碰過我，從來沒有打過我。我今天本來好些了，卻——』他的話音讓啜泣聲淹沒了。

『我可沒打你！』凱茜咕噥說，咬著嘴唇，以防再一次衝動起來。林頓唉聲嘆氣地，像是忍受著極大的痛苦。他不停地鬧了一刻鐘之久，顯然是故意惹他表姊難過，因他每聽見她發出一聲抽泣，便往自己的聲調中重新增添點痛苦和悲哀。『我很抱歉傷害了你，林頓！』凱茜給折磨得受不住了終於說道，『但我可不會給那麼輕輕一推就傷著，我也沒想到你會受傷。你傷得不厲害吧，林頓，別讓我回家時還想著我傷著了你！回答呀，跟我說話呀！』

『我不能跟你說話，』林頓低聲說道，『你弄傷了我，我會整夜睡不著，咳得透不過氣來！你要是咳嗽的話，你就會知道這是什麼滋味。不過，在我忍受痛苦的煎熬，而且身旁沒有一個人的時候，你卻睡得舒舒服服的！我在想，要是讓你度過那些可怕的夜晚，你會覺得怎麼樣！』他越說越可憐自己，不禁號啕大哭起來。

『你既然過慣了可怕的夜晚，』我說，『那就不是小姐破壞了你的安寧。即使她不來，你還照樣如此。不管怎麼說，她不會再來打擾了。也許我們離開你以後，你會安靜些。』

『我得走了吧？』凱薩琳朝他俯下身傷心地問道，『你要我走嗎，林頓？』

『你無法補救你所造成的惡果，』林頓氣呼呼地答道，縮起身子躲著她，『除非你補救得更糟，鬧得我發燒！』

『噢，那我得走囉？』凱茜重複問道。

『至少不要打擾我，』林頓說，『我受不了你的嘮叨！』

凱茜遲遲不走，我好說歹說勸她快走，她卻蘑菇了好半天。但是，既然林頓既不抬頭也不說話，她終於移步朝門口走去，我也跟著後面。誰知我們又被一聲尖叫喊回來了。林頓從椅子上滑到壁爐前的石板上，躺在那裡扭動著，就像一個嬌寵纏人的孩子在耍賴，下狠心要儘量裝得痛苦些，儘量折磨人。

我從他的舉動看透了他的用心，並立即意識到，要去迎合他，那才傻呢！我的同伴可不這樣想，她驚慌失措地跑回去，跪下來，又喊叫、又安慰、又哀求，直至林頓漸漸安靜下來，不過那是因爲他沒有氣力了，而絕不是因爲看見她焦急而於心不忍。

『我把他抱到高背長椅上，』我說，『他愛怎麼滾就怎麼滾，我們可不能停下來守著他。凱茜小姐，我希望你這下弄明白了，你並不是能促使他好轉的人，他的身體狀況也不是由於眷戀你而引起的。得了，讓他待在那兒！走吧，等他一知道旁邊沒有人理會他的胡鬧，他就會安安靜靜地躺著了！』

凱茜往他頭底下放了個靠墊，又給他端來一杯水。他拒絕喝水，頭在靠墊上很不自在地翻來覆去，彷彿那是塊石頭、是塊木頭。凱茜試圖把靠墊擺得舒服些。

『我受不了這東西，』他說，『不夠高！』凱薩琳又拿來一個靠墊，加在上面。『太高了！』這令人惱火的東西嘟囔道。

『那我該怎麼辦呢？』凱薩琳絕望地問道。

林頓靠在她身上，因爲她半跪在高背長椅旁邊，就把她的背膀當作了依托。

『不，那不成！』我說，『你枕著靠墊就足夠了，希斯克利夫少爺！小姐已經在你身上浪費了太多的時間，我們連五分鐘也不能多待了。』

『不，不，我們能待！』凱茜答道，『他現在好了，能忍著點了。他開始認識到，要是我認爲我的來訪加重了他的病情，我今晚會比他痛苦得多，那樣一來，我就不敢再來了。說實話吧！林頓，要是我弄痛了你，我就不能再來了。』

『你一定要來，給我治好病，』林頓答道，『你應該來，因爲你弄痛了我。你知道你弄得我痛極了！你剛進來的時候，我病得沒有現在這麼重——是吧？』

『可你是又哭又鬧把自己弄痛的，並非全是我造成的，』他表姊說道，『不管怎麼樣，我們現在要作朋友了。你需要我，你眞願意時常見到我嗎？』

『我告訴過你，我願意！』林頓不耐煩地答道，『坐在椅子上，讓我靠著你的膝蓋上。靜靜地坐著，不要說話，不過你要是能唱歌，也可以唱支歌，或者背誦一首又美又長又有趣的歌謠——你答應過要教我的，或者講個故事。不過，我更喜歡聽歌謠，開始吧！』

凱薩琳背誦了她能記得的最長的一首歌謠，兩人覺得都很開心。林頓要再來一個，完了又再來一個，儘管我再三阻攔，他們就這樣一直玩到鐘打了十二點，我們聽見哈雷頓進到院子裡，回來吃中飯。

『明天，凱薩琳，明天你還來嗎？』小希斯克利夫見凱茜勉強站起來，便抓住她的衣服問道。

『不！』我回答說，『後天也不來。』

但是，凱茜顯然給了個不同的答覆，因爲她俯下身跟他咬耳朵時，他的眉頭豁然開朗了起來。

『記住，小姐，你明天不能來！』我們走出屋子以後，我就說道，『你不是作夢也想來吧？』小姐笑了笑。『哦，我會特別當心的！』我接著說道，『我要把那把鎖修好，你也沒法從別處溜走。』

『我可以翻牆，』她笑著說道，『田莊不是監牢，艾倫，你也不是我的看守。再說，我都快十七歲了，我是個大人了。我相信，林頓要是有我照應他，他肯定會很快復原。你知道，我比他大，比他懂事些，孩子氣也少些，是不是？稍微哄哄他，他就會聽我的了。他乖的時候，倒是個漂亮的小寶貝。假如他是我家人，我眞要把他當成個寶貝。我們彼此熟悉後，永遠不會吵嘴了，對吧？難道你不喜歡他嗎，艾倫？』

『喜歡他？』我嚷道，『一個脾氣極壞、病歪歪的瘦猴子，居然硬撐到十幾歲！幸虧如希斯克利夫所料，他活不到二十歲！我眞懷疑他能不能看見春天。他不管什麼時候完蛋，對他家裡都沒有什麼損失。總算我們運氣，他父親把他要走了。你對他越好，他就越煩人、越自私！凱薩琳小姐，我很高興，你不可能要他做丈夫！』

『他比我小，』她沉思半晌之後答道，『應該活得更長些。他會——他一定會跟我活得一樣長。他現在和剛到北方來時一樣強壯，這我敢肯定！他只是受了點風寒，跟爸爸一樣。你說爸爸會好的，他爲什麼就好不了？』

『好吧，好吧，』我嚷道，『反正我們用不著自找麻煩，因爲，聽著，小姐——記住，我可是說到做到的——如果你再想去咆哮山莊，不管有沒有我陪著，我都要告訴林頓先生，除非他允許，不然你就不能與你表弟恢復那種親密關係。』

『已經恢復了！』凱薩琳悻悻地嘟嚷道。

『那就不能繼續下去！』我說道。

『我們走著瞧！』她答道，隨即騎馬疾馳而去，丟下我在後面吃力地趕著。

我們都在吃飯前趕到了家。主人還以爲我們在莊園裡溜達，因此沒有要我解釋爲什麼不在家。我一進門，就趕忙去換掉了我那濕透了的鞋襪。但是，在山莊坐了那麼久，終於招來了禍害。第二天早晨，我臥床不起了。此後三個星期，我一直不能料理家務。這種苦難，我在那之前還從沒經歷過，而且我可以慶幸地說，在那之後也沒再遭受過。

我那小女主人表現得像天使一般，跑來侍候我、安慰我，使我不會到寂寞。整天臥床不起，使我的情緒極度低落。對於一個忙碌好動的人來說，眞覺得無聊透了。但是，比起別人來，我簡直沒有什麼理由可以抱怨的。凱薩琳一離開林頓先生的房間，就出現在我的床邊。她把一天的時間分給了我們兩個人，沒有一分鐘是浪費掉的。她顧不得吃飯、讀書和玩耍，眞是天下最體貼的看護了。她那麼喜愛自己的父親，卻又這樣關心我，她一定有一顆火熱善良的心！

我說她把一天的時間分給我們兩個人了，甚實主人休息得很早，我通常在六點鐘以後也不需要什麼照料了，因而晚上就是她自己的了。可憐的東西，我從沒考慮她吃過茶以後一個人做什麼去了。當她進來跟我道晚安時，我雖然時常看見她臉上紅噗噗，纖細的手指也紅通通的，但是我怎麼也沒想到，這色彩是騎著馬冒著嚴寒穿過荒野造成的，卻一直認爲是在書房裡烤火引起的。」

# 第十章

「到三個星期末了，我已經能走出房門，在家裏活動活動了。我第一次沒有早上床的那天晚上，就請凱薩琳念書給我聽，因爲我眼睛還不濟事。我們待在書房裏，主人已經睡覺去了，小姐答應了我，但是我覺得相當勉強。我還以爲我那些書不對她的口味，便叫她隨意挑一本來念。她挑了一本她最喜歡的書，安安穩穩地念了一個鐘頭左右。接著便頻頻問開了。

『艾倫，你不累了嗎？你躺下來不是更好嗎？這麼晚還不睡會累壞的呀！艾倫。』

『不，不，親愛的，我不累。』我連聲說道。

她發覺勸不動我，便想換一種方法試試，表明她並不喜歡她正在幹的事。這法子變換成打哈欠、伸懶腰，以及——『艾倫，我累了。』

『那就別念了，說說話吧！』我答道。

這可更糟了。她又煩躁又嘆氣，一個勁地看錶，直至八點鐘。最後終於回她房裏去了，從她那惱怒倦怠的神情，和不停地搓揉眼睛的舉動來看，她是瞌睡得架不住了。

第二天晚上，她似乎更不耐煩。重新跟我作伴後的第三天晚上，她推說頭痛，離開了我。我覺得她舉止有些反常，獨自待了好一會之後，便決定去問問她是否好些了，順便叫她下來躺在沙發上，不要黑咕隆咚地待在樓上。我在樓上壓根兒找不到凱薩琳，在樓下也見不到她。僕人們都聲稱沒看見她。我到艾德加先生的門口聽聽，裏面靜悄悄地。我又回到她房裏，熄滅了蠟燭，坐在窗前。

月亮照得通明，地上鋪了薄薄的一層雪，我想她或許是心血來潮，想到花園裏散散步、提提神。果眞我發現一個人影，正躡手躡腳地順著莊園裏面的柵欄往前走。但那不是我的小女主人。等那人影走進亮處，我認出原來是一個馬夫。他站了好久，望著穿越庭園的馬車道。然後便快速走開了，好像發現了什麼，轉眼又出現了，且牽著小姐的小馬。小姐也來了，剛剛跳下馬，走在馬旁邊。

馬夫鬼鬼祟祟地牽著馬，穿過草地向馬廄走去。凱茜從客聽的落地長窗那裏進來了，悄悄地溜上樓，走進我等候她的地方。她輕輕關上門，脫下沾著雪的鞋子，解開帽子，也不曉得我在暗中瞅著她。她剛想脫下斗篷，我突然站起來，出現在她面前。霎時間，她給驚呆了，發出了一聲含糊的叫喊，便站在那裏不動了。

『親愛的凱薩琳小姐，』我開口了，她最近待我那樣好，給我的印象太深了，我不忍心責罵她，『你這個時候騎馬到哪兒去了？你爲什麼要撒謊騙我呢？你去哪兒了？說呀！』

『到莊園盡頭去了，』她結結巴巴地說，『我沒撒謊。』

『沒有去別處嗎？』我問道。

『沒有。』她喃喃地答道。

『哦，凱薩琳，』我難過地嚷道，『你知道你做錯事了，不然你不會硬要跟我說假話。這使我很難過。我寧可病三個月，也不願聽你故意編造謊言。』

她向我撲過來，一把摟住我的脖子，失聲大哭起來。

『哦，艾倫，我多怕你生氣呀！』她說，『答應我別生氣，我就告訴你眞情。我也不願意瞞著你。』我們坐在窗前的座位上。我向她擔保，不管她有什麼秘密，我都不會罵她，當然我也猜到了。於是，她開始說道：『我到咆哮山莊去了，艾倫，自從你病倒以後，我沒有一天不去的，只在你能出房門以前有三次沒去，能出房門以後有兩次沒去。我送給麥克爾一些畫畫，叫他每天晚上把敏妮備好，事後再牽回到馬廄裏。記住，你也不能罵他。

『我六點半趕到山莊，通常待到八點半，然後騎馬跑回家，我去那裏並不是爲了圖自己好玩，我這一陣子經常感到很苦悶，偶爾也有快活的時候，或許一個星期有一次吧！起初，我料想我得經過一番苦苦哀求，才能勸說你允許我信守我對林頓的許諾，因爲我們離開他時，我曾答應第二天再去看他。可是第二天你卻躺倒在樓上，我就省了這個麻煩。

『下午，麥克爾重新鎖上莊園門時，我拿來了鑰匙，告訴他說，我表弟渴望我去看看他，因爲他病了，不能到田莊來，而爸爸又不肯讓我去。接著，我就跟他交涉小馬的事。他很喜歡看書，還想到自己要成親，不久就要走了，因此便提出，如果我把書房裏的書借給他，他就聽從我的吩咐。我寧願把我自己的書送給他，他一聽就更滿意了。

『我第二次去時，林頓看上去挺有精神。齊拉（那是他們的女管家）給我們收拾了一間乾淨屋子，生了旺旺的爐火，並且告訴我們說，約瑟夫參加祈禱會去了；哈雷頓·恩蕭又帶著狗出去了——我後來聽說，是到我們的林子裏偷獵野雞——因此，我們可以愛幹什麼就幹什麼。她給我端來一些溫酒和薑餅，而且顯得和藹極了。林頓坐在安樂椅上，我坐在壁爐前的小搖椅上，我們說說笑笑十分開心，覺得有說不完的話。我們計畫夏天要去哪裏，要做些什麼事。這些我就不必講了，因爲你會說這太無聊。

『不過，有一次我們險些吵起來。他說，消磨七月酷暑天的最愜意辦法，就是從早到晚躺在荒野中間石南叢生的斜坡上，蜜蜂在花叢裏催人入夢似地嗡嗡飛舞；百靈鳥在高高的上空歌唱；而那藍藍的天空，始終是陽光燦爛、萬里無雲，這就是他心目中最理想的天堂之樂。

『我的理想則是，坐在沙沙作響的綠樹上搖蕩，西風簌簌地吹著，晴朗的白雲一溜煙地從頭頂上掠過；不光是百靈鳥，還有那畫眉、黑山鳥、朱頂雀和布穀鳥，都在四面八方奏鳴；從遠處望去，荒野分裂成一個個清涼而幽暗的山谷；但在近處，大片大片的長草，迎著微風浪濤般地起伏著；還有那樹林、那潺潺流水，以及那整個世界，全部甦醒過來，陶醉在瘋狂的歡樂中。他要一切都沉浸在恬靜的喜悅之中，我要一切都在狂歡閃光中翩翩起舞。

『我說他的天堂是半死不活的，他說我的天堂是發酒瘋；我說我在他的天堂裏準要睡著了，他說他在我的天堂裏定會透不過氣來，說著說著，火氣冒了出來。最後我們說定，一等到合適的天氣，我們就兩種都試一試。隨後我們互相親了親，又變成了朋友。靜靜地坐了一個鐘頭之後，我瞧了瞧這間大屋子，光滑的地板上沒有舖地毯，心想要是把桌子挪開，在裏面玩起來多帶勁。

『我叫林頓把齊拉喊進來幫個忙，我們一起來玩捉迷藏，讓她來捉我們。你知道，艾倫，你是常這樣玩的。林頓可不肯，說這沒意思。不過，他答應和我玩球。我們在碗櫥裏找到兩粒球，放在一堆舊玩具、陀螺、鐵圈、羽毛球和板球之間。一粒球標著C，另一粒標著H。我想要那粒標著C的，因爲它代表凱薩琳，而那只標著H的，可以代表他的姓希斯克利夫。但是H球漏氣了，林頓不喜歡它。

『我總是贏他，他又生氣了，咳嗽起來，回到了椅子上。不過，那天晚上，他的情緒很快就好了。他聽了兩三支動聽的歌曲——你的歌曲，艾倫——聽得入迷了。我非走不可的時候，他一再懇求我第二天晚上再去，我就答應了。我騎著敏妮飛奔回家，覺得輕快極了。直到早晨，我連作夢都想著咆哮山莊和我那可愛的寶貝表弟。

『第二天，我很難過，一方面因爲你有病，一方面因爲我眞希望父親知道，並且贊成我的出訪。但是，用過茶點之後，月光十分皎潔，我騎馬走在路上，心裏的鬱悉也消釋了。我心想，我又要度過一個快樂的夜晚，而使我更高興的是，漂亮的林頓也將度過一個快樂的夜晚。我騎馬跑進花園，剛要轉到後面，不想讓哈雷頓那傢伙遇見了，他接過繮繩，叫我從前門進去。他拍拍敏妮的脖子，誇牠是頭好牲口，看樣子是想引我跟他說話。我只是叫他不要碰我的馬，不然牠會踢人的。

〔就是踢了，也傷不著筋骨。〕他用鄉下口音回答說，然後笑嘻嘻地打量著馬腿。我眞有點想讓馬試試，但是他走開去開門了。當他撥起門閂時，他抬頭望望那上面刻的字，露出一副既尷尬又得意的傻相，說道：〔凱薩琳小姐！我這下能念那玩意了。〕

〔好極了，〕我嚷道，〔讓我聽聽吧——你眞變聰明了！〕

『他拖腔拉調，一個音節一個音節地念起了那個名字——〔哈雷頓．恩蕭。〕

〔還有數字呢？〕我察覺他念不下去了，便以激勵的口吻嚷道。

〔我還不會念數字。〕他答道。

〔哦，你這個笨蛋！〕我說，見他不會念，便開懷大笑。

『那呆子怔怔地瞪著眼，嘴上掛著痴笑，蹙著眉道，好像拿不準該不該跟我一起嬉笑，拿不準我這笑究竟是表示親熱，還是當眞表示瞧不起。我突然又板起面孔，叫他給我走開，因爲我是來看林頓的，不是來看他的，這才使他心涼了。他臉紅了——我藉著月光看出來的——他的手從門閂上垂下來，悄悄地溜走了，一副灰溜溜的樣子。我猜想，他以爲自己像林頓一樣有才學，因爲他能念自己的名字了，後來見我並不這樣想，不由得大爲狼狽。』

『別說了，凱薩琳小姐，親愛的！』我打斷了她，『我不想責罵你，不過我不喜歡你那種行爲。如果你還記得哈雷頓和希斯克利夫一樣，也是你的表兄弟，你會覺得你那副態度有多麼不妥當。至少，他想和林頓一樣有才學，這是値得稱道的志氣。他想學習，敢情也不光是爲了炫耀自己。毫無疑問，你以前使他爲他的無知感到羞恥過，他更想加以補救，討你歡心。嘲笑他沒有學到家，這太沒有教養了。假若你在他那個環境中長大，難道你就會不那麼粗魯？他原來和你一樣，也是個聰明伶俐的孩子。我感到很痛心，就因爲那個卑鄙的希斯克利夫作賤他，致使他如今讓人瞧不起。』

『喲，艾倫，你不會爲這事哭一場吧？』她嚷道，對我的一本正經感到驚訝。『不過等一會，你就會知道他識字是不是爲了討我喜歡，我值不值得對這個粗人客氣。我走進去了，林頓躺在高背長椅上，欠起身來歡迎我。』

〔我今晚不舒服，凱薩琳，親愛的，〕他說，〔你只好一個人說話，讓我來聽。來，坐在我身邊。我準知道你不會失約的，你臨走時，我還要讓你答應再來。〕

『這時候我知道，我不能再逗弄他了，因爲他病了。我說話輕聲輕氣，也不問這問那，避免以任何方式惹惱他。我給他帶來了幾本我最好看的書，他叫我拿一本念幾段，我剛想遵從，不料恩蕭越想越窩火，氣勢洶洶地衝開了門。他直奔到我們面前，一把抓住林頓一胳臂，把他拉下了椅子。

〔到你自己房裏去！〕他以激動得幾乎聽不清的聲音說道，臉上怒氣沖沖地，〔她要是來看你，就把她帶到你房裏，你不能老不讓我進這間屋。你們兩個都滾！〕

『他沖著我們罵著，不容林頓分說，幾乎把他扔到了廚房裏。我跟在後面，他攥緊了拳頭，好像恨不得把我打倒似的。我當時有點怕，掉了一本書，他把書朝我踢來，隨即把我們關在門外，我聽見爐火旁邊發出一陣惡狠狠的狂笑，一扭身，瞅見那個可惡的約瑟夫立在那裏，搓著瘦骨嶙峋的手，渾身顫抖著。

〔俺就曉得他會治你們一下！他是個好小子！有志氣！他曉得——是呀，他和俺一樣曉

得，誰該是這兒的主人——呃，呃，呃！他叫你們乖乖地挪了個窩！呃，呃，呃！〉

〈我們該到哪兒去呢？〉我對表弟說道，不去理睬那個老傢伙的嘲笑。

『林頓臉色蒼白，還在哆嗦。他這時可不漂亮了，艾倫。哦，不！他樣子眞可怕呀！因爲他的瘦臉和大眼睛，露出一副瘋狂無力的憤怒表情。他抓住門柄搖了搖，裏面閂上了。

〈你要是不讓我進去，我就宰了你，你要是我不讓進去，我就宰了你！〉他簡直是在尖叫，而不是在說話。〈魔鬼！魔鬼！我宰了你，我宰了你！〉

『約瑟夫又發出了粗啞的笑聲。

〈瞧，這才像他老子哩！〉他嚷道，〈這才像他老子哩！人總是爹娘兩邊都像點。甭理他，哈雷頓，伙計——甭怕——他碰不到你！〉

『我抓住林頓的手，想把他拉走。但是，他嗷嗷地叫得嚇人，我也就不敢拉了。最後，一陣可怕的咳嗽把他嗆得叫不出來了，血從嘴裏湧出來，他倒在地上了。我嚇壞了，跑到院子裏，扯開嗓子喊齊拉。齊拉很快聽見了，她正在穀倉後面的牛棚裏擠牛奶，趕忙丟下活跑來，問我出了什麼事。我氣促得沒法解釋，便把她拉進來，到處尋找林頓。不想恩蕭已經出來查看他闖的禍，眼前正抱著那可憐的東西往樓上去。齊拉和我跟著他上了樓。可是他在樓梯頂上攔住了我，說我不能進去，必須回家去。我叫嚷他害了林頓，我非進去不可。

『約瑟夫鎖上門，宣稱我〈甭幹這種事〉，問我是不是〈想跟他一起發瘋〉。我站在那裏直哭，直至女管家又出來了。她肯定說林頓過一會就好了，但是他受不了那樣大吵大鬧。她拉著我，幾乎把我抱進了堂屋。

『艾倫，我恨不得扯掉我的頭髮！我痛哭流涕，都快把眼睛哭瞎了。你那麼同情的那個壞蛋，就站在我面前，竟然不時地叫我〈別鬧〉，還拒不承認是他的錯。最後，聽說我要告訴爸爸，他要給關進監牢，還要給絞死，他這才嚇壞了，也嗚嗚地哭起來了，趕忙跑了出去，免得讓人看見他那副膽小如鼠的樣子。然而，我還是沒有擺脫他。最後，他們硬逼著我回家去，我才走出莊宅幾百碼遠，他突然從路旁的陰影裏竄出來，攔住敏妮，拉住了我。

〔凱薩琳小姐，我非常難過，〕他開口說道，〔不過，那實在太糟了——〕

『我抽了他一鞭子，心想也許他會殺了我。他放開我，發出一聲可怕的怒罵，我騎著馬飛奔回家，嚇得魂飛魄散。那天晚上我沒跟你道晚安，第二天晚上也沒去咆哮山莊。我非常想去，但又感到出奇激動，有時生怕聽說林頓死了，有時一想到要遇見哈雷頓就不寒而慄。

『第三天，我鼓起了勇氣；至少，我再也忍受不了這種焦灼不安了，便又一次溜走了。我五點鐘動身，走著去，心想我可以悄悄地溜進去，直奔樓上林頓的屋裏，不讓人瞧見。然而，那些狗卻宣告了我的來臨，齊拉接待了我，說〔那孩子大有好轉〕，一面把我帶進一間乾乾淨淨的、鋪著地毯的小房間，我感到說不出的高興，只見林頓躺在一張小沙發上，讀我的一本書。不過，艾倫，整整一個鐘頭，他既不跟我說話、也不看我一眼，他就是這麼個怪脾氣。使我大爲惶惑的是，等他眞開口的時候，他居然胡說什麼我引起了那場糾紛，卻不怪哈雷頓！

『我無法回答，一回答非動氣不可，於是便站起來，走出屋去。他在後面有氣無力地叫了聲〔凱薩琳！〕他沒料到會得到這樣的回應，可我就是不轉回去。次日是我待在家裏的第二天，幾乎打定主意不再去看他了。但是，就這樣上床，這樣起身，始終聽不到他的一點消息，眞不是個滋味，因此我的決心還沒完全下定，便化爲烏有了。看來以前是不該去那裏，現在似乎又不能不去。麥克爾來問，要不要備敏妮。我說〔要備〕，當敏妮馱著我翻過山時，我覺得我是在盡責任。我不得不經過前面窗子走進院子，想躲躲閃閃也沒有用。

〔少爺在堂屋裏。〕齊拉見我朝客廳走去，便說。

『我進去了。恩蕭也在那裏，但是馬上就離開了。林頓坐在大安樂椅上，半睡半醒。我走到爐火前，以嚴肅的語調開腔了，所講的倒大半是眞心話。

〔林頓，你既然不喜歡我，你既然認爲是我故意來傷害你的，而且煞有介事地說什麼我每次都是這樣，那麼這就是我們最後一次見面了。讓我們說一聲再見吧！告訴希斯克利夫先生，就說你不想見到我，他不再再在這件事上編造謊言。〕

〔坐下，摘掉帽子，凱薩琳，〕他回答，〔你比我快活多了，你應該比我好些。爸爸盡說我的缺點，一個勁地瞧不起我，自然我也就懷疑自己了。我恐怕眞像他說的那樣，一點也沒有出息。於是，我覺得又氣又苦惱，憎恨每一個人！我是沒有出息、脾氣壞、沒精神，幾乎總是如此。你要是想說再見，那就儘管說好了，這樣你就甩掉了一個累贅。不過，凱薩琳，你要公平地爲我想一想，要是我能像你一樣可愛、善良、和氣，請相信我也同樣願意這樣做，這種願望甚至比我想要像你一樣健康幸福，還要來得強烈些。你還要相信，你的仁慈使我更加愛你，如果我配受你愛的話，反倒不會愛得這麼深。雖然我以前和現在禁不住向你暴露了我的本性，我感到很抱歉、很懊悔，而且要抱歉懊惱到死！〕

『我覺得他說的是實話、我覺得我訑該原諒他；雖然他過一會又要吵，我還得再原諒他。我們言歸於好了，但是在我逗留期間，我們兩人一直在哭。並非完全出於難過，然而我的確感到難過，林頓會有那樣彆彆扭扭的性格，他永遠不會讓他的朋友舒暢，他自己也永遠不會舒暢！

『從那天夜晚起，我總是去他的小客廳，因爲他父親第二天就回來了。我想，大約有三次，我們過得很快活、很樂觀，就像第一天晚上那樣。我其他晚上來看他，則過得很沉悶也很煩惱：有時是由於他的自私和怨恨，有時是由於他承受的痛苦。不過，我已經學會了忍耐，對他的自私和怨恨，就像對他的痛苦一樣，並不怨懟。

『希斯克利夫先生有意迴避我，我簡直難得見到他。上星期天，我眞比平常去得早些，聽見他在痛罵可憐的林頓，嫌他頭天晚上表現不好。我搞不清他是怎麼知道的，除非是偷聽。林頓的確表現得令人惱火，不過那只是我的事，跟別人無關。我進去跟希斯克利夫講了這話，打斷了他的訓斥。他放聲大笑，然後走開了，說他很高興，我會如此看待這件事。自那以後，我就告訴林頓，他必須小聲訴說他的苦楚。

『艾倫，你這下可是什麼都聽到了。我不能去不咆哮山莊，要阻攔我，那只能使兩個人遭受痛苦。不過，你只要不告訴爸爸，我就是去了，也不至於引起別人的不安。你不會告訴吧？你是告訴了，可就太狠心了。』

『關於這一點，我明天再打定主意，凱薩琳小姐，』我答道，『這需要考慮考慮。因此，你就休息吧！我要去仔細想一想。』

我要到主人面前，把心裡的想法全說出來。於是，我從小姐房裏逕直走到主人房裏，把這事和盤托出，只是沒訴說小姐跟她表弟的談話內容，也沒提起哈雷頓。林頓先生雖然嘴裏沒怎麼說，但心裡卻十分驚惶、十分擔憂。到了早上，凱薩琳知道我泄露了她的秘密，也知道她的秘密約會結束了。

她又哭又鬧，抗議那道禁令，並且懇求父親可憐可憐林頓，可是無濟於事。她得到的唯一安慰，是父親答應給林頓寫信，允許他高興時可以到田莊來，但要說明，他不必再期望會在咆哮山莊見到凱薩琳。假如他知道他外甥的脾氣和健康狀況，或許連這點小小的安慰也不給他了。」

# 第十一章

「這都是去年冬天的事，先生，」狄恩太太說，「不過是一年以前。去年冬天，我哪裏想得到，過了一年以後，我居然會把這些事講給家裏的一位生客聽，替他解解悶！然而，誰知道你還會做客多久呢？你太年輕了，不會始終滿足於單身生活的。我常常在想，誰見了凱薩琳．林頓，都不會不愛上她。你笑了。可是我談起她的時候，你為什麼顯得這麼起勁、這麼感興趣？你為什麼要我把她的像掛在你房裏的壁爐架上面？為什麼——」

「別說了，我的好朋友！」我嚷道，「我倒很可能愛上她，可她會愛我嗎？我很懷疑這一點，便不敢貿然動情，擾亂內心的平靜。再說，我的家也不在這裏。我屬於那個忙忙碌碌的世界，還得回到它的懷抱。說下去——凱薩琳聽從她父親的命令嗎？」

「聽從，」好管家繼續說道，「她對父親的愛，仍然是她的主要情感。主人說話也不帶氣，而是充滿了深情厚意，就像一個要人丟下自己的寶貝孩子，使之陷於險境和敵人手中，他只能做些臨終贈言，讓她銘記在心，幫助指引她。」

『艾倫，我希望我的外甥寫信來，或是來玩玩。跟我說實話，你覺得他怎麼樣：他是不是變好些了，或者等他長大成人，有沒有變好的希望？』過了幾天，主人對我說。

『他很虛弱，先生，』我答道，『很難長大成人。不過，有一點我可以說，他不像他父親。如果凱薩琳小姐不幸嫁給他，他不會不聽小姐管束的，除非小姐愚蠢地過分縱容他。不過，主人，你會有很多時間了解他的，看看他配不配得上小姐。他還要四年多才成年呢！』

艾德加嘆了口氣，然後走到窗前，朝吉默頓教堂望去。那是個霧濛濛的下午，但是二月的太陽還曚曨地照射著，我們只能隱約分辨出墓地裏的兩棵樅樹，和那些零零落落的墓碑。

『我經常祈禱，』他有點自言自語地說，『讓那將要降臨的事快點降臨吧！可我現在卻畏縮了，反倒害怕了。我曾想，回顧當初作新郎走下山谷的情景，還來不及承想過幾個月、也可能是幾個星期，就要被人抬上山去，放進那荒涼的土坑，來得快活些！艾倫，我和小凱茜在一起，一直覺得很快活，我們一起度過了多少個冬夜和夏日，她是我身邊充滿活力的希望。但是，待在那老教堂下面的那些墓碑之間的沉思冥想——在六月漫長的夜晚，躺在她母親那蔥綠的墳堆上，期待著、渴望著我也能早日躺在那下面，這也同樣快活。

我能爲凱茜做點什麼呢？我應該怎樣離開她呢？我絲毫不在乎林頓是希斯克利夫的兒子，也不在乎他要把凱茜從我身邊拉走，只要他能給她帶來安慰，不要爲失去我而難過，我不在乎希斯克利夫達到了他的目的，因爲剝奪了我最後的幸福而揚揚得意！但是，要是林頓沒有出息，只是他父親的軟弱工具，我就不能把凱茜丟給他！儘管挫傷她的愉快心情未免太狠心了，但是我還不能手軟，寧可在我活著的時候就讓她悲傷，在我死後讓她孤苦伶仃。寶貝！我寧願把她交給上帝，在我入土之前也把她埋進土裏。』

『那就把她交給上帝吧！先生，』我答道，『萬一我們因爲天意而失去你——但願上帝保佑，不要出這樣的事——我將終生做她的朋友和參謀。凱薩琳小姐是個好姑娘，我不擔心她會恣意走上歧途。凡是盡本分的人，最後總是有好報的。』

春天一天天過去，然而主人並沒有眞正恢復體力，儘管他又重新開始和女兒在庭園裏散步了。照女兒那天眞的想法，這本身就是康復的跡象。加上主人臉上經常發紅，眼睛經常發亮，女兒越發相信他在復原。

小姐十七歲生日那天，外面在下雨，主人沒去教堂墓地，我便說：『你今晚肯定不出去了吧，先生？』他回道，『不出去了，我今年要推遲一下。』

他又給林頓寫信，表示很想見他。假如那個病人見得了人的話。我看他父親準會讓他來的。事實上，他遵命回了一封信，說是希斯克利夫先生不許他到田莊來，但是舅父的親切惦念使他感到欣慰，他希望能在散步的時候遇見他，並且當面提出請求，不要讓表姊和他如此長久隔絕。他信中這部分寫得很簡單，八成是他自己的話。希斯克利夫知道，他會娓娓動聽地懇求凱薩琳作伴。

我並不要求她來這裏，但是難道就因爲我父親不許我去她家，你又不許她來我家，我就永遠見不到她了嗎？請時常帶著她騎馬到山莊這邊來吧！讓我們當著你的面說幾句話吧！我們沒做什麼事該受這種隔離，你也沒有生我的氣——你沒有理由不喜歡我，這你自己也承認。親愛的舅舅！明天給我來一封親切的信吧！允許我在你認爲合適的地點見見你們，只是不要在畫眉田莊。

我相信，通過見一次面，你就會認識到，我父親的性格並不是我的性格。他說我更像你外甥，而不像他兒子。雖然我有些缺點，使我配不上凱薩琳，但是她原諒了我這些缺點，看在她的份上，你也應該加以原諒。你問我身體怎麼樣——好些了。但是，只要我斷絕了一切希望，注定要孤苦伶仃，只能和那些一向不曾、也永遠不會喜歡我的人在一起，我怎麼能愉快、能健康呢？

艾德加雖然可憐那孩子，但卻不能答應他的請求，因爲他不能陪凱薩琳出去。他說，也許他們夏天可以相見。與此同時，他希望林頓時常來信，並且答應儘量通過寫信給他勸告和安慰，因爲他十分了解那孩子在家中的困難處境。

林頓順從了。假若不受約束的話，他很可能寫得滿紙都是抱怨和哀嘆，反而把一切搞糟。但是，他父親對他嚴密監視，當然非要查看我家主人送去的每封信。因此，他儘管無時無刻不想著個人的痛苦和憂傷，卻隻字未提這些問題，而是反覆絮叨他不得不與他的朋友和情人分離的殘酷事實，而且委婉地暗示說，林頓先生必須早些允許他們見一面，不然他會擔心他是拿空頭支票來哄騙他。

凱茜在家裏是個強有力的同盟者。他們兩人同心協力，終於說動了主人，同意讓他們在我的監護下，在靠近田莊的荒野上，大約每星期一道騎一次馬或散一次步，因爲到了六月，他還是每況愈下。雖然主人每年都從進項中撥出一部分，作爲小姐的財產，但他自然希望小姐能保留住祖先的房子——或者至少能在短期內住回去。他認爲，要實現這個心願，唯一的指望就是讓小姐與他的繼承人結合。他全然沒有想到，這位繼承人幾乎像他一樣，在迅速地垮下去。我相信，誰也沒有想到，沒有大夫去過山莊，也沒有人見過希斯克利夫少爺，向我們報告一下他的情況。

就我來說，我開始猜想我的預感是沒有根據的。他既然說起到荒野騎馬散步，而且一本正經地非要達到目的，他一定當眞是在復原。我無想想像，做父親的對待快死的兒子，會像我後來得知的希斯克利夫那樣，爲了逼迫林頓顯出這副急切求見的樣子，竟然如此窮凶極惡地對待他。他那貪婪無情的計畫越是因爲兒子瀕於死亡而面臨失敗的威脅，他就越是變本加厲地這樣幹。」

# 第十二章

「當艾德加勉強答應了他們的懇求時，盛夏已經過去了，凱薩琳和我騎上馬，第一次去見她表弟。那是個悶熱天，沒有陽光，不過天上陰霾斑駁，不像要下雨的樣子。我們約定，在十字路口的指路碑那裏碰頭。然而，我們趕到那裏時，一個被打發來送信的小牧童，告訴我們說：『林頓少爺就在山莊這邊，他老（勞）駕二位再往前走一點。』

『那林頓少爺就忘了他舅舅的第一道指令了，』我說，『主人叫我們待在田莊的地盤上，可我們馬上就要越界了。』

『唔，我們一到了他那裏，就掉轉馬頭，』我的同伴回答說，『往回家的方向溜達。』

但是，等我們到了他那裏，離他家門口不過四分之一英里，發現他沒有騎馬來，便只好下馬，讓馬吃草去。他躺在荒地上，等著我們走近，直至我們離他只有幾碼遠時，才爬起來。這時，他走起路來有氣無力，臉色又十分蒼白，我頓時嚷道：『哎喲，希斯克利夫少爺，你今天早上不宜出來散步。你氣色多不好呀！』

凱薩琳帶著悲傷、驚愕的神情端量著他，到了嘴邊的歡呼又變成了驚叫，對久別重逢的慶賀變成了焦急的詢問：他是否比往常病得重些？

『不——好些——好些——』他氣呼呼地說道，渾身直抖，抓著小姐的手不放，彷彿靠他支撐似的，一雙大藍眼睛怯生生地打量著她，凹陷的眼圈將昔日那懶洋洋的神情，變成了憔悴和淒涼。

『可是你病得更重了，』表姊堅持說道，『比我上次看見你時病得重些——你更瘦了，而且——』

『我累了，』他急忙打斷表姊，『天氣太熱，沒去散步，我們就在這兒歇歇吧！我早上經常不舒服——爸爸說我長得太快了。』

凱茜很不高興地坐下來，林頓斜靠在她身邊。

『這有點像你的天堂，』凱茜說，儘量顯出高高興興的樣子。『你還記得我們曾經講好了，要在各人認爲最適意的地方，以各人認爲最適意的方式，一起度過兩天嗎？這差不多是你的理想境界了，只是天上有雲彩，不過這雲彩既輕鬆又柔和，比陽光還宜人。下星期，你要是能行的話，就騎馬到田莊莊園，試試我的理想境界。』

看來林頓記不得她說的事了。顯然，他很難進行任何交談了。明擺著，他對凱茜提起的話題不感興趣，他不能講點有趣的事給她聽，因此凱茜掩飾不住內心的失望。他整個人，整個舉止，發生了一種說不出的變化。他以前愛使性子，總還可以哄得溫溫順順的，現在卻變得沒精打采、冷漠無情了。他也不再像孩子似地耍脾氣，折騰人，蓄意哀憐，拒不接受別人的安慰，動不動就把別人的興高采烈當作一種侮辱。

凱薩琳像我一樣察覺到，林頓認爲和我們在一起，與其說是快慰，不如說是懲罰。小姐毫不遲疑地提出，不如馬上就走。出乎意料之外，這個提議將林頓從無精打采中喚醒，使他陷入一種奇怪的激動狀態。他驚恐不安地朝山莊瞥了一眼，央求凱茜至少再待半個鐘頭。

『可是我想，』凱茜說，『你待在家裏比坐在這裏舒服些。我看，我今天也不能用講故事、唱歌和聊天，來逗你高興了。這半年來，你變得比我聰明了，你如今已經不喜歡我來逗趣了，要不然，我若是能逗你高興的話，我是願意留下來的。』

『留下來歇一歇，』他答道，『凱薩琳，別以爲，也別說我身體很不好——我是讓這天氣悶熱搞得沒精神。你們沒來之前，我就走來走去的，對我來說，走得太多了。告訴舅舅我身體挺好，好嗎？』

『我告訴他是你這麼說的，林頓。我不能斷定你眞是這樣。』小姐說道，不知道他爲什麼硬要講些分明不眞實的話。

『下星期四再到這兒來，』林頓接著說，避開凱茜那困惑的目光。『替我感謝舅舅允許你來——我衷心感謝他，凱薩琳。萬一你遇見我父親，他向你問起我來，可別讓他以爲我呆頭呆腦、一聲不響。別顯得垂頭喪氣、愁眉苦臉的，像你現在這樣——他會生氣的。』

『我可不怕他生氣。』凱茜以爲希斯克利夫會生她的氣，便嚷道。

『可我怕，』她表弟顫抖地說道，『千萬別惹他朝我發火，凱薩琳，因爲他很凶。』

『他對你凶嗎，希斯克利夫少爺？』我問道，『難道他已經縱容得不耐煩了，把放在心裏的憎恨露骨地發泄出來了嗎？』

林頓瞅瞅我，沒有回答。凱茜又坐了十分鐘。這當兒，林頓昏昏沉沉地垂著腦袋，嘴裏一聲不吭，只是壓抑不住地發出一聲聲疲憊或痛苦的呻吟，凱茜開始尋找越橘玩，把找到的分給我一些，卻沒有分給林頓，因爲她看得出來，再去答理他，只會惹他厭煩。

『現在有半個鐘頭了吧，艾倫！』最後，凱茜附在我耳旁小聲說道，『我不明白我們爲什麼非要待在這裏。他睡著了，爸爸要盼著我們回去了。』

『唔，我們可不能趁他睡著了走開，』我答道，『等他醒來吧！耐心些。你本來迫不及待地要出來，但是你想見可憐的林頓的渴望，一下子就煙消雲散了！』

『他爲什麼想見我呢？』凱薩琳回答道，『他以前脾氣再怎麼壞，我倒還能喜歡他些，他眼前這種古怪脾氣可真不討我喜歡。他這次來見面，就像是被迫來完成一項任務似的，唯恐他父親會罵他。不過，我可不想來討好希斯克利夫先生，不管他有什麼理由叫林頓來受這場罪。雖然我為他身體好些了感到高興，但他變得越發不和悅了，對我越發不親熱了，卻使我感到難過。

『這麼說，你以為他的身體真好些了嗎？』我說。

『是的，』凱茜答道，『因為，你知道，他以前總是很會誇大他的病痛。他並不像他叫我告訴爸爸的那樣身體挺好，不過他很可能是好些了。』

『在這點上，你和我的看法不同，』我說，『照我揣測，他病情嚴重多了。』

這時，林頓惶惑地從昏昏沉沉中驚醒，詢問有沒有人喊過他的名字。

『沒有，』凱薩琳說，『除非你是在作夢。我真無法想像，你怎麼早上在外面也打起瞌睡來了。』

『我以為我聽見我爸爸的叫聲了，』他氣呼呼地說道，抬頭望望我們上面的懸崖峭壁。『你肯定沒人說話嗎？』

『絕對沒錯，』他表姊答道，『只是艾倫和我在爭議你的身體狀況。林頓，你真比我們冬天分手時強壯些嗎？如果真是這樣，我敢肯定有一點沒有增強——你對我的情意——說吧，是不是？』

『是的，是的，是強壯些了！』林頓回答時，淚如泉湧。

他仍然被那幻覺中的叫聲所纏繞，眼睛溜來溜去，尋找那喊他的人。凱茜站了起來。

『今天我們該分手了，』她說，『我不想瞞你，我對我們的見面大為失望，不過除了你，我不會對別人說的——我可不是害怕希斯克利夫先生！』

『別作聲！』林頓喃喃說道，『看在上帝份上，別作聲！他來了。』他緊緊抓住凱薩琳的胳臂，不想放她走。

但是，聽他那麼一說，凱茜急忙掙脫，向敏妮吹了聲口哨，敏妮乖乖地來了。

『我下星期四還到這兒來，』凱茜嚷道，跳上了馬鞍。『再見。快走，艾倫！』

我們就這樣離開了他，而他一心想著他父親要來，壓根兒沒意識到我們走了。我們還沒趕到家，凱薩琳心裏的不快就漸漸消釋了，她的心軟下來了，升起了一種又憐憫又惆悵的困惑情感，還隱約感到一種忐忑不安的疑慮，拿不準林頓的身體究竟怎麼樣？在家中的處境究竟如何？我也有這樣的疑慮，不過我勸她不要多講，我們再去一趟就好判斷了。

主人要我們報告了見面的情況。凱茜小姐鄭重其事地轉達了他外甥的致謝，其他情況則只是輕描淡寫地說了說。我對主人的審問也沒多說些什麼，因爲我簡直不知道什麼該講，什麼不該講……」

# 第十三章

「七天一晃過去了，艾德加．林頓的病情每天都在發生急劇的變化。過去幾個月裏，他已經給病魔折磨得衰弱不堪了；現在，他的病情更是在一個鐘頭一個鐘頭地惡化。我們還想瞞著凱薩琳，但她那麼機靈，哪裏能瞞得住她。她心裏暗自揣度，思忖著那可怕的可能性，漸漸地，可能變成了確定無疑。

當星期四又來臨時，她沒有勇氣提起騎馬去看表弟的事。我替她說了，並且得到許可，叫她到戶外走一走。原來，父親的臥房和書房（他每天都到書房多少待一會，這是他能坐起來的唯一的一點時間），已經變成她的整個天地了。她不是俯在父親枕邊，就是坐在他身旁，一刻也不願意離開他。由於連日守護和心裏悲哀的緣故，她的臉都變得蒼白了，主人還眞巴不得把她打發出去，換換環境和伙伴，自以爲這會使她高興起來，並且欣慰地抱著一個希望：將來他死後，女兒不至於落得孤苦伶仃。

我從他說的幾句話裏猜測，他有一個固執的想法：他外甥既然長得像他，心地也會像他，因爲從林頓的來信，看不大出或根本看不出他性格上有什麼缺陷。而我則出於可以諒解的弱點，又不忍心去糾正他這個錯覺，只是捫心自問：在他生命的最終時刻，他即使知道了眞情，也將無能爲力，來不及補救了，那我再去驚動他又有什麼好處呢！

我們推遲到下午才出門。那是八月裏一個燦爛的下午，從山上吹來的每一縷清風，都洋溢著生氣，彷彿無論誰吸進去，即使是氣息奄奄的人，也會恢復生機。凱薩琳的面孔恰似那風景——忽而掠過一陣陰影，忽而又豁然開朗。不過，陰影停留得長些，開朗的時間比較短暫，她那顆小小的可憐的心，甚至爲這轉瞬間忘記了憂愁，而責備自己呢！

我們看見林頓還在上次選擇的地點張望。我家小女主人下了馬對我說，她決定只待一會，我最好牽著小馬，騎在馬上別下來。可我不同意，我不想冒險讓我的被監護人離開我一分鐘。於是，我們一道爬上那石南叢生的斜坡。這一次，希斯克利夫少爺比較激動地接待了我們，然而不是興高采烈的激動，也不是欣喜的激動，而更像是害怕。

『時間不早了！』林頓唐突而吃力地說道，『你父親不是病得很重吧？我原先還以爲你不來了呢！』

『你爲什麼有話不直說呢？』凱薩琳剛要問候又咽了下去，大聲嚷道，『你爲什麼不直截了當地說你不需要我呢？眞奇怪，林頓，這是你第二次把我叫到這裏的，顯然只是爲了惹我們兩個苦惱，別無其他理由！』

林頓顫抖著，望了望凱茜，半是哀求、半是羞愧，但是他表姊卻沒有那麼大的耐心，去忍受這令人費解的舉動。

『我父親是病得很重，』她說，『爲什麼把我從他床邊叫走呢？你既然巴不得我失約不來，爲什麼不打發人叫我免來了算了？來！我希望你解釋一下。我絲毫沒有心思要兒戲或開玩笑，現在也不能奉迎你的裝腔作勢！』

『我的裝腔作勢！』林頓喃喃說道，『裝什麼腔作什麼勢呢？看在上帝的份上，凱薩琳，別生這麼大的氣！隨你怎麼瞧不起我好了，我是個沒出息的、膽心怕事的可憐蟲，任你怎麼瞧不起我也不會過分！不過，我太不中用了，不值得讓你生氣——要恨就恨我父親，別恨我，還是瞧不起我吧！』

『無聊！』凱薩琳氣沖沖地嚷道，『愚蠢的傻瓜！瞧呀！他在哆嗦，好像我眞要碰他似的！你用不著乞求人家瞧不起，林頓，人人都會自發地成全你的。走開！我要回家了。眞是胡鬧，把你從壁爐邊拽出來，假裝——我們假裝什麼呀？放開我的衣服！如果我看你哭哭啼啼，嚇得膽顫心驚，就憐憫你，你應該拒絕這種憐憫！艾倫，告訴他這種行爲多不體面。起來，別把自己貶成一條令人惡心的爬蟲——可別！』

林頓淚流滿面，帶著病苦的神情，將羸弱無力的軀體噗地摔在地上，彷彿由於極度驚恐，身子抽搐起來。

『哦！』他抽泣著說，『我受不了了！凱薩琳，凱薩琳，我還是個叛徒，我不敢告訴你！可你要是離開我，我就沒命了！親愛的凱薩琳，我的命握在你手裏。你說過你愛我，你要是眞愛我，這也不會損害你。那你不走了吧？仁慈可愛的好凱薩琳！也許你會答應的——他要我死在你身旁呀！』

小姐見他痛苦至極，俯身去扶他。昔日的溺愛柔情戰勝了眼前的氣惱，她十分感動，也十分驚駭。

『答應什麼？』她問道，『留下來？告訴我這奇怪的話是什麼意思，我就留下來。你說話自相矛盾，把我弄糊塗了！你安靜下來，有話直說，馬上告訴我有什麼事壓在你心頭。你不會害我的，林頓，對吧？要是你能制止的話，你不會讓任何壞人來傷害我吧？我相信你對自己來說是個膽小的人，但是不會膽小到出賣自己最好的朋友吧?!』

『可是我父親恐嚇我，』那孩子握緊瘦骨嶙峋的指頭，氣吁吁的說道，『我怕他——我怕他呀！我不敢說呀！』

『哦，好吧！』凱薩琳以又憐憫又輕蔑的口氣說道，『保守你的秘密吧！我可不是膽小鬼——救救你自己吧，我可不怕！』

她的寬宏大量又招來了林頓的眼淚。他沒命地哭著，吻著她那扶著他的手，然而就是沒有勇氣開口。

我在琢磨究竟是什麼秘密，心想絕不能因爲我心腸軟，就讓凱薩琳自己受罪，而去成全他林頓或其他什麼人。這當兒，我聽見石南叢中發出一陣聲響，抬頭一望，只見希斯克利夫走下山莊，快走到我們跟前了。他對我那兩個同伴看都不看一眼，儘管他們離得很近，他完全聽得見林頓在哭泣。他以幾乎是熱情的口吻向我打招呼，他對別人從不使用這種口吻，我免不了要懷疑這裡邊究竟有多少誠意。

『能在離我家這麼近的地方看見你，眞令人高興，娜莉！你在田莊過得好嗎？講給我們聽聽！據謠傳說——，』他壓低嗓音又說，『艾德加·林頓不行了——也許他們誇大了他的病情吧？』

『不，我家主人是快死了，』我答道，『這是眞的。這對我們大家是件悲哀的事，但對他卻是件幸事！』

『你看他能拖多久？』他問。

『不知道！』我說。

『因爲，』他接著說，一面盯那兩個年輕人，把他們都盯呆了——林頓似乎不敢動彈，也不敢抬頭，凱薩琳看他嚇成那樣，也動彈不得了——『因爲那邊那小子好像下決心要壞我的事，但願他舅舅快一點，在他前頭死去。喂！這狗東西一直在耍那鬼把戲吧？我早就教訓過他了，不要哭天抹地的。他和林頓小姐在一起，通常還活躍吧？』

『活躍？不——他顯得萬分痛苦，』我答道，『瞧他那樣子，我要說，他不該陪心上人在山上閒逛，而應該躺在床上，由大夫來照顧他。』

『他過一兩天會躺上床的，』希斯克利夫咕噥道，『不過首先——起來，林頓！起來！』他吆喝道，『不要趴在地上——馬上起來！』原來，林頓在一陣無法壓抑的恐懼中，又趴倒在地上，我想這是由於他父親瞅了他一眼的緣故——沒有其他原因能叫他做出這種丟臉的事。他試了幾次想爬起來，但是他那點微薄的力氣早已喪失殆盡，他呻吟了一聲，又倒下去了。希斯克利夫走上前，把他提了起來，靠在一道草埂上。『現在，』他抑制著他的凶殘說道，『我要發火了。如果你還不把你那點可憐巴巴的精神振作起來——你這該死的！馬上起來！』

『我就起來，爸爸！』林頓氣吁吁地說，『不過，別逼我，不然我要暈倒了！我照你的意思做了，眞的。凱薩琳會告訴你，我——我——一直興高采烈的。啊！待在我身邊，凱薩琳，把你的手給我。』

『抓住我的手，』他父親說，『站起來！好了——她會把胳臂伸給你的。這就對了，望著她。林頓小姐，你會以爲我是個魔鬼，能激起這樣的恐怖。行行好，陪他走回家，好嗎？我一碰他，他就發抖。』

『林頓，親愛的！』凱薩琳低聲說，『我不能去咆哮山莊……爸爸禁止我去……他不會傷害你的，你爲什麼這麼害怕呢？』

『我絕不再進那個家，』林頓答道，『你不陪我，我就不再進那個家！』

『住嘴……』他父親嚷道，『凱薩琳出於孝心而有所顧慮，對此我們應當尊重。娜莉，你把林頓帶進去吧！我接受你的意見，馬上給他請大夫。』

『這敢情好，』我答道，『不過我得陪著我的女主人。照顧你兒子不是我的事。』

『你這人太死板了！』希斯克利夫說，『這我知道，你是想逼著我擰這孩子，痛得他尖聲大叫，才能使你發發慈悲呀。那好吧，我的英雄。你願意讓我護送你回去嗎？』

他再次走過去，做出像要抓住那個脆弱東西的樣子。但是林頓只管向後縮，緊緊抓住表姊，擺出一副瘋狂的死乞白賴的神氣，央求她陪著他，眞讓她無法拒絕。不管我怎樣不贊成，我都阻止不住凱茜。的確，她又怎麼能拒絕他呢？他究竟爲什麼害怕，我們無從知道，但他就是那樣，簡直給嚇癱了，似乎再稍微增加一點威嚇，就能把他嚇成白痴。

我們來到門前，凱薩琳走進去了，我卻站住了，等著她把病人扶到椅子上，馬上就會出來，不料希斯克利夫先生把我往裡一推，嚷道：『我家沒有鬧瘟疫，娜莉。我今天還想好好招待一番呢！坐下，讓我去關上門。』

他關上門，還上了鎖。我嚇了一跳。

『你們先吃些茶點，再回家去，』他又說道，『家裡就我一個人。哈雷頓到里斯牧場放牛去了，齊拉和約瑟夫出去玩了。我雖然一個人待慣了，但是找得到的話，我還是願意有幾個有趣的伙伴。林頓小姐，就坐在他旁邊吧！我把我這東西送給你，這份禮物不大値得接受，不過，我也沒有別的好送的——我指的是林頓。她眼睛瞪得多大呀！眞奇怪，我對任何怕我的東西，都有一種野蠻的感覺！我要是生長在一個法律不那麼嚴格、風尚不那麼文雅的地方，就會拿這兩個人來個不急不忙的活體解剖，作爲晚上的消遣。』他吸了一口氣，拍了一下桌子，對自己詛咒道：『對地獄發誓！我恨他們。』

『我可不怕你！』凱薩琳聽不見他後面的話，便大聲嚷道。

她走到他跟前，一雙黑眼睛閃爍著激憤和堅毅的神氣。

『把鑰匙給我，我要！』她說，『我就是餓死，也不在這裡吃喝。』

希斯克利夫把鑰匙握在手裡，手還擺在桌子上。他抬頭望望，對她的大膽感到有點吃驚，也許從她的聲音和目光中，想起了把這大膽傳給她的那個人。凱薩琳伸手去奪鑰匙，幾乎從他那鬆開的手指中奪出來了。但是，她的這一舉動把希斯克利夫召回到現實中，他一下子又抓住了鑰匙。『聽著，凱薩琳·林頓，』他說，『站開，不然我就把你打倒，這會叫狄恩太太發瘋的。』

凱薩琳也不理會這個警告，又抓住了他那隻緊握著鑰匙的手。

『我們就要走！』她重複道，使出渾身的力氣，想把那鐵一般的肌肉扳鬆。她發現指甲不起作用，便用牙齒使勁咬。

希斯克利夫瞅了我一眼，搞得我沒有馬上去干預。凱薩琳光顧得扒他的手指，沒注意他的臉色。他突然張開手指，放鬆了對方在爭奪的東西，但是沒等凱茜拿到手，他就用鬆開的手抓住了她，把她拉過來按在他的膝蓋上，另一隻手則往她頭兩邊雨點似地狠打，假若凱茜能倒下的話，他打的每一巴掌都足以達到威嚇的目的。看到這窮凶極惡的暴行，我怒不可遏地向他衝去。

『你這個惡棍！』我叫起來了。『你這個惡棍！』

他朝我當胸一捅，我住口了。我人胖，頓時氣都透不過來了。挨了這一下，加上心頭怒火直冒，我不禁頭暈目眩，踉蹌後退，只覺得快悶死了，血管要爆裂了。兩分鐘後，這場吵鬧結束了。凱薩琳被放開了，用雙手捂住了太陽穴，瞧那神情，好像拿不準她的耳朵還在不在。可憐的東西，好像一根蘆葦似地哆嗦著，驚惶失措地靠在桌上。

『你瞧，我知道怎樣懲罰孩子，』那壞蛋惡狠狠地說道，一面彎下腰拾起掉在地上的鑰匙。『現在，照我說的，到林頓那兒去，哭個痛快吧！明天我就是你父親了——再過三兩天，你就只有我這一個父親了——這種苦頭以後有你吃的——你倒挺能忍受的——你不是個膿包——如果我再在你眼睛裡瞅見這種該死的脾氣，我就天天讓你嘗一嘗這滋味！』

凱茜沒跑到林頓那裡，卻撲到我跟前，跪了下來，把滾燙的臉腮靠在我膝頭上，放聲大哭。她表弟縮在高背長椅的一角，像隻耗子一樣一聲不響，他大概在暗自慶幸，這場懲罰落在別人頭上，他卻倖免了。希斯克利夫看見我們都給嚇呆了，便站起來，趕忙動手泡茶，茶杯和茶托早已擺好了。他倒好茶，遞給我一杯。

『沖一沖肚子裡的氣吧，』他說道，『給你那個淘氣的寶貝和我那個寶貝各倒一杯。雖說是我沏的，裡面可沒下毒，我要出去找你們的馬去。』

他一走，我們頭一個念頭就是找個地方逃走。我們試試廚房門，不想外面給門上了；我們看看窗子，一扇扇都太窄，連凱茜的小身子也鑽不過去。

『林頓少爺，』眼看我們給不折不扣地囚禁起來了，我便喊道，『你知道你那個惡魔般的父親想幹什麼，你要告訴我們，不然我就摑你耳光了，就像他摑你表姊一樣。』

『是呀，林頓，你要講出來，』凱薩琳說道，『我是爲了你才來的，你要是不肯講，那就太忘恩負義了。』

『給我點茶，我渴了，然後再告訴你們，』他回答道，『狄恩太太，你走開，我不喜歡你站在我眼前。咳，凱薩琳，你把眼淚掉進我的茶杯裡了！我不喝這杯了，再給我一杯。』

凱薩琳又推給他一杯，然後擦擦自己的臉。那個小可憐蟲的那副若無其事的樣子，眞讓我作嘔，他已經不再替自己害怕了。他在荒野上表現出來的極度痛苦，自從一踏進咆哮山莊，就頓然消失了。於是，我猜想他父親一定威脅過他，他若不能把我們哄騙到山莊來，就要遭到一頓毒打。事情既然辦成了，他眼前也就沒有什麼好害怕的了。

『爸爸要我們結婚，』他呷了一口茶接著說道，『他知道你爸爸不會允許我們現在就結婚，他怕等下去我會死掉，所以我們明天早晨就結婚，你得在這兒住一夜。如果你照他的意思辦，你第二天就可以回家，把我也帶去。』

『把你也帶去，你這個可憐巴巴的呆子？』我驚叫道，『和你結婚，啊唷，這人瘋了，要不然，他把我們個個都當成傻子了。難道你以為，那位花容玉貌的小姐，那位健康活潑的姑娘，會把自己和你這樣一個快死的小猴子拴在一起嗎？且不說凱薩琳·林頓小姐吧，難道你妄想會有哪位姑娘要你作丈夫嗎？你要弄哭哭啼啼的卑鄙伎倆，把我們騙到這兒來，眞該抽你一頓鞭子。別做出一幅蠢相！就憑著你這卑鄙伎倆，就想癩蛤蟆想吃天鵝肉，我眞想狠狠搖你幾下。』

我只輕輕搖了他一下，但卻引起他一陣咳嗽，他便故伎重演，又是呻吟又是哭泣，凱薩琳遂責怪起我來。

『住一夜？不！』她說道，慢慢地望望四周。『艾倫，我要燒掉這道門，反正我要出去。』她正想說幹就幹！

不料，林頓又是為了保命要緊，惶恐地跳起來了。『難道你不想要我、不想救我——不要我去田莊了嗎？哦，親愛的凱薩琳！你千萬別走，別丟下我。你一定要聽我爸爸的話，一定！』他用瘦弱的雙臂抱住小姐，嗚嗚咽咽地說。

『我得聽我爸爸的話，』凱茜回答說，『不讓他為這件事擔驚受怕。一整夜！他會怎麼想？他已經在焦急了。我要嘛打開一條路，要嘛燒出一條路，好衝出這房子。安靜些！你沒有危險——可你要是妨礙我——林頓，我愛爸爸可勝過愛你！』

這小子就怕他父親發火，這極度的恐懼又使他恢復了懦夫的辯才。凱薩琳給纏得不知如何是好——但她仍然堅持要回家，並且反過來懇求林頓，勸說他不要那麼自私，光想到自己的痛苦。就在他們爭執不下的當兒，那個把我們監禁起來的人又進來了。

『你們的馬都跑掉了，』他說道，『而且——嘿，林頓！又哭啦？她對你怎麼了？得了，得了——別哭了，睡覺去吧！再過一兩個月，孩子，等你手臂有了勁，就能回報她眼前對你的暴行了。你在渴望純潔的愛情，是吧？別無他求——她一定會答應你的！好了，睡覺去吧！齊拉今晚不在這兒，你得自己脫衣服了。噓！別鬧了，你一進了自己的屋子，我就不會走近你了，你也用不著害怕了。沒想到，你這回幹得還不錯。其餘的事由我來辦好了。』

他說這番話時，順手打開門，讓他兒子過去。他兒子走出門時，活像一隻哈巴狗，唯恐給牠開門的人故意使壞，關門擠牠一下。門又鎖上了。希斯克利夫走到壁爐邊，我和我家女主人一聲不響地站在那裡。凱薩琳抬頭望著他，不由自主地舉起手來護著臉；希斯克利夫一走近，她又產生了一陣疼痛的感覺。換了別人，看到這孩子氣的舉動，誰也狠不起來，可希斯克利夫卻沉著臉瞪著她，咕噥道：『哦，你不是不怕我嗎？你的勇氣完全給遮掩起來了，你看上去怕得要命呢！』

『我現在是怕，』凱茜答道，『因為我要是待在這裡，爸爸會著急的，我怎麼能忍心叫他著急呢——當他——當他——希斯克利夫先生，放我回家吧！我答應嫁給林頓，爸爸希望我嫁給他的，我也愛他。本是我心甘情願的事，你為什麼還要強迫我呢？』

『看他敢強迫你！』我嚷道，『國有國法，感謝上帝，國有國法！雖說我們是住在一個偏僻的地方。哪怕他是我兒子，我也要告發他。眞是罪大惡極，即使是牧師犯了，也休想得

到免訴！』❶

『住口！』那惡棍喝道，『你嚷嚷什麼，見鬼去吧！我不要你說話。林頓小姐，一想到你父親會著急，我便感到高興極了，我會得意的睡不著覺。你告訴我會出這種事，這更使我下定決心，讓你非在我家待上二十四小時不可。至於你答應嫁給林頓，我會叫你信守諾言的，因爲你不照辦，就休想離開此地。』

『那就打發艾倫回去吧，讓爸爸知道我平安無事！』凱薩琳一面傷心地哭著一面嚷道，『或者現在就讓我結婚。可憐的爸爸！艾倫，他會以爲我們走丟了。我們怎麼辦呀？』

『他才不會呢！他會以爲你侍候他侍候膩了，就跑開去玩一玩，』希斯克利夫回答道，『你無法否認，你是違背了他的禁令自願走進我家的。自然，像你這樣的年紀，就想多玩玩，討厭看護病人，何況那病人只是你父親。凱薩琳，你的生命開始的時候，他的最快樂的日子就結束了。我敢說，他詛咒你來的人生（至少，我詛咒）。他離開這個人世時，也完全可以詛咒你，我要和他一起詛咒。

『我不愛你，我怎麼能呢？哭吧！照我看來，這將成爲你今後的主要消遣，除非林頓能補償你的其他損失，你那位深謀遠慮的父親似乎倒挺異想天開的，認爲他可以補償。他那些信裡的勸告和安慰，眞使我大爲開心。他在最後一封信裡，勸說我的寶貝關心他的寶貝，將來娶了她以後，還要體貼她。又是關心、又是體貼——那豈不是成了父愛！但是，林頓卻要把他全部的關心和體貼用在他自己身上呢！林頓能出色地扮演個小暴君。不管有多少隻貓，只要給拔掉牙齒剪掉爪子，他能下手一隻隻地折磨。我向你擔保，等你回家以後，你準會把

❶ 英國法律一度規定，神職人員享有不受普通法院審判的特權，該法於一八二七年廢除。

一些有關他溫柔體貼的動人故事，講給他舅舅聽。』

『你這話說對了！』我說道，『就是要講明你兒子的品性，讓人看看他多麼像你，然後我希望凱茜小姐重新考慮一番，不要輕易接受這條毒蛇！』

『我現在倒不大介意講講他那些可愛的品德，』他回答道，『因爲你家小姐要嘛得接受他，要嘛就得遭囚禁，還要由你陪著，直至你家主人死去。我可以把你們兩個關在這裡，搞得誰也不知道。你要是不信，就鼓動她收回她的許諾，你就有機會斷定了！』

『我不收回我的許諾，』凱薩琳說道，『如果我結完婚可以回畫眉田莊，我願意在這一個鐘頭之內就嫁給他。希斯克利夫先生，你是個殘酷的人，但不是個惡魔。你不會僅僅爲了坑人，就要毀掉我一生的幸福，讓我抱恨終身吧?!如果爸爸以爲我故意抛開了他，如果他沒等我回去就死了，我可怎麼活得下去呀？我已經不哭了，可我要跪在這兒跪在你面前。我不起來，眼睛始終望著你的臉，直至你回看我一眼！不，別轉過臉去！看看我吧！你不會看到什麼惹你生氣的。我不恨你，我不氣你打了我。難道你這一輩子從沒愛過任何人嗎？姑父？從來沒有？啊！你一定要看我一眼——我好可憐呀——你不會不難過，不會不憐憫我的。』

『拿開你那水蛭般的手指。走開，不然我要踢你了！』希斯克利夫嚷道，野蠻地推開小姐。『我寧願讓一條蛇來纏住我。見鬼，你怎麼想到向我搖尾乞憐來了？我討厭你！』

他聳聳肩膀——當眞抖了抖身子，就像身上有一條可憎的蟲子在爬，然後把椅子猛地往後一推。這時，我立起身來，張開口要大罵一頓，不想第一句話才說到一半，就被一聲恐嚇堵回去了，他說，如果我敢再多吐一個字，就把我單獨關進一間屋子。天漸漸黑了——我們聽見花園門口有說話聲。主人趕快跑出去了。他倒滿機警的，我們則不行了。談了兩三分鐘之後，他一個人回來了。

『我以為是你表哥哈雷頓呢，』我對凱薩琳說道，『我希望他來！他也許會幫我們說話，誰知道呢？』

『是從田莊派出的三個僕人來找你們了，』希斯克利夫聽見了我的話，便說道，『你本該打開一扇窗子，往外面呼叫的。不過，我可以發誓，那個小丫頭很高興，你沒有呼叫。我敢肯定，她巴不得給留下來。』

一聽說錯過了機會，我們倆難過得再也忍不住了，便放聲大哭起來，希斯克利夫由著我們哭到九點。然後就叫我們上樓，穿過廚房，到齊拉的房裡去，我悄悄勸我的同伴服從他。也許我們可以從那邊的窗子裡爬出去，或者登上閣樓，從天窗裡爬出去。誰知這裡的窗子跟樓下的一樣窄，閣樓上的活動天窗也壓根兒爬不成了，我們像先前一樣，給關在房裡了。

我們倆誰也沒有躺下來。凱薩琳就待在窗前，焦急地盼望早晨到來。我一再懇求她休息，所能得到的唯一回答，只是一聲深沉的嘆息。我坐在一把椅子上，搖來搖去，苛責自己屢次失職。我當時覺得，我家主人和小女主人的所有不幸，都是由於我的失職造成的。我知道，實際上並非如此。但是，在那個淒慘的夜晚，我想像中的卻是如此，我覺得希斯克利夫的罪過比我的還輕些。七點鐘時，他來了，問林頓小姐起來了沒有。

『起來了。』小姐馬上跑到門口，回答說。

『那就來吧！』希斯克利夫說道，一面打開門，把她一把拉了出去。我站起來想跟出去，但他又把門鎖上了。我要他放我出去。『耐心點，』他回答道，『我一會就派人給你送早飯來。』

我氣憤極了，砰砰地捶擊門板，把門閂搖得格格響。凱薩琳問道，怎麼還要關著我？希斯克利夫回答說，我還得再忍耐一個鐘頭。隨即，兩人便走了。我忍耐了兩三個鐘頭。最後，我終於聽到了腳步聲，不是希斯克利夫的腳步聲。

『我給你送吃的來了，』一個聲音說道，『開門！』

我急忙打開門，一見是哈雷頓，帶的食品夠我吃一整天的。

『拿去！』他又說，把盤子塞在我手裡。

『待一會吧！』我開口了。

『不幹！』他嚷了一聲便走了，我再怎麼懇求，也留不住他。

我就在那裡給關了一整天，一整夜；又一整天，一整夜；又一整天，一整夜……我總共給關押了四天五夜，除了每天早晨看見哈雷頓一次，就什麼人也見不到，而哈雷頓又儼然是個模範獄卒——緊繃著臉一聲不吭，對於想打動他的正義感和同情心的話語，一概充耳不聞。」

# 第十四章

「第五天早上，或者不如說是下午，只聽到一個不同的腳步聲走來——步子比較輕，也比較短。這一回，那人走進屋來了。原來是齊拉，披著她那條鮮紅的披巾，頭上戴著一頂黑絲帽，胳臂上擱著一只柳條籃子。

『我的媽呀！狄恩太太，』她嚷道，『哎！吉默頓正在謠傳你的事。我還以為你陷進了黑馬沼澤，小姐也跟你一起陷了進去，後來主人告訴我，已經找到你們了，他讓你們住在這兒！怎麼，你們一定是爬上一個孤洲了吧？你們在泥潭裡待了多久呀？是主人救了你們嗎，狄恩太太？不過，你並不怎麼瘦呀——你身體並不怎麼差呀，是吧？』

『你家主人是個十足的壞蛋！』我回答道，『不過，他要為此負責任。他用不著編造那套謊言，謊言是要被徹底戳穿的！』

『你這是什麼意思？』齊拉問道，『這可不是他編出來的，村裡人都那麼說——說你們迷失在沼澤地裡了。我進門時，就衝著恩蕭叫喊：〔呃，哈雷頓先生，自從我走後，可出了些蹊蹺事。那個俊俏的姑娘好可憐，還有那個能幹的娜莉·狄恩。〕他瞪大了眼睛。我還以為他什麼也沒聽說，就把那流言告訴了他。主人聽見，只對自個笑了笑，說：〔他們即使掉進了沼澤裡，現在可是出來了，齊拉。娜莉·狄恩眼前就住在你房裡。你上樓以後，可以叫她快滾吧！鑰匙在這裡。她腦袋裡灌滿了泥漿水，她會瘋瘋癲癲地跑回家，不過我把她扣起來了，等她清醒過來再說。她要是能走的話，你叫她馬上回田莊去，給我捎個口命，就說她

家小姐會跟著來的，趕得上給那位紳士送殯。〕

『艾德加先生沒有死吧？』我氣吁吁地說，『哦！齊拉，齊拉！』

『沒有，沒有。你坐下吧，我的好太太，』她回答說，『你身體還很虛。他沒有死。肯尼斯大夫認為，他還可以支撐一天。我在路上遇見他時問過的。』

我哪裡顧得坐下，一把抓起出外穿戴的衣帽，急急忙忙跑下樓，因為路已經暢通無阻了。一走進堂屋，我便四下張望，想找個人打聽一下凱薩琳的消息。堂屋裡照滿了陽光，房間大開著，但是眼前似乎沒有人。我正猶豫著，不知是馬上走掉好，還是回頭去找我家女主人，這時忽然聽到一聲輕微的咳嗽，把我的注意力吸引到壁爐邊。林頓正一個人躺在高背長椅上，吮著一根棒棒糖，以冷漠的目光注視著我的舉動。

『凱薩琳小姐在哪兒？』我板著臉問道，心想趁他一個人這麼唬他一下，也許能逼迫他提供點消息。他像個呆子似地繼續吮糖。『她走了嗎？』我問。

『沒有，』他答道，『她在樓上。她走不了，我們不放她走。』

『你們不放她走，小白痴！』我嚷道，『馬上告訴我她在哪間屋裡，不然我就叫你扯開嗓子號叫。』

『你要是跑到那裡去找她，爸爸會讓你號叫的，』他回答道，『他說我對凱薩琳不能心軟。她是我妻子，她真不要臉，居然想離開我！爸爸說，她恨我，就想讓我死去，她好得到我的錢，可她休想得到。她也休想回家！她永遠回不去了！她儘管哭吧，生病吧，反正隨她的便！』

他又繼續吮他的糖，把眼睛一閉，好像要入睡了。

『希斯克利夫少爺，』我說道，『難道你把去年冬天凱薩琳待你的好處全忘了嗎？那時候，你表明你愛她，她給你帶書來，給你唱歌，有多少次冒著風雪來看你？她有天晚上沒來，就哭起來了，怕你會失望。你當時覺得她對你好得不好了，現在卻相信你父親講的謊話了，儘管你知道他恨你們兩個！你卻跟著你父親去欺負她。好一個感恩戴德呀，是吧?!』

林頓的嘴角撇下來了，他把棒棒糖從嘴裡抽出來。

『難道她是因爲恨你才來咆哮山莊的嗎?』我接著說道，『你自己想一想！至於你的錢，她甚至還不知道你會有什麼錢。你說她病了，可你卻把她丟在一個陌生人家的樓上！你呀，你也嘗過被人丟開不管是什麼滋味啊！你受了苦，你能可憐自己，她也可憐你，可是她在受苦，你卻不可憐她！你瞧，希斯克利夫少爺，我都掉眼淚了——一個上了年紀的人，而且僅僅是個僕人——可你呢？裝作那麼情意綿綿，幾乎有理由崇拜她了，卻把每一滴眼淚存下來供自己用，心安理得地躺在那裡。哼！你這個沒良心的、自私自利的孩子！』

『我不能跟她待在一起，』他氣呼呼地回答道，『我也不想一個人待著。她哭得讓我受不了。她不肯停止，儘管我說我要喊爸爸。我還眞喊過他一次，他威脅說，她再不靜下來，他就掐死她。但是，他一走出屋子，她又哭開了，雖然我煩得大叫睡不著，她還是整夜都在悲泣哀嘆。』

『希斯克利夫先生出去了嗎？』我看出這個可憐蟲沒有能力去同情他表姊遭受的精神折磨，便問道。

『他在院子裡，』他答道，『正在跟肯尼斯大夫說話。大夫說舅舅終於眞的要死了。我很高興，因爲我要接替他作田莊的主人了。凱薩琳總把那裡說成是她的家。那不是她的家！那是我的家——爸爸說，她所有的東西都是我的。她所有的好書都是我的。她說過，只要我肯把房門鑰匙給她，放她出去，她就把那些書、她那些漂亮的鳥，以及她的小馬敏妮，統統送給我。可我告訴她說，她沒有東西可送了，那些東西統統都是我的。

『接著她就哭了，從脖子上拿下一幅小小的畫像，說是她可以把這個送給我——一只金框裡嵌著兩幅肖像：一面是她母親，另一面舅舅，都是他們年輕時畫的。那是昨天的事——我說那也是我的，想從她手裡奪過來。那可惡的東西不肯給我，她推開我，把我弄痛了。我大叫起來——這一下她害怕了——她聽見爸爸來了，便折斷鉸鍊，把框子掰成兩半，把她母親的畫像送給我，那另一幅她想藏起來。可是爸爸問怎麼回事，我就說出來了。他把我的畫像拿去了，又責令她把她那一幅交給我。她不肯，爸爸——爸爸就把她打倒在地，從項鍊上扯下那幅畫像，放在腳下踩爛。』

『你看著她挨打高興嗎？』我問道，有意逗他說話。

『我眨眼了，』他回答道，『我看見父親打狗、打馬，就要眨眼睛，他下手眞狠。不過開頭我倒挺高興的：誰叫她推我的，活該她挨打。可是等爸爸走後，她把我拉到窗前，讓我看她內腮給牙齒戳破了，滿嘴都是血。隨後，她拾給畫像的碎片，走過去面對牆坐下來，從此再也不跟我說話了。有時候，我以為她是痛得不能開口。我可不喜歡這樣想！不過她眞是個搗蛋鬼，哭個不停。她臉色煞白，看上去瘋瘋癲癲，我都怕她了！』

『你要是想要的話，能拿到鑰匙嗎？』我說道。

『能，只要我上了樓，』他答道，『不過我現在走不到樓上。』

『放在哪間屋子裡？』我問道。

『哦！』他嚷道，『我才不會告訴你放在哪兒呢？這是我們的秘密。不管是誰，哈雷頓也好、齊拉也好，都不讓知道。得了！你把我累壞了——走開！』說罷，把臉轉過去，靠在胳臂上，又閉上了眼睛。

我尋思，最好不見希斯克利夫先生就走，從田莊帶人來救我家小姐。

一回到家，那些僕人伙伴看見我，都非常驚訝，也非常高興。當他們聽說小女主人平安無事時，有兩三個人就想奔到樓上，到艾德加先生房門口大聲報信。可我卻要親自去通報。才幾天工夫，我發覺主人變得多厲害呀！他帶著滿臉悲哀一副聽天由命的神氣，躺在那裡等死。他看上去很年輕，雖說他實際上已是三十九歲，但是人們會覺得他至少年輕十歲。他思念著凱薩琳，因爲他在低聲念叨著她的名字。我碰碰他的手，開口說話了。

『凱薩琳就來了，好主人！』我小聲說道，『她活著，還挺好，我想今晚就回來了。』

這消息產生的最初效果，眞讓我不寒而慄——他勉強撐起身子，急切地向房內環視了一圈，隨即又暈倒過去了。他一醒過來，我就述說了我們怎樣被逼到山莊，怎樣給關起來。我說希斯克利夫強迫我們進去，這是不大眞實的。不過，我盡可能少說林頓的壞話，也沒有詳盡描述他父親的暴行——我的想法是，主人的苦杯已經滿溢出來了，我要盡可能不再給他苦上添苦。

他料想，他的仇人的意圖之一，就是謀取他的動產和房地產，好給他兒子，或者不如說，好落入他手中。然而，對方爲什麼不等他過世後再下手，卻使主人感到困惑不解，因爲他不知道，他和他外甥快要一起離開人世了。不過怎麼說，主人覺得最好把他的遺囑改動一下。他本想讓凱薩琳自由支配傳給她的財產，現在決定將這些財產交到受托人手裡，供她活著時享用，如果她有孩子，在她身後就歸孩子使用。照這辦法，即使林頓過世以後，財產也不會落到希斯克利夫先生手裡。

遵照主人的吩咐，我派了一個僕人去請律師，又派了四個僕人，各自帶著稱手的武器，去把小姐從她的監禁人那裡要回來。兩路人都耽擱到很晚才回來。那單獨出去的僕人先回來。他說，當他趕到格林律師家時，格林先生不在家，他不得不等了兩個鐘頭，律師才回來。這時，格林先生告訴他，他在村裡有點小事要辦一下，不過他明天一大早就趕到畫眉田莊。那四個僕人也沒領回人來。他們捎回口信說，凱薩琳病了，病得出不了房，希斯克利夫又不許他們去見她。

我把那幾個蠢貨痛罵了一頓，怎麼會聽信那一套鬼話，不過我也不把這鬼話傳給主人，決定天一亮就帶一幫人馬上山莊去，如果對方不乖乖地把被監禁的人交出來，就當眞鬧它個天翻地覆。我一次又一次地發誓：她父親一定要見到她，要是那個魔鬼試圖阻攔，就把他殺死在他家門口的石階上！幸好，我省得走這一遭了，也省得大動干戈了。

三點鐘時，我下樓去取一罐水，正提著水罐走過門廳時，忽聽得前門傳來一陣急促的敲門聲，把我嚇了一跳。

『哦！格林來了，』我定了定神說道，『只會是格林。』

我繼續往前走，打算叫別人來開門。不想門又敲起來了，不是很響，但是仍然很急促。我把水罐放在欄杆上，連忙自己去開門，讓他進來。秋分後的第一個滿月，將外面照得通明。來人並不是律師。我那親愛的小女主人一下掛到我脖子上，抽泣著說：『艾倫！艾倫！爸爸還活著嗎？』

『是的！』我嚷道，『是的，我的天使，他還活著！感謝上帝，你又平平安安地跟我們在一起了！』

她儘管上氣不接下氣，卻想跑到樓上林頓先生的房裡。不過，我硬逼著她坐到一張椅子上，叫她喝點水，洗洗她那蒼白的臉，用我的圍裙擦出一點點紅潤來。然後我說，我得先去給她通報一聲，懇求她對主人說，她和小希斯克利夫在一起會很幸福的。她瞪著眼，可是馬上就明白了我為什麼勸她說假話，便讓我放心，她不會訴苦的。

他們父女會面，我不忍心在一旁看著。我在臥房門外站了一刻鐘，當時簡直不敢走近床前。然而，一切都很安靜。凱薩琳的絕望，和父親的欣喜一樣，都是默默無聲的。表面上，女兒鎮靜地扶著父親，父親抬起那像是因為狂喜而睜大了的眼睛，盯著女兒的臉。他在幸福中死去了——洛克伍德先生，他是這樣死去的。

『我要到她那兒去了，你呢，寶貝孩子，將來也要到我們那兒去的。』他親親女兒的臉，喃喃地說道。

他再也沒動彈，再也沒說話，只是一個勁地盯著女兒，眼睛裡閃爍著喜悅的光芒，直到他的脈博不知不覺地停止跳動，他的靈魂離開人世。誰也注意不到他去世的確切時刻，他沒有掙扎一下就死去了。

不知道凱薩琳是把眼淚哭乾了，還是因為過於悲哀，以至於有淚流不出來，反正她兩眼乾乾地坐在那裡，直至太陽出來。她又坐到中午，還想待在那裡對著靈床發呆，但我非要叫她走開，休息一下。幸虧我把她勸走了，因為午飯時律師來了，他已經到咆哮山莊請示過了。他把自己出賣給希斯克利夫先生了，這就是為什麼我家主人請他，他卻遲遲不來的緣故。幸好主人見女兒回來後，壓根兒就沒想到那些世俗的事情，而去煩神操心。

格林先生擅自發號施令，事事由他安排，人人聽他調遣。他把除我以外的所有僕人都給辭退了。他濫用他的委託權，堅決不讓把艾德加．林頓葬在他妻子旁邊，而要葬在小教堂裡——他的祖墳那裡。可是遺囑擺在那裡，不允許那樣做，我又大聲抗議，反對任何違反遺囑的行為。

喪事匆匆辦完了，凱薩琳（如今已是林頓．希斯克利夫夫人了。）獲許住在田莊，直至她父親起靈爲止。

她告訴我說，她的極度痛苦終於激發林頓冒險放走了她。她聽見我派去的幾個僕人在門口爭論，悟出了希斯克利夫回話的意思，這就把她逼上了絕境。林頓早在我離開後不久，就給送到樓上小客廳裡，他這時給嚇壞了，趁父親下樓沒上來的當兒，拿到了鑰匙。他倒挺有心眼，打開門上的鎖，又重新鎖上，但是沒有把門關嚴。等到該上床時，他要求哈雷頓一起睡，這一回他的請求被批准了。

天亮之前，凱薩琳偷偷溜出去了。她不敢從門裡出去，生怕惹得狗驚叫起來。她跑進一間間空臥房，仔細查看一扇扇窗子。幸虧她碰巧走進她母親當年的房間，輕易地從格子窗裡爬出去了，藉助窗口的那棵樅樹，落到地上。她那位同謀，儘管耍了些怯懦的花招，還是爲參與這起脫逃事件吃足了苦頭。」

# 第十五章

「辦完喪事的那天晚上！小姐和我坐在書房裡，時而沉痛地想著又失去了一位親人——我們中的一個眞是肝腸寸斷，時而又對黯淡的未來妄加猜測。

我們剛剛取得一致看法，認爲凱薩琳所能期待的最好命運，就是允許她繼續在田莊住下去，至少在林頓活著的時候如此：林頓可以來和她一起住，我仍舊做女管家。這樣的安排似乎太稱心了，簡直讓人不敢指望，但我還是抱著希望；而且一想到可以保住我的家、我的職務，尤其是我可愛的小女主人，我不由得欣喜起來。不料，就在這時，一個僕人——一個被辭退但還沒有離去的僕人，急急忙忙地衝進來，說『希斯克利夫那個魔鬼』正穿著院子走來，他要不要把他閂在門外？

我們即使眞氣得要吩咐閂門，也來不及了。希斯克利夫不顧禮儀，既沒敲門，也沒通報一聲。他是主人，仗著主人的權勢，逕直走進來，一句話也不說。那個來報告的僕人的聲音，把他引到書房來。他走進來，揮手讓僕人出去，關上了門。

十八年前，他作爲客人，就是被引進這同一個房間：同樣的月光從窗外照進來，外面是同樣的秋景。我們還沒點起蠟燭，但是整個房間卻清晰可見，就連牆上的畫像——林頓夫人那姣麗的頭像和她丈夫那優雅的頭像，也看得清清楚楚。希斯克利夫走到壁爐邊。時光也沒怎麼改變他的外貌。他還是同一個人：他那張臉變得灰黃了些，也沉靜了些，他的身子也許重了一二十磅，此外沒有什麼變樣。凱薩琳一看見他，站起來就想往外衝。

『站住！』希斯克利夫說道，一把抓住她的胳臂。『別再逃跑了！你要去哪兒？我來領你回家。我希望你做個孝順的兒媳婦，別慫恿我兒子再不聽話了。我發現他參與這件事以後，眞不知道該怎麼懲罰他。他像蜘蛛網一樣碰不得，一捏就能要他的命。不過，你瞧瞧他的神氣，就會知道他已經受到了應有的懲罰！

『有天晚上，就是前天，我把他帶下樓來，就把他放在一張椅子上，後來就再沒碰過他。我把哈雷頓打發走了，屋裡只有我們倆。過了兩個鐘頭，我叫約瑟夫又把他抱上樓。從此以後，他一看見我，就像見到鬼一樣膽顫心驚。我想，雖然我不在他眼前，他還常常看見我。哈雷頓說，他夜裡一個個鐘頭醒過來，尖聲直叫，喊你去保護他，免得受我傷害。不管你喜不喜歡你那寶貝伴侶，你都得去：他現在要你來操心了，我不管他了，全交給你了。』

『爲什麼不讓凱薩琳留在這兒呢？』我懇求道，『把林頓少爺送到她這兒來。既然你恨他們倆，你也不會想念他們的，他們只會天天給你的鐵石心腸帶來煩惱。』

『我要給田莊找一個房客，』他回答道，『當然，我想要我的孩子們待在我身邊。再說，那丫頭吃我的飯，就得給我做事。等林頓一死，我也不會讓她養尊處優、無所事事了。趕快準備好，別讓我來逼迫你。』

『我走，』凱薩琳說道，『林頓是我在世上唯一親愛的人了。雖然你竭力讓我覺得他可恨，讓他覺得我可恨，但你卻無法讓我們互相仇恨！我要看看你敢不敢當我的面傷害他，看看你能不能唬住我。』

『你倒是個會誇口的勇士呀！』希斯克利夫回答道，『不過，我還不是那麼喜歡你，而非要去傷害他。只要他受一天折磨，就有你的好果子吃。不是我要讓你覺得他可恨——而是他那可愛的性格。你逃跑後讓他吃盡苦頭，他把你恨透了。別指望他會感激你那崇高的愛。

我聽見他有氣有色地對齊拉說，他要是跟我一樣有力氣，就要怎麼怎麼辦。他已經有了這個意向，因爲力不從心，他會開動腦筋，用心計來彌補力量之不足。』

『我知道他性子不好，』凱薩琳說，『他是你的兒子嘛。不過，我很高興，我的性子比較好，能原諒他的壞性子，我知道他愛我，因此我也愛他。希斯克利夫先生，你可沒有一個人愛你呀！不管你把我們搞得多麼悲慘，我們都會揚揚自得地認爲，你所以這麼殘忍，是因爲你比我們更悲慘！你是悲慘，不對嗎？像魔鬼一樣孤獨，也像魔鬼一樣嫉妒人吧？誰也不愛你——你死了，誰也不會來哭你！我可不願意做你！』

凱薩琳是帶著一種淒涼的得意口吻，說這番話的。她似乎已經下定決心，要跨進她這未來家庭的精神世界，從她仇人的悲哀中汲取快慰。

『你要在那兒再站上一分鐘，』她公公說道，『我馬上就叫你懊悔不已，神氣不起來。滾吧！賤貨，收拾你的東西去。』

凱薩琳輕蔑地走開了。等她走後，我就開始懇求，讓我到山莊做齊拉的差事，而把我在田莊的位置讓給她。但是，希斯克利夫說什麼也不答應。他叫我閉上嘴，然後頭一回得便環視了一下屋裏，望了望那些畫像。『我要把這幅畫帶回家去。不是因爲我需要它，而是——』他把林頓夫人的肖像端詳了半天，說道。

他驀然朝壁爐轉過身來，帶著一種——我找不到合適的字眼——就算是一種微笑吧！接著說道：『我告訴你我昨天幹什麼來著！我找到了給林頓掘墳的教堂司事，叫他把凱薩琳棺蓋上的泥土挖走，我打開了棺材。我又看到了她的臉——還是她那張臉，一度就想待在那裏不走了，司事費了好大勁才使我挪動了一下。不過他又說，屍體透了風就會起變化，於是我把棺材的一邊敲鬆，又蓋上了土——不是靠林頓那邊，讓他見鬼去吧！我恨不得把他用鉛封住。我買通了司事，等我埋在那兒時，把敲鬆的那邊抽掉，也把我的一邊抽掉。我就是要敲成這樣，將來林頓到我們這兒來時，他就分不清哪個是哪個了。』

『你可眞缺德呀，希斯克利夫先生！』我嚷道，『你去驚擾死者，難道不害臊嗎？』

『我誰也沒驚擾，娜莉，』他答道，『我給自己一點安慰。我現在感到寬慰多了。等我葬在那兒以後，你們也就能使我安安靜靜地躺在地下。驚擾她？不！十八年來，她白天黑夜都在驚擾我——從不間斷——毫不留情——直到昨天夜裡。昨天夜裡我平靜了。我夢見我挨著那長眠者，睡我最後的一覺，我的心停止跳動了，我的臉冰冷地貼著她的臉。』

『要是她已化爲泥土，或者連泥土都不如，那你還會夢見什麼呢？』我說道。

『夢見和她一起化掉，而且還會更加快活！』他答道，『你以爲我害怕這類變化嗎？我原指望一掀起棺蓋，就會看到這一變化，但是我很高興還沒起變化，要等著我一起變。再說，我若不是把她那冷若冰霜的面孔清晰地印在腦海裡，也就很難打消那奇怪的感覺。這感覺來得很蹊蹺。你知道，她死後我就發狂了，我天天都在不停地祈求她回到我身邊——她的靈魂——我很相信鬼魂，我相信鬼魂能夠在在我們中心，也確實存在我們中間！

『她下葬那天，下了一場雪。晚上，我來到教堂墓地，風刮得冷颼颼的，像冬天一般——四周一片寂靜。我不擔心她那個傻丈夫這麼晚會逛到這裡——別人誰也不會有事到這兒來。就我一個人，我意識到，我們之間只隔著兩碼厚的鬆土，便對自己說：〔我要把她再抱在懷裡！如果她身上冰冷，就當作是這北風吹得我冰冷；如果她紋絲不動，就是睡著的了。〕

『我從工具房裡拿來一把鐵鍬，拚命地挖了起來——鐵鍬刮著棺材，我就用手來挖。棺材打螺釘的地方開始發出嘎吱嘎吱的響聲，我眼看就要達到目的了，恰在這時，我彷彿聽見就在這墳邊上面，有人嘆了一聲氣，還俯下了身子。〔我要是能掀開這蓋子，〕我喃喃說道，〔我巴不得他們用土把我們倆都埋起來！〕我更加拚命地掀蓋子。我耳邊又傳來一聲嘆息。我彷彿覺得這嘆息的暖氣，擠走了夾著雨雪的冷風。我知道，周圍並沒有血肉之軀的活物。但是，正如你在黑暗中時覺有什麼活物走來，可又分辨不出是什麼活物一樣，我也分明感覺凱茜就在那裏，不是在我腳下，而是在地面上。陡然，我心裡泛起一股輕鬆的感覺，湧過四肢。我丟下了苦活，頓時得到了安慰，無法形容的安慰。她和我待在一起，我又塡平墓穴時，她依然和我在一起，而且把我領回了家。你願笑就笑吧！反正我相信我回到家中就會看見她。我相信她和我在一起，我禁不住要和她交談。

『一到山莊，我就火急地衝到門前。門閂上了。我記得，那該死的恩蕭和我的妻子不讓我進去。我記得我停下來，把他踢得透不過氣來，然後急忙奔上樓，跑進我的屋子和她的屋子。我迫不及待地四下張望——我覺得她就在我邊邊——我幾乎看得到她了，可就是看不見呀！這是，我眞是心急火燎，痛苦地渴望著，狂熱地祈求只要看她一眼！我一眼也沒看到。她生前常常捉弄我，死後還是如此！從那以後，我總是時多時少地被那難以容忍的折磨所捉弄！眞是可惡——我的神經總是給繃得緊緊的，要不是因爲像羊腸線那麼牢的話，早就鬆下來了，變得像林頓的神經一樣脆弱。

『我和哈雷頓坐在堂屋裡的時候，就覺得彷彿我一出去，就能遇見她；我在荒野散步的時候，彷彿我一回去，便能遇見她。我一離開家，便又急急忙忙趕回去，我敢肯定，她一定待在山莊什麼地方！我在她房裡睡覺時——因爲受不了，後來就不睡在裡面了——我在那兒躺不住，因爲我一閉上眼，她要嘛待在窗外，要嘛把鑲板拉回去，要嘛走進房來，甚至把她那可愛的腦袋枕在她小時候枕過的枕頭上。我只得睜開眼睛看看。因此，我一夜裡要把眼睛睜合一百次——每次總是失望！眞讓我活受罪呀！我常常大聲呻吟，搞得約瑟夫那老流氓毫無疑問地認爲，我這是良心在身體裡亂折騰。

『現在，我既然看見了她，心裡也就平靜了——平靜了一點。這是一種奇怪的討命法，不是一寸寸地，而是一絲絲地置於死地，十八年來，就用這虛無縹渺的希望來戲弄我！』

希斯克利夫停住了，擦了擦額頭。他的頭髮粘在額頭上，全給汗水浸濕了。他兩眼直瞪著壁爐裡紅紅的餘燼，眉毛沒有皺起，而揚得高高的，挨近了太陽穴，減少了幾分他那陰沉的神氣，但是流露出一副心煩意亂的樣子，以及爲一件甩不開的事情感到焦灼不安的痛苦神情。他並非在完全對我說話，我一直沒開腔。我不願意聽他說話！過了一會，他又出神地看著那幅畫像，把它取下來，靠在沙發上，以便更好地端詳一番。正在他仔細端詳的時候，凱薩琳進來了，說她已經準備好了，就等著備好小馬了。

『明天派人把這送過去，』希斯克利夫對我說，然後轉向凱薩琳，接著說道：『你不用騎小馬了。今晚天氣很好，到了咆哮山莊，不管你到哪裡去，都用不著騎馬，你的腳可以爲你效勞。走吧！』

『再見，艾倫！』我親愛的小女主人低聲說道。她親我的時候，她的嘴唇像冰一樣涼。『來看我，艾倫，別忘了。』

『當心別做這件事，狄恩太太！』她公公說道，『我想跟你說話時，我會到這兒來的。我才不要你到我家探頭探腦呢！』

他做了個手勢，叫凱薩琳走在她前面。凱薩琳回頭望了一眼，眞叫我心如刀割，隨即她便遵命走了。我從窗口望著他們順著花園走去，希斯克利夫用胳膊夾著凱薩琳的手臂，不過看得出來，凱薩琳起初不肯讓他這樣做。希斯克利夫大步地把她拖到小路上，路上的樹木把他們遮沒了。」

# 第十六章

「我去過山莊一次，但是自從凱薩琳走後，我就沒有見到過她。我上門去問候她時，約瑟夫卻用手把著門，不許我進去。他說林頓夫人『沒空』，主人不在家，齊拉給我講過一些他們的情況，不然我連誰死了、誰活著，也很難知道。

我從她的話裏聽得出來，她嫌凱薩琳高傲不喜歡她。我家小姐剛去時，曾要求她幫點忙，可是希斯克利夫叫她只管她自己的事，讓他兒媳婦自己照料自己。齊拉本是個心胸狹窄、自私自利的女人，一聽便欣然服從了。凱薩琳受到這番怠慢，難免要耍孩子氣，露出一副鄙夷不屑的樣子。於是，就把這個向我提供情況的女人，列入她的敵人之列，結下了不解之仇，好像她做過什麼了不起的虧待她的事。

大約六個星期以前，就在你來之前不久，有一天我和齊拉在荒野上碰見了，進行了一次長談。以下就是她告訴我的一些情況——

『林頓夫人來到山莊所做的第一件事，』她說，『就是對我和約瑟夫連一聲晚上好都沒說，就奔到樓上，把自己關在林頓的房裏，一直待到早上。就在主人和恩蕭叫早飯的時候，她走進堂屋，渾身哆哆嗦嗦地問道，能不能去請大夫來？她表弟病得很重。

〔知道了！〕希斯克利夫答道，〔可是他這條命一文不值，我也不想在他身上多花一文錢。〕

〔可是我不知道麼麼辦，〕她說，〔要是沒有人幫幫我，他就要死了！〕

〔給我走出屋去！〕主人嚷道，〔關於他的事，我一句也不要聽！這裏誰也不關心他怎麼樣。你要是關心他，就做他的看護好了；你要是不關心他，就把他鎖在房裏，離開他。〕

於是，林頓夫人就來煩我，我說我叫這煩人的東西折磨夠了。我們各人有各人的事，她的任務是服侍林頓，希斯克利夫先生叫我把那份苦差事交給她的。

他們倆是怎麼湊合過來的，我也說不上來。我猜想，林頓極其煩人，白天黑夜地哼哼唧唧；林頓夫人極少睡覺，這可從她那蒼白的面孔和睏乏無神的眼睛看得出來。有時候，她神色惶惑地來到廚房，看樣子是想求人幫忙，不過我可不想違背主人的旨意。我從來不敢違背他，狄恩太太。雖說我覺得不請肯尼斯大夫是不對的，但這不關我事，用不著我去指點、去抱怨。我一向不願多管閒事。

我們都上床以後，我偶爾又開了一兩次房門，只見她坐在樓梯頂上哭，我趕忙關上了門，生怕心腸一軟愛多事。我當時的確可憐她，可你知道，我還是不想丟掉飯碗呀！終於，有天夜裏，她貿然闖進了我房裏，說的話把我嚇壞了。

〔告訴希斯克利夫先生，他兒子要死了——這一次他眞的要死了。馬上起來，去告訴他！〕她說完這話後，又走了。我又躺了一刻鐘，一邊聽一邊發抖。四周沒有一點動靜——家裏靜悄悄的。

〔她搞錯了，〕我自言自語地說，〔他好了。我用不著驚動他們了。〕

我又睡著了。可是睡著睡著，又讓一陣尖銳的鈴聲把我第二次吵醒了——我們家只有這一個鈴，是特地爲林頓裝上的。主人喊我，叫我去看看出了什麼事，告訴他們，他不要再聽見那個聲音。

我轉告了凱薩琳的話。他自言自語地罵了幾聲，過了一會，拿著一根點亮的蠟燭出來了，朝他們房裏走去。我跟了進去。希斯克利夫夫人坐在床邊，叉著手搭在膝頭。她公公走上前，把蠟燭湊到林頓的臉跟前，看看他，又摸摸他，然後轉向凱薩琳。

﹝喂——凱薩琳，﹞他說，﹝你覺得怎麼樣？﹞凱薩琳木然沒有吭聲。﹝你覺得怎麼樣，凱薩琳？﹞他又問了一遍。

﹝他平安了，我自由了，﹞她答道，﹝我本該感覺不錯——但是，﹞她帶著無法掩飾的悲痛心情，接著說道，﹝你丟下我一個人跟死亡搏鬥了這麼久，我感到的、看到的全是死亡！我覺得就像死了一般！﹞

她看上去也眞像死了一般！我給了她一點酒。哈雷頓和約瑟夫讓鈴聲和腳步聲吵醒了，在外面聽見我們說話，這時也進來了。我相信，約瑟夫見這孩子死了，心裡是很高興的。哈雷頓似乎有些難過，不過他一個勁地盯著凱薩琳，也就顧不得去思念林頓了。但是主人叫他再去睡，這裡不需要他幫忙。後來，主人叫約瑟夫把屍體移到他房裡，叫我也回房去，留下夫人一個人。

早上，主人叫我去告訴她，她得下樓吃早飯。她已經脫了衣服，像是要睡覺，說她不舒服。對此，我並不感到奇怪。我告訴了希斯克利夫先生，他答道：﹝好吧，隨她去吧，等下葬後再說，時常上去看看，她需要什麼就給她拿去。等她見好些，就來告訴我。﹞』

據齊拉說，凱茜在樓上待了兩個星期，齊拉一天去看她兩次。本想待她好一些，但是她要增進好意的一次次努力，都被對方趾高氣昂地斷然拒絕了。

希斯克利夫到樓上去過一次，給她看看林頓的遺囑。他已經把他所有的動產，連同原屬於凱薩琳的動產，全都遺贈給他父親。這個可憐的東西在他舅舅去世之後，凱薩琳離開出莊的一個星期裡，因爲受到威脅或哄騙，寫了了那份遺囑。由於還未成年，他無法過問土地。

不過，希斯克利夫已經按照他妻子的權利和他本人的權利，把這些田地搞到自己手裡了。我想這是合法的：不管怎麼說，凱薩琳既沒有錢，也沒有親友，希斯克利夫再怎麼鯨吞，她也阻撓不了。

『除了那一次，』齊拉說，『除了我以外，誰也不曾走近過她的房門……也不曾問起她。她第一次下樓走進堂屋，是在一個星期日的下午。那天我給她送中飯的時候，她嚷嚷說，她在這冷地方再也受不了了。我就告訴她，主人要去畫眉田莊了，恩蕭先生和我不會妨礙她下樓。於是，她一聽見希斯克利夫騎著馬奔馳而去，就來到了樓下，穿著一身黑衣服，黃色的捲髮梳在耳後，樸素得像個教友派教徒——她無法把捲髮梳直。

『約瑟夫和我常在禮拜天到小教堂去，（狄恩太太解釋說，你知道，那小教堂現在沒有牧師了，人們把吉默頓的美以美會或浸禮會會所——我說不清是哪一個，叫做禮拜堂。）約瑟夫已經去了，』她接著說道，『不過我想我還是留在家裡好。年輕人有個年紀大的照看總是好些，哈雷頓儘管羞羞答答，卻不是個規規矩矩的榜樣。我讓她知道，他表妹很可能要和我們一道坐著，她向來總是要大家遵守安息日的禮儀，所以，當她待在這裡時，他最好別擺弄他的槍，也別忙乎屋裡的零碎活。

『他一聽這消息，臉刷地紅了，兩眼瞅了瞅自己的手和衣服。一轉眼工夫，鯨油和火藥全給收起來了。我看他有意想陪陪表妹，而且從他那副架勢猜想，他想把自己搞得體面些。本來主人在場時我是不敢笑的，這時我卻笑起來了，說他要是願意，我可以幫忙，並且譏笑他心慌意亂。他沉下臉，罵起來了。我說狄恩太太——』

齊拉見我不喜歡她那副姿態，便接著說道，『可能你認爲你家小姐太高雅了，哈雷頓先生配不上她，也許你是對的。不過我承認，我很想把她的傲氣壓下一點。如今，她的學問和她的高雅對她又有什麼用呢?她和你我一樣窮，我敢說可能更窮些：因爲，你在攢錢，我也在儘量積攢點。』

哈雷頓允許齊拉幫他忙，齊拉把他捧得高高興興的。所以，等到凱薩琳進來時，用那女管家的話說，他幾乎忘記了她以前對他的侮辱，盡力想討她喜歡。

『夫人走進來了，』齊拉說道，『像冰柱一樣冷冰冰的，像公主一樣高傲。我立起身來，把我坐的扶手椅讓給她。不，她對我獻的殷勤，嗤之一鼻。恩蕭也站起來了，請她到高背長椅那裡，坐在壁爐旁邊，他想她一定凍壞了。

〔我已經給凍了——一個多月了。〕夫人回答道，且儘量帶著輕蔑的語氣，把個〔凍〕字拖得很長。

她自己搬了一把椅子，擺在離我們倆都相當遠的地方。等她坐暖和了，便開始向四周張望，發現櫃子上有好幾本書。她馬上站起來，伸手想去拿書，可是書放得太高了。她表哥望著她搆了一會，終於鼓起勇氣去幫助她。夫人兜起了大衣，她表哥便順手一本本地拿下來，給她裝了一兜。

對於小伙子來說，這是個了不起的殷勤姿態。夫人沒有謝他，但是表哥還是感到很滿意，因爲對方接受了他的幫助。等夫人翻看那些書時，他還大著膽子站在她後面，甚至俯下身，指點書中幾幅古老的插圖中哪些地方令人感興趣。儘管夫人表現得很無禮，往往把書頁猛地一扯，不讓他的手指碰到，他還是不氣餒。既然看不了書，他就退後一點，看她的人。

夫人繼續看書，或者找些什麼可看的。漸漸地，她表哥把注意力集中到仔細打量她那又亮又密的捲髮上了——他看不見夫人的臉，夫人也看不見他，也許他不清楚自己在幹什麼，而只像個孩子被燭光吸引住了似的，最後索性從盯著看轉到動手摸了。他伸手去摸一綹捲髮，輕柔得像摸一隻小鳥。他這一摸，就像往夫人脖子上捅進一把刀子，夫人心頭火起，忽地轉過身來。

﹁馬上給我滾開！你怎麼敢碰我？你幹嘛待在這兒？﹂她以憎惡的口氣大聲嚷道，﹁我受不了你！你再走近我，我就回到樓上。﹂

哈雷頓先生縮了回去，那樣子要多傻有多傻。他一聲不響地坐到高背長椅上，夫人繼續翻閱她的書，這樣又過了半個鐘頭。最後，恩蕭走過來，悄悄對我說道：﹁你請她念給我們聽好嗎？齊拉，我都閒膩了。我真想——我想聽她念書！別說我要她念，就說你請她念。﹂

﹁哈雷頓先生想讓你給我們念念書，夫人，﹂我馬上說道，﹁他會很領情的——他會很感激的。﹂

﹁哈雷頓先生，還有你們這一幫人，請放明白些，你們假情假意地想來討好我，我可一概拒不接受！我瞧不起你們，跟你們任何人都沒有什麼好說的！當初我情願捨了命，也想聽一句和氣的話，甚至見見你們哪個一面，可你們都躲開了。不過，我不想向你們訴苦！我是冷得不行才被迫下樓來的，既不是來給你們解悶的，也不是來跟你們作伴的。﹂夫人皺皺眉頭，抬起眼睛，回答道。

﹁我做錯什麼事了？﹂恩蕭連口道，﹁怎麼怪起我來了？﹂

﹁哦！你還得除外，﹂希斯克利夫夫人答道，﹁我從沒想到要見你這樣一個人。﹂

﹁可我不止一次提出過，也請求過，﹂恩蕭說道，聽她把話說得那麼尖刻，不禁激動起來，﹁我請求過希斯克利夫先生，讓我代你守夜——﹂

﹁住口！我寧可走出門外，或者去任何地方，也不願意聽見你那令人討厭的聲音！﹂我家夫人說道。

哈雷頓嘟囔說，她還是給他見鬼去吧！說著從牆上取下槍，不再管束自己不幹星期日常幹的活了。這時哈雷頓說話就隨便了，林頓夫人立即看出，她最好還是回到她孤寂的空房裡。無奈霜凍已經來臨，她再怎麼傲慢，也不得不屈尊和我們作個伴，而且越來越走不開。不過我還是留神，不讓她再來嘲弄我的好性子。從那以後，我就像她一樣冷漠，她在我們中間沒有一個愛她或喜歡她的人，她也不配有，因爲誰要是跟她說半句話，她就連忙往後縮，一點都不客氣！她還頂撞主人，簡直是在討他的打。她越是挨打，就變得凶狠。』

聽了齊拉講的這些情況之後，我起先決定辭掉我的差事，租一個小屋，接凱薩琳來跟我一起住。但是，要讓希斯克利夫先生答應這件事，就像讓他們給哈雷頓自立門戶一樣難。眼前我看不出有什麼補救辦法，除非凱薩琳能再嫁，而籌劃這種事，我是無能爲力了。」

狄恩太太的故事就這樣結束了，儘管大夫把我的病情說得很嚴重，我還是很快就恢復了體力，雖然時下只是元月的第二週，我卻打算一兩天內騎馬出去，到咆哮山莊通知我的房東，我要去倫敦住上半年。他要是願意的話，可以另找一個房客，過了十月後住進去。我說什麼也不在這裡再過一個冬天了。

# 第十七章

昨天天氣晴朗，恬靜而寒冷。我按計畫到山莊去。女管家求我給她捎個短信，交給她的小姐，我沒有拒絕，因爲這位體面的女人並不覺得她的請求有什麼失宜的。

前門開著，但是跟我上次來訪時一樣，那專爲提防外人的柵門卻門得緊緊的。我敲敲門，把恩蕭從園圃中召出來了。他解開門鏈，我走了進去。這傢伙身爲一個鄉下人，長得眞夠漂亮的。這次我倒特別注意起他來，但很顯然地，他好像在盡力糟蹋自己，絲毫也不珍惜他的有利條件。

我問希斯克利夫先生在不在家？他回答說，不在，不過吃午飯時會在家的。當時已是十一點鐘了，我表明我想要進去等他，哈雷頓一聽這話，立刻扔下手裡的工具，陪我進去，不過不是代表主人，而是行使看家狗的職責。

我們一道進去了。凱薩琳在那裡，幫著準備些午飯時吃的蔬菜。看樣子，她比我第一次見到她時更加鬱鬱寡歡、更加沒精打采。像上次一樣，她幾乎沒有抬眼看我一下，只管做她的事，全然不顧通常的禮貌，我點了一下頭，問了一聲早安，她卻絲毫沒有答理我。

「狄恩太太想使我相信她和藹可親，」我心想，「看來並非如此。不錯，她是個美人，但不是個天使。」

哈雷頓粗魯地叫她把菜拿到廚房去。

「你自己拿去吧！」她說道，她剛把菜搞好，就往外一推，走過去坐在窗前的一張凳子上，動手用蘿蔔皮刻著鳥獸之類的小玩意。

我走到她跟前，假裝想看看花園，隨手把狄恩太太的信丟在她的膝蓋上，我想我做的很機敏，沒有讓哈雷頓注意到，不料凱薩琳大聲問道：「這是什麼？」隨手把信扔掉了。

「你的老朋友，田莊的女管家寫給你的信。」我回答道，氣她暴露了我的善意舉動，還怕她誤以爲那是我給她的私信。

她聽我這麼一說，很想把信拾起來，怎知哈雷頓搶先一步，一把抓過信，塞進了背心口袋裡，說是讓希斯克利夫先生先看看。一聽這話，凱薩琳默默地轉過臉去，偷偷地掏出手絹，擦著眼睛。她表哥心裡有些軟，鬥爭了一會之後，又把信抽出來，極不禮貌地丟在她身旁的地板上。凱薩琳連忙撿起信，急切地看了一遍，接著對於老家那有理性的人和沒有理性的牲畜❶，向我提了幾個問題，隨即凝望著那些小山，喃喃自語起來。

「我多麼想騎著敏妮到那兒去啊！我多想爬上去啊——唉，我厭倦了——我膩煩了，哈雷頓！」

她把她那漂亮的腦袋仰靠在窗台上，又像打哈欠，又像嘆息，接著就露出了一副馳心旁鶩的悲哀神態，既不在乎，也不曉得我們是否在注視她。

「希斯克利夫夫人，」我默默坐了一會以後，說道，「你還不知道我是你的一個熟人吧！我跟你這麼熟，我覺得很奇怪，你都不肯過來跟我說句話。我那位女管家總是不厭其煩地談論你、稱讚你，如果我回去時不帶點有關你的消息，或是你講的消息，只說你收到了她的信，一句話也沒講，那她會多麼失望呀！」

---

❶「有理性的人」指女管家娜莉，「沒有理性的牲畜」主要指凱薩琳的小馬敏妮。

「艾倫喜歡你嗎?」

「是的,非常喜歡。」我毫不猶豫地答道。

「你一定要告訴她,」她接著又說,「我本想給她回信,可我沒有寫信用的東西,連一本可以撕一張紙的書都沒有。」

「沒有書!」我嚷道,「恕我冒昧地問一句:你沒有書怎麼能在這裡過得下去呀?田莊雖然有個大書房,我還常常感到無聊。要是把我的書拿走,我就無法活了!」

「我有書的時候,總是在看書,」凱薩琳說道,「希斯克利夫先生卻從來不看書,所以他就想要毀我的書。好幾個星期以來,我都沒見到書的影子。只有一次,我在約瑟夫的那堆神學書裡翻來翻去,惹得他大發脾氣。還有一次,哈雷頓,我在你房裡發現一堆秘密的藏書——有的是拉丁文和希臘文,有的是故事和詩歌,全是我喜歡的老朋友。那些故事和詩歌是我帶來的,你把它們收集起來,就像喜鵲收集銀匙一樣,只是好偷而已!這些書對你沒有用,不然就是你使壞把書藏起來了——既然你不能享用,你也不許別人享用。也許是你出於嫉妒,就給希斯克利夫先生出主意,才奪走了我的寶貝書吧?!但是,我把那大多數的書寫在腦子裡,印在心上,這些你是無法奪走的!」

恩蕭聽到表妹揭露他私下收集文學書時,滿臉脹得通紅,一時結結巴巴地否認了對方對他的指控。

「哈雷頓先生是想增長他的知識,」我幫他解圍說,「他不是嫉妒你的學知,而是向你看齊。用不了幾年,他就是個聰明的學者了!」

「與此同時,他卻想讓我墮落成一個笨蛋,」凱薩琳答道,「是的,我聽見他一個人學著拼音、念書,真是錯誤百出!我希望你像昨天那樣,再念一遍《追獵歌謠》,可笑極了,我聽見你念的……還聽見你不停地在翻字典，查那些生字，接著就罵起來了，因爲你看不懂那些解釋！」

顯然，那小伙子覺得這太不像話，他愚昧無知要受到譏笑，後來想努力擺脫愚昧無知，居然也要受到譏笑。我也有同樣的看法，回想起狄恩太太講的那樁趣事，說他最初如何試圖從撫育他的愚昧無知中解脫出來，便說道：「不過，夫人，我們每個人都有個開頭呀，每個人都在開頭時跌跌撞撞的。要是老師光嘲笑我們，而不幫助我們，我們還要跌跌撞撞呢！」

「哦！」她回答道，「我並不想限制他求學上進……可他沒有權利把我的東西據爲己有，並且用那些低級錯誤和胡亂發音，讓我覺得可笑！那些書，不管是散文還是詩歌，會引起種種別的聯想，因而對我來說是神聖的，我不想讓那些書被他那張嘴巴所敗壞、所褻瀆！再說，他從這些書裡，偏偏選中了我最喜歡的那幾篇念來念去，好像故意跟我作對似的！」

一時間，哈雷頓一聲不吭，胸脯在一起一伏。他強忍著滿腹的屈辱和憤怒，要壓抑下去可眞不容易。我立起身來，心想我是個有教養的人，不該讓他覺得在人前發窘，便走到門口那裡，觀賞起外面的景色。哈雷頓學著我的樣子，也走出屋去，但是轉眼間又回來了，手裡捧著五、六本書，全都扔到了凱薩琳的懷裡，一面嚷道：「拿去吧！我永遠也不會聽、不要念、不要想到這些書啦！」

「現在我也不要這些書了！」凱薩琳答道，「我看見它們就要聯想到你，我討厭它們！」她打開一本顯然常被翻閱的書，以初學者拖腔拉調的語氣念了一段，接著就大笑起來，把書扔掉了。「聽著！」她以挑逗的口吻說道，並以同樣的腔調念起一首古代民謠。

然而，哈雷頓的自尊心使他無法再忍受折磨了。我聽見啪的一聲，他用巴掌來制止對方那發賤的舌頭，對此我並非完全不贊成。那個壞丫頭竭力去傷害她表哥那敏感而又未經陶冶的感情，表哥的唯一辦法就是藉助武力來說話，向傷害他的人加以清算和報復。

隨即他又把書拾起來，全都扔進爐火裡。我從他臉上看得出來，他向一團怒火獻上這一祭品時，內心裡是多麼痛苦。我猜想，這些書焚化時，他回想起當初從書中獲得的樂趣，並且還期望從中獲得越來越多的樂趣，因而產生一種揚揚得意的感覺。

我想我也猜到了激勵他私下苦讀的動力。他本來一向滿足於每天的勞作和那牲口般的粗俗享受，直至凱薩琳出現在他面前。一面面對她的譏笑感到羞愧，另一方面又希望博得她的讚賞，這就是他力求上進的最初動機。誰知他那自我提高的努力，既沒使他避開譏笑，也沒給他帶來讚賞，反而帶來了適得其反的效果。

「是的，這是你這樣一個畜生能從書本裡得到的全部好處！」凱薩琳嚷道，吮著他那受傷的嘴唇，以憤怒的目光瞅著這場怒火。

「現在你最好閉上你的嘴！」哈雷頓凶狠狠地答道。

他激動得再也說不下去了，急匆匆地衝到門口，我連忙閃開讓他過去。不料他還沒邁過門階石，希斯克利夫先生便從砌道上走來了，正好碰見他，一把抓住他的肩膀，問道：「你這是幹嘛呀，我的孩子？」

「沒什麼！沒什麼！」他說罷，便掙脫了身子，好獨自去品味他的悲哀和憤怒。

希斯克利夫盯著他的背影，嘆了一口氣。

「我要是敗在自己手裡，那豈不是怪事！」他嘟囔說，並不知道我在他背後。「但是，當我想從他臉上看到他父親時，我卻一天勝似一天地看到了她！見鬼，他怎麼這樣像她呢？我簡直不敢看他了。」

他兩眼望著地面，快快不樂地走進去。臉上流露出一種焦慮不安的神情，這是我以前從未見到的。他看上去也消瘦了些。他兒媳從窗子裡一望見他，當即逃到廚房去了，於是屋裡只剩下我一個人。

「我很高興看見你又出門了，洛克伍德先生，」希斯克利夫回答我的問候說，「一部分是出於自私自利的動機。在這荒涼的地方，一旦失去了你，我恐怕很難一下找到誰來接替你。我常常納悶，你怎麼會到這兒來的。」

「恐怕是無聊的心血來潮吧！先生，」我回答道，「不然就是這無聊的心血來潮要把我拐走了。我下星期就要動身到倫敦去，我必須預先通知你，我原定租用畫眉田莊一年期滿後，就不想再續租了。我想我不會再在那兒住下去了。」

「哦，眞有這事！你流蕩在塵世之外，感到厭倦了，是嗎？」他說，「不過，你要是因爲不再住在那地方，而來請求停付房租，那你這趟是白跑了。我不管對什麼人，討起帳來向來是不講情面的。」

「我不是來請求停付房租的！」我大爲惱火地嚷道，「你要是想要，我這就跟你結帳。」說著，我就從口袋裡掏出了錢包。

「不，不，」他冷漠地答道，「你要是回不來了，你留下的東西也足夠償付你的欠租的。我不著急。坐下來跟我們一起吃午飯吧！一個保險不會再來登門的客人，通常是會受到歡迎的。凱薩琳！把餐具拿來——你在那兒？」

凱薩琳又出現了，端著一盤刀叉。

「你可以跟約瑟夫一塊吃，」希斯克利夫咕噥道，「待在廚房裡，等他走了再出來。」

凱薩琳不折不扣地服從了他的指示。也許她並不曾動過心，因而也不想做那越軌的事。整天生活在鄉下佬和厭世者之間，即便遇見上流社會的人，她大概也不會希罕的。

一面是冷峻陰鬱的希斯克利夫先生，另一面是一聲不響的哈雷頓，我這頓飯吃得有點悶悶不樂，吃完就早早告辭了。我本想從後門走，以便最後再看凱薩琳一眼，同時氣氣約瑟夫那老傢伙，誰知哈雷頓奉命牽來了我的馬，主人有禮地親自把我送到門口，因此我也就無法了卻心願了。

「這家人生活得多麼沉悶啊！」我騎著馬順著大路走去時心裡想道，「如果林頓・希斯克利夫夫人眞像她的好保姆所期望的那樣，眞跟我兩心相悅，一起搬到鬧市裡去住，那會成全了一樁美事，眞比神話還富於浪漫氣息呢！」

# 第十八章

一八〇二年。這年九月，我應邀到北方一個朋友的原野上去打獵。我去他住地的途中，意外地來到一個離吉默頓不到十五英里的地方。在路旁一家客棧裡，馬夫提著一桶水來餵我的馬，恰在這時，有一輛車裝著剛收割的碧綠的燕麥，從我們旁邊走過。

「那是從吉默頓來的，嘿！我們總要比別人晚收割三個禮拜。」馬夫說。

「吉默頓？」我重複了一聲。我在那地方住過，但是已經記不清楚了，像作夢一樣。「啊！我知道了！離這兒有多遠？」

「也許有十四英里，翻山越嶺的，路不好走。」他答道。

我突然心血來潮，想去看看畫眉田莊。那時還沒到中午，我想不妨就在我的租層裡過夜，反正和在客棧裡過夜一樣。再說，我可以從容地騰出一天工夫，有些事跟房東料理一下，這樣也好省得再往這裡跑一趟。

休息了一會之後，我就叫僕人去打聽到村子裡怎麼走。我們顛簸了大約三個鐘頭才趕到，牲口都快給累壞了。

我把僕人留在那裡，獨自走下山谷。那灰色的教堂顯得更灰暗了，那孤寂的教堂墓地顯得更孤寂了。我望見一隻沼地羊在啃吃墳上的矮草。天氣晴朗和煦——對於旅行來說，有些過於暖和，但是並沒熱得我無法觀賞這上上下下的宜人景色。假若我是在臨近八月時見到這般美景，我管保受不住這誘惑，要在這寂靜的環境中消磨一個月。那些群山環繞的幽谷，荒原上那些陡峭險峻的崗巒，冬天沒有什麼比它們更淒涼的，夏天沒有什麼比它們更奇妙的。

我在日落之前趕到了田莊，敲敲門，等人來應。我從廚房煙囪裊裊升起的一縷細細的藍煙斷定，家裡人都到後屋去了，因而沒有聽見我敲門。我騎馬進了院子。門廊下面，一個九歲或十歲的小姑娘，坐在那裡編織東西，一個老婦人靠在門階上，若有所思地抽著煙斗。

「狄恩太太在家嗎？」我問老婦人。

「狄恩太太？不在！」她答道，「她不住在這兒，她上山莊去了。」

「那你是女管家吧？」我又問。

「是呀，俺管這個家。」她答道。

「好，我是房主人洛克伍德先生。不知道有沒有房間給我住？我想在這裡住一夜。」

「房主人！」她驚叫道，「啊！誰曉得你要來呀？你該捎個信來！家裡沒有乾淨屋子，也沒有像樣的房間——壓根兒沒有啊！」

她丟下煙斗，急忙奔到房裡，小姑娘跟在後面，我也走進去了。我很快就發覺，她說的是真情實況。而且我還發現，我這次不期而至，搞得她驚惶失措。我叫她不要慌，我出去走一走，她好乘機把起居室清理出一個角落，讓我吃飯，再收拾出一間臥房，讓我睡覺。我也不用她掃地撣灰，只要把爐戶燒旺，鋪上一床乾被單就行了。她似乎很願意盡力，雖說她把爐帚當作撥火棒戳進爐柵裡去了，還用錯了其他幾件工具。不過我走開了，相信她一定會賣力地收拾好一個休息的地方，等著我回來。

咆哮山莊是我打算出去溜達的目的地。我剛走出院子，轉念一想，又回來了。

「山莊上的人都好吧？」我問女管家。

「據俺所知，都好！」她答道，端著一盆熱炭渣匆匆走了。

我原想問問狄恩太太爲什麼丟下田莊走了，但是在這節骨眼上是不能耽擱她的，於是我便轉身走了，優閒地信步走去，身後映著落日的霞光，前面迎著冉冉升起的月亮的淡輝——一個漸漸暗下去，另一個漸漸亮起來，我就在這時走出了莊園，登上了通往希斯克利夫先生住宅的那條石子岔路。我還沒有望見那座住宅，夕陽早已落下山了，西邊天際只剩下一抹朦朧的琥珀色的餘暉，但是我還可以藉助皎潔的月光，看清小路上的每一顆石子每一片草葉。

我既不要從柵門上爬過去，也不要敲門——門一推就開了。我心想，這可是一個改進呀！我的鼻孔幫助我發現了另一項改進：從那些普普通通的果樹叢中，飄來了一股紫羅蘭和黃牆花的芳香。

門窗都洞開著。然而，正如煤區常見的那樣，一爐紅紅的旺火把壁爐照得通明，一眼望去使人產生一種舒適感，覺得也能忍受那過多的熱量了。不過咆哮山莊的堂屋大得很，有的是空地方，可以躲開那熱力。因此，這屋裡的人就待在離一個窗口不遠的地方。我還沒進門，就能看清他們，聽見他們在說話，於是便望著、聽著，這是受到好奇心和嫉妒心驅使的緣故，我在那裡留連的時候，這種交織的感覺還在滋長著。

「相——反！」一個銀鈴般動聽的聲音說道，「這是第三遍了，你這笨蛋！我不想再教你了。用心點，不然我就揪你的頭髮！」

「那好，相反，」另一個人以深沉而柔和的語調答道，「那就親親我吧，我可是學得這麼用心。」

「不行，先給我準確地念一遍，不許有一個錯。」

那說話的男子開始念了。他是個年輕人，穿得很體面，坐在一張桌子邊，面前放著一本書。他那漂亮的面孔顯得喜氣洋洋，一雙眼睛總也不安分，一次次地從書頁上溜到搭在他肩頭的一隻白白的小手上，小手的主人一發現這種不專心的跡象，就用這隻手朝他臉上啪地打一下，讓他收心。

小手的主人站在他背後。她俯身輔導他學習時，她那輕柔發亮的捲髮，有時和他的棕色頭髮交錯在一起。而她那張臉——幸虧男方瞧不見她那張臉，不然他絕不會這麼安穩——我卻看得見。我咬著嘴唇，悔恨自己丟掉了一個機會，本來可能是有所作爲的事，現在卻只能對著那令人傾倒的美貌乾瞪眼。

課上完了，做學生的並沒有根絕錯誤，但卻要求獎勵一下，獲得了至少五個吻，而他又慷慨地回報了。接著他們來到了門口，從他們的談話中，我斷定他們要出去，到荒野上散散步。我想，在這當口，如果哈雷頓．恩蕭看見我這個沒福氣的人出現在他跟前，他即便嘴裡不說，心裡也要詛咒我下到十八層地獄裡去。我覺得自己大窩囊，有些氣不過，便悄悄繞了個圈子，想到廚房裡去躲一躲。

這邊也是通行無阻。我的老朋友狄恩太太坐在門口，一邊做針線一邊唱歌，歌聲常被從裡面傳來的嘲笑和抱怨所打斷，那些話說得很粗野，一點也不合乎音樂的節奏。

「俺寧可耳朵根裡從早到晚聽人罵罵咧咧，也絕不想聽你哼哼唧唧！」待在廚房裡的那人說道，算是回答娜莉說的我沒聽清的一句話。「眞是太丟臉了，俺每回一打開《聖經》，你就開口哼哼，讚頌撒旦，讚頌塵世間一切罪孽深重的邪惡！哦！你眞是個乏貨，她是另一個乏貨，可憐那孩子落在你們倆手裡，算是沒救了。可憐的孩子呀！」他添了一句，哼了一聲。「他著魔了，俺敢肯定！哦，上帝，審判她們吧！俺們人世的統治者既沒王法，也沒公道！」

「才不呢！不然，我想我們就得綁在柴火堆上給燒死，」唱歌的人搶白道，「別吵了，老頭子，像個基督徒那樣念你的《聖經》吧，就別管我了。我在唱《安妮仙子的婚禮》，一支很好聽的歌曲，是伴著舞唱的。」狄恩太太剛要開口再唱，我就走上前去，她當即認出了我，忽地跳起來，喊道：「哦，我的天哪，洛克伍德先生！你怎麼會想到這樣回來啦？畫眉田莊全都關閉了。你應該先跟我們打個招呼呀！」

「我已經做了安排，在我逗留期間，就住在那邊，」我答道，「我明天又要走。你怎麼搬到這兒來了，狄恩太太，告訴我。」

「你去倫敦不久，齊拉就走了，希斯克利夫先生要我來，待到你回來。不過，請進來呀！你是今晚從吉默頓走來的嗎？」

「從田莊走來的，」我答道，「趁他們給我收拾臥房的當兒，我想跟你主人把事情了結了，我想我不會再有忙中偷閒的機會了。」

「什麼事情，先生？」娜莉問道，一面把我領進堂屋。「他這陣子出去了，一時半刻回不來了。」

「關於房租的事——」我答道。

「哦！那你得跟希斯克利夫夫人去結算，」她說道，「或者不如跟我結算。她還沒有學會怎樣料理她的事務，由我替她代理，沒有別人了。」

我顯得很驚訝。

「啊！我明白了，你還沒聽說希斯克利夫死了！」她接著說道。

「希斯克利夫死了？」我驚叫道，「多久了？」

「三個月了。不過，請坐下，把帽子給我，讓我一五一十地告訴你。等一等，你還沒有吃飯，是吧？」

「我不要吃。我已經吩咐家裡預備晚飯了。你也坐下來。我做夢也沒想到他會死！讓我聽聽是怎麼回事。你說他們一時回不來嗎——那兩個年輕人呀？」

「可不！他們總是深更半夜還在外面閒逛，我每天晚上都要責備他們，不過他們才不理我呢！至少喝一杯我們的陳酒吧！這酒會給你解解乏——你看樣子累了。」

我還沒來得及推辭，她就趕忙去取酒了。

「這麼大年紀的女人，還有男人追求她，這不是丟死人的醜事嗎？還要到主人的地窖裡去拿酒！俺坐在這兒見了都替她害臊。」我聽見約瑟夫在問。

狄恩太太並沒停下來回敬他，而是很快又進來了，端來滿滿一壺酒，我連聲稱讚說好酒。接著，她就給我講了希斯克利夫後來的情況。照她的說法，他的結局很「蹊蹺」。

「你離開我們不到兩個星期，主人就叫我到咆哮山莊去。我念著凱薩琳，滿心歡喜地服從了。我第一次和她見面，眞使我又傷心又震驚！自從我們分手以後，她變得太厲害了。希斯克利夫先生沒有解釋，他爲什麼改變主意要我來這裡。他只告訴我說他需要我，他討厭見到凱薩琳。我得把小客廳當作我的起居室，讓她跟我在一起。他出於無奈，一天見到她一兩次就夠了。

凱薩琳似乎很喜歡這一安排。我陸陸續續偷運來一大批書，以及其他一些東西，這都是她在田莊時用來消遣的。我滿以爲我們可以舒舒服服地過下去了。可惜這個幻想沒有持續多久。凱薩琳起初倒是滿足了，但是不久就變得焦躁不安起來。一是眼看春天快到了，卻不許她走出花園一步，硬要把她關閉在那狹小的天地裡，這眞使她感到煩躁；二是我要料理家務，不得不常常離開她，她就抱怨說太寂寞。她寧可到廚房裡跟約瑟夫吵嘴，也不願意一個人靜靜地坐著。

我並不介意他們爭吵。但是，一遇到主人想獨自占用堂屋的時候，哈雷頓也往往不得不躲在廚房裡。起初，等他一來，凱薩琳就要離開廚房，或者默默地幫我做點事，既不理會他，也不跟他說話；而他呢？也總是繃著個臉，儘量一聲不吭。沒過多久，凱薩琳的態度漸漸變了，變得不能不理會他了。她一個勁地議論他，說他愚蠢、懶惰，不知道他怎麼能忍受他那種生活，怎麼能整晚地坐在那裡，盯著爐火打瞌睡。

『他就像條狗，不是嗎，艾倫？』她有一次說道，『要嘛像一匹拉車的馬？他就會幹活、吃飯、睡覺，永遠如此！他的腦袋該是多麼空洞無聊啊！你做過夢嗎，哈雷頓？要是做過，都是些什麼夢？不過，你不能跟我說話呀！』說罷，她就望著他。但是，哈雷頓既沒開口，也沒再瞧她。『他也許正在作夢呢！』凱薩琳接著又說，『他扭動起他的肩膀來，就像朱諾扭動牠的肩膀一樣。你問問他，艾倫。』

『你要是不放規矩點，哈雷頓先生就要請主人叫你上樓了！』我說。哈雷頓不只是扭動肩膀，他還握緊了拳頭，大有動武的架勢。

『我知道我在廚房的時候，哈雷頓爲什麼從不說話，』又一次，她大聲嚷道，『他怕我笑話他。艾倫，你看呢？他一度自學念起書來，因爲我取笑他，他就把書燒了，不念了。他不是個傻瓜嗎？』

『你不是在淘氣嗎？』我說道，『回答我呀！』

『也許是吧?!』她接著說道，『我可沒想到他會這樣蠢。哈雷頓，我要是給你一本書，你現在肯要嗎？我要試一試！』她把她正在讀的一本書放在他手上，他一下子扔掉了，嘴裡還嘟嘟囔囔：她要是還不罷休，他就扭斷她的脖子。『好吧，我把書放在這兒，』她說，

『放在桌子抽屜裡，我要去睡覺了。』

接著她向我嘀咕了一聲，要我看著他碰不碰書，便走開了。可是哈雷頓就是不肯走近那本書，第二天早晨我如實告訴了凱薩琳，使她大爲失望。我看得出，哈雷頓總是那樣氣憤、那樣懶散，她覺得很難過。她受到良心的責備，不該嚇得他不求上進了。這件事她做得太絕了。不過，她心眼機靈，正在設法彌合這一創傷。

當我熨衣服，或是幹些其他不便在小客廳裡做的固定活計時，她就拿來一本有意思的書，大聲念給我聽。遇到哈雷頓在場的時候，她往往念到有趣的地方就打住，把書攤開在那裡走掉了。她一次次地這樣做。哪知哈雷頓固執得像頭騾子，偏偏不肯上當，逢到雨天還跟約瑟夫抽起煙來，兩人像機器人似地分坐在壁爐兩邊：年紀大的幸好耳聾，聽不清凱薩琳那些他所謂的胡言亂語，年紀輕的則極力裝作不想聽。晚上天氣好時，年輕人就出去打獵，凱薩琳又打呵欠又嘆氣，纏著我跟她說話，等我一開口，她就跑到院子和花園裡去，並且使出最後一招，放聲大哭，說她活膩了，她這一生眞沒有價值。

希斯克利夫先生變得越來越落落寡歡，幾乎把哈雷頓拒於他的房門之外了。由於三月初發生了一起意外，哈雷頓不得不在廚房裡待了好幾天。他那是一個人上山去，不想槍走火了，彈片傷了胳膊，還沒等趕到家，就流了好多血。結果，只得待在爐戶邊靜養，直到復原爲止。有他在廚房裡，凱薩琳倒覺得挺合意。不管怎麼說，這使她更討厭去她樓上的房裡了，她硬逼著我在樓下找點活幹，她好和我作伴。

復活節星期一那天❶，約瑟夫趕著幾頭牛到吉默頓趕集去了。下午，我在廚房裡忙著熨

❶ 復活節後的星期一，在英國係法定假日。

被單。恩蕭坐在壁爐角上，像往常一樣鬱鬱不樂。我的小女主人閒得無聊，便在玻璃窗上畫起畫來，有時變換花樣，悶氣悶氣地哼幾句歌，輕輕地叫喚兩聲，煩躁地朝她表哥的方向瞅幾眼，只見他一個勁地抽煙，兩眼望著爐柵。

當我告訴她，我不要她再擋我的光時，她就移到壁爐邊去了。我沒大注意她的舉動，但是，霎時間，我聽見她開口了：『我發覺，哈雷頓，如果你對我脾氣不那麼壞、不那麼粗野的話，我現在很想——很樂意——很喜歡你作我的表哥。』哈雷頓沒有答理她。『哈雷頓，哈雷頓，哈雷頓！你聽見沒有？』她接著又說。

『去你的！』哈雷頓毫不妥協，粗暴地吼道。

『讓我拿開那支煙斗，』她說，一面小心翼翼地伸出手，把煙斗從他嘴裡抽出來。哈雷頓想把煙斗奪回來，誰想已經折斷了，扔在火裡了。他大罵凱薩琳，又抓起了一支煙斗。

『等一等，』凱薩琳嚷道，『你得先聽我說話。你把我眼前搞得煙霧騰騰的，這樣我沒法說話。』

『你給我見鬼去吧！』哈雷頓惡狠狠地喊道，『別打擾我！』

『就打擾，』凱薩琳堅持說道，『我就打擾。我不知道怎麼辦才能讓你跟我說話，你又下狠心不肯理解我的意思。我說你笨，可我並沒有什麼用意，並沒有瞧不起你的意思。喂，你得理睬我呀！哈雷頓。你是我的表哥，你要承認我這個表妹。』

『我對你，對你那副臭架子，還有你那套戲弄人的鬼把戲，沒有什麼好說的！』他回答道，『我寧可連軀體帶靈魂都下地獄，也不願意再瞟你一眼！你給我滾開，馬上就滾！』

凱薩琳皺緊眉頭，退回到窗前的座位上，一面咬著嘴唇，哼起一支怪曲調，極力不讓人看出，她越來越想哭。

『哈雷頓先生，既然你表妹已經後悔不該對你無禮，』我插嘴說，『你應該跟她和好呀！這會對你大有好處的：有她作伴，你會變成另一個人。』

『作伴？』哈雷頓嚷道，『就憑著她這麼恨我，認爲我不配給她擦鞋子！不，就是讓我當國王，我也不想再爲討好她而受嘲笑了。』

『不是我恨你，而是你恨我！』凱茜哭著說道，再也不掩飾心裡的苦惱了。『你像希斯克利夫先生一樣恨我，而且更厲害些。』

『你是個該死的撒謊者，』恩蕭開口說，『那我爲什麼要上百次地因爲護著你，而惹他生氣呢？而且，我是在你嘲笑我、看不起我的時候這樣做的——你繼續欺侮我吧！我要跑到那邊去，說你煩得我在廚房裡待不下去了！』

『我不知道你護著我呀！』凱薩琳回答道，一邊擦乾眼睛。『我當時很傷心，對誰都有氣。可我現在謝謝你，懇求你原諒我。你還要我怎麼樣呢？』

凱薩琳回到壁爐邊，坦率地伸出手。哈雷頓沉著個臉，怒氣沖沖，猶如黑雲一般，兩個拳頭攥得緊緊的，兩眼只管盯著地面。凱薩琳憑著本能，一定在料想，他是因爲執拗倔強，而不是討厭她，才做出這頑固的舉動，因爲她猶豫了一陣之後，便俯身在他臉上輕輕吻一下。這小淘氣還當我沒看見她，連忙退回去，故作正經地坐在窗前的老位子上。

『哎！我該怎麼辦呢，艾倫？他不肯握手，也不肯瞧我。我總得用個法子向他表示我喜歡他，我想和他交朋友。』我嗔怪地搖搖頭，於是凱薩琳臉紅了，悄聲說道。

這一吻是否打動了哈雷頓，我說不準。他謹愼了一陣子，不想讓人看見他的臉，等他抬起臉時，又心慌意亂地不知朝哪裡看是好。凱薩琳親自動手，用白紙把一本漂亮的書整整齊齊地包起來，再紮上一條緞帶，寫上『贈哈雷頓．恩蕭先生』，然後就叫我做她的特使，把這份禮物交給指定的接受人。

『告訴他，他要是接受了，我就來教他好好念書，』她說，『他要是拒不接受，我就上樓去，永遠不再逗他了。』

我把書送過去，傳達了口信，我的委託人在一旁焦急地瞅著。哈雷頓不肯張開手指，我就把書放在他膝蓋上，他也沒有把書打掉，我就回去幹我的事。凱薩琳把頭和胳臂伏在桌子上，直至聽見輕輕拆開包書紙的窸窣聲。這時，她便偷偷地走了過去，悄悄地在她表哥身旁坐了下來。哈雷頓在打哆嗦，臉上脹得通紅。他的粗魯、乖戾和凶狠，全都消失得無影無蹤。起初，他都鼓不起勇氣開一聲口，來回答她那詢問的目光和喃喃的懇求。

『說你原諒我，哈雷頓，說呀！你只要說出那個字眼，我就會很高興的。』

哈雷頓嘀咕了一聲，可惜聽不清楚。

『你願意作我的朋友嗎？』凱薩琳又問了一句。

『不，你這輩子天天都會為我感到害臊，』哈雷頓答道，『你越了解我，就越感到害臊，我可受不了。』

『那你不想作我的朋友囉？』凱薩琳問道，笑得像蜜一樣甜，又向他湊近了些。

往下還談了些什麼，我就聽不清了。但是，再回頭一看，只見兩張喜氣洋洋的面孔湊在一起，在看那本已被接受的書本，我毫不懷疑，雙方已經訂下和約，仇敵從此變成了盟友。他們讀的那本書裡，盡是些珍貴的插圖。這些插圖，加上他們又坐在一起，這魅力可真不小，兩個給拴在那裡一動不動，直至約瑟夫回到家。

可憐這老傢伙，一看見凱薩琳和哈雷頓．恩蕭坐在同一條長椅上，還把手搭在他肩膀上，不禁嚇得目瞪口呆。他這位寵兒居然會容忍她來接近，真叫他感到困惑不解。他受的刺激太深了，那天晚上對這事一言未發。只是當他一本正經地在桌上打開他那部大《聖經》，又從錢夾子裡掏出白天做買賣所得的骯髒鈔票，撒放在《聖經》上時，深深地嘆了幾口氣，這才把情緒泄露出來。最後，他把哈雷頓從椅子上叫過去。

『把這些拿進去送給主人，孩子，』他說，『你就待在那兒吧！俺要到俺房裡去。這間屋子眞不像話，俺們待不下去了。俺們得躲開再找一間！』

『來，凱薩琳，』我說，『我們也得〔躲開〕。我已經熨完了，你準備走嗎？』

『還不到八點鐘呢！』凱薩琳答道，很不情願地站起來。『哈雷頓，我把這本書放在壁爐架上，明天我再拿幾本來。』

『甭管你留下啥書，俺都要拿到堂屋去，』約瑟夫說道，『你要是再能找到，那就算你神了！好了，隨你便吧！』

凱茜威脅說，他要是敢動她的書，她就拿他的書出氣。說罷，笑盈盈地從哈雷頓身邊走過去，唱著歌上樓上了。我敢說，自從她來到這個家，她的心情從來沒有這樣輕鬆過，也許除了最初來看林頓那幾次以外。

兩人如此開始的親密關係，發展得非常迅速，不過也難免遇到一些暫時的波折。哈雷頓不是單憑願望，就能讓他變得文明起來；我家小姐也不是聖人，不是忍耐的典範。不過他們兩顆心都向著一個共同的目標：一個情意綿綿，想要敬重對方；另一個也情意綿綿，想要博得對方敬重。他們最終還是設法達到了這一目標。

你瞧，洛克伍德先生，要贏得希斯克利夫夫人那顆心，倒是挺容易的。可是現在，我倒很高興你沒有試一試。我的最大心願，還是希望這兩個人結合。等他們舉行婚禮那天，我誰也不羨慕了，英國不會有比我更快樂的女人了！」

# 第十九章

「那個星期一的翌日，哈雷頓仍然無法去做他的日常活計，因此還得留在家裡。我很快發現，要像以前那樣，把由我照管的凱茜再留在我身邊，那是辦不到了。

她比我先下樓，跑到了花園裡，她曾看見她表哥在那裡幹些輕便活。我去叫他們吃早飯時，看到她說服了哈雷頓，在醋栗和樹叢中清出一大片空地，兩人正在一起忙著計議從田莊移植一些花草來。在短短半小時裡，竟造成了這樣大的破壞，可把我嚇壞了。黑醋栗樹本是約瑟夫心目中的寶貝，凱薩琳卻偏偏要在這些樹叢裡修建花圃！

『好啊！這事只要讓他一發現，』我嚷道，『他馬上就會領著主人來查看。你們有什麼藉口在花園裡瞎胡鬧？這件事可有好戲看了，瞧著吧，沒有才怪呢！哈雷頓，我不明白，你怎麼會糊里糊塗地聽她的話，弄得這麼一團糟！』

『我忘了這是約瑟夫種的樹，』哈雷頓茫然失措地回答，『不過，我會告訴他，這件事是我幹的。』

我們總是和希斯克利夫先生一道吃飯的。我行使女主人的職責，要沏茶切肉，因而飯桌上少不了我。凱薩琳通常坐在我旁邊，可今天卻偷偷地向哈雷頓挨近。我立刻看出，她當初跟他作對時固然不謹慎，現在跟他交上了朋友，則變得更加冒失。

『我說，你當心點，別老跟你表哥說話，也別老瞅著他，』我們走進屋時，我悄悄叮囑她。『那準會把希斯克利夫先生惹惱了，他要對你們倆大發脾氣的。』

『我不會的。』她答道。

一轉眼，她就側身湊近哈雷頓跟前，往他的粥盤裡插了幾朵櫻草花。哈雷頓不敢跟她在飯桌上說話，他簡直都不敢看她。可是凱薩琳還在逗他，有兩次他差一點給逗笑了。我皺皺眉，這時凱薩琳向主人溜了一眼。從主人的神色可以看出，他正一味心思在想別的事，沒有留意在座的人。霎時間，凱薩琳變得認眞起來，一本正經地打量著他。隨後，她就轉過臉，又胡鬧起來。最後，哈雷頓終於發出了一聲悶笑。

希斯克利夫先生爲之一驚。他的目光迅疾地掃視著我們的面孔。凱薩琳以她慣有的緊張而輕蔑的神情，與他對視了一陣，這正是他所憎惡的。

『算你幸運，我搆不到你，』他嚷道，『你著了什麼魔了，敢用那雙邪惡之眼一個勁地回瞪我？低下頭！別再提醒我還有你這個人。我還以爲我治得你不笑了呢！』

『是我笑的。』哈雷頓咕噥了一聲。

『你說什麼？』主人問道。

哈雷頓望著盤子，沒有重複他的招供。希斯克利夫先生瞅了他一下，然後默默地繼續吃飯，又陷入那被打斷的沉思。

我們都快吃完了，兩個年輕人也謹愼地挪開了一點，於是我料想這頓飯不會再起什麼風波了，誰知恰在這時，約瑟夫出現在門口，他那哆嗦的嘴唇和冒火的眼睛表明，他已經發現他那寶貝的樹叢遭到破壞了。他一定是先看見凱薩琳和她表哥在那裡搗鼓什麼，然後再去查看的，因爲就在他的下巴像牛反芻一樣磨動，使得他的話很難讓人聽懂時，他卻開口了——

『俺得領了工錢走了！俺在這兒幹了六十年，本來打算死在這兒算了。俺想把俺的書和零碎東西都搬到閣樓上，把廚房讓給他們倆，大夥都圖個清靜。要俺把爐火邊讓出來，這事難哪，可俺想俺能辦得到！可是不成，她把俺的花園連同俺在壁爐邊的，全給搶去了！主人，俺受不了了！你願受屈就受去吧——俺可受不慣，一個老頭子家，一下子習慣不了那些新花招。俺寧願拿把鋤頭，到大路上去掙口飯吃！』

『得了，得了，呆子！』希斯克利夫打斷他說，『說乾脆些！你抱怨什麼？你和娜莉吵架，我可不管。她就是把你丟進煤庫裡，也不關我的事。』

『不是娜莉！』約瑟夫答道，『俺不是爲娜莉想走的，儘管她是個一文不值的東西，又賤又壞。感謝上帝！她可勾不走任何人的心靈！她從來沒有漂亮過，男人看見她都要眨眼睛。俺說的是那個可怕的、不要臉的騷貨，她就靠眉來眼去，妖裡妖氣，把俺們的小伙子給迷住了——直到——不說了！簡直傷透了俺的心！他忘了俺怎麼幫助他、怎麼培養他的，卻跑去把花園裡頂棒的醋栗樹挖掉了一溜！』說到這裡，他便號啕大哭起來，一點男子漢的氣味也沒有了，只覺得自己受盡虐待，苦不堪言，而哈雷頓忘恩負義，處境危險。

『這呆子喝醉了吧？』希斯克利夫先生問道，『哈雷頓，他是不是在找你的碴？』

『我挖掉了兩三顆矮樹，』小伙子回答道，『不過，我還要再栽起來。』

『你爲什麼要挖掉呢？』主人問道。

凱薩琳機靈地插話了。

『我們想在那兒種些花，』她嚷道，『這事都怪我，因爲是我要他挖的。』

『見鬼，誰允許你動那地方一根枝條的？』她公公十分震驚地責問道，『又是誰叫你去聽從她的？』他轉身對哈雷頓補加了一句。

『你把我所有的土地都奪去了，不該捨不得幾碼地皮，讓我種種花吧！』哈雷頓啞口無言，表妹回答道。

『你的土地，你這無賴的賤貨！你從沒有過土地！』希斯克利夫說道。

『還有我的錢。』凱薩琳接著說道，對方怒目而視，她也回瞪著他，嘴裡咬著一片早飯剩下的麵包皮。

『住嘴！』希斯克利夫嚷道，『快吃完了滾出去！』

『還有哈雷頓的土地，和他的錢，』那個愣頭愣腦的東西接著說道，『哈雷頓和我現在是朋友了，我要把你的事全都告訴他！』

主人彷彿愣了片刻。他臉色刷地白了，霍地立起身來，死死盯著她，露出一副不共戴天的神情。

『你要是打我，哈雷頓就會揍你！』凱薩琳說道，『因此你還是坐下吧！』

『要是哈雷頓不把你攆出屋去，我就把他打到地獄裡，』希斯克利夫怒吼道，『該死的妖精！你竟然膽敢挑動他跟我作對？把她攆走！你聽見沒有？把她扔進廚房裡！艾倫·狄恩，你要是再讓她來到我面前，我就宰了她！』

哈雷頓低聲細氣地勸凱薩琳走開。

『把她拖走！』希斯克利夫窮凶極惡地吼道，『你還想待著說下去嗎？』說著便走上前，準備親自動手了。

『他不會再聽從你的了，狠毒的人，再也不會了！』凱薩琳說道，『他就要像我一樣痛恨你！』

『噓！噓！』小伙子以責怪的口氣輕聲說道，『我不願聽你跟他這樣說話。算了！』

『可你不會讓他打我吧?!』凱薩琳嚷道。

『得了！』哈雷頓懇切地小聲說道。

但是太晚了，希斯克利夫已經抓住了凱薩琳。

『你走開！』他對哈雷頓說，『該死的妖精！這一回她把我惹得受不了了，我要叫她後悔一輩子！』

他一把抓住了凱薩琳的頭髮。哈雷頓試圖讓他放開手裡的頭髮，求他饒她這一回。希斯克利夫的黑眼睛裡閃著凶光，他彷彿想把凱薩琳撕個粉碎，我急得剛要冒險去搭救，不料他突然鬆開了手指，那隻手從她的頭髮上移開，又一把抓住了她的手臂，兩眼一眨不眨地盯著她的臉。

接著，他用手捂住眼睛站了一會，顯然是想定定神，隨即又轉向凱薩琳，故作鎮靜地說道：『你要學會避免惹我發火，不然我總有一天眞把你殺了！跟狄恩太太去吧，跟她待在一起，把你那些放肆的話說給她聽吧！至於哈雷頓．恩蕭，我要是發現他聽你的話，就打發他到別處去混飯吃！你的愛會使他變成流浪漢和叫化子。娜莉，把她帶走，離開我，你們所有的人！離開我！』

我把小姐帶出去。她很高興能脫身，因而沒有抗拒。那另一個也跟來了。希斯克利夫就一個人待在屋裡，直至吃午飯。我勸凱薩琳在樓上吃飯，但是，希斯克利夫一發現她的座位空著，就吩咐我去叫她。他沒跟我們任何人說話，吃得也很少，一吃好就出去了，聲稱要到晚上才回來。

他不在期間，兩位新朋友就待在堂屋裡。當凱薩琳提出要揭露她公公如何對待哈雷頓的父親時，我聽見哈雷頓嚴厲地制止了她。他說，他不容許有人在他面前講希斯克利夫一句壞話。即使他是魔鬼，那也沒有關係，他還是要維護他。他寧可凱薩琳像過去那樣辱罵他自己，也不願意她去責難希斯克利夫先生。

凱薩琳一聽這話，心裡不免有些氣。不過，哈雷頓也有辦法，問她是否願意聽他說她父親的壞話，這就使她啞口無言了。於是，凱薩琳意識到，哈雷頓非常珍惜主人的名聲，他們之間的關係不是理智所能打破的——那是積習鑄成的鎖鏈，要拆開它未免太狠心了。

從此以後，凱薩琳表現得很溫厚，既不抱怨希斯克利夫，也不表示厭惡他。她還向我坦白說，她感到很難過，她曾試圖挑起他和哈雷頓之間的嫌隙。的確，我相信打那以後，她從沒在哈雷頓面前說過她的欺壓者半句壞話。這起小小的摩擦過去之後，他們倆又親熱起來了，並且重操起老師教學生的舊業，忙得不可開交。我幹完活以後，就進去陪他們坐著，眼望著他們倆，心裡覺得欣慰極了。居然沒注意時間是怎麼過去的。

你知道，在一定的程度上，他們兩個都像是我的孩子。我早就爲其中的一個感到得意了，現在我敢說，那另一個將會使我感到同樣得意。雖說他從小生長在愚昧和卑賤之中，但是他那誠實、熱情、聰明的天性，將很快使他擺脫這些陰影。凱薩琳的眞摯讚揚，對他的勤奮更是一種鞭策。他頭腦開了竅，相貌也跟著光采煥發了，增添了一種灑脫、高貴的氣質，我簡直無法想像，他就是我家小姐當年去石崖遊玩，我追尋到咆哮山莊那天，所見到的那個野小子了。

就在我讚賞不已，他們埋頭用功的當兒，暮色漸漸降臨了，主人也跟著回來了。他是從前門進來的，冷不防出現在我們面前，我們還沒來得及抬頭望他，他已經把我們三個完全看在眼裡了。我心想，也好，從沒見過比這更令人愉快、更天眞無邪的景象了，要斥責他們，可就是奇恥大辱了。紅紅的火光映照在他們兩個漂亮的腦袋上，兩張面孔由於洋溢著孩子般的熱烈興致，而顯得生氣勃勃。雖說小伙子二十三歲，姑娘十八歲，但是兩人都有不少新鮮事要去感受、去學習，因而都體驗不到，也表現不出那種冷靜的、清醒的、成熟的情感。

他們一道抬起眼來，望著希斯克利夫。也許你從來沒有注意過，他們倆的眼睛長得一模一樣，都是凱薩琳．恩蕭的那雙眼睛。眼前這個凱薩琳別的地方都不像她母親，只有額頭比較寬，鼻孔有點往上翹，使她顯得很高傲，不管她本意如何。至於哈雷頓，相像的地方就更多了，這是一向都很突出的，而當時尤爲顯著，因爲他的感覺非常敏銳，智力也給開發到異常活躍的地步。

我猜想，正是這長得相像，才使希斯克利夫先生軟下心來。他走到壁爐邊，心裡顯得很激動，但是瞧瞧這年輕人時，那激動又很快平息了，或者應該說，改變了性質，因爲激動還依然存在。他從哈雷頓手裡拿過書來，瞥了瞥那打開的一頁，然後又一聲不響地把書還回去，只做了個手勢叫凱薩琳走開。凱薩琳走後，她的伙伴也沒有待多久，我也正要走開，不料主人叫我坐著別動。

『這是個很糟糕的結局，是吧?!』他對剛才目睹的場面沉思了一陣之後說道，『我窮凶極惡一場，結局很荒唐吧?!我不擇手段地要毀掉這兩家人，把自己磨練得像赫拉克勒斯❶一樣能幹。誰知道一切都準備好、一切都任我擺布的時候，我卻發現，我連這兩家房頂揭掉一片瓦的狠心都沒有了!我的老冤家沒有打敗我，眼前正是我向他們的繼承人報仇雪恨的時候。這我做得到，誰也阻擋不住我。可是有什麼用呢?我不想打人了，我連抬頭都嫌麻煩!我說這話，好像我苦苦奮鬥了一輩子，只是爲了顯一顯我有多麼寬宏大量似的。根本不是這麼回事。我已經失去了欣賞他們毀滅的機能，而又懶得去幹那無謂的毀滅。

娜莉，有一個奇怪的變化臨近了，眼前我正籠罩在它的陰影裡。我對日常生活不感興

❶赫拉克勒斯：希臘神話中的英雄，力大無比，以完成十二項英雄業績而聞名。

趣，連吃喝都記不得了。剛才走出屋去的那兩個人，只有他們，還能給我留下清晰的實質形象。這個形象使我感到痛苦，眞是痛苦至極。對於那丫頭，我不想說什麼，也不願意多想，不過我眞心希望，她能讓人看不見：她一出現，只能引起讓人發瘋的感覺。那小子給我的感覺就不同了，不過，只要我能做得到，而又不讓人覺得像發瘋，我寧願永遠不再見到他！如果我向你述說一下他所喚起的，或所體現的千百種過去的聯想和念頭。』

他補加了一句，勉強笑了一笑，『你也許會認爲我眞要發瘋了。不過，我跟你講的話，你不要說出去，我的心思是從不向人透露的，最終忍不住了，想找一個人傾訴一番。

五分鐘以前，哈雷頓彷彿是我青年時代的化身，而不是一個人。他使我心裡湧起了各種各樣的感觸，我不可能去理智地跟他說話。

首先，他活像凱薩琳，像得令人吃驚，這就將他和凱薩琳可怕地聯結在一起了。你也許會以爲這一點最能引起我的暇想，其實那是最不足道的。對於我來說，還有什麼不跟凱薩琳聯繫在一起呢？有什麼不叫我想起她呢？我低頭往這地板上一看，她的面容就出現在石板上！在每一朵雲裡、每一顆樹上，她的形象總是縈繞著我——夜裡充滿在空氣裡，白天浮現在每一件東西上！最平常的男人和女人的臉——就連我自己的這張臉——都在嘲弄我，說是跟她多麼相像。整個世界充滿了可怕的標誌，提醒我她曾經存在過，現在我已經失去了她！

唉！哈雷頓的模樣是我那永恆的愛情的幻影，也是我想保持我的權力而瘋狂努力的幻影，是我的墮落、我的驕傲、我的幸福、我的痛苦的幻影——

把這些想法說給你聽是有些發瘋，不過這會讓你知道，我既然不願意永遠孤獨，爲什麼有哈雷頓作伴還毫無裨益，反而加重了我不斷忍受的折磨。這在一定程度上，促使我不去管他和他表妹如何相處。我再也顧不得他們了。』

『可你所說的變化是什麼意思，希斯克利夫先生？』我問道，他那副神態把我嚇壞了，儘管他既不可能發瘋，也不可能死去。據我判斷，他還相當健壯。至於他的理智，他從小就喜歡尋思傷心事，腦子裡盡包著些稀奇古怪的幻想。他對他那死去的偶像也許有點偏執狂，但是在其他方面，他的頭腦跟我一樣健全。

『在變化來到之前，我也搞不清楚到底是怎麼一回事，』他說，『現在我只是隱隱約約地意識到了。』

『你沒有生病的感覺吧，是嗎？』我問道。

『沒有，娜莉，我沒有病。』他回答道。

『那你不是怕死吧？』我接著問。

『怕死！不！』他答道，『我既不怕死，也沒有預感要死，也不希望死。我幹嘛要那樣呢？我身體結實，生活有節制，又不幹冒險的事，我照理應該，大概也會活在世上，直至我頭上找不出一根黑髮來。然而，我不能按這種情況繼續下去！我得提醒自己要呼吸，幾乎得提醒我的心臟要跳動！這就像把一根硬彈簧彎過來似的。

『哪怕是一個最微小的動作，只要不是由哪一個思想導致的，也要強迫自己做出來；對於任何有生命、無生命的東西，只要不是和那個充斥天地的意念相聯繫，也要強迫自己才能注意到。我只有一個願望，我整個身心都渴望著能如願以償。我渴望了這麼久，這麼堅定不移，我相信一定會實現，而且不久就會到來，因爲這一願望已經毀滅了我的生存，我給吞沒在想要如願以償的企盼之中。

『我的表白並沒使我感到輕鬆，不過，這些話倒可以說明我爲什麼會表現出一些情緒，不然這些情緒是無法解釋的。哦，上帝！這是一場漫長的搏鬥，但願快點結束吧！』

他在房裡踱起步來，自言自語地嘀咕著一些可怕的話。到後來，我不由得相信（他說約瑟夫就相信），天良把他那顆心變成了一座人間地獄。我眞不知道會有什麼結局。

雖然他以前很少透露自己的心境，甚至從神氣上也看不出來，但他平常就是這種心情，對此我是毫不懷疑的。他自己表白了，但是從他平時的舉止看，誰也猜想不到會有這種事。洛克伍德先生，你初次見到他時，也沒有想到。就在我說到的這一時期，他還是和當時一樣，只是更喜歡總是一個人待著，也許在人前更少言寡語。」

# 第二十章

「那天晚上之後的幾天裡，希斯克利夫先生避免在吃飯時遇見我們，然而他又不肯明說要哈雷頓和凱薩琳到別處去吃。他不願意完全聽憑感情行事！因此寧肯自己不來吃飯。看來，二十四小時吃一頓飯，在他是足夠了。

一天夜裡，一家人都睡了，我聽見他走下樓，出了前門。我沒見他再進來，到了早晨，發現他還沒回來。當時正是四月間，天氣溫和宜人，青草被雨水和陽光滋養得一片青翠，靠南牆的兩棵矮蘋果樹開滿了花朵。

早飯後，凱薩琳非要我端一把椅子，帶上我的活計，坐在房子盡頭的樅樹底下。哈雷頓自那次出事以後，現在已經痊癒，凱薩琳就鼓勵他給她挖掘、修整小花園。由於約瑟夫告狀的緣故，這小花園給移到那個角落裡去了。我正愜意地享受著四周那春天的芬芳氣息，和頭頂上那絢麗柔和的藍天。我家小姐跑到柵門那裡去挖些櫻草根，好圍一圍花圃，不想只挖了一下子就回來了，告訴我們說，希斯克利夫先生來了。

『他還跟我說話了。』她帶著惶惑的神情添了一句。

『他說什麼了？』哈雷頓問道。

『他叫我趕快走開，』凱薩琳回答道，『不過他那神情跟平常大不一樣，我停下來望了他一會。』

『怎麼不一樣？』哈雷頓問道。

『哦，幾乎是興高采烈。不，簡直是——非常興奮，高興得發狂！』凱薩琳回答道。

『那是夜遊使他感到開心吧！』我裝作滿不在乎地說道。

其實，我和她一樣驚奇。我急著想查明她說的是否屬實，因爲並不是每天都能看見主人露出高興的神色的。於是我編造了一個藉口，走進屋去了。希斯克利夫站在門口，門開著。他臉色蒼白，身子在顫抖，但他眼裡確實閃爍著一股奇異的歡樂光彩，使他的整個面容都變了樣。

『你想吃點早飯嗎？』我說，『你遊蕩了一整夜，一定餓了！』

我想知道他到哪裡去了，但是又不願意直問。

『不，我不餓。』他答道，一面掉過頭去，話音很有點鄙夷不屑的味道，彷彿他已猜到我在揣測他爲何這麼高興。

我感到很惶惑，不知道眼前是不是提點忠告的合適時機。

『我想你不該不睡覺，跑到外面去遊蕩，』我說道，『不管怎麼說，在這潮濕的季節裡，這總是不明智的。我敢說，你會著涼的，或者發燒。你現在就有點不對勁了！』

『一點小毛病我忍受得了，』他回答道，『而且十分願意忍受，只要你別來打擾我就行了。進去吧！別惹我發火。』

我服從了。從他身邊走過時，我注意到他呼吸得像貓一樣急促。

『壞了！』我心裡暗想，『非害一場病不可。我想像不出他幹了什麼！』

那天中午，他坐下來跟我們一道吃飯，從我手裡接過一個堆得滿滿的盤子，好像先前不吃不喝，現在要補償一下似的。

『我既沒著涼，也沒發燒，娜莉，』他針對我早上那句話說道，『你給我這麼多吃的，我要飽飽地吃一頓。』

他拿起刀叉，剛要動手吃了，忽然失去了胃口。他又放下刀叉，急切地望著窗外，然後站起來，走出去了。我們吃完了飯，看見他在花園裡走來走去。恩蕭說，他要去問問他爲什麼不吃飯。他以爲我們不知怎麼惹他不開心了。

『怎麼樣，他來嗎？』凱薩琳見表哥回來時，大聲問道。

『不來，』哈雷頓答道，『不過他沒生氣。看樣子，他還眞是難得這麼高興。反倒是我跟他把話說了兩遍，惹得他不耐煩了。他叫我到你這兒來。他感到奇怪，我怎麼還要找人作伴。』

我把他的盤子放在爐柵上熱著。過了一兩個鐘頭，屋裡沒有人了，他又進來了，一點也沒有平靜些——黑色的眉毛下面，露出同樣不自然的——的確是不自然的——歡樂的神情；臉上同樣沒有血色，牙齒時不時地露出來，算是在微笑；身子在顫抖，不是冷得發抖，也不是虛得發抖，而是像一根繃緊了的弦在顫動——是一種強烈的震顫，而不是顫抖。我心想，我要問問是怎麼回事，不然誰會問呢？

『你聽到什麼好消息了嗎，希斯克利夫先生？你看上去非常興奮。』我大聲說道。

『我從哪裡能聽到什麼好消息呀？』他說道，『我是餓的興奮，可好像又不能吃。』

『你的飯就在這兒，』我回答道，『你爲什麼不吃呢？』

『我現在不想吃，』他急忙咕噥道，『等到吃晚飯時再說。娜莉，讓我最後求你一次，告戒哈雷頓和那另一個避開我。我希望誰也別來打擾我。我要一個人待在這裡。』

『你這樣不想見他們，有什麼新的理由嗎？』我問道，『告訴我你爲什麼這樣古怪，希斯克利夫先生？你昨天夜裡去哪兒啦？我並不是出於無聊的好奇問這話的，不過——』

『你是出於非常無聊的好奇問這話的，』他打斷我說，還笑了一聲。『然而，我還是回答你。昨天夜裡，我快進地獄了。今天，我望得見我的天堂了。我親眼看到了，離開我不到三英尺！現在你還是走開吧！如果你能克制住，別來打聽別人的私事，你就不會看到什麼、聽到什麼，嚇得你心驚膽戰。』

我掃好爐台，擦好桌子，便走出去了，心情更加惶惑不安。

那天下午，他沒有再走出堂屋，也沒有人去打擾他，就讓他獨自待著，直到八點鐘，雖然沒有聽到呼喚，我覺得還是應該給他送去一支蠟燭，同時把晚飯端去。

他正靠在窗台上，窗子開著，但他沒有往外望，他的臉朝著昏暗的屋內。爐火已經燒成了灰燼。屋裡充滿了陰天晚上那潮濕而溫和的空氣，四周一片寂靜、不僅溪水流過吉默頓的淙淙聲清晰可辨，就連那漣漪的潺潺聲，以及流水衝過卵石、穿過未能淹沒的大石頭的汩汩聲，也能聽得出來。我一看到爐火奄奄一息，便發出一聲不滿的叫喊，一邊動手把窗子一扇扇地關起來，最後來到了他靠著的那扇窗戶前。

『要不要關上這扇窗戶？』我問道，想喚起他來，因爲他一動也不動。

我說話時，燭光閃輝在他臉上。哦，洛克伍德先生，我瞬息間看到的情景，使我大吃一驚，我眞說不出有多麼可怕！那一對深陷的黑眼睛！那副微笑，那死人般的蒼白！我覺得那不是希斯克利夫先生，而是一個妖怪。我嚇壞了，手裡的蠟燭歪到了牆上，我頓時陷入一片黑暗中。

『好，關上吧！』他以熟悶的語氣回答道，『瞧你，眞是笨拙極了！你怎麼把蠟燭橫著拿呢？快去再拿一支來。』

我嚇得傻乎乎的，趕忙跑出去，跟約瑟夫說道：『主人要你給他送支蠟燭去，再把爐火生起來。』因爲那時我不敢再進去了。

約瑟夫連忙往煤斗裡撿了幾塊煤火，就進去了。可轉眼間，他又把煤火拿回來，另一隻手還端著那盤晚餐，說是希斯克利夫先生要去睡覺了，這晚上什麼東西也不想吃了。我們聽見他立即上了樓。他沒有去他平時睡的臥房，卻轉到有嵌板床的那一間。我在前面提到過，這間臥房的窗子很寬，隨便什麼人都能爬得過。我忽然想到，他是打算再來一次夜遊，而又不想讓我們犯疑。

『他是個食屍鬼呢，還是個吸血鬼？』我沉思道。我在書裡讀到過這種猙獰可怕的魔鬼化身。接著我又回想起，他從小就是我照應的，後來又看著他長大成人，他這一輩子我差不多都跟過來，現在卻對他產生了這種恐怖感，眞是太荒唐可笑了。『可是這個小黑東西，一個好人收留了他，反倒毀了自己，他是從哪兒來的呢？』我迷迷糊糊地打瞌睡的時候，腦子裡的迷信意識嘀咕道。

我半夢半醒地遐想開了，想像著他父母親該是怎樣的人，把自己搞得很疲乏。接著，我把我醒著時想過的事又重溫了一遍，還追溯了一下他的一生，把種種可怕的可能都考慮了進去。最後，又想到了他的去世和葬禮，關於這一點，我只記得我當時苦惱得要命，因爲決定給他怎麼刻碑文的任務落到了我頭上，我只得去找教堂司事商量。由於他沒有姓氏，我們又說不出他多大年紀，便只好刻上一個『希斯克利夫』，就算了事。那個夢想實現，我們也算了事了。你要是走進教堂墓地，在他墓碑上只能讀到這個名字，以及他去世的日期。

拂曉時，我又清醒過來。我剛能瞧得見就爬起來，走到花園裡，想看看他窗底下有沒有腳印。結果沒有。

『他還待在家裡，』我心想，『他今天可沒有事了！』

我照常給一家人準備早飯，不過叫哈雷頓和凱薩琳先吃，不要等主人下來，他要多睡一會。他們願意到外面樹底下吃，我就給他們安放了一張小桌子。

我再進來時，發現希斯克利夫已經下了樓。他和約瑟夫正在談論種莊稼的事。他對所談的事作了明確、詳細的指示，但他說得很急，不停地把頭轉過去，神情依然那樣興奮，甚至還要更加興奮。等約瑟夫走出屋以後，他就坐到他平時坐的位子上，我把一杯咖啡放在他面前。他把杯子拿近些，然後把胳臂擱在桌子上，朝對面牆上望去。我猜想，他是在上上下下地打量某一個地方，只見他兩眼亮閃閃、急匆匆地，顯出一副迫不及待的神情，以至於有半分鐘光景，都停止了呼吸。

『得了，』我嚷道，把麵包推到他手邊。『趁熱吃、趁熱喝吧！等了快一個鐘頭了。』他沒有理睬我，但他笑了笑，我寧可看見他咬牙切齒，也不願意看見他這樣笑。『希斯克利夫先生！主人！』我喊道，『看在上帝份上，別這樣瞪著眼，好像你見到了鬼怪似的。』

『看在上帝份上，別這麼大喊大叫，』他回答道，『轉過身去，告訴我，這裡是不是只有我們倆？』

『當然，』我回答說，『當然只有我們倆！』

不過，我還是身不由己地服從了他，彷彿我也不是很有把握。他用手一掃，把吃早飯用的杯盤推到一邊，使面前騰出了一塊空地方，好更適意地俯身向前凝望。

現在，我發覺他不是在望著牆，因爲當我獨自打量他時，他眞像是在凝視著兩碼之內的一個什麼東西。不管那是什麼東西，顯然它既帶來了極度的歡樂，又帶來了極度的痛苦：至少，他那極度痛苦而又欣喜若狂的神情，令人生起這個念頭。那幻想的東西也不是固定的。他兩眼緊追不捨地盯著它，即使跟我說話的時候，也從不離開它。

我提醒他說，他很久沒有吃東西了，可是沒有用，即使他聽了我的勸說，動彈一下去摸摸什麼，即使他伸出手去拿一塊麵包，手指還沒碰到麵包，就會又擱在桌上不動了，一下子把拿麵包的事全忘了。

我像個很有耐心的典範，坐在那裡，見他全神貫注地冥思苦索，就想分散一下他的注意力，怎知他後來心裡煩了，忽地站起來，問我爲什麼不讓他愛什麼時候吃飯就什麼時候吃飯？還說下一次不用我侍候了，我可以放下東西就走。說完這番話，他便走出堂屋，順著花園小徑，緩步走去，穿過柵門不見了。

時間在焦慮不安中慢慢挨過去了，又一個晚上來到了。我很晚才回房睡覺，可是上床後又睡不著。過了半夜，希斯克利夫回來了，可他沒有上樓去睡，卻把自己關在樓下的屋子裡。我側耳傾聽，在床上翻來覆去，最後索性穿上衣服，來到樓下。躺在那裡胡思亂想、憂念叢生，實在太煩神了。

我聽出希斯克利夫先生的腳步聲，他焦灼不安地在地板上踱著步。不時地深吸一口氣，像呻吟似的，打破了寂靜。他還在斷斷續續地嘀咕什麼，我只聽得出凱薩琳的名字，伴隨著一兩聲表示親暱或痛苦的字眼。他像對著面前的一個人在說話，聲音又低又眞摯，簡直是從心靈深處擠出來的。我沒有勇氣直奔他房裡，可是我又想讓他分分心，不要悶頭沉思，於是便去撥弄廚房裡的火，使勁捅了捅，動手刮起爐渣來。這就把他引出來了，而且比我期望的還快些。

『娜莉，到這兒來。到早晨了嗎？拿著蠟燭進來吧！』他立即打開門，說道。

『四點了，』我回答說，『你需要帶支蠟燭上樓上。你本可以在這爐火上點一支。』

『不，我不想上樓上，』他說道，『進來吧！給我生個火，把屋裡好好收拾一下。』

『我得先把這些煤煽紅了，才能拿走幾塊。』我回答道，搬來一把椅子和一個風箱。這時候，他只管來回走著，精神都快錯亂了。他接連不斷地發出重重的嘆息，一聲又一聲，十分急促，以至於都沒有間隙進行正常的呼吸了。

『等天亮了，我要派人把格林請來，』他說道，『我想趁我還能考慮些問題，還能冷靜地辨點事的時候，向他問一問法律上的一些事。我還沒有寫下遺囑，我的財產怎麼處理，我還無法決定！但願我能把這些財產從地面上毀滅掉。』

『我可不會這麼說，希斯克利夫先生，』我插嘴道，『先別管你的遺囑吧！你做下那麼多不公正的事，你還得活著進行懺悔呢！我從沒料到你的神經會錯亂，但是眼前卻錯亂得令人驚奇，而且幾乎完全怪你自己不好。照你這三天的過法，像泰坦❶那樣強壯的人也會垮掉的。你就吃點飯、睡點覺吧！你只要照照鏡子，就知道你多麼需要吃飯睡覺了。你兩頰都陷下去了，眼裡佈滿了血絲，像一個餓得要死、睏得快瞎了的人。』

『我吃不下，睡不著，這不能怪我，』他回答道，『我向你擔保，我不是存心折磨自己。只要我做得到，我就馬上又吃又睡。不過，一個人在水裡掙扎，你能叫他在離岸只有一臂之遙的時候停下來休息嗎？我要先爬上岸，然後再休息。好吧！不管格林先生了。至於懺悔不公正的事，我並沒做過什麼不公正的事，沒有什麼好懺悔的。我太幸福了，可是又不夠幸福。我的靈魂在極樂之中殘害著我的軀體，但卻沒有使它自身得到滿足。』

『幸福，主人？』我嚷道，『奇怪的幸福！如果你能心平氣和地聽我說，我倒可以勸你幾句，使你更幸福些。』

❶ 泰坦：希臘神話中的巨人。

『勸什麼呢？』他問道，『說吧！』

『你也知道，希斯克利夫先生，』我說道，『從你十三歲起，你就過著一種自私的、不虔誠的生活，長久以來，你手裡大概從沒拿過一本《聖經》。你一定早把《聖經》裡的教誨忘光了，現在你也許沒有機會去查閱了。要是去請個人來——不管是哪個教會的牧師都沒關係，來講解一下《聖經》，向你指出你完全背離了《聖經》的訓誡，完全不配進入天堂，除非你能在死前悔過自新，這難道會有什麼壞處嗎？』

『我並不生氣，反倒是很感激你，娜莉，』他說道，『因爲你使我想到，我希望自己將來怎麼下葬——要在晚上抬到教堂墓地去。你和哈雷頓要是願意，可以陪著我去，特別要留神，讓教堂司事遵從我有關兩個棺材怎樣安置的指示！用不著牧師來，也用不著爲我念叨那些什麼。我告訴你吧，我快到達我的天堂了，別人的天堂對我來說毫無價值，我一點也不希罕！』

『如果你硬要任性地絕食下去，並且因此死去，人家又拒絕把你埋在教堂的墓地內呢？』我說道，對他這樣漠視神明，感到大爲震驚。『你樂意不樂意呢？』

『他們不會這樣幹的，』他回答道，『如果他們眞這樣幹了，你一定得派人把我悄悄地移開。如果你不管，你實際上將會證明，死者並沒有完全滅亡！』

一聽到家裡其他人起來了，也便馬上退避到自己房裡，我也鬆了一口氣。但是，到了下午，約瑟夫和哈雷頓正在幹活，他又來到廚房裡，帶著狂野的神情，叫我到堂屋裡去坐著——他要個人陪伴他。我拒絕了，明言告訴他，他那怪里怪氣的言行舉止讓我害怕，我既沒有膽量，也沒有心思單獨跟他作伴。

『我相信你是把我看成魔鬼了！』他說道，冷笑了一聲，『一個極其可怕的東西，不配住在一個體面人家！』凱薩琳也在那裡，一見她公公走來，便躲到我身後了。希斯克利夫轉向她，半帶譏笑地接著說道：『你肯過來嗎，小寶貝？我不會傷害你的。絕不會！在你看來，我變得比魔鬼還壞。哦，倒有一個人不怕跟我作伴呢！老天作證！她眞狠心呀！哦，該死的！這是血肉之軀絕對受不了的，連我也受不了。』

他再也不求人來陪他了。黃昏時分，他到自己臥房裡去了。一整夜，直至天亮很久，我們都聽見他在呻吟，在喃喃自語。哈雷頓急著想進去，但是我叫他去請肯尼斯大夫，讓大夫進去看他。大夫來了，我要求進去，想打開門，發現門鎖了。希斯克利夫叫我們滾蛋。他好些了，不要別人來打擾，於是，大夫就走了。

當晚下起了大雨，眞是大雨滂沱，一直下到天亮。我早晨繞著房子散步時，看到主人的窗子開著，雨點直往裡打。我心想，他不會在床上，大雨會把他淋得透濕！他一定不是起身了，就是出去了。不過，我也不要煞費周章了，還是大膽地去瞧瞧吧！

我另找來一把鎖匙，打開門進去了，一看他房裡沒有人影，就跑去想推開嵌板。嵌板一下推開了，我往裡探望。希斯克利夫先生在那裡，正仰臥著。他的眼睛既銳利又凶惡地瞪著我，我嚇了一跳。接著，他彷彿又笑了笑。我無法想像他已經死去。但是，他的臉和喉嚨都被雨淋醒了，床單也在滴水，而他卻紋絲不動。那扇窗子晃來晃去，把他擱在窗台上的一隻手擦破了。擦破皮的地方沒有流出血來，我伸出手指一摸，就再也無法懷疑了：他死了，而且僵了！

我扣上窗子，把垂在他前額上的黑色長髮梳理好，然後想給他合上眼睛——如果可能的話，消除他那可怕的、像活人似的充滿狂喜的凝視，以免再讓任何人瞧見。他那眼睛似乎在嘲笑我白費氣力；他那張開的嘴唇，尖利的白牙，也在嘲笑我！我不由得又害怕起來，就大聲喊叫約瑟夫。約瑟夫拖著步子上來了，嚷嚷了一陣，但是斷然拒絕管這死人的事。

『魔鬼把他的魂抓走了，』他嚷道，『索性把他的屍體也拿去吧，俺才不在乎呢！呸！他有多壞呀，臨死還要齜牙咧嘴地笑！』說罷，這老罪徒也學著齜牙咧嘴地笑了笑。

我還以爲他打算繞著床手舞足蹈一番呢！可是驀然間，他鎭靜下來，忽然跪下來，舉起雙手，感謝上天爲合法的主人和古老的世家恢復了他們的權利。

這件可怕的事把我搞得暈暈乎乎的。我情不自禁地懷著難以忍受的悲哀，回想起往日的情景。不過，可憐的哈雷頓，儘管他受的冤屈最深，卻是唯一眞正感到十分難過的人。他整夜守在屍體旁邊，哭得非常傷心。他握住死者的手，親親那張別人不敢注視的譏諷的、凶狠的臉。他沉痛地哀悼死者，這種強烈的悲哀自然而然地出自一顆寬宏大量的心，雖然這顆心像鋼一樣堅強。

肯尼斯大夫感到很爲難，說不出主人死於什麼病。我隱瞞了主人四天沒吃東西這件事！生怕會招來麻煩，再說我相信他不是故意絕食：絕食是他那奇怪病症的後果，而不是得病的原因。

我們照主人希望的那樣，把他安葬了，惹得四鄰八舍議論紛紛。哈雷頓和我、教堂司事，以及六個抬棺木的人，組成整個送葬隊伍。那六個人把棺材放進墓穴後，就走掉了。我們留下來，看著把棺材埋好。哈雷頓淚流滿面，親自挖起一塊塊草皮，鋪在褐色的墳堆上。

如今，這座墳像周圍的墳一樣平整青翠，我希望墳裡的人睡得同樣安穩。不過，你要是問問鄉裡的人，他們會手按著《聖經》發誓說，他在到處走動。有些人說在教堂附近、在荒野上，甚至在這座房子裡，碰見過他。他會說這是無稽之談，我也是這麼說的。然而，廚房爐火邊的那個老頭子一口咬定，自從主人去世後，每逢下雨的晚上，他從他臥室的窗口往外望去，就看見過他們倆。

大約一個月以前，我也碰到了一件怪事。一天晚上，天黑沉沉的，像是要打雷，我朝田莊走去。剛走到山莊拐彎的地方，就碰見一個小男孩，趕著一頭綿羊和兩隻羔羊。他哭得好兇，我還以爲是羊撒野，不聽他指揮。

『怎麼回事，小傢伙？』我問道。

『希斯克利夫和一個女人待在那邊山腳下，』他哭著說道，『俺不敢走過去。』

我什麼也沒看見。可是他和羊都不肯往前走，因此我叫他從下面那條路繞過去。他也許是在獨自穿過荒野時，想起從他父母和同伴那裡聽來的無稽之談，就幻想出那些幽靈來了。

儘管如此，我現在還是不願意在天黑時出去了，也不願意一個人留在這陰慘慘的房子裡。我實在沒有辦法，等他們離開這裡，搬到田莊去，我就高興了！」

「這麼說，他們要搬到田莊去了？」我問道。

「是的，」狄恩太太回答道，「他們一結婚就搬過去。婚期定在新年那天。」

「到時候誰住在這裡呢？」

「噢，約瑟夫照看這座房子，也許還有個男孩跟他作伴。他們住在廚房裡，其餘的房間都關起來。」

「讓那些鬼魂願意來鬧就來鬧吧！」我說。

「不，洛克伍德先生，」娜莉搖頭說道，「我相信死者安寧了，而且隨隨便便地談論死者也不好。」

正在這時，花園的柵門推開了，那對情侶回來了。

「他們倒什麼也不怕，」我從窗口望著他們走過來時咕噥道，「他們待在一起，敢於和撒旦和他的魔鬼大軍鬥勇。」

他們倆踏上門階，停下來最後再看一下月亮，或者更確切地說，藉助月光彼此對看一下。這時候，我又不由自由地想要避開他們了。我往狄恩太太手裡塞了一點紀念品❷，也不顧她抗議我不禮貌，就在他們倆打開堂屋門的當兒，我從廚房門溜走了。幸虧約瑟夫聽見一聲悅耳的「噹啷」聲，一枚金幣落在他腳下，他才認出我是個體面人，要不然，他一定會越發相信，他的同事眞的在搞風流韻事呢！

我回家時多走了一點路，去了一趟小教堂。我來到小教堂的牆腳下，發現即便只過了七個月，這座建築已在日漸衰敗下去。有好多窗子沒有了玻璃，露出黑洞洞的缺口。屋頂上，處處有瓦片鼓起來，偏離了原來的格道，等秋天暴風雨一來，就要漸漸地掉光了。

我到靠近荒野的斜坡上尋找那三塊墓碑，不一會就找到了。那中間一塊是灰色的，一半埋在石南樹叢裡：艾德加．林頓的墓碑四周只長著青草，苔蘚已爬上了碑腳，總算與周圍的景致協調了一些；希斯克利夫的墓碑仍然光禿禿的。

在那晴和的天空下，我圍著三塊墓碑留連徘徊，望著飛蛾在石南叢和風鈴花中撲撲飛舞，聽著柔風在草間瑟瑟吹過，不禁感到奇怪，有誰能想像在如此靜謐的大原下面，那長眠者居然會睡不安穩。

〈全書終〉

❷ 這裡指給了一點錢。

國家圖書館出版品預行編目資料

咆哮山莊／艾蜜莉・勃朗特／著　孫致禮／譯
-- 修訂一版-- 新北市：新潮社，2018.07
面；　公分
ISBN　978-986-316-712-9（平裝）

873.57　　107006600

咆哮山莊

艾蜜莉・勃朗特／著
孫致禮／譯

【策　劃】林郁
【出版人】翁天培
【企　劃】天蠍座文創
【出　版】新潮社文化事業有限公司
電話：(02) 8666-5711
傳真：(02) 8666-5833
E-mail：service@xcsbook.com.tw

【總經銷】創智文化有限公司
新北市土城區忠承路89號6F（永寧科技園區）
電話：(02) 2268-3489
傳真：(02) 2269-6560

印前作業　東豪印刷事業有限公司

修訂一版　2018年07月